Marisa Ranieri Panetta

VESUVIUS

Romanzo

Salani Editore

ISBN 978-88-6256-983-5

Per essere informato sulle novità
del Gruppo editoriale Mauri Spagnol visita:
www.illibraio.it
www.infinitestorie.it

ADRIANO SALANI EDITORE
Da 150 anni più felici con un libro

Gruppo editoriale Mauri Spagnol
Milano

www.salani.it

VESUVIUS

A mia madre

Pompei, 79 d.C.
nono giorno prima delle Calende di settembre

Un'estate come le altre a Pompei, almeno in apparenza.

I terremoti, sempre più intensi, non davano tregua, anche se niente si poteva paragonare a quanto era accaduto diciassette anni prima, alle None di febbraio. Allora sì che si era temuta la fine del mondo: crolli di templi, di colonnati, di mura. I danni erano stati incalcolabili anche sui monti Lattari, dove era perito un gregge di seicento pecore.

A casa del banchiere Cecilio Giocondo gli effetti di quell'evento spaventoso erano stati fissati su rilievi in marmo. A guardarli mettevano i brividi, anche a distanza di tempo.

Nessuno pensava che quell'agosto potesse essere l'ultimo, ma i segni di un grande disagio si potevano cogliere ovunque. E se il turbamento dell'animo si poteva dissimulare dietro un'ostentata indifferenza, o dimenticare per la durata di un banchetto, chiunque camminasse per le strade non poteva ignorare il viavai di operai e muratori che svuotavano fognature, tamponavano crepe, livellavano pavimenti sconnessi.

Il sole spuntato il nono giorno prima delle Calende di settembre riscaldava una città sospesa tra un doloroso senso di incertezza e la volontà di andare avanti: dopo che una scossa terribile aveva svegliato i pompeiani in pieno sonno, le attività si erano incanalate nei ritmi consueti.

Un velo di foschia nascondeva alla vista la cima del Vesuvio e, al largo, le imbarcazioni che trasportavano merci. Sulla spiaggia vicino al porto, alla foce del fiume Sarno, in un magazzino si mettevano in ordine, come la mattina precedente, le giare colme di *garum*, la salsa di pesci che era la specialità di Pompei. Poco più in là, gli operai sbriciolavano pietre, mentre i pescatori erano intenti a issare le reti nello svolazzare dei gabbiani.

Sulle acque del fiume che scorrevano placide, quasi a garantire il flusso naturale della vita, avanzavano le imbarcazioni dirette verso le stazioni e i villaggi dell'interno: un lento mercato galleggiante che assicurava i guadagni degli ortolani.

In città, al centro e nei sobborghi, tutto era come sempre. Polli che si spennavano in cucina, uova pronte a essere rotte per un pasto veloce, forme rotonde di pane che uscivano calde dai forni e venivano messe in vendita una sull'altra.

Nei lupanari arrivavano i primi clienti, attirati da ragazze che sollevavano le tuniche succinte e Asellina, proprietaria del locale di ristoro più frequentato, riempiva di vino e acqua le brocche già sistemate sul banco.

I pittori impegnati nell'affresco di una *domus* erano al lavoro dalle prime luci dell'alba. Su un'impalcatura l'artista fissava i colori sull'intonaco, ignorando che sarebbero stati gli ultimi a decorare una casa di Pompei.

L'animazione nella piazza del Foro era ridotta, ma a causa del caldo. In un locale del grande Macello gli addetti alla pulizia del pesce gettavano secchi d'acqua sui banconi di marmo; i perdigiorno si spostavano da un portico all'altro in cerca di ombra e pettegolezzi.

Nella sua lavanderia Stefano contava l'incasso: 1089.5 sesterzi.

All'improvviso, un fragore cupo si levò dal centro della terra. I pompeiani furono assaliti da un senso di sgomento, consapevoli che stava per accadere qualcosa di terribile. Con il cuore in gola si guardarono intorno per cercare di capire cosa stesse succedendo.

La brezza si fermò all'improvviso, l'aria diventò immobile, gli animali domestici si accucciarono in un angolo, nel cielo non volavano uccelli. Come sul lago Averno.

Solo qualche attimo, prima di una catastrofe che nessuno aveva mai vissuto o sentito raccontare.

Stava per esplodere il Vesuvio.

PRIMA PARTE

1

Due spettri

Pompei, 79 d.C.
nono giorno prima delle Calende di settembre

Si erano rifugiati nel deposito sotterraneo. Fuori era tutto in fiamme e Melissa, con una gamba spezzata, era abbracciata a Marco. All'improvviso, un terremoto violento fece crollare il soffitto e il pavimento si aprì sotto i piedi di Lucio Ceio, facendolo precipitare in una specie di voragine. Quando riprese i sensi si ritrovò da solo, al buio. Non avrebbe saputo dire quanto tempo era trascorso. L'unica certezza era la morte, terribile, di sua moglie e suo figlio. In lacrime, si era toccato rapidamente braccia e gambe, ma non aveva niente di rotto, solo ferite e qualche contusione: la terra e i calcinacci avevano attutito la caduta. Si rialzò a fatica, tossendo, e cominciò a tastare il luogo in cui era capitato: un altro sotterraneo del quale non conosceva l'esistenza, piuttosto ampio e dal soffitto basso, costruito con travi e mattoni. Aveva cominciato a muoversi con cautela, sperando di sbucare prima o poi da qualche parte. Le pareti erano di roccia tagliente e ben presto le sue mani cominciarono a sanguinare.

Zuppo di sudore e indolenzito, Lucio procedette a piccoli passi, con la forza della disperazione. A un certo punto le pareti cominciarono a restringersi, come se avesse imboccato un corridoio, quand'ecco un'altra serie di scosse e Lucio cadde a terra, la bocca piena di polvere. Era sicuro che fosse arrivata la sua ora; ma poi il terreno smise di tremare e lui ricominciò ad avanzare nel buio: il soffitto adesso era decisamente più basso, doveva camminare piegato in due. Dopo una decina di passi inciampicò su un gradino, riprese l'equilibrio e ricominciò ad avanzare in discesa, il cuore che gli martellava furioso nel petto.

Riusciva a respirare, anche se non c'erano aperture. Procedeva con la sensazione che gli Inferi stessero per spalancarsi sotto di lui, ma sapeva di non potersi concedere il lusso della paura: doveva andare avanti. Se c'era una possibilità di salvezza non era certo alle sue spalle.

Si ritrovò su un gradino più largo e, improvvisamente senza forze, si accasciò stremato: sprofondò in una specie di torpore dal quale lo ridestò un fragore minaccioso, che fece precipitare il sotterraneo pochi passi più in là. D'istinto Lucio si coprì il volto, finché attraverso le dita si insinuò un chiarore rossastro. Abbassò le mani, si sdraiò con circospezione per guardare giù e inorridì: si trovava su un cornicione proteso su una gola profondissima. In fondo, c'era un piccolo lago color del sangue, che pareva ribollire. Il regno di Ade!, si disse terrorizzato. Non si era sbagliato, prima, a pensare che quel cunicolo lo stesse portando nell'oltretomba.

Le ferite alle braccia e alle gambe lo convinsero che era ancora vivo, anche se il caldo soffocante, il pavimento franoso e quel lago inquietante potevano significare solo la morte. Si guardò intorno e intravide un'apertura nella parete rocciosa, che sporgeva alla sua sinistra. Forse era solo un anfratto, ma esisteva pur sempre la possibilità, per quanto remota, che fosse una grotta con un'uscita. E comunque, ancora una volta, la sua sola speranza di salvezza era davanti a lui. Lucio capì di non avere scelta: doveva cercare di saltare là dentro. E se non ci fosse riuscito... Sentiva già muoversi il terreno sotto i piedi e capì che non c'era un attimo da perdere: si affidò agli dèi e, dopo aver chiamato a raccolta le poche forze rimaste, spiccò un balzo.

Atterrò dall'altra parte, ma non ce l'aveva fatta del tutto: il busto era in salvo, le gambe penzolavano sul baratro incandescente. Lucio Ceio tremava e piangeva, aggrappato alla roccia, con le braccia che formicolavano per lo sforzo. Ogni volta che provava a muoversi sentiva scivolare sotto di sé terra e sassi, non riusciva a trovare un appiglio sicuro per issarsi, e rimase in quella posizione, sospeso nel vuoto, per un tempo che gli parve interminabile. Tentò più volte, invano, di dare un colpo di reni e a ogni tentativo si sentiva più debole. Avrebbe preferito di gran lunga morire nel crollo insieme a Melissa e a Marco: l'idea di essere inghiottito nel ventre infuocato del Vesuvio era quanto di più spaventoso potesse immaginare. Poi, con uno sforzo estremo, riuscì a spostarsi in avanti e ad afferrare delle pietre che sporgevano. Contrasse tutti i muscoli e, con un gemito da belva ferita che gli salì prepotente dalle viscere, finalmente riuscì a mettersi in salvo.

Era entrato zoppicando nell'antro sconosciuto. Il primo tratto era rischiarato dai bagliori del lago di fuoco e Lucio capì di essere in una vera e propria caverna che si biforcava in due strettoie: una alla sua destra, l'altra davanti a sé.

Imboccò la seconda e subito si ritrovò immerso nell'oscurità. Un'invincibile stanchezza si era intanto impossessata di lui: si sedette appoggiandosi a una parete e rimase a lungo lì per terra. Due forti scosse, una dietro l'altra, lo mandarono faccia a terra. Sentiva il sangue scorrere dal naso e pensò che gli si fosse rotto, il dolore era insopportabile. Non sapeva come asciugarsi, ma per fortuna si ricordò che cosa aveva consigliato il medico Terenzio a suo figlio Marco, dopo la caduta da un albero: tenne la testa all'indietro e aspettò che il flusso si fermasse. Quindi, riprese ad avanzare: voleva assolutamente uscire da quel sotterraneo.

Lucio si muoveva molto lentamente – tremava come se avesse la febbre, batteva i denti, si sentiva le gambe deboli e la testa sul punto di scoppiare –, temendo nuovi ostacoli. Finché il passaggio si restrinse e continuò in salita. Inciampò diverse volte, ma nonostante la spossatezza l'affanno era diminuito: da qualche parte doveva entrare aria. Aria respirabile, che certo arrivava dall'esterno. Si convinse che prima o poi sarebbe tornato all'aperto, e di lì a poco ne ebbe la sicurezza. In cima alla salita si scorgevano, a fare da barriera, delle grosse pietre che filtravano sottilissimi raggi di luce: l'ingresso delle grotte!

Fu l'ennesimo terremoto a smuovere alcuni di quei massi, che precipitarono urtando Lucio Ceio a una spalla; lo avevano colpito di striscio, ma il sollievo era tale che non avvertì alcun dolore. Finalmente vedeva la luce, la coltre nera che aveva avvolto Pompei con lampi e pioggia di fuoco era finita.

Come un animale a quattro zampe, superò l'ultimo ostacolo e uscì. Non sapeva però cosa lo aspettava e la gioia durò poco.

Mentre vagava nelle caverne aveva pensato spesso a ciò che avrebbe trovato se fosse riuscito a salvarsi e si diceva che, qualunque cosa l'avrebbe affrontata e condivisa insieme con gli altri. Forse in tanti erano scampati all'eruzione e si sarebbero ritrovati nella loro Pompei. Noiosa, pettegola, ma comunque la città dove erano nati e cresciuti, che conoscevano in ogni angolo. Non aveva considerato, alle luce delle sue stesse traversie, che degli amici e di Pompei poteva non essere rimasto niente.

E infatti, quando era sbucato fuori...

Innanzitutto, il cielo. Non era azzurro ma lattiginoso, opaco, come se un velo filtrasse il sole in modo innaturale. Lucio si guardò intorno con l'angosciosa sensazione che fosse cominciato un altro incubo.

In qualsiasi direzione volgesse lo sguardo, un paesaggio mai visto metteva paura. Doveva trovarsi a una certa altezza sulle pendici del Vesuvio, eppure si vedeva soltanto, a perdita d'occhio, una distesa di terra ondulata, a gradoni, di un grigio brunastro. Qui e là spuntava il tetto di qualche casa.

Non si scorgeva niente d'intero: né vigneti né ville né strade. La catastrofe aveva inghiottito ogni cosa. Dopo essere uscito dal labirinto che lo aveva sottratto alla morte, Lucio non riusciva a capire dove fosse. Provò a scendere per saggiare la solidità di quella coltre scura, ma le gambe vi affondavano.

Era disperato. Per quella desolazione aveva lottato e resistito: il suo passato non c'era più e nemmeno, evidentemente, un futuro.

Non riusciva a orientarsi. L'unica possibilità, si disse infine, era salire e cercare le tracce di un sentiero di montagna. Anche se tutte le piante erano bruciate e ovunque c'erano tizzoni neri, i materiali del vulcano si erano depositati soprattutto in pianura. Lucio imboccò quello che restava di un viottolo e lo seguì. C'erano animali morti, tronchi caduti che sbarravano il passo, piante ridotte a rovi pungenti: un disastro di proporzioni immani. Era spaesato, terrorizzato.

Dopo molto tempo incontrò due anziani contadini, marito e moglie. Nel vederlo erano trasaliti, quasi fosse un animale mostruoso: mezzo nudo, il viso gonfio, tumefatto, gli occhi ridotti a due fessure, il sangue raggrumato intorno al naso e alla bocca, per non parlare della sporcizia e delle ferite.

Gli dissero che si trovavano nella direzione di Nocera e che era inutile cercare abitazioni e fattorie: le pomici fuoruscite dal Vesuvio avevano spinto il mare lontano. Erano arrivati da lì per rintracciare il loro piccolo podere e non erano riusciti a recuperare nemmeno un arnese. I contadini chiesero a Lucio se volesse seguirli, ma lui rifiutò: non era in grado di muovere un altro passo. Si accucciò accanto a un cumulo di terra e cadde in un sonno profondo.

Roma, 79 d.C.
SETTEMBRE – DICEMBRE

Il vento aveva sospinto la cenere, impalpabile, fino a Roma.

La sottile coltre che si era depositata sulle rovine di Pompei aveva subito vagato in tutte le direzioni. Prima aveva coperto il golfo di Napoli e la penisola che finiva a Sorrento, poi si era propagata oltre il mar Tirreno, fino ad arrivare in Egitto. Era scesa silenziosa, ora rada ora più spessa, anche sulla capitale dell'impero. Solo l'ultimo atto della catastrofe, innocuo nel colore e nella densità.

Il Vesuvio, sconosciuto e dannato vulcano, dopo aver vomitato il suo ventre incandescente su città e campagne, aveva ricoperto ogni cosa sotto quel velato sudario, come a voler nascondere l'orrore.

A Roma la notizia dell'eruzione era arrivata poco dopo la cenere e se alcuni storici e poeti ebbero una nuova fonte di ispirazione, l'insolito fenomeno – neve grigiastra, che altro? – suscitò qualche curiosità ma fu presto dimenticato.

Quando però, qualche tempo dopo, apparvero sui corpi dei romani degli strani gonfiori che presto si trasformarono in pustole nauseabonde, tornò alla mente la strana fuliggine proveniente da un luogo di morte e da molti fu ritenuta causa dell'epidemia.

I più anziani non ricordavano un morbo di tale violenza.

La capitale divenne nera.

Lezzi, buio, funerali.

Si riempirono i ricoveri per gli ammalati sull'isola Tiberina, la Curia chiuse i battenti, si evitarono cerimonie pubbliche. A torreggiare su cortei a piedi nudi erano le statue degli dèi della salute.

Chi ne aveva la possibilità si rifugiava in campagna, sui colli Albani, mentre il Tevere riceveva a notte fonda cadaveri avvolti in pezze e lenzuola, nonostante i divieti. Nei cimiteri si poteva ammazzare per un posto.

Ci volle del tempo prima che l'isolamento predicato dai medici orientali cominciasse a sortire i suoi effetti e salutari raffiche di vento spazzassero via il fetore che sembrava non voler abbandonare la città.

Roma, 79 d.C.
Calende di dicembre

Verso l'ora ottava, due uomini bussarono a un imponente portone sul Celio. Casa di ricchi, come dimostrava la presenza di schiavi a sorvegliarla.

Era l'abitazione del senatore Elpidio Vatinio e della moglie Flavia, già sposata in prime nozze a un facoltoso pompeiano. Ed era proprio da Pompei che arrivavano i visitatori: Lucio Ceio, legato alla padrona di casa da sincero affetto, e il comune amico Cornelio Prisco.

Due spettri. Così credette Flavia vedendoli entrare: erano pallidi, magri, con un'aria così disfatta e abbattuta da mettere spavento. Suo marito aveva incaricato un messo imperiale di informarsi sulla sorte dei loro conoscenti e i nomi di Lucio e

Cornelio non comparivano tra quelli dei superstiti dell'eruzione. Erano forse anime vaganti che arrivavano dall'oltretomba?

Si avvicinarono e Flavia rabbrividì, non osava andare loro incontro. In casa non c'era nessuno che potesse aiutarla: Elpidio si trovava in Sabina e il figlio era ancora ospite dello zio paterno in campagna. C'erano solo gli schiavi domestici.

« Non sei contenta di vedermi? » la voce di Lucio era esitante.

Poi le tese la mano e lei la strinse tra le sue. Vera, calda. Lucio e Cornelio non erano morti.

Flavia abbracciò piangendo l'uomo che tante emozioni le aveva provocato nel passato; poi fu la volta di Cornelio. Nessuno dei tre parlava. Cosa si poteva dire, del resto, in tali circostanze?

Per rompere quel silenzio imbarazzante, una volta che si furono accomodati in una delle tante sale accoglienti della casa, Flavia cominciò a chiedere notizie dei familiari, come se non sapesse della terribile fine toccata a tutti loro. E ogni volta, nel sentire l'elenco implacabile, la morsa che le serrava il petto si stringeva di più.

Era da poco che Lucio e Cornelio si erano ritrovati a Roma, ma entrambi sembravano reduci da anni di peregrinazioni e sofferenze. Con i capelli quasi tutti bianchi e il volto segnato da rughe profonde, Lucio Ceio dimostrava, più dell'amico, come i tormenti dell'animo siano in grado di indurire e deformare anche i lineamenti più delicati. Aveva meno di quarant'anni e sembrava un vecchio.

« Dove ti trovavi al momento dell'eruzione? Con chi eri? » Adesso Flavia lo incalzava.

Finché Lucio Ceio, nel ricordare le sue vicende, scoppiò in singhiozzi. Perché, disse tra le lacrime, lui faceva parte del Senato cittadino e più di altri era responsabile di tanti lutti. Non toccava ai tintori o ai barbieri di Pompei, che sì e no sapevano leggere, conoscere quanto era stato scritto su testi che si trovavano anche nel suo tablino. Una massa enorme di brace ardente era racchiusa sotto il manto verde che accoglieva ogni estate la sua famiglia e lui, che avrebbe potuto intuire l'origine di quei continui terremoti, non soltanto non se n'era mai preoccupato ma – quel che era peggio – non si era mai dato la pena di verificare quanto da tempo gli ripeteva il suo guardiano.

Anche Cornelio Prisco, l'avvocato che nella distruzione di Pompei aveva perduto moglie e figlio, non era più lo stesso. Il suo dolore però non riguardava doveri politici. Quando il Vesuvio era esploso la moglie era in procinto di partorire e lui, che stava per raggiungerla, non sapeva se il suo secondo figlio, o figlia, fosse nato. Pensava sempre a Trebonia in preda alle doglie o con un neonato tra le braccia: in ogni caso, una fine ingiusta e tremenda. La sua pena, al momento, non trapelò, mentre Flavia cercava di mettere insieme qualche generica parola di conforto. Lucio invece, con lo sguardo perso nel vuoto, continuava a ripetere le sue presunte colpe come una cantilena.

«Hai detto che quando è iniziata la furia del vulcano ti trovavi nella villa di campagna. Come sei riuscito a sfuggire a quel disastro?» lo interruppe Flavia. E lo guardava con occhi pieni di preoccupazione.

«Pura fatalità» rispose Lucio, «ma sarebbe stato più giusto se, al posto mio, si fossero salvati Melissa e Marco. Non riesco a dimenticare i loro sguardi mentre gli cadeva addosso il soffitto».

«Dove eravate?»

E Lucio Ceio cominciò a raccontare.

Mentre descriveva la sua avventurosa fuga attraverso le caverne all'interno del Vesuvio, Flavia lo ascoltava quasi trattenendo il respiro, come se Lucio non fosse lì davanti ai suoi occhi, sano e salvo, e la vicenda avesse potuto concludersi diversamente. Aveva pianto sentendo della fine di Melissa e Marco e quando Lucio le descrisse il salto in quella gola profonda, gli strinse forte il braccio. Le notizie spaventose che suo marito aveva appreso da alcuni superstiti, nel racconto dell'amico acquisivano un'altra forza e un'altra intensità: l'esperienza vissuta sulla propria pelle da una persona cara suscitava emozione e turbamento.

Quando Lucio ebbe finito di rivelare le sue peripezie, i tre amici rimasero in silenzio, ciascuno perso nei suoi pensieri.

Fu Flavia la prima a riscuotersi. Le restava ancora da scoprire come fosse arrivato a Roma. Ben presto, però, si pentì di averlo domandato: avrebbe preferito non ascoltare tante parole, capaci di evocare lugubri scenari di devastazione.

Si era fatto buio da un pezzo. Gli schiavi avevano acceso le lucerne e un candelabro di bronzo a cinque bracci che si ergeva su un piede a zampa di leone. Lucio si guardò intorno: gli eleganti arredi che lo circondavano gli riportarono alla mente la dimora pompeiana in cui Flavia aveva vissuto per quattordici anni.

«Chissà perché, mi sembra di essere nel tuo grande triclinio di Pompei».

«Sei un buon osservatore» sorrise lei. «Ho scelto il rosso anche per questi lettini, e il candelabro è molto simile a quello che Quinto aveva comprato a Capua».

«Qui però c'è un'aria più accogliente» aggiunse Lucio. «Ricordo ancora come mi sentivo a disagio in quello stanzone quando...»

«Assaggiate un pezzo di dolce». La padrona di casa troncò bruscamente il commento, indicando il vassoio che la fedele Klea aveva appoggiato su un tavolino. Guardò Lucio di sottecchi: sull'onda dell'emozione suscitata dal suo drammatico racconto, rischiava di lasciarsi sfuggire parole che avrebbe fatto meglio a tenere per sé.

Flavia era rimasta sola, con un peso sul cuore.

Peggio di una guerra. Se il modo in cui Lucio si era tratto in salvo attraverso i cunicoli del Vesuvio aveva un che di fiabesco, il resto superava anche l'immaginazione più fervida. I particolari sui quali si era soffermato erano rivoltanti: la morte era stata ovunque attorno a lui, in attesa dello sgombero della prima strada in direzione di Napoli.

A piedi, su carretti, a bordo di imbarcazioni di fortuna, cosa non aveva visto: cadaveri gonfi, mangiati dai pesci, che galleggiavano sul mare sporco di escrementi e rifiuti di ogni genere; membra umane che spuntavano dalle pomici; carcasse di animali in decomposizione; moribondi che gemevano con la bocca piena di sangue e il corpo ustionato; altri che scavavano per recuperare i morti o trasportavano i resti dei familiari immobilizzati dai vapori asfissianti. Lo stesso paesaggio che pochi giorni prima splendeva sotto il sole – l'azzurro del mare, il verde dei giardini, il marrone della terra grassa – era diventato una landa desolata. Uomini, bestie, alberi... tutto era stato spazzato via.

Una domanda insidiosa si faceva strada nell'animo di Flavia, e che lei cercava con tutte le sue forze di allontanare da sé: in fondo, non avrebbe preferito ricordare Lucio e Cornelio come li aveva visti l'ultima volta, uomini normali in una città piena di vita, anziché ritrovarseli davanti disfatti e amareggiati? Perfino Pompei ora le suscitava un senso di repulsione.

Roma, 79 d.C.
quarto giorno prima delle None di dicembre

Giù, veloce, un gradino dietro l'altro. Aveva fatto tardi.

Flavia si lasciò alle spalle il tempio di Iside a Campo Marzio e attraversò di corsa il viale senza far caso alla gente che gremiva il santuario. Come sempre c'erano gruppi di uomini e donne che conversavano passeggiando, giovani aristocratici che si intrattenevano con matrone negli angoli più nascosti, devoti che portavano offerte. Era l'unico luogo sacro in tutta Roma a consentire preghiere e incontri anche dopo l'imbrunire, sotto gli sguardi avidi e compiacenti dei sacerdoti dalla testa rasata.

Flavia sarebbe rimasta volentieri ad ascoltare i canti che si diffondevano nella sala piena d'incenso, ma non voleva far aspettare Lucio Ceio e Cornelio Prisco che le avevano promesso una visita per quel pomeriggio. Era diventata ansiosa.

Da quell'agosto terribile – appena tre mesi prima e sembrava fosse passato un secolo –, bastava il minimo contrattempo a farla agitare, il più piccolo ritardo a farle immaginare disastri inenarrabili. La stessa inquietudine che si insinuava strisciante anche nel sonno.

Il nono giorno prima delle Calende di settembre – chi avrebbe potuto dimenticare quella data? – solo la benevolenza di Iside, continuava a ripetersi Flavia quando deponeva offerte ai piedi del simulacro, le aveva impedito di arrivare a Pompei, com'era stato deciso, spingendola invece a tornare indietro davanti al mare infuriato di Pozzuoli.

A qualche decina di miglia più a sud si stava consumando una catastrofe spaventosa: in una calda giornata di sole, la sua nuova città, la sua casa e i suoi amici erano stati coperti da un manto nero di fuliggine e poi sepolti dalle braci vomitate dalla bocca del Vesuvio.

Benché li avesse visti il giorno prima, Flavia fu nuovamente colpita dall'aspetto stanco e sofferente dei due amici. Ma sul volto di Lucio era comparsa finalmente l'ombra di un sorriso e lei pensò che la notte di riposo gli avesse giovato. Fece portare acqua e un vino dolce.

Adesso era Lucio che aveva delle domande da fare. La vista dei due schiavi che miscelavano le bevande in un elegante cratere evocava antichi lussi, altre mense, in casa dei Vettii, dei Polibii... Il ricordo delle brodaglie, del pane duro e delle olive ammuffite di cui si era nutrito per tanto tempo, era stato spostato in un cantuccio della mente.

«Lo sai» iniziò a dire, «pensavo che anche tu fossi rimasta vittima dell'eruzione. Tutti aspettavamo il tuo arrivo da un momento all'altro e Melissa a malincuore si era allontanata dalla città. Sapessi quanti programmi avevamo fatto per festeggiarti». E le rivolse uno sguardo in cui a Flavia parve di ritrovare una punta della malizia spensierata di un tempo. «Come hai fatto a metterti in salvo?»

«Mi sono salvata per un pelo», ricordò con un brivido la padrona di casa. «Ero arrivata a Pozzuoli e ho sentito dire che Pompei stava bruciando. Ho pensato che si trattasse di un grande incendio, anche se la terra tremava continuamente. Da dove ci trovavamo si scorgeva solo una strana nube oltre Napoli, alcuni dicevano che si era levata dal Vesuvio. Poi, la gente in fuga, alcune testimonianze, le scosse del terreno, ci hanno convinto che stava succedendo qualcosa di terribile, e così siamo tornati indietro. Se mio figlio non avesse insistito per vedere la nave del padre, costringendoci a una deviazione, ci saremmo trovati in pieno disastro».

Nei giorni che seguirono Flavia faticò a tirarsi fuori dall'abisso di angoscia in cui il racconto di Lucio e l'amarezza di Cornelio l'avevano fatta precipitare. Le ci volle del tempo per rimettere le cose nella giusta prospettiva. Rimaneva il rimpianto per chi non c'era più, ma quando i due amici andavano a trovarla, finalmente tornavano alla mente anche i ricordi lieti. Persino le piccole incomprensioni o le antipatie, così frequenti negli ambienti ristretti e nelle piccole città, di fronte a quel tragico epilogo venivano commentate con benevolenza.

Poi le visite di Lucio e Cornelio si diradarono. Bisognava ricominciare a vivere – immaginare un futuro, pensare a cosa fare, riorganizzare le attività –, e non era semplice. Nel caso di Lucio Ceio, poi, era particolarmente difficile: oltre alla moglie e al figlio, aveva perso i vigneti, l'allevamento di ovini, la casa di città, la villa alle pendici del Vesuvio. Era diventato uno delle migliaia di nullatenenti che si aggiravano smarriti per le vie della capitale.

ROMA, 79 D.C.
TERZO GIORNO PRIMA DELLE CALENDE DI GENNAIO

In attesa del marito, Flavia si crogiolava al sole pomeridiano che splendeva su Roma rendendo l'aria più tiepida. Un inverno tornato sereno, luminoso, come tanti altri vissuti a Pompei.

Dalla terrazza – estrema propaggine del giardino domestico sulla sommità del Celio –, lo sguardo si allargava sulla valle dell'Anfiteatro. Seguiva i pendii ricoperti di platani, ormai spogli delle foglie rosse e dorate, il declivio che appariva come una soffice coperta, per fermarsi giù in fondo, dove si scorgeva il luogo più famoso dell'Impero per gli spettacoli, con in cima le statue di bronzo come un drappo tempestato di gemme.

Si riusciva anche a scorgere, in lontananza, il Palazzo imperiale sul Palatino. Il fastidioso rumore dei carri, dei cavalli, delle scarpe chiodate dei militari era soltanto un brusio lontano. Nella residenza di Flavia la tranquillità era assicurata da un invidiabile prestigio economico, ma la padrona di casa continuava a essere tormentata da voci e suoni inesistenti che le rimbombavano nella mente. Bastava che spegnesse la lucerna vicino al letto, ed ecco che dal buio arrivavano urla, invocazioni e richieste di aiuto. Voci che si inseguivano da una stanza all'altra e che lei conosceva benissimo: Valeria, Melissa, Trebonia... Sarebbe mai finito, l'incubo dell'eruzione?

Affacciata dalla balaustra colonnata, avvolta in uno scialle di lana, Flavia aspettava l'ora della cena e intanto ricordava il suo passato. Tutto era cominciato a cambiare, aveva detto Lucio, alla morte di Poppea, la moglie pompeiana di Nerone che era anche parente del primo marito di Flavia, Quinto: equilibri fragili che si erano spezzati, congiure, suicidi, e la vita di tutti loro che aveva preso direzioni diverse senza che se ne rendessero conto. Flavia invece riteneva che il vero mutamento, almeno per lei, fosse iniziato con la morte di Quinto.

Che esperienze formidabili, nel bene e nel male, aveva vissuto.

Ricostruiva con l'approssimazione del ricordo le sue giornate e gli avvenimenti più importanti di Pompei, compresa la morte della figlia di un guardiano di cui aveva saputo per caso e che era stata protetta da una specie di congiura del silenzio. Che stupido era stato Quinto. Se si fosse confidato, lei avrebbe capito. Chissà cos'altro le aveva taciuto. In un pugno di anni aveva conosciuto abissi profondissimi e vette che sfioravano il cielo. Chi lo avrebbe detto, quel giorno di luglio? La sua prima volta a Roma.

2

Quinto Poppeo si sentiva solo

Roma, 64 d.C.
terzo giorno prima delle Calende di luglio
quindici anni prima dell'eruzione

Rieti-Roma, Roma-Rieti.

Flavio Acestio percorreva la via Salaria almeno due volte all'anno.

Ogni viaggio un affare, un giro nelle *cauponae* più rinomate, un pomeriggio al Circo. Riusciva a guadagnare bene vendendo asini di una razza ricercata – qualcuno valeva fino a 60.000 sesterzi – e quando riusciva ad affittare le sue uccelliere di tordi, era una festa.

Stavolta era diverso. Doveva incontrare il suo cliente più importante a mani vuote. Un'epidemia aveva ucciso decine di asini e non era in grado di restituire la somma che il pompeiano Quinto Poppeo gli aveva dato in anticipo.

Non era solo. Per la prima volta, era a Roma in compagnia della figlia Flavia. Passeggiava nervoso nel Foro di Augusto in attesa del cliente, mentre la ragazza, ignara dei pensieri che turbinavano nella mente del padre, osservava annoiata le statue che ornavano la piazza dominata dal tempio di Marte.

All'ombra dei portici, dietro le colonne di marmo giallo, c'era la storia gloriosa di Roma, ma a lei non interessava. Era venuta a Roma per girare fra le botteghe e assistere a qualche spettacolo; le statue di Enea, di Romolo, di Giulio Cesare, non le suscitavano alcuna emozione. Nella piazza c'era poca gente, non era nemmeno giorno di processi, e il tempo non passava mai. Ogni tanto, giusto per tranquillizzarlo, si girava verso il padre e gli rivolgeva un cenno di saluto con la mano.

Più alta delle sue amiche, Flavia aveva una corporatura snella, dalle caviglie e dai polsi sottili; ma le cinture strette in vita esaltavano un seno florido e fianchi rotondi che attiravano gli sguardi maschili. Una vera bellezza, accentuata da grandi occhi un po' distanti di un particolare castano dorato. Non erano poche le donne che lamentavano l'eccessivo favore degli dèi: con Flavia avevano esagerato, pur se – notavano con maligna soddisfazione – la bocca carnosa era piuttosto larga e il naso, corto e sottile, non era poi così dritto.

I genitori non avevano mai fatto caso a questi dettagli ed erano molto orgogliosi della loro unica figlia. Specialmente il padre, basso e tarchiato, che sapeva di aver contribuito a tanta avvenenza solo con il colore dei capelli che, alla luce del sole, acquistavano riflessi biondi. Ora, mentre la osservava compiaciuto, da una parte era fiducioso che la sua parlantina, e un briciolo di fortuna, gli avrebbero permesso come sempre di cavarsela, ma dall'altra si era pentito di aver ceduto alle insistenze della ragazza proprio in un'occasione che si sarebbe potuta rivelare una rovina per la famiglia.

Alzò gli occhi al cielo: l'ora dell'appuntamento era passata da un pezzo. In attesa del pompeiano, ripassava le proposte che aveva escogitato per allontanare il disastro economico, cercando di dominare la sua ansia.

« Flavio! »

Il richiamo proveniva dal cliente atteso e temuto che avanzava verso di lui. « Roma è diventata impossibile, non si riesce nemmeno a camminare », si scusò Quinto Poppeo, asciugandosi il sudore che gli colava dalla fronte. « Ho lasciato la lettiga per sgranchirmi le gambe e mi sono trovato in mezzo a una ressa di gente che scommetteva sulle prossime corse al Circo; a ogni passo c'era qualcuno che voleva vendermi qualcosa e non ho trovato nemmeno una *taberna* per dissetarmi. Credimi, sei fortunato a vivere a Rieti».

«Insomma... veramente, in questo momento...» Flavio Acestio non riuscì a terminare la frase.

«È successo qualcosa alla tua famiglia?» chiese preoccupato il pompeiano.

«No, no. Anzi, ringraziando gli dèi...» e, istintivamente, guardò per qualche momento la figlia. «Sono i miei pregiati animali a soffrire e... a morire. Una tragedia che mi impedisce ora...»

Quinto non lo ascoltava più. Seguendo la direzione dello sguardo di Flavio, i suoi occhi si posarono sulla ragazza.

«Chi è?» chiese senza preamboli.

«Mia figlia» rispose il mercante con fierezza. Il pompeiano rimase a osservarla, mentre si sentiva rimescolare dentro desideri dei quali aveva dimenticato l'esistenza.

Quinto Poppeo si sentiva solo.

Apparteneva all'illustre casato di Poppea Sabina, viveva in una delle dimore più grandi di Pompei ed era vedovo da undici anni. Nello stesso giorno aveva perso la moglie Cassia, una cugina gracile e mite, e il bambino appena venuto alla luce.

Si era sposato per avere un erede e il ricordo del figlio solo intravisto, tutto lordo di sangue e grinzoso come un vecchio, continuava a provocargli delusione e sofferenza.

Il matrimonio invece non aveva lasciato cicatrici da rimarginare. Da quando Cassia era stata seppellita si era dedicato soltanto ad accrescere le sue fortune, limitando le compagnie femminili a prostitute che riceveva in casa. Non le solite finte bionde di quart'ordine ma donne eleganti, che si concedevano a caro prezzo e pretendevano attenzioni di una regina.

E poi la solitudine. Molti conoscenti, nessun amico.

Banchetti, cerimonie, elezioni: che altro si poteva pretendere da Pompei? Per fortuna c'erano gli affari. Quinto provava uno speciale godimento quando poteva mettere le mani prima degli altri su una vendita all'asta o sul fallimento di un riccone.

Durante il viaggio verso la capitale, ripensando alla vita che aveva condotto negli ultimi anni, sentì che qualcosa doveva cambiare. A cominciare da una nuova moglie, l'età avanzava.

Non aveva certo problemi finanziari, anzi. Nell'ultimo anno le sue rendite erano salite a valori mai raggiunti prima. Un successo insperato, grazie alla scomparsa del proprietario della più grande fabbrica di laterizi, dopo la sua.

Aria nuova in casa, figli, ecco cosa ci voleva. E questo avrebbe messo a tacere, ne era sicuro, le dicerie poco lusinghiere sul suo conto che avvertiva come fiato pesante sul collo. Dopo aver incontrato il venditore di asini, si ripeteva, avrebbe pensato solo agli incontri mondani e si sarebbe guardato intorno per fare la sua scelta.

Adesso, il Fato aveva scelto per lui. Questa ragazza così fresca, bella – si trovò a pensare – potrebbe diventare una moglie devota e, grazie ai miei consigli, anche più raffinata. Nessuno verrà a sapere che suo padre vende asini, basta non farlo avvicinare a Pompei.

Con questi progetti in testa, Quinto iniziò a rifiutare le diverse possibilità di ricevere le consegne stabilite – a scaglioni con alti interessi o dopo sei mesi con un numero maggiore di animali – che Flavio Acestio gli offriva, ignaro delle mire del suo interlocutore. Questi, in un'altra circostanza, avrebbe ceduto a una forma di risarcimento vantaggioso senza difficoltà; ma, stavolta, la posta in gioco meritava una buona dose di cinismo.

Per mettere fine alle frasi concitate del mercante, tanto più fastidiose perché le sapeva inutili in partenza, Quinto fece la sua inaspettata proposta.

«Caro Flavio» gli disse serio, «ormai ci conosciamo da tempo e abbiamo sempre concluso buoni affari. Dal momento che questa volta non puoi far fronte ai tuoi impegni, ti propongo una via d'uscita. Dammi tua figlia in moglie e annullerò il debito».

Flavio lì per lì pensò di aver frainteso. Ma la richiesta era reale, come i marmi e i bronzi che luccicavano intorno a loro. Quinto colse lo smarrimento sul volto del commerciante e, per prevenire rimandi o ripensamenti, staccò dalla cintura il sacchetto di pelle che era bene in vista e glielo porse: «Accetta intanto questo dono per suggellare il nostro nuovo accordo».

In un lampo Flavio immaginò le reazioni delle sue donne, con gli occhi fissi sulla borsa che – c'era da giurare – era piena di aurei. La moglie avrebbe maledetto il suo lavoro, spesso a rischio per operazioni spregiudicate, ma alla fine non si sarebbe opposta; Flavia, invece... Se Quinto fosse stato più giovane, o almeno piacente, un matrimonio così combinato poteva essere davvero un regalo del cielo; ma brutto com'era, così avanti negli anni, chi avrebbe avuto il coraggio di riferire alla figlia una simile proposta?

Iniziò a balbettare, mentre Flavia si avvicinava. Doveva decidere, e subito. La disperazione per il suo tracollo negli affari e l'invitante gruzzolo ebbero il sopravvento su qualunque altra considerazione. Afferrò svelto quello che gli era stato offerto – «Io, ecco... siamo d'accordo» – e strinse la figlia a sé, ostentando una sicurezza che era lungi dal provare.

Quinto non accennò a quanto aveva appena proposto e preferì salutare in fretta il futuro suocero. Sorridendo alla ragazza, disse: « A presto, amico mio. Fra un mese passerò da Rieti e verrò a salutare la tua famiglia ».

« È andata bene? » chiese Flavia, appena Quinto si fu allontanato.

Il padre stava contando le monete d'oro e d'argento. « Sì. Guarda che affare! Però ci sono altre cose che mi preoccupano, figlia mia ».

« Cosa ti affligge? » domandò la ragazza.

« Ne parleremo in un altro momento. Ora pensiamo a spendere un po' di questo tesoro. Che ne dici di un bracciale? E di un vestito ricamato? Andiamo ai *Saepta*, è lì che si trova la merce di lusso ».

Flavia abbracciò di slancio il padre e disse: « Facciamo invece una sorpresa alla mamma: torniamo in quella bottega di specchi dove ci eravamo fermati ieri ».

« Ma quali specchi, ho in mente ben altro. Da un momento all'altro ti potresti sposare e... »

Flavia non gli lasciò finire la frase e, ribadendo che stava bene a casa sua e non aveva alcuna intenzione – almeno per il momento – di prendere marito, trascinò il padre verso il vicolo rilucente di argenti.

I portatori dell'elegante lettiga videro arrivare Quinto Poppeo quasi di corsa. Dopo essersi sistemato sul sedile imbottito di cuscini, il pompeiano sorrise compiaciuto. Era stato facile mostrarsi deciso con Flavio, doveva ammetterlo, ed era stato anche bravo nel prendere su due piedi una decisione così importante. Dopo tanti anni sentiva nascere finalmente la possibilità di una nuova vita, in grado di chiudere i conti col passato.

Stavolta, pensava, riuscirò ad allontanare definitivamente il ricordo più doloroso. Non si trattava del parto mortale della moglie, né della fine violenta del suo rivale.

Come ogni settembre, cinque anni prima Quinto Poppeo si era recato nella sua proprietà agricola di Oplontis, vicino la villa dei mesi estivi. Anche allora gli schiavi sorvegliati dal liberto Livio mostrarono la loro efficienza. Sigillavano le anfore di olio e vino con grande sveltezza e precisione senza perdere nemmeno una goccia dei preziosi liquidi; poi le trasferivano sui carri e le trasportavano al porto di Pompei per sistemarle sulle imbarcazioni mercantili. A Quinto piaceva trattenersi fra quegli odori pungenti che si sarebbero tramutati in denaro sonante, ma pure godere della bellezza della campagna, che offriva una gran varietà di alberi da frutto. Dopo il controllo dei lavori, si incamminò da solo, senza una meta. Respirava a pieni polmoni il profumo della terra fertile, mista alla salsedine, e ogni tanto si fermava per staccare un fico dal ramo e gustarlo appena colto.

Senza accorgersi era arrivato allo spiazzo delle scuderie e stava per tornare indietro quando udì una vocina soffocata che invocava aiuto, appena percettibile fra i nitriti dei cavalli. Si fermò per ascoltare meglio e, assicuratosi della provenienza dei lamenti, a passi veloci si diresse verso il vano centrale dell'edificio.

Ciò che vide era straziante. Mutia, l'unica figlia di Livio, giaceva insanguinata sotto una trave caduta dal soffitto.

Quinto provò a sollevare il legno ma i suoi sforzi furono inutili. Uscì fuori in cerca di aiuto, urlò, ma nessuno rispose ai suoi ripetuti richiami. Tornò dentro. Mutia, con la tunica sollevata, piangeva sempre più flebilmente. Quinto cercò ancora una volta di spostare la trave che aveva investito la bambina sul petto. Niente da fare. Esausto, con le mani della piccola strette intorno al suo collo, le cadde addosso.

Erano arrivati in tanti, ma era troppo tardi. Livio non si dava pace e, con il piccolo corpo inerte fra le braccia, non faceva che ripetere: «La mia bambina!», «La mia bambina!», «È colpa mia, dovevo riparare quella trave pericolante».

Pensare che erano stati altri i timori di Livio per sua figlia: Mutia, che aiutava a spazzolare i puledri, poteva ricevere un calcio da un animale infastidito dai moscerini così numerosi durante la vendemmia.

Quinto, ferito a un braccio, cercava di calmarlo: «Un caso tragico, Livio! Poteva capitarci chiunque lì sotto. Fatti coraggio, pensa a tua moglie, devi essere forte anche per lei».

La donna non era presente. Da tempo a letto per una malattia che il medico aveva attribuito a debolezza nervosa, non era stata ancora avvisata della disgrazia.

«A volte, sai», cercava di consolarlo Quinto, «gli dèi colpiscono da una parte e premiano dall'altra. Sei giovane, potrai avere altri figli, non devi sentirti in colpa. Vedrai, ti aiuterò a curare tua moglie, provvederò al funerale di tua figlia come fosse la mia».

Livio continuava ad abbracciare Mutia e sembrava sordo a qualsiasi sollecitazione. Dopo un tempo che a tutti i presenti sembrò interminabile, adagiò a terra il corpicino senza vita e prese ad accarezzare e baciare le piccole mani. Ad un tratto si girò verso il suo padrone e lo fissò con uno sguardo torvo.

Che gli passa per la testa? si chiedeva Quinto. Invece di ringraziarmi, mi guarda come se fossi un assassino.

Rieti, 64 d.C.
luglio-agosto

Ah, Roma!

Nessun'altra città aveva mercati così forniti e roba di prima qualità. E gli orientali ovunque, con i loro abiti sgargianti e il parlare svelto dei greci. Equilibristi, maghi, suonatori di timpani, incantatori di serpenti arrivavano da ogni parte dell'impero per fare fortuna nella capitale.

Durante il viaggio di ritorno a Rieti, Flavia, in preda a una grande eccitazione, non smetteva di enumerare le meraviglie che aveva visto e non faceva caso al padre che assentiva distratto e silenzioso.

Flavio conosceva Roma quasi quanto Rieti e nulla più lo stupiva. Pensava invece a sua figlia, che aveva cresciuto con tutte le attenzioni possibili, procurandole un'istruzione di prim'ordine, e non osava immaginarla tra le braccia dell'avido pompeiano.

«Le quadrighe lanciate a folle velocità nel Circo Massimo, la folla che sbraitava, le matrone che si piegavano sotto il peso dei gioielli, uomini che si scambiavano frasi sconce a voce alta... che esperienza!»

A distanza di tanti giorni dal suo viaggio a Roma, Flavia non si stancava di raccontare alle amiche quanto aveva visto, e loro di ascoltare. Sembrava impossibile che un grande incendio, poco tempo dopo, avesse distrutto uno dei luoghi più esaltanti e fastosi della capitale. Era stata davvero una fortuna, per Flavia, aver vissuto i brividi dell'ultima gara.

Ma le giornate leggere possono capovolgersi in pesi sul cuore, la vita presentarsi all'improvviso a chiedere subito il conto per i primi regali. Nemmeno un mese, e le cose più semplici diventarono incomprensibili.

La madre di Flavia, innanzi tutto. Fino a quel momento del solito umore allegro e, improvvisamente, pensierosa e malinconica. Alle richieste di una spiegazione da parte della figlia, rispondeva: « La vita è ingrata », « Noi per te abbiamo sempre desiderato il meglio », e altre frasi del genere, sempre vaghe, che, anziché rassicurare la ragazza, le mettevano addosso oscuri presentimenti.

Poi, tutto si chiarì.

Preceduto da accurati preparativi – gli schiavi avevano lustrato i pavimenti per giorni –, e dalla presenza dell'anziana vicina di casa, che spuntava solo nelle grandi occasioni per elargire consigli, alle None di agosto fece il suo ingresso nell'abitazione e nella vita di Flavia il quarantenne Quinto Poppeo.

Era una convivenza accettata ma difficile, quella fra Quinto e il suo corpo. Sembrava che la natura si fosse divertita a mettere insieme due esseri differenti: la parte superiore, piuttosto esile, culminava in un viso affilato con naso aquilino; mentre, dalla vita in giù, una corporatura quasi quadrata terminava con corte gambe muscolose. Nemmeno gli occhi, così penetranti in altri membri della parentela, riuscivano a dar luce al volto: di un insolito color grigio, erano slavati e un po' sporgenti.

Benché avesse dedicato diverse ore alla cura della sua persona e all'abbigliamento, il suo aspetto non era tale da attrarre una ragazza che non mirava a un cospicuo patrimonio. Quinto era, sì, intelligente e amante dell'arte, con la rara capacità di intuire gli stati d'animo di chi gli stava vicino; ma queste doti non erano percepibili in un primo incontro, se anche Flavia fosse stata nella disposizione di apprezzarle: la bilancia pendeva verso l'aspetto fisico deludente.

Davvero sgradevole, pensò la ragazza appena lo rivide.

A Roma, fra le poche persone che si erano intrattenute col padre, gli aveva prestato un poco di attenzione solo perché era stata l'ultima. Non si era accorta dei suoi sguardi insistenti; aveva continuato a passeggiare nel Foro, aspettando che Flavio terminasse gli incontri di lavoro.

Avvertì immediatamente una grande repulsione. E nei giorni seguenti fu peggio, perché sentiva il cerchio stringersi intorno a lei sempre più stretto e le sue proteste venivano sistematicamente ignorate.

I genitori, che in segreto avevano scritto a Quinto per assicurargli il loro consenso e quello di Flavia, lo trattennero qualche giorno affinché la figlia potesse apprezzarlo e si abituasse all'idea di sposarlo. Quinto fu d'accordo, sicuro del risultato; con lui Flavia si mostrava gentile, pur se cercava di evitare ogni tipo di contatto. Non poteva immaginare che, appena usciva dalla porta, la ragazza tentava con lacrime e suppliche di opporsi a quanto era stato deciso per lei. Arrivò al punto di non assaggiare cibo per due giorni, di minacciare suicidi, dicendosi pronta a dedicare agli dèi la sua verginità.

Non ci fu niente da fare.

I genitori si sforzarono di trovare tutte le giustificazioni possibili: l'onore della famiglia affidato al suo sacrificio – che di questo si trattasse, le fu riconosciuto – il prestigio di un marito di alto rango e, via di questo passo, a elencare esempi di casi analoghi felicemente risolti.

Se Flavia alla fine accettò, fu per uno spirito di ubbidienza rassegnata, non disgiunta dalla speranza – che a quindici anni, sedici a settembre, diventa certezza – di un premio, di una giustizia finale, che l'avrebbe ricompensata di ogni delusione.

La cerimonia del fidanzamento, e quella del matrimonio, erano trascorsi come se la protagonista fosse stata un'altra:

non aveva condiviso nemmeno un momento di festa, di allegria, con i familiari e gli invitati. Non sapeva fingere, Flavia, e la sua aria malinconica – emozione, dicevano i genitori; malumore commentarono in molti – ebbe termine soltanto quando, una volta rimasta sola col marito, si tramutò in un vero e proprio disgusto.

Spogliarsi davanti a uno sconosciuto che detestava, ubbidire ai suoi comandi: « Abbracciami! », « Non ti irrigidire! », « Apri le gambe! », impartiti come a una schiava qualunque, le avevano provocato un senso di umiliazione prima che di ripugnanza. Era quella la prima notte di nozze immaginata con le amiche? Si parlava di dolori, ma che venivano superati dal piacere di stare a letto con uomo giovane e desiderato. Possibile che la sua vita sarebbe stata scandita da notti come quella che stava vivendo?

La fastidiosa eccitazione del marito si materializzò con un dolore lacerante, come se dentro di lei fosse penetrato un pezzo di legno, e i gemiti di soddisfazione di Quinto, alla fine del rapporto, le provocarono solo l'amaro conforto di sapere che, per il momento, la tortura era finita.

La *domus* dei Poppei era una villa. In piena città. Come poche altre vantava acqua corrente, saloni affrescati e uno spazioso giardino interno.

Appena arrivato a Pompei con la giovane moglie, Quinto era sicuro che, di fronte all'eleganza e alle comodità della nuova casa, Flavia non solo avrebbe abbandonato la scontrosità mostrata durante il viaggio, ma si sarebbe anche lasciata andare a qualche gesto affettuoso.

A Rieti, case del genere erano merce rara. Finanche il tempietto per le divinità domestiche, in un angolo dell'atrio, si presentava come un monumento. Ovunque si posasse lo sguardo era un moltiplicarsi di marmi, mosaici, pareti dipinte con mille figure che avevano visto all'opera artisti venuti apposta da Roma.

La grandiosità dell'abitazione, su cui aveva puntato Quinto, ebbe l'effetto di impressionare Flavia ma non di renderle più gradevole il maturo consorte. Dopo aver girato fra i diversi quartieri della casa, la giovane sposa fu colta da un capogiro. Seduta per qualche attimo all'ombra nel peristilio, non aveva avuto esitazioni nell'attribuire la colpa del suo malessere, in minima parte, alle fatiche del viaggio; per il resto, al marito che non smetteva mai di parlare e di attirare la sua attenzione su questo o quel particolare.

Solo le novità da cui era stata travolta erano riuscite a farle sopportare le bolle sui piedi provocate dai sandali indossati per la prima volta, ma col passar del tempo non era riuscita a trattenere gli sbadigli.

In tanto girovagare, l'avevano colpita soprattutto le stanze del bagno, vere e proprie terme con acqua calda; il resto di quanto andava illustrando Quinto le provocò solo una grande confusione. Per fortuna la conoscenza dettagliata della servitù, quasi un piccolo esercito, era stata rimandata all'indomani.

Flavia era esausta e avvertiva una nausea crescente. Ad accrescere il suo fastidio aveva contribuito non poco la presenza del procuratore Eros, che il marito doveva tenere in grande considerazione. Alto, il collo largo quanto la mascella, aveva uno sguardo che trasmetteva diffidenza, così almeno era sembrato a Flavia. C'è poco da stare allegri, pensava, con un marito repellente e questo Cerbero alle calcagna.

«Una ciambella al miele?»

Flavia riaprì gli occhi. Di nuovo Quinto! Dietro di lui, una schiava reggeva un piatto di dolci. Rifiutò con garbo ed espresse il desiderio di ritirarsi nella sua alcova. Almeno, era riuscita a ottenere una camera appartata tutta per sé.

3

«*A che serve stare nel lusso se non si ha l'amore?*»

POMPEI, 65 D.C.
NONE DI GIUGNO
QUATTORDICI ANNI PRIMA DELL'ERUZIONE

Flavia si era svegliata all'alba. Pure Pompei stendeva le sue membra, ancora insonnolita, guardando dall'alto la foce paludosa del fiume.

Un'altra giornata stava per iniziare e già affluivano dalla Porta di Stabia i prodotti agricoli destinati al mercato, mentre i clienti cominciavano a presentarsi davanti ai portoni di politici e ricchi mercanti.

«Che noia!» esclamò Flavia a mezza voce.

Avrebbe voluto dormire più a lungo e si rigirava fra le lenzuola, maledicendo il cane da guardia che abbaiava nella stalla. Si stropicciò gli occhi e si guardò intorno, come ogni mattina. La luce ancora debole che entrava dall'unica finestra in alto rischiarava appena la cassa piena di abiti, lo sgabello rivestito di stoffa azzurra, il tavolo ingombro di specchi, pettini, astucci per il trucco, e le figurine dipinte sulla parete di fronte al letto, che sembravano volare sullo sfondo.

La sua camera, poco distante da quella del marito che si affacciava sul giardino, era più interna e riparata dal movimento degli schiavi domestici; ma le arrivavano comunque il suono della campanella che dava la sveglia alla servitù, il rumore del pesante portone che si apriva sulla strada per accogliere i clienti di Quinto, il tramestio nel peristilio che era il cuore dell'abitazione.

Aveva trascorso quasi un anno fra quelle mura, e continuava a sentirsi sprecata e insoddisfatta. La stessa cittadina e i suoi abitanti li aveva percepiti con un senso di estraneità: tutto quel caldo, l'odore di pesce fritto a ogni angolo, le case così strette una all'altra...

I bambini, in particolare, la infastidivano. Miriadi di occhi neri e faccine che il sole rendeva color bronzo, spuntavano ovunque e sembrava che avessero voglia di crescere in fretta. In gruppi, a coppia, prendevano in giro il passante sprovveduto, rubavano qualcosa sulle bancarelle fuggendo via come saette, si rincorrevano gridando, qualcuno si era anche arrampicato sul tetto della sua casa per affacciarsi sull'atrio a spiarne l'intimità. Scalzi per la maggior parte, erano di una vivacità insolente che la metteva in imbarazzo quando qualcuno riusciva a sfuggire al controllo delle schiave e se lo trovava intorno a tirarle la veste.

A Rieti la maggior parte dei bambini usciva con le mamme o gli schiavi, erano pochi quelli che scorrazzavano nelle piazze e disturbavano i passanti. Invece a Pompei ogni aspetto della vita quotidiana sembrava ingrandito, rumoroso e puzzolente.

Di tintorie ce n'erano in ogni città, ma qui non si contavano i recipienti per la raccolta dell'urina con cui si sgrassavano i panni. Accanto a case signorili e terme lussuose i proprietari delle lavanderie avevano sistemato delle vere e proprie latrine all'aperto – anche se avevano avuto la decenza di farlo nelle vie laterali – con la gente che si fermava a liberarsi allagando il selciato.

Fosse stato per lei, non sarebbe mai venuta ad abitare a Pompei e sicuramente non avrebbe sposato Quinto Poppeo. Pazienza, se le fosse toccata una semplice dimora senza vasellame d'argento, almeno avrebbe trascorso la notte fra le braccia di un uomo che amava.

Spesso la notte, quando con qualche scusa riusciva a evitare i suoi doveri coniugali, si abbandonava ai ricordi e ai sogni degli anni precedenti. La camera da letto finalmente diventava silenziosa e poteva accogliere, quasi ascoltare, i pensieri rivolti al passato che Flavia non si stancava di rimuginare. Come diceva quell'elegia imparata a scuola?

A che serve lo stare nel lusso se non si ha l'amore, se si è costretti a vegliare la notte in pianto?

Aveva ragione il poeta di cui non ricordava il nome. E pure chi rimpiangeva il luogo dove si è nati e cresciuti.

Rieti non era Pompei. Minore ricchezza, un clima più rigido; ma era bello, d'estate, sdraiarsi al sole sul prato vicino la sua casa, assaporando una focaccia con la ricotta. Le sembrava di sentire ancora il calore dei raggi sulla pelle, e in bocca il gusto delizioso del formaggio fresco.

Le piaceva la sua città con l'acropoli, la piazza del Foro, tutte salite e discese, e intorno un verde sfolgorante, con le cime delle alte montagne che, durante i tramonti invernali, mutavano il bianco della neve in rosso fuoco.

Che strano. Un oracolo legato all'isoletta in movimento sulle *Aquae Cutiliae* le aveva rivelato che la sua vita sarebbe stata legata a una montagna di fuoco, e lei era invece finita in una città vicino al mare, con un unico monte ricoperto di vigneti.

Ogni volta che ripercorreva la sua vita, arrivata al momento delle nozze, Flavia dimenticava ogni particolare, come se la memoria si rifiutasse di sistemare in qualche angolo la svolta della sua vita.

Dai frettolosi amplessi, che l'uno reclamava e l'altra cercava di evitare, non erano venuti figli. Senza rivelarlo a Quinto, usava il più diffuso contraccettivo: una piccola pezzuola di lana, imbevuta di succo di limone, che introduceva velocemente prima di ogni rapporto. Non voleva un bambino, non almeno dall'uomo che continuava a sembrargli un estraneo.

Quinto invece tentava di tutto per farsi – se non amare – almeno accettare dalla bella consorte. Era sicuro che, col tempo, superata la sensazione di essere stata ceduta contro la sua volontà – questo gli era diventato chiaro dal giorno delle nozze – Flavia sarebbe riuscita ad apprezzare il prestigio della sua nuova famiglia, l'autonomia di denaro e di movimenti che le aveva concesso e la protezione che era in grado di offrirle. A volte, però, questa certezza veniva meno. C'era, nella sua donna, un muro impenetrabile di pensieri, di sentimenti, fra i quali la sua intuizione, infallibile con clienti e amici, non riusciva ad aprirsi un varco.

Forse, si ripeteva, qualche divinità non vuole che sia felice. La prima moglie morta insieme al bambino appena nato e... ma quella era stata una disgrazia.

Pompei, 65 d.C.
None di giugno

Era lunga e frequentata la strada dove abitavano i Poppei. Proprio di fronte a loro, si trovava la casa dei Ceii. Ancora, all'inizio di giugno, i loro discorsi più intimi non avevano attraversato la via. Ognuno con i suoi rimpianti, qualche sogno, la forza della quotidianità chiusi dietro i portoni.

Nell'abitazione di Lucio Ceio, appena eletto edile nel governo municipale, alcuni clienti erano appoggiati alle colonne che delimitavano la vasca dell'atrio.

Aspettavano di essere ricevuti dal padrone di casa e lanciavano ogni tanto uno sguardo alla tenda rossa che nascondeva l'interno dell'abitazione. Speravano che prima o poi cominciasse a muoversi, per un'improvvisa folata di vento, ma dall'apertura del tetto arrivava solo calore.

L'impassibile liberto Numidio, che metteva in riga ogni mattina questuanti e clienti, sembrava sottolineare l'immobilità dell'aria.

Nel suo tablino, ignaro della svolta che l'aspettava proprio a due passi, Lucio continuava a ripetersi: mai un giugno così torrido e noioso. Per colpa delle mosche e del caldo avvertiva lo stesso tipo di insofferenza che gli suscitava il suocero quando, mentre mangiava, metteva in mostra i quattro denti neri che gli erano rimasti.

Aveva difficoltà a concentrarsi su quanto ascoltava da tintori, bagnini e osti; ma, dopo aver vinto le elezioni, doveva mostrarsi disponibile con i suoi sostenitori.

Alle donne, Lucio Ceio piaceva. Di struttura esile, non alto, capelli scuri e lisci, aveva due occhi neri come olive, dalla forma un po' allungata: il tratto più caratteristico del suo viso magro, capace di esprimere un sincero interesse a chi gli stava davanti. A suscitare un'immediata simpatia contribuivano la schiettezza dei modi e una cortesia innata, che riuscivano a simulare la tendenza rinunciataria del suo carattere, non dovuta a vigliaccheria, solo a una pigrizia di fondo e all'inconfessato timore di non essere all'altezza di un compito impegnativo. Anche ora, in attesa di entrare ufficialmente in carica, era già pentito del risultato ottenuto. In fondo, era un affermato produttore di vini: chi gliel'aveva fatta fare a investire gran parte dei suoi risparmi rischiando di deludere i pompeiani?

Era consapevole che avrebbe diviso con un collega gli oneri del suo mandato, ma si rendeva conto che la ricostruzione di tante parti della città, dopo il disastroso terremoto di tre anni prima, non sarebbe stata una passeggiata.

Sforzandosi di dominare il nervosismo di fronte alle richieste degli elettori, Lucio ripeteva meccanicamente alcuni gesti, come quello di passare continuamente una mano nei capelli. Aveva già ricevuto tante persone, eppure la mattinata sembrava non finire mai.

« Sono stanco morto » disse a voce alta, mentre beveva l'ennesimo bicchiere d'acqua.

Alzò gli occhi verso l'uomo che gli stava davanti, pensando che fosse il suo liberto, quando esclamò sorpreso: « Cornelio, che piacere vederti!... Ma come sei ridotto? »

In Cornelio Prisco, l'avvocato romano per i cui favori le donne di ogni età si rivolgevano a Iside, non c'era l'ombra dell'eleganza per cui andava famoso. La veste era spiegazzata, i capelli impolverati, e il viso, nel quale spiccavano un lungo naso dritto e gli occhi di un azzurro intenso, era sporco, segnato dalla stanchezza.

Lucio si alzò per abbracciarlo e chiese con una certa apprensione: « Cos'è successo? »

« Ho viaggiato con il servizio di posta e sono sfinito » rispose l'avvocato. « Mi sono precipitato da te senza mettermi in ordine, ma i recenti avvenimenti... »

« Di quali avvenimenti parli? »

« Già, non puoi saperlo: la notizia è arrivata insieme con me. È morta l'Augusta Poppea ».

Lucio rimase di stucco. L'imperatrice era così giovane, piena di salute.

« A Roma » proseguì Cornelio, « si dicono cose terribili. Dappertutto regnano confusione e paura sulle possibili ripercussioni di questo omic... »

« Omicidio? », lo interruppe Lucio, « Ho capito bene? » e si protese verso l'amico spalancando gli occhi.

« Bé », riprese Cornelio, « è stata la prima voce uscita dal

Palazzo e la più diffusa. La fonte, così dicono, è una schiava di Poppea e te la ripeto così come l'ho sentita».

Lucio dimenticò l'afa, i clienti in attesa, e si concentrò sulle parole dell'amico. Quello che stava ascoltando era di una gravità sconcertante. Già si vedeva nel Foro a rispondere alle domande dei pompeiani, una volta che la notizia si fosse propagata.

L'avvocato aveva abbassato la voce. Non gli era sfuggita, dietro la porta socchiusa, la presenza di Numidio, che aveva quasi investito al suo arrivo senza dargli il tempo di farsi annunciare.

«Dunque», proseguì sommessamente, «Nerone, arrivato a sera inoltrata dopo aver partecipato a uno spettacolo, era entrato come una furia nella stanza da letto della moglie e aveva allontanato la servitù. Gli occhi spaventati della sovrana avevano però messo in allarme l'ancella più affezionata, che si è fermata nei paraggi e ha ascoltato urla e rimproveri, tra tavoli e sedie sbattute a terra».

«Immagino che come ogni serva degna di questo nome abbia pure riferito i motivi della lite» l'interruppe Lucio con tono ironico, rimettendosi comodo e stringendo, senza accorgersi, le sporgenze dei braccioli.

«Certamente», riprese Cornelio. «Stavo giusto dicendo che è stata la gelosia di Poppea a scatenare il putiferio. Da qualche tempo circola la voce che Nerone abbia una nuova amante: un'altra donna più grande di lui, molto bella».

«Si fa qualche nome?» domandò Lucio.

«Oh, sì. Voci insistenti dicono che si tratta di Statilia Messalina. La moglie lo aveva saputo e aveva sguinzagliato spie fidate per avere delle prove del tradimento.

Il giorno prima della disgrazia una di queste era stata scoperta e arrestata dalle guardie imperiali che sorvegliavano la casa della nuova passione di Nerone. Sotto tortura, la spia aveva confessato – proprio quella sera – il nome di Poppea come mandante, suscitando le ire del marito».

«Ma perché stavi parlando di omicidio?» chiese Lucio.

«Se non mi interrompi più, te lo dico» riprese Fabio, che aveva approfittato della domanda dell'amico per bere d'un fiato l'acqua rimasta nella caraffa.

E Cornelio raccontò che, sempre secondo la schiava, Poppea aveva gridato per chiedere aiuto, mentre Nerone le rinfacciava urlando: «Come ti permetti? Pensi di essere una vergine indifesa? Ricordati chi eri quando ti ho sposata, *lupa* che non sei altro!». Avevano continuato a litigare, finché nella stanza si era fatto silenzio. «Rispondi!» aveva urlato all'improvviso l'imperatore. «Ti prego, rispondimi! Io non volevo... io", e a quel punto aveva spalancato la porta, fuori di sé, chiamando a gran voce il medico di corte e le schiave dell'Augusta.

«Dunque, non c'è nessun testimone» osservò Lucio, «soltanto chiacchiere. E come sarebbe avvenuto il delitto?»

«Un calcio, amico mio, si parla di un calcio alla pancia. Poppea, incinta da poco, era a letto e la serva avrebbe visto con i suoi occhi le mani della sua padrona che reggevano il ventre e il sangue che scorreva fra le gambe».

Lucio non fece commenti. Come tanti figli unici sperava in una prole numerosa e invece, in cinque anni di matrimonio, la pancia di Melissa non si era mai gonfiata. Chissà cosa avrebbe dato per una moglie incinta e chi aveva questa fortuna...

«E non potrebbe essere stato un incidente durante un litigio?» obiettò, ancora incredulo. «Una cugina di mia moglie, incinta di pochi mesi, è morta per una caduta. E poi tutto si basa sulle confidenze di una schiava e tu non fai che parlarmi dei nemici che Nerone ha a Roma».

«Non sarebbe la prima volta che voci messe in giro ad arte causino la rovina dei potenti. Stavolta però non me la sento di giurarci» replicò l'avvocato.

«Ma non eri proprio tu a dire che l'amore per Poppea aveva accecato l'imperatore?»

«Oh, sì, lo sapevano tutti, con le conseguenze di cui i loro nemici hanno fatto le spese».

«Allora convieni con me che può essere stata una fatalità?» riprese Lucio, che non rinunciava al suo tentativo di scagionare un futuro padre.

«Non lo escludo. Ti riferisco solo le voci che circolano. Per quel che mi riguarda, ho reagito come avresti fatto tu: ho lasciato il teatro del dramma per godermi in anticipo l'estate di Pompei».

Lucio scoppiò a ridere. Dopo la tensione accumulata per le parole dell'amico, ci voleva una pausa e propose un bagno alle terme. Aveva voglia di uscire, ma non di incontrare Melissa.

«Meglio non coinvolgerla, per il momento» consigliò a Cornelio che voleva salutarla. «Il suo interesse morboso su qualunque vicenda passionale ci inchioderebbe su una sedia fino a stasera».

L'avvocato si assicurò che sarebbero andati ai bagni privati appena fuori Porta Marina, era curioso di conoscere le Terme di cui parlava tutta Pompei. Stavano per uscire dalla stanza, quando Lucio si portò una mano sulla fronte: «Per Ercole! Mi sono dimenticato di quei poveretti che mi stanno aspettando».

Erano rimaste solo tre persone che, esaurito un ultimo e stentato tentativo di conversazione, se ne stavano zitti in un angolo.

Quando Lucio apparve nell'atrio si scusò («Sono successe gravi cose a Roma»), li rimandò all'indomani e si avviò in gran fretta, spingendo fuori l'amico.

Si incamminarono lungo la strada in direzione del Foro, piegando al primo incrocio sulla destra verso via dell'Abbondanza.

Il silenzio, a Pompei, durava un battito di ciglia.

All'uscita del vicolo, la strada più ampia e famosa di Pompei li investì col solito vocio, la gente che si chiamava a distanza, i bottegai che esaltavano il valore della propria merce. E ovunque odori di grasso che sfrigolava in qualche tegame, di pesce, che si riversavano, mescolati, sui passanti.

All'angolo c'era una fontana e i due amici si fermarono per rinfrescarsi.

Nell'ultimo tratto della via le tende davanti a botteghe e punti di ristoro consentivano se non altro di ripararsi dal sole. Lucio e Cornelio procedevano di buon passo, limitandosi a salutare con un cenno i numerosi conoscenti. Erano appena arrivati sotto i portici della grande piazza centrale, non ancora rimessa a posto, quando Lucio si fermò e, indicando il tempio di Apollo, disse: «Lo sai che durante l'ultimo sacrificio qui davanti, mentre la terra ha avuto un sussulto, il sacerdote si è tagliato una mano? Non faccio che pensarci ogni volta che ci passo e mi domando quale destino gli dèi abbiano deciso per la nostra città».

«Perché» ribatté l'avvocato, «ti devi rovinare la giornata pensando a grandi sciagure? Se avessi visto com'era ridotta Roma solo l'anno scorso! Quasi ogni anno scoppia un incendio, ma non per questo penso che la capitale dovrà finire in un rogo».

Intanto erano arrivati all'imbocco della via Coperta, tutta in discesa, che dava refrigerio al caldo e terminava alle Terme fuori le mura.

Sul lato destro della ripida strada che scendeva verso il porto, l'edificio apparve all'improvviso, in una posizione dominante sul paesaggio.

Era l'unica struttura del genere a non avere due sezioni differenti per uomini e donne. L'ingresso era costoso, ma i servizi erano di qualità superiore; si poteva finanche ammirare il panorama da una vetrata mentre si stava immersi nell'acqua di una piscina.

Il custode, mentre contava le monete, ripeteva come una cantilena a chi arrivava per la prima volta di stare attenti a quanto avrebbero visto nello spogliatoio.

Appena entrati nella saletta dove si lasciavano gli abiti, Lucio e Cornelio videro un gruppo di persone svestite che indicavano in alto dei dipinti che correvano su due pareti. Stavano ridendo di gusto e uno di loro annunciò a voce alta, per farsi ascoltare da tutti: «La prossima volta li metto nella sesta perché mi piace la compagnia!».

Un coro di sghignazzi seguì il commento.

Nessuno fece caso ai nuovi arrivati; solo Giulio Polibio, il più ricco proprietario di forni, scontroso e accigliato come al solito, commentò con Lucio quasi balbettando: «Ormai non c'è più ritegno. Mia moglie e mia figlia non metteranno mai piede in questo, in questo... in questo lupanare».

Raccolse cintura e sandali, volse le spalle ai presenti e si diresse all'uscita.

Lucio non batté ciglio. «Che te ne pare?» chiese poi rivolto a Cornelio.

L'avvocato era a bocca aperta. Davanti a lui, su due pareti, c'erano quadretti dipinti e numerati, sopra altrettante mensole di legno, che ritraevano una gran varietà di amplessi. Non come quelli che si potevano vedere nelle alcove, sulle coppe d'argento o nei lupanari della città: qui erano raffigurati rapporti sessuali fra tre, quattro persone.

«E chi si aspettava una cosa del genere. Non ho visto mai niente di simile in un luogo pubblico, nemmeno a Roma», disse lentamente Cornelio, senza riuscire a staccare lo sguardo dalla parete di fronte.

«Mi vengono in mente le illustrazioni numerate di quella celebre cortigiana greca... come si chiamava: Leonthis, Elenthis... Ti ricordi quando le abbiamo scoperte fra i volumi di tuo padre?»

Lucio sorrise. «Certo che me le ricordo. Abbiamo imparato di più su quei disegni in un pomeriggio che con dieci *lupae*».

«Allora», disse rivolto all'amico, «vogliamo provarla la piscina d'acqua fredda sotto la cascata? Hai deciso?»

«Sì. Senza dubbio il contenitore numero otto».

«Ma lì si vede un poeta con i testicoli grandi come due cavoli. Vuoi farmi credere che il resto ti lascia indifferente?»

«Mi piace dare soddisfazione a un pittore che si è divertito a rendere ridicolo qualche intellettuale» fu la risposta di Cornelio.

Lasciati i vestiti, si immersero nella vasca sotto la cascata che, al primo contatto, provocava brividi di freddo.

Grazie a quel bagno ristoratore, Cornelio si sentiva finalmente rilassato e cominciò a guardarsi intorno. «Chi è?», chiese facendo un cenno col mento in direzione di una matrona dai grandi occhi scuri, la bocca piccola e rossa come una ciliegia.

Lucio seguì lo sguardo dell'avvocato. «Si chiama Fortunata. Suo marito è un ricco commerciante di vini».

«Puoi presentarci?»

«Sì, ma ti avverto: quell'uomo è gelosissimo. Nonostante abbia un difetto insopportabile, la porta di rado ai ricevimenti e la fa uscire con uno stuolo di ancelle. Mi meraviglio anzi di vederla qui».

Cornelio era troppo intento a guardare la matrona e aveva prestato un orecchio distratto alle parole dell'amico. Si vedeva già in una camera al piano di sopra, con vista sul mare, abbracciato alla bella Fortunata. Continuò a fissarla anche quando, avvolti da asciugamani, si avviarono verso la sala per i massaggi.

Di solito gli orari per donne e uomini erano differenziati, ma non era raro che qualche matrona si trattenesse oltre il consentito per qualche trattamento in una sala riservata.

Passando non lontano da Fortunata, che aveva sciolto i lunghissimi capelli, la videro parlare con un'amica. Lucio aveva volutamente rallentato il passo, cercando una scusa per avvicinarsi e la donna pareva che non aspettasse altro, lanciando sguardi di fuoco all'indirizzo dell'avvocato. Cornelio si strinse più stretto l'asciugamano sui fianchi, ricambiando l'attenzione con larghi sorrisi; ma nel momento in cui Lucio stava per rivolgerle la parola, la sentirono dire:

« È vero, nessuno depila le gambe meglio di Soterico. Sono venuta qui apposta per lui ».

L'avvocato tirò per il braccio Lucio e lo costrinse ad affrettare il passo.

« Sarà pure geloso il marito », disse piano, « ma il solo pensiero di immaginarla coperta di peli mi ha fatto passare ogni desiderio ».

« E quello sarebbe niente! » sogghignò Lucio. « Non mi hai dato il tempo di dirti qual è il suo difetto insopportabile: puzza come un caprone ».

« Meno male che mi sono fermato in tempo! Se c'è una cosa che non sopporto sono tutti gli odori forti, anche gli unguenti usati in eccesso ».

Fortunata ci rimase male. Aveva notato da tempo l'avvocato Prisco e smaniava per conoscerlo: se fosse riuscita a incontralo da solo, aveva già in mente come zittire le schiave che le stavano sempre intorno. E ora che l'aveva quasi adescato, era sfuggito all'amo senza un motivo.

Per tutto il tempo che Soterico la sottopose alla tortura degli strappi con le pinzette continuò a chiedersi il motivo dello strano comportamento, mai supponendo che quel supplizio fosse alla base del rifiuto.

Roma, 65 d.C.
ottavo e settimo giorno prima delle Idi di giugno

«Lasciate libero il passaggio!»

Le guardie imperiali urlavano per tenere lontana la folla dei curiosi che affluiva verso il Foro.

Spingevano indietro con forza quanti cercavano di conquistare un posto in prima fila, mentre i pretoriani si andavano a disporre ai lati delle strade.

Ai Rostri, Nerone si apprestava a pronunciare l'elogio funebre della moglie e nessuno intendeva rinunciare alle parole dell'imperatore e al solenne funerale di Poppea Sabina.

Non per un particolare rimpianto.

Nell'Urbe che mostrava numerosi segni lasciati dal grande incendio dell'anno prima, il corteo che di lì a poco si sarebbe snodato verso Campo Marzio, offriva una distrazione ai problemi quotidiani. Tutti volevano constatare il dolore di Nerone, ammirare gli abiti delle matrone aristocratiche, carpire qualche commento che potesse avvalorare quanto di terribile si vociferava sulla causa di quella morte inaspettata.

I senatori, scesi dal Palatino, dove avevano reso omaggio alle spoglie dell'Augusta, si preparavano alla sfilata.

Erano già pronti i sacerdoti, le Vestali, la guardia d'onore e i parenti, in una profusione di fiori ed incenso. I commenti a bassa voce erano più o meno gli stessi.

«Bella anche da morta».

«Un altro delitto consumato tra le mura domestiche».

«Che spreco di denaro!»

In molti ricordavano la modestia della prima moglie di Nerone e la confrontavano con la superbia e lo sfoggio di lusso di Poppea.

Un gruppo di uomini politici, in attesa del corteo funebre, sostava davanti al tempio dei Castori. Fra essi c'era il console designato Plauzio Laterano, uno dei più ostili a Nerone.

Era tra i promotori di una congiura per uccidere l'imperatore ma i tempi per la conclusione continuavano ad allungarsi, aumentando le sue preoccupazioni. Sapeva quanto fosse importante la segretezza per il buon esito di un complotto, mentre il continuo rimandare poteva allentare il controllo di parole e azioni.

Il funerale della sovrana era una buona occasione per cogliere sentori di dissenso nei confronti di Nerone e Plauzio, sottolineandone gli eccessi violenti, voleva stimolare le critiche dei partecipanti.

La frangia più determinata a eliminare l'imperatore era composta dai senatori campani che avevano subìto l'esproprio dei loro terreni per la costruzione di un canale artificiale da Pozzuoli al porto di Ostia; ma erano in tanti a sostenere la politica di Nerone per averne ottenuto benefici economici o solo per una adesione di principio alla famiglia imperiale. Nonostante le voci sulla perversione e le efferatezze dell'imperatore, Plauzio constatò più consensi di quanto sospettasse.

Per sondare l'umore dei presenti, aveva scelto un argomento che provocò invece un effetto inaspettato. Aveva appena fatto notare l'assenza di un senatore al lutto cittadino, sottolineando che sicuramente Nerone gliel'avrebbe fatta pagare cara, quando sentì inveire, di rimando, un collega: «Aveva ragione Giulio Cesare a diffidare delle persone torve e pallide. Questo padovano dal volto cereo è il ritratto del malaugurio, tanto meglio se non è presente. Disdegna le cerimonie religiose, rigetta le leggi, gli dà fastidio persino se l'imperatore è allegro: meriterebbe una condanna esemplare».

«Hai ragione» gli fecero eco cinque o sei senatori che gli stavano accanto, mentre altri si avvicinavano. L'approvazione appena constatata spinse l'accusatore ad affondare il tiro. «Sapete che vi dico?», annunciò a voce alta, guardandosi intorno: «nella prossima riunione della Curia sarò io stesso a mettere sotto accusa il suo ostruzionismo».

Plauzio impallidì. Le cose si mettevano male, non sarebbe stato così facile come aveva previsto.

Durante il corteo si affiancò di proposito al senatore Scevino, che se ne stava un po' in disparte, e gli disse all'orecchio: «Dobbiamo sbrigarci, a breve inizierà una stretta contro l'opposizione. Incontriamoci domani a casa mia. Passa parola».

I congiurati principali, riuniti in casa di Plauzio Laterano, discutevano animatamente per stabilire il luogo dell'aggressione: all'uscita dal Senato o durante una visita ai cantieri della nuova reggia? Ognuno difendeva la sua proposta o ne avanzava altre, finché il padrone di casa riuscì a convincere tutti: «Il Circo Massimo è il luogo ideale. Sono imminenti i giochi per l'inaugurazione dopo l'incendio e Nerone ha stanziato somme vertiginose. Ci sarà moltissima gente e l'imperatore sicuramente non resisterà alla tentazione di ingraziarsi quella plebaglia affamata con il lancio di tessere a premi. Il parapiglia, il chiasso, i pretoriani costretti a tenere a bada i più agitati: quello sarà il momento più propizio».

«Hai ragione» ammise Gneo Pisone, colui che avrebbe dovuto sostituire Nerone. «Voglio essere il primo a conficcargli un pugnale nel ventre. Di me non potrà sospettare: frequenta la mia residenza di Baia e non mi ritiene un pericolo. Posso avvicinarmi con la scusa di volergli donare proprio la villa che a lui piace tanto».

«Escluso» ribatté il console in modo perentorio. «Tu non devi correre pericoli. Il prefetto provvederà a tenerti al sicuro nella caserma dei pretoriani; dopo la morte di Nerone, arriverai nel Foro scortato dalle guardie, come richiederà il tuo nuovo rango».

Pisone abbassò la testa con un cenno di assenso. Poco esperto di armi, la decisione, tutto sommato, gli evitava la possibilità di un fallimento.

In tanti si offrirono di sferrare il colpo mortale, come il senatore Scevino: «Colleghi, amici, è da quando abbiamo parlato la prima volta del regicidio che penso continuamente all'utilità di questa mano» e, dicendo queste parole, alzò la destra per mostrarla a tutti. «Con questa ho rubato nel tempio di Ferento un pugnale sacro e intendo usarla per compiere un atto che avrà il favore degli dèi».

Le sue parole suscitarono molti consensi, ma non mancarono le perplessità: troppo fervore rischiava di far commettere qualche passo falso. Erano numerosi gli aderenti alla congiura, per motivi diversi – militari, senatori, cavalieri aristocratici e letterati –; ma le modalità di intervento, alla fine, furono stabilite dal padrone di casa.

«Dal momento che sarò invitato nel palco imperiale», sentenziò con decisione Plauzio Laterano, «sarò io a colpire per primo. Tutti voi dovrete fare in modo di sistemarvi nelle vicinanze per intervenire contemporaneamente. Occupate i posti dal giorno prima, se è necessario, ma siate lì. Quando vedrete Nerone già sanguinante, colpite, colpite, ciascuno secondo la propria audacia. La riuscita dell'attentato dipende dalla velocità unita alla sorpresa; i pretoriani non gli staranno appiccicati, sappiamo come Nerone ami girarsi intorno per ricevere gli applausi e far ammirare il suo abbigliamento.

Dobbiamo approfittare del momento in cui, inebriato dalle acclamazioni, sarà più rilassato e si allenterà la sorveglianza intorno a lui. Del resto, al Circo Massimo non si sono mai verificati attacchi alla persona fisica della più alta autorità; anzi, di fronte alla possibilità di ricevere lauti premi, gli spettatori sono uniti come non mai al loro imperatore, e i senatori e i cavalieri, al massimo, si limiteranno alle battute sarcastiche.

Andrà tutto bene.

Alla fine il corpo di Nerone, come quello di Caligola, mostrerà le ferite procurate da ognuno di noi. E, credetemi, nessuno interverrà mentre noi saremo portati in trionfo».

Si lasciarono, dopo aver giurato nelle mani di Plauzio e fecero ritorno alle proprie case sicuri di passare alla Storia.

4

Tutte prima o poi si affidavano a Iside

Pompei, 65 d.C.
sesto giorno prima delle Idi di giugno

Nella stanza non si respirava. L'aria era piena di polvere e il pavimento ingombro di macerie. Si sentiva soffocare, il petto le faceva male, ovunque posasse lo sguardo non riconosceva più gli oggetti familiari: sedie, mobili, suppellettili. Una figura indefinita parve emergere da quel disastro, e riconobbe i sandali dorati che tante volte aveva ammirato, da bambina, ai piedi di sua madre. D'un tratto, il pavimento non fu più ricoperto di calcinacci ma di cadaveri e un'immonda sabbia grigia scorreva loro dalla bocca, dagli occhi...

«Klea!»

La schiava preferita di Flavia si precipitò nella stanza della sua padrona. Era abituata a ricevere ordini; senza malagrazia, è vero, ma i modi spicci di Flavia le ricordavano che era una delle tante serve acquistate come bestie al mercato.

Alla vista della donna con i capelli arruffati e gli occhi gonfi, Klea si meravigliò: di solito, anche a prima mattina era in perfetto ordine.

«Presto, va a chiamare il procuratore» le ordinò Flavia. «Voglio mandare subito un messaggio ai miei genitori».

«È successo qualcosa di grave?» domandò la schiava con

un filo di voce. Sveltissima e furba con gli altri domestici, era intimidita dall'atteggiamento severo della sua padrona.

«Speriamo di no. Ma ho bisogno di avere notizie, stanotte ho avuto un brutto presentimento».

Un incubo, in verità. Erano loro, quelli che aveva sognato travolti dal crollo dell'amata casa di Rieti. E ci mancava pure il mal di testa, pensò Flavia furiosa. Ripensò ai discorsi della sera prima, durante la cena con Cesio Proculo e sua moglie Valeria, e vi trovò la causa scatenante del suo sogno angoscioso.

Era stata una serata gradevole, almeno all'inizio. Avevano scherzato sulle vicende di un noto magistrato, che era stato tradito dalla moglie con un liberto storpio, avevano ricordato altri pettegolezzi, finché Quinto cominciò a raccontare il viaggio in Sicilia fatto due anni prima.

Aveva avuto modo di apprezzare la produzione agricola dell'isola ma, soprattutto, di assistere a un'eruzione dell'Etna: «uno spettacolo bellissimo e terribile insieme».

Ed entrò nei particolari: «Tutta la terra tremava dal giorno prima, poi dei boati spaventosi annunciarono la fuoruscita della lava, che scendeva sulle pendici del vulcano come fuoco fluido. Sono salito anch'io, come tanti altri, fin dove era possibile, per vedere quel fiume incandescente che divorava ogni cosa al suo passaggio».

Benché conoscesse l'avventura del marito, Flavia non riuscì a trattenere un brivido; i suoi ospiti, invece, ebbero reazioni più tiepide. Cesio non fece commenti, intento com'era a pulirsi i denti con uno stecchino; Valeria scosse la testa. «Non ho nessuna curiosità di andare a vedere l'Etna» disse aggiustandosi la collana a globetti d'oro che, mentre cambiava posizione e si appoggiava sull'altro gomito, si raccoglieva tutta su un seno. «Non ne posso più di sentir parlare di terremoti e di avere operai per casa. Pur di non vederli più intorno mi verrebbe voglia di trasferirmi nella villa in campagna, che pure detesto».

Flavia, dentro di sé, approvava. Fra le mogli degli amici di Quinto che aveva conosciuto, questa matrona con gli occhi verdi le era piaciuta subito: sempre sorridente, diceva ciò che pensava senza giri di frasi.

Le poche lanterne rimaste accese attiravano gli insetti, ma creavano al tempo stesso una piacevole intimità. La conversazione proseguì con i funerali dell'Augusta Poppea. Fu Cesio a chiedere notizie, gustando lentamente il vino di mirto e non avendo notato il sopracciglio alzato della moglie: che mancanza di delicatezza, proprio nella casa di un parente della defunta!

Quinto non apparve turbato, anzi sembrava felice di poter raccontare le esequie solenni tributate da Roma alla cugina divinizzata. Nerone, infatti, aveva preteso che il corpo della moglie non fosse bruciato ma venisse imbalsamato con sostanze pregiate.

Omise, naturalmente, di aggiungere che per l'esotica cerimonia furono sacrificati più alberi di resina odorosa che per un sacrificio alla Triade Capitolina.

Si alzava dal letto e poi si sedeva: Flavia sembrava non aver pace.

Nel vederla sbattere a terra un pettine, la schiava cercò di calmarla: «Non temere, padrona, si sa che le disgrazie volano sulle ali del dio Mercurio. Ma se vuoi subito una risposta, e se posso darti un consiglio, c'è una donna a Pompei, siriana come me, che sa dire tutto ciò che riguarda una persona osservando il palmo della mano».

«Ma che cosa ti viene in mente!» la rimproverò Flavia. «Credi che un'indovina qualunque possa rassicurarmi?»

«Eccome» ribatté timidamente Klea. «Forse le tue amiche non ne parlano, ma è richiesta da tutte. L'hai certamente vista: nei giorni dedicati a Venere se ne sta seduta a un angolo vicino la Porta di Nocera. È avvolta in un mantello marrone e in testa ha un enorme cappello a punta che le copre la faccia».

«Non ci ho mai fatto caso» mentì Flavia.

Sembrava, dal tono duro, che volesse liquidare l'argomento, invece era perplessa. Da una parte desiderava essere rassicurata, dall'altra aveva paura. Ma non sapeva se della chiromante sconosciuta o del marito, qualora ne fosse venuto a conoscenza.

«Vai a chiamarla!» disse all'improvviso. «Ma dille di cambiarsi d'abito, nessuno deve riconoscerla. Concorda per l'ora della cena e, soprattutto, non farne parola con le altre serve».

«Potrei farla entrare dal vicolo della scuderia e accompagnarla in una delle stanze accanto al grande triclinio, dove in questa stagione non entra nessuno», suggerì Klea.

«Va bene».

E ora? Flavia si disse che era stato poco prudente, da parte sua, agire così d'istinto, e aveva sbagliato a concedere tanta confidenza a una schiava e a non cercare una scusa plausibile per Quinto. Che poteva dirgli per rimanere a casa ed evitare l'invito a cena dei loro dirimpettai?

Tuttavia, non era pentita. Da quando aveva varcato l'imponente portone dei Poppei, aveva sentito il bisogno di un'alleata in casa, ma diffidava della servitù scelta dal marito, specialmente dell'anziana Rufina che, appena se ne presentava l'occasione, elogiava le virtù della prima moglie di Quinto. Solo nei confronti di Klea aveva subito nutrito una certa simpatia. Forse per l'aspetto che le ricordava una sua amica di Rieti, forse per i modi, che tradivano educazione e abitudini non servili, Flavia sentiva che di questa ragazza di Antiochia poteva fidarsi.

Continuava a pensare a quanto Klea le aveva riferito sulle capacità divinatorie della siriana e a poco a poco si dimenticò del brutto sogno: voleva che l'indovina le parlasse del suo futuro. Intanto, il mal di testa era scomparso e la giovane matrona si affrettò a chiamare la schiava addetta all'acconciatura dei capelli.

Passavano le ore e Flavia, che non aveva trovato ancora un pretesto per rimanere a casa, era sempre più nervosa. Quinto se ne accorse e non se ne spiegava il motivo. Di solito, se la moglie aveva qualche timore o non sapeva come districarsi in una situazione, gli chiedeva consiglio: non era sempre disinvolta nei rapporti sociali, ma aveva fatto progressi ammirevoli e stava cominciando a diventare la moglie che lui aveva sperato.

Quando era lontano per affari, spesso per settimane, Quinto pensava a lei con apprensione. Si sentivano tanti casi di adulterio che avevano per protagonisti persone insospettabili, maturati nelle mura domestiche, e non si contavano le tresche tra amici di famiglia: una ragazza bella e ingenua come Flavia correva dei rischi.

L'evidente agitazione di quel giorno, senza una causa apparente, lo impensieriva.

Avrà incontrato qualcuno? Ha dei rimpianti? continuava a chiedersi. Oppure ha saputo qualcosa. Ma cosa c'è da sapere? Che tanti debitori mi vorrebbero morto? Oppure la moglie del nuovo custode della villa di Oplontis le ha accennato a quella disgrazia di tanti anni fa? È stata una tragica fatalità, l'ho detto e ripetuto tante volte a quel farabutto che, anziché ringraziarmi dei soldi che gli ho regalato, mi ha trattato davanti a tutti come se gli avessi ammazzato la figlia.

"*Gli dèi maledicano chi profana le bambine*". Era passato molto tempo, ma Quinto non riusciva a dimenticare la frase che Livio aveva detto durante il funerale, guardandolo fisso negli occhi. La cosa migliore, per fugare ogni dubbio, era chiedere alla stessa Flavia. Un chiarimento veloce, e tutto sarebbe tornato normale.

La moglie invece lo prevenne con un gesto inatteso. Fece il giro del tavolo e gli si sedette in grembo, cingendogli il collo con le braccia.

«Sai», gli sussurrò dolcemente, «sono stata molto preoccupata. I miei genitori non mi scrivono da molto tempo e stanotte ho fatto un brutto sogno. Ma dopo aver inviato un messaggio urgente, mi sento più tranquilla».

Sollevato dalla tensione, il marito le ricordò l'invito dai Ceii per quella sera. «Mi piacerebbe vederti indosso la collana con la mezza luna che ti ho portato da Napoli» le disse con una carezza.

«Oh! Me n'ero dimenticata!». Flavia si allontanò dal marito, la mano sulla bocca. «Ti prego, risparmiami. La cena non poteva capitare in una giornata peggiore: con il mal di testa che mi trascino da quando mi sono alzata non sarei di compagnia. E poi, lo sai, non mi piacciono i discorsi politici e conosco poco Melissa. Mi dispiace davvero, credimi, ma non me la sento di accompagnarti».

In un altro momento Quinto si sarebbe impuntato, ma stavolta decise di accontentarla e Flavia, grata, gli regalò un sorriso colmo di tenerezza.

Non provava più per il marito la repulsione dei primi mesi. Vivendogli accanto, riuscendone ad apprezzare le doti, gli si era affezionata e non si doveva sforzare per essere gentile. Erano i doveri coniugali, che subiva senza il minimo slancio, a ricordarle che la felicità, pretesa dalla gioventù, abitava fuori dalla sua camera da letto. E lei continuava a sognarla.

Alle Terme, nelle case, commenti e pettegolezzi sul matrimonio dei Poppei si sprecavano – chi sono i suoceri di Quinto?, quanto potrà resistere la moglie nella sua alcova?, chi sarà il fortunato che sceglierà? Erano diffusi i matrimoni combinati con un marito molto più avanti negli anni: per accordi familiari, debiti da saldare, interessi economici; ma Flavia era bella, anche nei modi, e le ricchezze di Quinto, la sua intelligenza e il suo fiuto degli affari non sembravano compensare la differenza d'età e il suo aspetto sgradevole. Chi li vedeva insieme provava compassione per l'una e invidia per l'altro.

Di fronte alle domande precise di qualche sfacciato, Quinto cambiava argomento. E se proprio non poteva fare a meno di rispondere, si manteneva sul vago: «Nata e cresciuta a Rieti... il padre agiato commerciante... vecchi amici di famiglia».

Impossibile saperne di più.

Anche Lucio Ceio si era interrogato più volte su quell'unione, avanzando le più strane congetture. E sperava di essere lui il prescelto dalla bella reatina quando il desiderio per un uomo giovane e attraente avrebbe avuto la meglio sul riserbo.

Davanti alla moglie lanciava occhiate distratte, ma quando se la trovava davanti per strada le rivolgeva sguardi e sorrisi eloquenti. Da parte di Flavia, però, nessun segnale di compiacimento o di intesa: che fosse per naturale riservatezza o per non darla vinta ai curiosi, ogni volta tirava dritto come la più soddisfatta delle matrone.

Finalmente, la cena organizzata per quella sera – Melissa compiva vent'anni e si dovevano ringraziare alcuni grandi elettori – avrebbe permesso a Lucio di intrattenersi con la sua ospite senza suscitare la gelosia della moglie.

All'ora stabilita arrivarono gli invitati, quasi tutti insieme: Marcello Arrio con la moglie Lucrezia, convalescente dopo l'ennesima malattia; la vivace sorella di Melissa, Gaia, in compagnia del timido marito Clodio; l'immancabile Cornelio, e Cuspio Pansa junior, esponente di una delle famiglie più in vista della città, che con il padre stava provvedendo al restauro dell'Anfiteatro. Mancavano solo i Poppei e lo sguardo di Lucio vagava, in attesa di vederli apparire. Quando Quinto fece il suo ingresso senza Flavia, rimase di stucco e riuscì a malapena a dissimulare la sua delusione.

Il tempo comunque passò in fretta e piacevolmente. Il vino prodotto dalla famiglia si versò a fiumi, ogni portata fu salutata da un battimani, specialmente le cervella di capra che erano una specialità della casa. Lucio e Melissa non potevano vantare il vasellame d'argento dei Poppei; ma le loro mense esibivano un altro tipo di recipienti ricercati: una serie di coppe, bicchieri, brocche e brocchette, in vetro azzurro, che davano alle pietanze la leggerezza negata allo stomaco.

Melissa, come mai soddisfatta del suo aspetto, era euforica per i complimenti che continuava a ricevere. Piccola di statura ma ben proporzionata, aveva un volto pieno che, a ogni sorriso, mostrava due fossette al centro delle guance, che ne sottolineavano l'indole allegra. Sfoggiava un abito rosso con ricami argentati e due enormi orecchini di perle a barchetta che ondeggiavano ad ogni movimento della testa, facendo risaltare gli occhi scuri: particolari che non erano passati inosservati e che avrebbero stuzzicato, ne era sicura, la passione del marito quando fossero rimasti soli.

Quella sera, gustando ogni pietanza senza porsi limiti, non era tormentata dalla preoccupazione di ingrassare e di diventare come la madre, morta giovane, che non riusciva a camminare senza bastone per la sua obesità.

Lucio riusciva sempre a tranquillizzare la moglie in quel senso; le sue parole zoppicavano solo se doveva fronteggiarne la gelosia, pronta a scattare senza motivo. Alla fine della cena, mentre la osservava compiaciuto – era una donna piacente, doveva ammettere – cominciò a fare confronti con Flavia e a far volare la fantasia. Più cercava di concentrarsi sugli ospiti e su Melissa, più il pensiero continuava ad attraversare la strada.

Proprio in quel momento, la chiromante siriana stava lasciando la casa dei Poppei.

Tutte, prima o poi, si affidavano a Iside, la divinità dai mille nomi. Esperta di sortilegi, la divinità femminile venerata in tutto il Mediterraneo era considerata la più potente nell'esaudire le richieste in campo amoroso. E chissà, pensava Flavia, se non era stata proprio la dea del Nilo a mettere sulla sua strada la siriana senza volto, senza nome e senza età.

Appena se la vide davanti, ebbe un'esitazione: alta e un po' curva, aveva il viso quasi coperto dai capelli e da un lungo velo scuro. Le fece cenno di accomodarsi e si sedette accanto a lei, desiderosa tanto di metterne alla prova le doti quanto di congedarla al più presto.

Le parole che uscirono da una bocca scura e sottile sembravano arrivare da lontano: «Non temere e dammi la mano sinistra».

Impossibile attribuire a un'età quella voce. Poteva appartenere a una persona anziana perché la siriana camminava e parlava lentamente; ma anche a una donna più giovane, perché i gesti erano veloci e le mani senza rughe.

«Hai la palma bagnata di sudore; sei nervosa». E la donna l'asciugò con un lembo del velo. «Puoi farmi tre domande, su quello che vuoi, ma non di più. Verificherai col tempo se quanto ti dirò è veritiero e potrai ricompensarmi come vorrai. Per questo incontro, invece, il mio prezzo è di dodici assi».

Flavia annuì e chiese in fretta con un filo di voce: «Vorrei sapere se conoscerò il vero amore, se avrò dei figli e come stanno i miei genitori».

«Sono le richieste che, in genere, mi fanno tutte. Ma, nel tuo caso, non si tratta solo di curiosità, ti sento sola e infelice».

Guardò con attenzione la mano dell'emozionatissima Flavia, per un tempo che alla giovane matrona parve infinito, e poi, continuando a tenerla stretta fra le sue, scandì: «Non preoccuparti per la tua famiglia, gode buona salute. Solo tua madre soffre, ma per la tua lontananza. C'è una piccola croce sotto il secondo dito: è possibile che resterai vedova, ma non ora.

Ci saranno altri due uomini nella tua vita, forse tre, e due figli... anzi no, uno solo. Non posso sapere di chi sarà. E ti dico un'altra cosa. Conoscerai momenti di felicità e subirai colpi avversi, dolorosi, che daranno alla tua vita un corso diverso da quello che avevi immaginato. Più avanti negli anni ti vedo soddisfatta, forse in una casa diversa da questa».

Silenzio. La consultazione era terminata.

Flavia estrasse da un sacchettino di pelle quanto le era stato richiesto e vi aggiunse un sesterzio, sicura che la generosità sarebbe stata ricambiata con la riservatezza. Mentre chiamava Klea, che faceva da sentinella dietro la tenda, la siriana infilò una mano sotto il mantello e, scostando appena il velo che la copriva – si intravidero la punta di un naso rotondo e due solchi profondi ai lati della bocca –, le porse un piccolo oggetto.

«Tienila sempre vicino, ti proteggerà contro invidie e malefici». E si avviò senza girarsi.

Flavia non volle vedere subito di che si trattasse. Corse nella sua camera da letto temendo l'arrivo del marito da un momento all'altro.

Appena ebbe richiuso la porta dietro di sé, guardò il dono della chiromante: una piccola mano di terracotta. Tre dita tese, con l'anulare e il mignolo piegati, era coperta da oggetti in rilievo: un rospo, una tartaruga, chicchi di grano, un serpente e una madre con bambino.

Che cosa voleva significare? Flavia rimase interdetta, ma si affrettò a nasconderla nella cassa che conteneva le sue tuniche. Poi si spogliò, spense le lucerne e si mise a letto.

Pompei, 65 d.C.
quinto giorno prima delle Idi di giugno

Sabato. Giorno di mercato.

Tra i banchi di vendita regnava la solita, rumorosa e allegra confusione, e la gente stava attenta a schivare i forni portatili dei venditori di focacce: c'era sempre il rischio di bruciarsi o di finire per terra. Flavia ormai si era abituata, si divertiva a scansare con abilità ragazzi svelti di mano e mercanti troppo invadenti.

Aveva indossato una stola verde che lasciava scoperta una spalla e si sentiva bene, rilassata. Contro ogni previsione, non c'era sole quella mattina: l'ideale per curiosare fra tante mercanzie e poi passare dal tempio di Iside.

Fu attratta da un venditore di calzature che mostrava a una cliente sandali di tanti colori, vantandone la qualità e il prezzo. Sembravano di pelle morbidissima e decise di fermarsi a provarne un paio.

Era intenta a osservare l'effetto con l'abito che indossava, quando una voce stizzita la investì: « Salve, Flavia. Noto con piacere che ti sei rimessa presto ».

Alzò lo sguardo: davanti a lei c'era Melissa in compagnia del marito Lucio Ceio. Sentì salirle in viso un leggero rossore. « Oh, sì, grazie. Mi è dispiaciuto non essere stata con voi ieri sera, ma Quinto vi avrà spiegato il motivo della mia assenza ». Si tolse frettolosamente i sandali.

« Non dovrei dirlo io », intervenne Lucio per trarla d'impaccio, « ma è stata una serata molto piacevole. Ci è dispiaciuto per il tuo malessere ». E non poté fare a meno di aggiungere, con un gran sorriso: « Anche se il tuo aspetto non ne ha risentito per nulla ».

A quelle parole, Flavia si sentì avvampare e ringraziò abbassando gli occhi sulle calzature che le pendevano dalle mani. Con un freddo « arrivederci a presto », Melissa trascinò via il marito.

« Mi sono accorta, sai, di come la guardavi. Io lo conosco quel tipo di donna: fa solo i suoi comodi senza preoccuparsi di nessuno! »

« Stai esagerando. E poi, perché non crederle? Non è capitato anche a te di avere mal di testa? »

« E chi ti ha detto che non ci credo. Mi dà solo fastidio la sua aria di superiorità e, soprattutto, il tuo sguardo di triglia ».

« Questa, poi... Volevo solo toglierla da un evidente disagio, il tuo è stato un rimprovero più che un saluto. Quinto Poppeo abita vicino a noi, è un mio elettore; secondo te non dovrei essere gentile con sua moglie? »

« Essere gentile non significa mangiarsela con gli occhi ».

La discussione si protrasse ancora su questo tono finché Lucio si fermò in mezzo al Foro e disse: « Melissa, forse sei stanca per il ricevimento di ieri, io lo sono per altri motivi. È meglio che continui il tuo giro con le schiave e che io me ne torni a casa. Devo mettere in ordine alcune annotazioni per il discorso di insediamento». E così dicendo la lasciò.

Anche Flavia, acquistati i sandali, decise di rientrare. Per non correre il rischio di incontrare di nuovo i dirimpettai, rimandò la visita ai sacerdoti di Iside e seguì il tragitto più lungo. Ciò nonostante, proprio all'imbocco della via comune, si ritrovò faccia a faccia con Lucio.

Ebbe un momento di incertezza e lui ne approfittò per salutarla un'altra volta con maggior calore e ricordarle l'invito già fatto al marito la sera precedente: «Spero che non mancherai alla nostra prossima cena in campagna».

«Se Quinto sarà a Pompei, verremo con piacere».

«A presto, allora».

«A presto».

Quell'incontro aveva smosso qualcosa in entrambi e, mentre si avvicinavano l'uno all'altra, si allontanavano dai rispettivi coniugi e dagli amici comuni. Lui, colpito dalla bocca sensuale di Flavia; lei, dallo sguardo penetrante di Lucio: il primo uomo ad averle messo il cuore in tumulto. Al suo pensiero, sentì per tutto il giorno le gambe molli, come se dovessero cedere da un momento all'altro.

5

Una specie di risarcimento

Pompei, 65 d.C.

quindicesimo giorno prima delle Calende di agosto

«Il tempo necessario per preparare la mia roba e me ne vado».

Casa dei Ceii. Una scenata di gelosia, tra una moglie a buon diritto sospettosa e un marito troppo galante.

Melissa, appena rientrata dalla villa di campagna, aveva cominciato a mettere tutto sottosopra senza dare spiegazioni. Non era una delle solite scenate senza motivo a cui ormai Lucio aveva fatto l'abitudine; stavolta Melissa aveva fiutato la verità e lui si ritrovava spiazzato.

Avevano organizzato, come ogni anno, un ricevimento nella proprietà alle pendici del Vesuvio. Per festeggiare l'ingresso ufficiale di Lucio nel governo cittadino, il banchetto sotto il pergolato era stato particolarmente abbondante e si era protratto più a lungo del solito. Gli amici si stavano avviando in un piccolo corteo disordinato verso le carrozze che li aspettavano: qualcuno malfermo sulle gambe per gli eccessi della tavola era sorretto da un servitore, un gruppetto si era fermato per commentare una frase sboccata ridendo rumorosamente, altri si trattenevano a salutare la padrona di casa.

Flavia si era congedata per prima e, seguita da Lucio, si era avviata a passo deciso verso la sua vettura. Il marito era rimasto un po' indietro. Non era accaduto nulla di sconveniente, ma l'edile ne aveva approfittato per coprire di complimenti la sua ospite e l'aveva aiutata a salire sul calesse: premure e sguardi che avevano messo in allarme Melissa. Lucio conosceva bene la moglie e aveva immaginato che la cosa non sarebbe passata inosservata, ma mai si sarebbe aspettato una simile reazione.

Quando finse di cadere dalle nuvole, Melissa cominciò a strepitare. Allora cercò di calmarla minimizzando e scherzandoci su: per una volta, però, la sua indole pacifica – pur di evitare discussioni accese, a volte finiva per ammettere colpe inesistenti – non gli fu d'aiuto. Melissa, tutta rossa in viso e con la saliva agli angoli della bocca, inveiva contro di lui e non sentiva ragioni. Lucio protestò timidamente: « Sei fuori di te, non è successo niente » e lei, strattonandolo, lo minacciò: « Intanto mi trasferisco nella villa al mare di mia sorella Tullia, poi si vedrà ».

Lucio sapeva che quando era così infuriata era impossibile farle cambiare idea, doveva pazientare qualche giorno e darle il tempo di calmarsi. Una visita a sorpresa con un bel regalo l'avrebbe ammansita, doveva giusto ritirare una collana ordinata da tempo.

Così, con la gradevole prospettiva di qualche giornata da solo in città, giusto per non sembrare troppo remissivo se ne andò borbottando: « È venuta alla cerimonia del mio insediamento come a un funerale, ignora le mie preoccupazioni e ora mi pianta in asso. Ce ne sarebbero di motivi per un divorzio... »

Andò a stendersi su due cuscini, in mano l'elenco degli impegni che lo attendevano. Stava riflettendo sul modo migliore di organizzarsi quando Melissa gli si parò davanti all'improvviso. Era ancora scarmigliata, a piedi scalzi, e Lucio esclamò con un mezzo sorriso: « Mi sembri la Sibilla Cumana ».

Altre volte aveva allentato la tensione con una battuta, ma quella volta non ci riuscì. Melissa si sedette accanto a lui, cercando di controllare il tono di voce: « Senti, non sono ingenua. Ti conosco molto bene e ho visto come guardi Flavia. Tu la desideri, e se sei onesto devi ammetterlo. Credi che non mi sia accorta che la tua attenzione era tutta rivolta a lei, quando la città intera era riunita per acclamarti? Un funerale, hai detto. Sì, hai ragione, è stato il funerale del nostro matrimonio ». E così dicendo si alzò di scatto dirigendosi verso la sua stanza da letto.

Lucio la raggiunse, l'afferrò per le spalle. « Ascoltami, Melissa. Ti voglio bene, lo sai. E non ti ho mai tradita. È vero che da un po' di tempo sono teso, mi stanco facilmente; ma volevo approfittare della bella stagione per riprendere con te un rapporto più appassionato... » Quelle parole suonavano false alle sue stesse orecchie.

La moglie lo fissava senza parlare, come sfidandolo a mentirle ancora. Si rendeva conto che abbandonare il campo e lasciare Lucio da solo non era la cosa migliore da farsi, ma era più forte di lei. Quando si ingelosiva, la rabbia aveva la meglio sulla sua indole allegra e generosa e subentrava un'intransigenza che non lasciava scampo a niente e a nessuno, nemmeno a se stessa.

Roma, 65 d.C.
decimo giorno prima delle Calende di agosto

Che cosa passava nella testa di Scevino?

Il liberto Milico, un pompeiano che prestava servizio nella casa del senatore, da qualche giorno studiava con attenzione lo strano comportamento del padrone. Non era da lui mostrarsi brusco con i domestici e chiudersi nel tablino per ore. Il liberto inoltre aveva notato che il senatore non parlava più di onori da tributare a Nerone, mentre al mercato e per le strade diventavano sempre più insistenti le dicerie sulle perversioni dell'imperatore e le critiche sulla costruzione della nuova reggia. Qualcosa stava succedendo, Milico ne era sicuro: doveva tenere occhi e orecchie aperti e lo avrebbe scoperto.

A lui l'imperatore piaceva: qualche anno prima ne aveva persino imitato la pettinatura 'a scala'. Era sempre affabile con la gente che non contava nulla e poi aveva dato il permesso di riaprire l'Anfiteatro di Pompei, chiuso per ordine del senato dopo gli scontri sulle gradinate con gli odiati nocerini. Lui c'era quel giorno, le aveva date e prese, ed era arrivato a Roma dopo essere sfuggito a un arresto. Rispettava il suo padrone, ma Nerone veniva prima di tutto.

Non era il solo a tesserne gli elogi. Suo cognato Publio, che a scuola era andato per cinque anni e aveva avviato una modesta impresa di costruzioni, non faceva che ripetere: « Grazie al nostro Cesare, il mio lavoro ha avuto solo vantaggi dalle nuove monete d'argento. Non importa se sono più leggere di prima ».

Il senatore Scevino affilava il pugnale ogni giorno davanti a tutti e lo riponeva con la cura dovuta a un oggetto sacro, incurante di cosa potessero pensare gli altri e ignaro che il suo liberto lo teneva d'occhio. Due, però, furono le cose che maggiormente insospettirono Milico: l'acquisto di bende e i sigilli apposti al testamento.

Il liberto si confidò con la moglie; lei, più scaltra e pronta a riconoscere la possibilità di un guadagno, gli consigliò di andare subito dall'imperatore a riferirgli i suoi sospetti. Qualcosa stava succedendo e la loro sollecitudine per l'incolumità di Nerone avrebbe potuto tramutarsi in un bel gruzzolo d'oro. Milico riuscì ad avvicinare uno dei segretari imperiali e spifferò tutto.

Dopo pochi giorni, Scevino e un altro complice, Antonio Natale, furono convocati nel *Palatium*. Il coraggio mostrato fino ad allora cominciò a venir meno mentre, scortati dalle guardie, salivano verso il Palatino. Al cospetto di Nerone negarono di aver tramato contro di lui; ma molte maglie della rete si erano allentate e a corte continuavano ad arrivare rivelazioni, sempre più ricche di particolari e nomi insospettabili.

Rinchiuso in carcere e torturato, Scevino non solo confessò le proprie responsabilità ma svelò nomi, indirizzi, complicità esterne. Il delitto contro la maestà imperiale non prevedeva riscatto o perdono; ma molti, coinvolti solo marginalmente, se la cavarono con l'esilio o la perdita delle cariche. Furono invece condannati a morte i principali cospiratori e alcuni di loro, come il poeta Lucano e lo stesso Gneo Pisone, preferirono togliersi la vita. Fu comunque un bagno di sangue che, man mano che la lista dei colpevoli si allungava, privò Roma di intellettuali, aristocratici e uomini politici di rilievo.

Particolarmente vile si mostrò il prefetto Rufo, che nessuno aveva chiamato in correo: per dimostrare la propria estraneità alla congiura, durante le indagini fu particolarmente crudele con gli ex compagni e finì per rimetterci la vita. Anche il filosofo Seneca, zio di Lucano, si tagliò le vene perché ritenuto complice nella cospirazione. Non c'era nessuna prova schiacciante contro di lui, ma il vecchio precettore di Nerone conosceva e frequentava i protagonisti della congiura: non poteva non sapere.

Pompei, 65 d.C.
settimo e sesto giorno prima delle Calende di agosto

Lucio era consapevole di essersi comportato con leggerezza, ma non si sentiva colpevole di gravi offese. Desiderava andare d'accordo con tutti, soffriva se qualcuno gli portava rancore. In questo era vulnerabile. Per vivere nella sua armonia olimpica era disposto a tutto; pazienza se così facendo dava adito a equivoci, e se alla fine il suo comportamento risultava contraddittorio.

In una città mezza vuota, assetata, immobile, il suo rovello era trovare la soluzione più onorevole per riconciliarsi con la moglie. La temeva un po', Melissa. E al tempo stesso sognava Flavia. La visita di Cornelio Prisco fu un sollievo.

« Lascia perdere questi conti e vieni con me! Devo incontrare Marcello Arrio nel locale di Asellina, ma dopo potremmo fermarci a fare una chiacchierata ». L'amico aveva parlato con affettuosa autorevolezza e Lucio non se lo fece ripetere due volte.

Mise da parte le tavolette – che stava guardando senza realmente vederle, perso com'era nei suoi pensieri – e scattò in piedi: « Molto volentieri! Ho proprio bisogno di uscire a fare due passi. Se ti va facciamo pure un salto dal gemmario lì vicino. Ho ordinato una collana per Melissa e non l'ho ancora ritirata ».

Parlando di cose banali, arrivarono da Asellina. Come ogni giorno il *thermopolium* era affollato e ci si muoveva a fatica. Sul bancone si poteva scegliere – accompagnandoli con acqua e vino – tra prugne secche, frutta, formaggi e qualche pietanza più consistente; dietro, dal muro pendevano salumi di varie forme e dimensioni che venivano affettati al momento. La proprietaria, una donna alta e robusta dai capelli malamente tinti di biondo, sovrastava con i suoi richiami il vociare dei clienti: « Sbrigati, Egle, con quella brocca! Sempre a perdere tempo! » « Ehi, tu, spostati dalla soglia! Non vedi che intralci il passaggio? »

Quest'ultima frase era rivolta a Marcello Arrio – per i clienti occasionali, anche se ricchi, Asellina non aveva alcun riguardo –, che se ne stava mogio mogio in attesa.

Appena vide Cornelio e Lucio, entrò con loro e si diresse verso un angolo meno affollato, lasciando all'avvocato il compito di ordinare olive e vino per tutti e tre. Appena si furono seduti spiegò il motivo dell'incontro: «Mia moglie» disse con voce tremula, «sembra che stia meglio e subito deve rimettersi a letto. Un paio di giorni e la nuova cura non le giova più. Non so più che cosa fare. Sembra che nella nostra città nessuno sia in grado di guarirla, e nemmeno i medici più famosi di Napoli. Vorrei tentare con qualcuno della capitale, e se tu» disse rivolto a Cornelio, «mi aiutassi a trovare un bravo medico, lo farei venire qui a mie spese».

Cornelio promise di interessarsi. Marcello uscì dal locale più sollevato da una parte, più sconsolato dall'altra: il consulto sarebbe costato una fortuna.

«Povero disgraziato!» commentò Lucio. «In confronto alle sue pene, le mie sembrano sciocchezze. Eppure» confidò all'amico, «non sono convinto fino in fondo dei malanni di Lucrezia. Quando c'è un bel ricevimento è sempre la prima ad arrivare, carica di gioielli. È vero, poi parla sempre dei suoi guai, ma ogni tanto ho l'impressione che siano un pretesto per attirare l'attenzione del marito e degli altri. E intanto quel poveretto muore di preoccupazione!» Vuotò il suo boccale di vino. «Le donne!» sospirò, «valle a capire».

Usciti dal locale, Lucio e Cornelio si diressero verso la casa-laboratorio di Pinario Ceriale. In una zona tranquilla ma poco distante dalla via principale della città, il gemmario li ricevette in una stanza piccola e accogliente, dove su un tavolino erano allineate decine di pietre preziose lavorate. Dopo averli fatti accomodare, impartì un ordine sottovoce a un inserviente e aprì un cassetto per consentire ai clienti di ammirare le sue gemme intagliate. Si avvaleva dei più abili orafi per creare gioielli unici e sapeva che spesso chi entrava per acquistare qualche corniola usciva con un anello non previsto.

« Splendida! » esclamarono all'unisono i due amici, appena videro la collana. Era composta da una fitta maglia d'oro, simile a un nastro, sulla quale Pinario aveva inserito, alternandoli, smeraldi e perle.

Quando sentì il prezzo – con una somma simile si poteva acquistare uno schiavo istruito –, Lucio deglutì e Cornelio escluse la possibilità di regalare un gioiello alla sua ultima conquista. L'edile era in difficoltà. Non aveva previsto una cifra così alta e non aveva portato con sé monete sufficienti. La colpa è mia, si rimproverò, avrei dovuto chiedere quanto costava prima di fare l'ordine. E ora? Con grande imbarazzo si scusò e promise di provvedere al più presto, lasciando la collana sul tavolino. Ma Pinario era uomo di mondo e conosceva bene i suoi clienti.

« Non c'è alcuna fretta » si affrettò a rassicurarlo. « Come se non sapessi chi sei! Sono un tuo sostenitore, Lucio Ceio. Prendi il regalo per tua moglie e torna quando vuoi ».

Impaziente di uscire e fare i propri commenti, Lucio ringraziò e, nell'alzarsi, quasi si scontrò con l'amico. Ma le sorprese non erano finite. Mentre uscivano, incrociarono Flavia.

Cornelio si scostò con discrezione fingendo di essere interessato a un albero del piccolo giardino, mentre Lucio, tutto sudato, riuscì a dire: « Salve! Pensavo che ti fossi già trasferita al mare ».

« Quinto ha ancora molto da fare e sto preparando i bagagli senza fretta » mormorò Flavia. Incontrarsi con Lucio, senza mogli e mariti intorno, le aveva provocato un grande turbamento. « Detto fra noi » aggiunse cercando di controllare l'emozione, « spero di partire il più tardi possibile: preferisco sopportare il caldo a Pompei anziché ascoltare ogni notte il rumore dei cavalloni. A te piace il mare?»

Lucio, emozionato per l'incontro e ancora turbato dalla somma da sborsare a Pinario, farfugliò: «Il mare? Be', sì, certo. Però i cavalloni di Pompei...»

Flavia scoppiò a ridere: «Che cosa stai dicendo?»

L'edile si appoggiò allo stipite della porta: «Mi sono confuso, hai ragione». Le sorrise. «Vedi che effetto mi fa la tua presenza? Non so nemmeno cosa mi hai chiesto».

«Non fa niente, ne parleremo un'altra volta». Flavia era raggiante.

Lucio non si illudeva di ottenere alcunché, ma la reazione fu comunque immediata. «Quando?»

Flavia alzò gli occhi e rispose: «Forse proprio stasera. Manderò la mia schiava Klea per dirti quando».

Quinto era in viaggio e mancavano due giorni al suo rientro, l'incontro dunque era possibile. Ma azzardato. Che cosa le era venuto in mente? E che cosa avrebbe pensato lo stesso Lucio? Non era una donna facile, lei, era sempre stata retta e onesta, aveva rispettato il vincolo matrimoniale. All'improvviso, aveva osato troppo.

Lucio non credeva alle sue orecchie, e del resto nemmeno Flavia. Sono sempre in tempo per ripensarci, si disse la giovane per tranquillizzarsi mentre Pinario le andava incontro.

«Sei rimasto senza parole. Ma non è quello che desideravi?» chiese Cornelio Prisco all'amico appena si furono allontanati.

«Sì. Comunque sono stordito».

«Vuoi un consiglio? Cogli al volo ciò che di bello ti passa accanto. Non stare sempre a rimuginare». E così dicendo l'avvocato si congedò.

A Pompei, dov'era vissuto da bambino, Cornelio aveva l'unico parente ancora in vita: il fratello della madre, sposato e senza figli, che gli era molto affezionato. In casa dello zio trovava il calore della famiglia di origine e in Lucio, un anno più grande di lui, il fratello che non aveva avuto. Diversi nel carattere, provavano tuttavia una gioia sincera nello stare insieme e nel confidarsi. E ciascuno apprezzava nell'altro ciò che gli mancava: Lucio avrebbe voluto avere la determinazione di Cornelio; l'avvocato, la modestia e la bonomia dell'edile pompeiano.

Su uno dei muri che circondavano il giardino dei Ceii campeggiava un affresco con lotte di animali. Lupi contro cinghiali, una tigre all'assalto di arieti, un leone in procinto di attaccare un toro: la scena violenta faceva da sfondo a un piacere immaginato e non ancora raggiunto. Lucio conosceva a memoria ogni particolare del dipinto, ma lo fissava come fosse la prima volta. In realtà non vedeva niente; stava solo aspettando il segnale di Flavia, che tardava ad arrivare. Finalmente, all'imbrunire, entrò lo schiavo di servizio al portone per annunciare Klea: «Dice di avere un messaggio urgente».

«Falla entrare» ordinò Lucio ostentando la massima tranquillità.

«La mia padrona ti aspetta» riferì la schiava in tono solenne, come se dovesse annunciare un editto municipale. Era emozionata per quell'incarico delicato che, lo sentiva, sarebbe stato il primo di una lunga serie e desiderava essere all'altezza della situazione: né sorrisi complici né confidenza.

Assicuratosi dell'assenza di Quinto e del procuratore Eros, il cui sguardo tagliente riusciva sempre a inquietarlo, Lucio attraversò la strada e seguì la schiava nel vicolo accanto.

Flavia si era chiesta tutto il giorno se fosse soltanto la mancanza di un vero amore a farle vedere il suo vicino sotto una luce particolare. Temendo che la risposta fosse affermativa, aveva cercato di convincersi che Lucio fosse diverso da tutti gli altri. In fondo non era il primo uomo che frequentava da quando si era sposata, ma per nessuno aveva provato sensazioni simili.

Non era fredda come riteneva Quinto. Durante i rapporti coniugali immaginava di trovarsi con un affascinante sconosciuto e da qualche tempo l'amante vagheggiato aveva il volto e le mani di Lucio. Il suggerimento le era venuto da Valeria. Erano diventate intime poco dopo essersi conosciute, e la matrona più anziana si sentiva come una sorella maggiore per la giovane reatina. Lontana dalla madre, che amava ma che l'aveva delusa per non essersi opposta al matrimonio con Quinto, lontana dalle amiche d'infanzia, in una città che non era la sua, Flavia aveva bisogno dei consigli affettuosi di una donna più esperta. E Valeria, sposata da diversi anni con due figli piccoli, di consigli da dispensare con generosità ne aveva per ogni occasione.

« Non ti angustiare » le aveva detto una mattina che l'aveva trovata in lacrime.

« E come faccio a non angustiarmi? » si lamentava Flavia tra i singhiozzi. « Ho fiducia in Quinto, lo ammiro, ma gli voglio bene come a un padre o a uno zio ».

« Credi che tutte le donne che conosci siano più felici di te solo perché hanno accanto un uomo piacente? » Valeria scuoteva la testa sorridendo. « Ti sbagli, amica mia. Tante vanno a letto con mariti violenti, che le tradiscono con le schiave sotto i loro occhi, portano a casa prostitute, si divertono a offenderle. Non far caso alle collane e al trucco che sfoggiano nei triclini, spesso nascondono lividi. Quinto non è bello ma ti rispetta, ti fa vivere nel lusso. Piuttosto...»

«Piuttosto?» Gli occhi di Flavia erano ormai asciutti.

«Spegni sempre la lucerna quando stai con tuo marito, e poi... immagina che sopra di te ci sia un altro. Ci sarà pure un uomo che trovi attraente, e se ancora non c'è prova a far lavorare la fantasia. Vedrai che è un buon metodo, ho già salvato un matrimonio con questo consiglio».

L'immaginazione divenne realtà. Flavia non credeva di poter essere così audace. Poco più di un anno prima era una ragazza ingenua, con la testa piena di sogni e un unico desiderio: andare a Roma; e ora stava per intrattenersi con un uomo da lei stessa convocato, di sera, in casa del marito. E se Quinto avesse cambiato programma e fosse spuntato all'improvviso? Impossibile ormai tornare indietro, Lucio stava arrivando. E non poteva chiedere aiuto a Valeria, molto amica anche di Melissa: doveva cavarsela da sola.

L'incontro tanto sospirato fu molto deludente per entrambi.

Lucio seguì, grosso modo, lo stesso percorso della chiromante, al riparo da sguardi indiscreti; ma Flavia l'accolse nel più grande triclinio di Pompei, e fu un errore. L'ambiente così solenne e vasto, che sanciva l'importanza del padrone di casa, finì per intimidirli. Riuscirono a parlare un po' di sé, rivelando le rispettive situazioni matrimoniali, ma lasciarono fuori il vero motivo del loro convegno e il desiderio che provavano l'uno per l'altra. E sebbene ci fosse Klea a vigilare, il rumore di passi al piano di sopra rese il colloquio ancora più teso.

Flavia, mentre parlava, sobbalzava di continuo e spostava lo sguardo dall'ospite alla tenda chiusa, come se si aspettasse che da un momento all'altro apparisse Quinto; Lucio era nervoso e assorbiva come una spugna l'ansia che lei gli trasmetteva: si vedeva già afferrato dal padrone di casa e sbattuto fuori come il peggiore dei traditori. Meglio defilarsi.

Al momento del commiato Lucio azzardò un abbraccio, ma Flavia si ritrasse. Provava un po' di vergogna per la sua audacia, e al contempo desiderava che Lucio l'abbracciasse fino a soffocarla. Era ancora possibile finirla lì: lei sarebbe tornata al suo matrimonio senza amore, non avrebbero tradito la fiducia di Quinto e tutto sarebbe rimasto come prima. Fu proprio quel pensiero a farle sussurrare:

«Ci rivedremo forse tra due mesi».

«Perché non domani?» la incalzò Lucio.

Non domani, e nemmeno tra due mesi, le suggeriva il buon senso. Ma il cuore e il corpo di Flavia avevano fretta: «Sì, domani, alla stessa ora» rispose.

Livio era tornato a Pompei. Disponeva di molto denaro, ma non voleva dare nell'occhio, almeno per il momento. Alloggiava da un cugino in una modesta casa di due stanze da cui usciva quasi soltanto di sera, con molta circospezione.

Il dolore si era attutito, il podere che aveva acquistato era in buone mani e finalmente poteva compiere la sua vendetta con calma e con le necessarie precauzioni. Non era il solo a temere il procuratore Eros e a pensare che, se non si era in buoni rapporti col suo padrone, era meglio non incontrarlo in un vicolo buio. Così decise di fare un passo alla volta. Per prima cosa cominciò a pedinare Flavia con molta cautela, poi si mise in cerca di una bottega da acquistare, lungo il tragitto che Quinto faceva di solito, dove avrebbe sistemato il cugino. Non era un obiettivo facile, sia per la collocazione obbligata sia per la mercanzia da esporre: elegante e di prima scelta.

Finalmente si presentò una buona occasione. Il proprietario di un laboratorio con annesso un locale per la vendita di stoffe e cuscini, senza moglie né figli, era morto all'improvviso e i fratelli avevano deciso di mettere tutto in vendita. Livio cercò di avviare le trattative con il fratello più anziano attraverso un intermediario, ma senza fortuna; non riuscivano a mettersi d'accordo né sul valore del locale né su quello della merce.

Decise di attendere, sapendo che quello era proprio il genere di articoli che piaceva a Quinto Poppeo. Prima o poi si sarebbe fermato a curiosare e, quando si fosse presentata l'opportunità, i vecchi conti sarebbero stati finalmente saldati. Si trattava solo di avere pazienza – e lui aveva dimostrato di averne tanta – per mettere in atto nel migliore dei modi il suo piano criminoso.

Impegni, doveri, tutto annullato.

Il sesto giorno prima delle Calende di agosto fu per Lucio Ceio la giornata del grande incontro. Stasera o mai più, continuava a ripetersi. E col passare delle ore arricchiva di particolari sempre nuovi le scene che andava immaginando, cambiando i gesti, le parole, gli sguardi. Aveva deciso di non pensare alla moglie; dopo tante tensioni, aveva il diritto di distrarsi senza rimorsi. Anche se quella serata eccezionale non poteva definirsi una distrazione. L'attrazione che provava per Flavia rischiava di trasformarsi in qualcosa di più profondo, se non lo era già, e – giusto o sbagliato che fosse – sentiva di non volervi, di non potervi, rinunciare.

Nella casa dei Poppei una sapiente organizzazione domestica aveva ridotto i rischi al minimo. La servitù festeggiava l'arrivo del nuovo aiutante del cuoco nelle stanzette al primo piano; e come la sera precedente, al guardiano dell'ingresso principale aveva pensato Klea facendo arrivare nella sua stanza una ragazza greca la cui perizia sessuale era descritta sui muri della città.

La padrona di casa era intenta nei preparativi e arrivò all'ora stabilita quasi senza accorgersene. Aveva però trovato il tempo per spalmarsi sul corpo un costoso unguento profumato e per sottolineare il taglio degli occhi con il nerofumo. Eccome se l'aveva trovato. Non aveva più dubbi né sensi di colpa. Si era convinta che le spettava la realizzazione di un sogno, o per lo meno una rivincita, una specie di risarcimento per l'imposizione subita dai genitori.

Appena Lucio la scorse, in un angolo del giardino, sotto il porticato, pensò a una divinità in carne e ossa. Flavia aveva scelto il suo abito più bello: bianco, di lino finissimo, con ricami dorati che seguivano la scollatura come festoni di fiori, moltiplicandosi intorno alla vita. Bagliori che si rincorrevano dalla stoffa, così aderente da sembrare bagnata, ai lobi delle orecchie e alle armille sulle braccia, e che contrastavano con i capelli sciolti sulle spalle.

Non si persero in convenevoli quella sera né parlarono dei loro matrimoni. Era chiaro a entrambi che l'appuntamento aveva uno scopo preciso. Flavia prese Lucio per mano e lo condusse nel triclinio più vicino, affacciato sul giardino, verso un letto per due persone, saldo sui piedi di ferro e comodo grazie al soffice materasso.

Fu uno spicchio di luna, che non riusciva a illuminare i tetti di Pompei, il riferimento celeste che vedevano tra le palpebre socchiuse, persi nel profumo della pelle, nel sapore dei baci. La sabbia nella clessidra aveva finito di scorrere da tempo e nessuno dei due aveva fatto caso agli schiamazzi che giungevano dalla strada. In seguito, non avrebbero nemmeno ricordato nel dettaglio cos'era avvenuto tra loro. Il luogo, i gesti, lo spicchio di luna, sarebbero tornati alla mente di Flavia e Lucio come singoli frammenti di un lungo amplesso senza fine.

La frenesia delle mani dell'uno sul corpo dell'altra, quella sì che non l'avrebbero dimenticata. E nemmeno il volersi fermare e poi ricominciare fino allo sfinimento, le parole sussurrate senza inibizioni. Flavia aveva conosciuto il piacere di un amplesso vissuto con naturalezza, a cominciare dal primo approccio, i baci sulla bocca, piacevoli ed eccitanti: niente di paragonabile a ciò che Quinto continuava a imporle, ignorando il suo disinteresse.

Com'era tutto diverso, grazie a Lucio, che si era addormentato sul suo seno come un bambino. Flavia aveva scosso lievemente la spalla dell'amante – stava per fare giorno – e Lucio a malincuore si era staccato, si era rivestito e si era allontanato furtivo come un ladro.

Lei invece si diresse lentamente nel bagno, pervasa da un languore mai provato. Sentiva sulla pelle l'odore acre del sudore di Lucio, mescolato all'unguento profumato che si era spalmata dopo il bagno: erano passate solo poche ore, eppure il mondo non era più lo stesso. Sorrideva soddisfatta mentre faceva scorrere l'acqua per rinfrescarsi, quando un pensiero, prima vago poi sempre più definito, all'improvviso la fece irrigidire.

«Sacra Venere!» Nella frenesia dei preparativi aveva dimenticato di usare la pezzuola di lana imbevuta di limone.

Poco distante dalla casa di Lucio, due uomini erano stati testimoni dell'incontro clandestino: uno si era appostato intenzionalmente; l'altro, Giulio Polibio, si trovava da quelle parti per caso.

6

Irrimediabilmente incinta

POMPEI, 65 D.C.
IDI DI AGOSTO

La partenza dei Poppei per Oplontis fu rimandata ancora.

In città, degli amici non era rimasto quasi nessuno e i Poppei accettarono un invito da Giulio Polibio, il liberto che – come sosteneva Quinto – anziché mostrarsi sempre stizzito per qualcosa, si sarebbe dovuto ritenere soddisfatto di aver accumulato soldi come pochi, e soprattutto per avere la possibilità di frequentare gente del loro rango.

I Polibii di via dell'Abbondanza – era lì che abitavano Giulio, la moglie Serena e la figlia Trebonia – erano parenti di uno dei consiglieri più tenuti in considerazione dall'imperatore Claudio. Ma a Roma la fortuna dei cortigiani si esauriva con la fine della protezione imperiale, e se Claudio ormai era morto e sepolto – avvelenato, si mormorava –, il segretario che tutti avevano cercato di ingraziarsi era finito male. Quando ogni tanto Giulio nominava il cugino, un tempo così potente, gli altri alzavano le spalle e lui finì per non parlarne più.

Per Flavia non fu una serata piacevole. Il padrone di casa si mostrò gentile e ossequioso come sempre, ma lei aveva la sensazione che, chissà come, sospettasse qualcosa sul suo conto. È impossibile, continuava a ripetersi, era certa che Lucio non avesse raccontato a nessuno del loro incontro; eppure più di una volta, durante la cena, aveva sorpreso lo sguardo di Giulio fisso su di lei, e non erano i soliti sguardi di ammirazione.

Non le era mai stato simpatico. E a chi lo era? Portava in giro come un trofeo il naso imponente, gli occhi penetranti come spilli e la bocca stretta che faticava ad aprirsi in un sorriso. Ma più che l'aspetto, a irritare era il suo atteggiamento, il modo che aveva di camminare, col petto in fuori e la schiena rigida, nel tentativo di compensare la bassa statura. In verità, il proprietario dei forni più ricco di Pompei non era malvagio, ma la sua invincibile propensione a giudicare uomini, fatti e cose lo rendeva spesso insopportabile anche ai suoi familiari.

Giulio Polibio apparteneva alla schiera di quanti attribuiscono delusioni e mancati riconoscimenti non a errori o a incapacità personale, bensì al comportamento malvagio o sbagliato degli altri. Era un maestro nello scaricare le colpe e riversava il proprio malcontento su parenti e collaboratori, finendo per alienarseli. Se poi riconosceva a qualcuno doti eccezionali, era solo per mettere in evidenza le mancanze di chi gli stava accanto. I suoi interessi erano comunque circoscritti alla cerchia familiare. Non aveva amici intimi, confidenti, e nemmeno vizi da nascondere. Consapevole delle proprie origini servili, si sentiva favorito dalla sorte, proprio come Quinto riteneva, e quella che gli altri consideravano arroganza in realtà nascondeva un'invincibile timidezza. Nessuno avrebbe saputo dire cosa pensava veramente e non si confidava nemmeno con Serena, la moglie, per la quale provava un sincero affetto ma che non sentiva amica, tantomeno complice. Lei, del resto, non incoraggiava alcuna intimità, come se preferisse mantenere il rapporto con Giulio entro i limiti del rispetto che gli doveva – un rapporto dove gli slanci affettuosi non erano previsti e la confidenza era bandita per principio. Vivevano sotto lo stesso tetto, vicinissimi eppure distanti, ciascuno tenacemente geloso dei propri spazi e dei propri sentimenti.

Serena, impeccabile padrona di casa, custodiva però nel petto una pena inconfessabile. Orfana di un altro liberto e molto più giovane del marito, aveva subìto il matrimonio deciso per lei dalla madre e amava in silenzio il medico che frequentava la loro casa, Terenzio. Prima di Trebonia aveva avuto due figli maschi, avviati alla professione paterna, ma – benché non lo ammettesse nemmeno a se stessa – avrebbe rinunciato persino ai figli pur di vivere accanto a Terenzio.

Nemmeno Trebonia era felice, ma tutti in famiglia conoscevano le sue pene: nervosa e appassionata, anelava alla bellezza, all'amore cantato dai poeti, e a Pompei – dove nessuno condivideva i suoi slanci – si sentiva sola e incompresa. Una visionaria, secondo suo padre, che avrebbe fatto meglio a impegnarsi in faccende più congeniali a una donna, anziché stare ore chiusa nella sua stanza a scrivere versi che non avrebbe mai pubblicato. Da Giulio aveva preso solo l'ovale del volto, mentre la bocca piccola e carnosa e gli occhi nocciola erano identici a quelli di Serena. Anche il fisico minuto e ben fatto ricordava quello materno, ma la vita sottile e il seno generoso si vedevano appena sotto gli abiti vistosi e gli orpelli di cui il padre la faceva caricare – doveva pur trovarlo, un marito – per mettere in risalto un'avvenenza che neanche le attribuiva.

Quando la mattina presto il padrone di casa usciva a controllare le sue imprese, dopo immancabili e prolisse raccomandazioni sulla gestione familiare, moglie e figlia tiravano un sospiro di sollievo. Specialmente Trebonia, alla quale tra l'altro veniva rimproverato di non sapersi valorizzare e di camminare con poca eleganza – i tacchi sotto le scarpe, che mal sopportava, glieli aveva imposti il padre.

Da qualche tempo, Giulio Polibio si era fissato con Flavia: era a lei che paragonava la moglie e la figlia, in un confronto da cui Serena e Trebonia uscivano sempre perdenti. Da quando a Pompei era apparsa quella bellezza in un primo momento definita 'rustica', tutta la sua ammirazione per il sesso femminile si era concentrata su di lei: nessuna incedeva con la stessa grazia, nessuna sapeva ricevere con tanta cortesia, nessuna era più seria della moglie di Quinto. Non era la prima volta che Giulio metteva un idolo sul piedistallo, peraltro senza alcun coinvolgimento personale, e i parenti lo lasciavano dire.

Ma l'idolo era andato in frantumi: una mattina all'alba, Giulio aveva visto con i propri occhi Lucio Ceio uscire furtivamente dall'abitazione dei Poppei. L'ora, assurda per una visita ma non per controllare i forni, e l'aspetto disordinato dell'uomo non lasciavano dubbi su quanto Lucio aveva appena fatto. Tanto più che Giulio sapeva dell'assenza di Quinto: lo aveva incontrato proprio mentre stava per partire.

Mai avrebbe confidato a qualcuno la tresca che aveva casualmente scoperto, nemmeno a Serena, ma la delusione era stata cocente: l'edile eletto con i suoi voti e la donna ideale coinvolti in un volgare adulterio! Cominciava quasi a vedere con occhi diversi, più benevoli, non solo la moglie, con i suoi capelli raccolti in una semplice crocchia, ma anche Trebonia, sempre curva sullo scrittoio. In ogni caso, Flavia non fu più portata a esempio.

Pompei-Oplontis, 65 d.C.
agosto

«Anche questo, in piena estate. Abbiamo sbagliato l'anno per candidarci» disse Lucio al suo collega prima di accomiatarsi, tra il serio e il faceto.

Dopo i controlli alla pesa del mercato e i lavori per il nuovo tribunale, ai due edili toccava anche stilare l'elenco degli interventi più urgenti per la riparazione delle strade. Lucio era davvero sfinito. Spesso, a sera crollava a letto senza nemmeno togliersi i sandali. Era talmente assorbito dai doveri politici che il ricordo di Flavia sembrava quasi sbiadito, lontano; ma quando meno se lo aspettava veniva assalito da un prepotente desiderio. Certe notti, quando si svegliava all'improvviso o faticava a prendere sonno, l'immagine del corpo flessuoso di lei diventava così vivida, così reale, da togliergli il fiato. Le domande che in quei momenti gli rotolavano nella mente erano sempre le stesse: si sarebbe ripetuto l'incanto di quella sera? Avrebbero avuto altre occasioni di restare soli? Ma al mattino era tutto dimenticato e i pensieri tornavano a concentrarsi sulle incombenze della giornata.

Inaspettatamente, invece, il rapporto con la moglie era migliorato. Abbandonato in casa della sorella il rancore verso il marito, Melissa si era sistemata nella residenza vesuviana dei Ceii, la stessa che il mese prima aveva creato l'occasione per il grande litigio: trascorsi quindici giorni – il tempo che aveva ritenuto sufficiente per far sentire la propria mancanza al marito – era arrivata alla villa come se niente fosse accaduto. E quando Lucio riuscì a trattenersi per alcuni giorni, la lontananza dalle preoccupazioni quotidiane e l'atmosfera rilassata della campagna favorirono la ripresa del loro rapporto. Una sera, mentre conversavano dopo cena, Lucio sentì riaccendersi un improvviso desiderio per la moglie, come da tempo non gli accadeva.

L'indomani, ricordando la notte appena trascorsa, Lucio credette di aver ceduto all'ebbrezza del vino e al ricordo di Flavia. Melissa, invece, si struggeva di desiderio per l'amante esigente e appassionato che l'aveva posseduta durante quella lunghissima notte.

Nella residenza di Oplontis, le prime settimane trascorsero felici per Flavia. A differenza dell'estate dell'anno prima, finalmente un pensiero gradevole accompagnava le sue passeggiate e i bagni nella grande piscina. Non si chiedeva nemmeno come sarebbe andata a finire la storia con Lucio; sapeva però che l'inizio aveva coinciso con un benessere inatteso.

Quante cose erano accadute in un anno! E quante altre ancora l'attendevano, se la chiromante siriana aveva interpretato bene nelle linee della sua mano il disegno del Fato. La possibilità di essere rimasta incinta l'aveva preoccupata solo all'inizio; a contatto con la natura aveva ritrovato l'appetito e il buon umore, dimenticando persino la paura per lo sciabordio delle onde. E comunque, per maggiore sicurezza, appena Quinto si fu stabilito definitivamente a Oplontis dopo un frenetico andirivieni da Pozzuoli, cedette alle sue richieste notturne senza accampare scuse.

Aveva cominciato a leggere Ovidio, il poeta 'maledetto'. In ritardo, rispetto a Valeria e a chissà quante altre. Senza un uomo da sedurre, i consigli di Ovidio erano del tutto inutili, ma ora... gli espedienti e le malizie da sperimentare, antiche e sempre attuali, avevano un senso.

Con arte rinforzate l'orlo rado dei sopraccigli e un piccolo neo orni le candide guance. Perché no?, si diceva ridendo.

Chi non proverebbe fastidio per un volto tutto cosparso di feccia, mentre il peso gocciola e scorre tra i tiepidi seni?

Vero, meglio affidarsi all'ocra rossa.

Pompei, 65 d.C.
None di settembre

Il sole di settembre faceva splendere i colori della campagna e Lucio, accompagnato dal sorvegliante degli schiavi Fausto, era diretto ai vigneti: le diverse tonalità di verde delle foglie brillavano come se avessero dentro pagliuzze d'oro.

«Faremo un'altra bella vendemmia, guarda che grappoli pieni» disse Lucio, prendendone in mano uno senza staccarlo dalla pianta. Il sorvegliante non fece commenti. Lucio attribuì l'insolito silenzio a qualche preoccupazione personale e non chiese spiegazioni: non voleva rovinarsi lo spettacolo che aveva davanti agli occhi.

Stavano per tornare verso la villa quando all'improvviso Fausto parlò: «Padrone, posso raccontarti cosa mi è capitato?»

«Certo». Lucio presentiva qualche guaio.

«Dal momento che sei al governo della città, è mio dovere avvertirti».

«Di che cosa dovrei preoccuparmi?»

«Del Vesuvio».

Lucio si fermò e scrutò il vecchio guardiano come se lo vedesse per la prima volta. Era un uomo tranquillo, prudente, non poteva essere uscito di senno all'improvviso. Se c'era una montagna fertile e puntuale nella consegna dei frutti maturi, quella era il Vesuvio: perché mai avrebbe dovuto preoccuparlo?

«In che senso?»

«Al suo interno è come se ci fosse una pentola che bolle sul fuoco e si sentono rumori strani, come quando si gettano delle pietre in mare».

«Senti, ora devo rientrare a Pompei, ho un'importante riunione politica. Se puoi dirmi in poche parole, anzi in pochissime, cosa ti salta in mente, bene. Altrimenti ne discuteremo tra qualche giorno con calma».

«Dunque» riprese il custode, «quando è venuto a trovarmi mio nipote Sergio, quel bel ragazzo che procura animali per gli anfiteatri...»

«Non me lo ricordo, ma non fa niente. Vai avanti, Fausto».

E il custode prese a raccontare. Aveva accompagnato il nipote a caccia di orsi e si era arrampicato con lui sulla cima del monte: prima a dorso d'asino, poi con l'aiuto del solo bastone. Sergio lo aveva lasciato a riposare sotto un albero e si era allontanato per seguire le orme di uno di quei bestioni: quando aveva riaperto gli occhi era ancora solo. Per la prima volta, da quando viveva lì, si trovava così in alto e allora...

Lucio lo interruppe spazientito: «Avevo detto pochissime parole, Fausto, adesso non ho tempo. Continua a sorvegliare gli schiavi come hai sempre fatto e non distrarti pensando al Vesuvio. Fossero questi i guai!» E così dicendo affrettò il passo in direzione della carrozza che lo aspettava pronta a partire.

Durante il viaggio per Pompei Lucio pensò distrattamente al racconto di Fausto, ma le parole del guardiano gli tornarono in mente il giorno dopo, mentre sistemava i rotoli scritti nel suo tablino. Testi di storia, descrizioni geografiche, contratti di compravendite, documenti della sua attività politica, lettere: tutto era ammucchiato senza ordine e ogni volta che Lucio prendeva qualcosa da leggere, immancabilmente un foglio di papiro o una pergamena finiva per terra. Devo aggiungere degli altri contenitori, si disse, e intanto cercava di dividere i rotoli per argomenti.

Fu per caso che si ritrovò tra le mani la *Geographia* di Strabone, della quale aveva acquistato la parte riguardante la Campania ma senza averla mai letta. Si mise seduto e cominciò a scorrerla velocemente, finché non arrivò alla descrizione del Vesuvio. Voglio proprio vedere cosa dice, rifletté.

Il monte Vesuvio, coperto, tranne la cima, di fertile humus... scriveva Strabone. Lucio, rassicurato, stese il rotolo sulla scrivania. Il racconto però proseguiva con parole scritte così ravvicinate da risultare incomprensibili. Riuscì a leggere solo: *Sterile, di color cinereo, mostra... crepacci, le cui rocce...* Lì il racconto si interrompeva, il resto del rotolo era bianco. Aprì la *capsa* vicina, ma vi erano descritte altre località. Che imbroglione, il libraio che gli aveva venduto l'opera a caro prezzo. Così Lucio, innervosito per la beffa, non diede importanza a ciò che avrebbe meritato maggiore attenzione.

Pompei, 65 d.C.
Idi di settembre

Nonostante il caldo, da tempo quasi tutti gli abitanti di Pompei avevano fatto ritorno dalla villeggiatura. I Poppei furono tra gli ultimi, e con un tale trambusto di servitori e una tale quantità di bagagli che fu impossibile, per il vicinato, non accorgersi del loro rientro.

Lucio non resistette e uscì di casa con aria indifferente: la vista di Flavia, con indosso una veste candida e leggera, sotto un ombrellino retto da Klea per ripararla dal sole, gli provocò un tuffo al cuore. Se si era illuso di poter controllare i suoi istinti con la ragione, come anche qualche filosofo consigliava, doveva convenire che in certi casi le disquisizioni teoriche servono solo ad aumentare la fama dei dotti e la biblioteca di famiglia.

Il saluto di Quinto fu particolarmente cordiale; Flavia, al contrario, aveva un'espressione indefinibile, sfuggente. Lo guardò appena, accennò un saluto ed entrò in casa. Lucio rimase impalato, confuso, in preda all'emozione. Flavia era lì, vicinissima, gli sarebbe bastato allungare una mano per toccarla, e un attimo dopo era scomparsa, inghiottita dalla penombra. «Il viaggio l'ha molto stancata» disse Quinto per giustificare la fretta della moglie. Lucio si allontanò adducendo un impegno: fece un rapido giro nei dintorni, quindi riattraversò l'atrio della sua casa e si chiuse nel tablino – aveva bisogno di restare solo.

Ignorando la fila interminabile di persone da ricevere, percorreva il breve spazio tra il tavolo e il muro di fronte, avanti e indietro. Perché Flavia era stata così scostante? Numidio, che lo aveva visto rientrare precipitosamente e scuro in volto, lo raggiunse con la scusa di chiedergli chi doveva far passare per primo.

«Il vasaio Zosimo» ordinò Lucio, «e chiama Ottavio».

La sua carica gli imponeva l'assunzione di uno scrivano: una spesa che sul momento aveva fatto malvolentieri ma che si era rivelata utilissima a fronte dei tanti doveri amministrativi, e addirittura indispensabile in frangenti come questo, nei quali lavorava pensando ad altro. La stanchezza di Flavia era sproporzionata al tragitto così breve. Cosa c'era sotto?, si chiedeva tra un colloquio e l'altro, firmando distrattamente i documenti che Ottavio gli porgeva. Persino la schiava, rifletteva, era filata via con gli occhi bassi.

Lucio non riusciva a farsi una ragione di quello strano atteggiamento: il sobrio Quinto era sembrato, in confronto, un modello di affettuosità. Aveva immaginato tante volte il momento in cui lui e Flavia si sarebbero ritrovati dopo il periodo di lontananza: tante scene diverse, ma che si concludevano tutte con un lungo sguardo di lei traboccante di desiderio. Non poteva essere solo stanchezza.

Flavia invece era davvero spossata. Durante il viaggio aveva fatto fermare due volte la carrozza per dare di stomaco. Gli ultimi venti giorni a Oplontis erano stati una sofferenza: qualsiasi sapore, qualsiasi odore – compreso il profumo dei fiori che arrivava dal giardino – le dava fastidio.

Irrimediabilmente incinta. La pancia non si vedeva ancora, ma i disturbi c'erano tutti. E il nuovo stato, frutto di una notte di incoscienza, era lì a punirla e a provocarle paure di ogni genere. Ogni volta che il marito si appartava con il procuratore, temeva che Eros stesse facendo rapporto su qualcosa che aveva scoperto e con il fiato sospeso attendeva la condanna o le parole in grado di rassicurarla.

No. Nessuno sapeva, continuava a ripetersi, ma le sue notti erano sempre agitate e sussultava per un nonnulla; le nausee, in fondo, erano il malessere più sopportabile. La gravidanza le dava gioia e al tempo stesso apprensione: quasi un anno di attesa per conoscere suo figlio e scoprire a chi assomigliava.

Era stata Rufina ad accorgersene per prima e aveva emesso la sua sentenza di fronte al resto della servitù: «Finalmente il nostro padrone avrà un figlio e sua moglie saprà quali dolori nascono dalle gioie tra le lenzuola. Speriamo che almeno sia capace di tirarlo fuori».

Rufina si occupava della casa di Quinto da quindici anni e i suoi pochi momenti felici erano legati a Cassia, che purtroppo poi era morta fra i dolori atroci del parto: due giorni di urla strazianti, con il ventre squarciato da un chirurgo inesperto. Mai aveva assistito a tanta sofferenza per una nascita e non riusciva a cancellare dalla mente l'immagine della sua padrona che si strappava i capelli per la disperazione, nel letto inzuppato di sangue. Aveva vissuto l'arrivo di Flavia come una specie di usurpazione e constatare, tra l'altro, che il marito pendeva dalle sue labbra e che la giovane Klea godeva del suo favore era uno smacco insopportabile: la nuova moglie di Quinto non era una padrona, ma una rivale da contrastare.

Flavia avrebbe voluto liberarsi di Rufina, la cui ostilità palese la metteva a disagio; ma su quel punto Quinto si era mostrato inflessibile, forse temendo una vendetta di Cassia dagli Inferi. Klea, dal canto suo, seguiva la padrona come un'ombra. Anche lei aveva capito ben presto di che natura fosse il malessere di Flavia e, sua complice nella relazione con Lucio, temeva di essere coinvolta in uno scandalo che le sarebbe potuto costare la vita.

Appena seppe del ritorno dell'amica, Valeria corse a salutarla. Voleva raccontarle le ultime novità – l'ennesimo adulterio scoperto a Pompei –, ma la trovò accasciata su un sedile del giardino, con aria dimessa.

« Che succede? Stai male? »

« Non mi sento bene » ammise Flavia, « i movimenti della carrozza sembravano quelli di una barca in mezzo al mare agitato, ma passerà. Piuttosto, siediti accanto a me: ho una bella notizia da darti ».

Il tono allegro della voce contrastava con l'aspetto e Valeria la interruppe impaziente: « Non dirmi che... »

Flavia le prese tutte e due le mani e gliele strinse: « Sì, aspetto un bambino, e in città sei l'unica a saperlo ».

L'affetto di Valeria, che la distrasse con le sue chiacchiere, fu per lei un grande sollievo. E al riparo delle mura domestiche si sentiva tranquilla, protetta. Qui non ho nulla da temere, pensava: Quinto mi ama e mi rispetta, Valeria mi darà i consigli giusti e io... io sarò una matrona irreprensibile.

Con un sospiro, Lucio fu relegato a sbiadire nell'angolo dei ricordi.

7

Poi arrivavano le Erinni

ROMA, 65 D.C.
TREDICESIMO GIORNO PRIMA DELLE IDI DI OTTOBRE

Le mani esperte del massaggiatore Berillo scorrevano sicure e veloci sul corpo dell'imperatore. Dopo il torace e le braccia, si soffermarono sulle gambe per tonificarle: le corse sulla biga e le danze richiedevano muscoli ben allenati.

«È tornato Milico?» chiese Nerone alla sentinella che montava la guardia davanti alla porta. Non si fidava più di nessuno e aveva dato l'incarico al liberto che gli aveva svelato la congiura di indagare se a Pompei i familiari di Poppea ne avessero fatto parte.

Si era stancato di indagini e interrogatori ufficiali, ma non voleva lasciare conti in sospeso. Tra i terreni che aveva fatto confiscare in Campania c'erano alcune proprietà dei Poppei: non era escluso che qualcuno avesse appoggiato il disgraziato piano di Scevino e compagni, specialmente dopo la morte della loro parente che aveva suscitato tante illazioni.

«No, Nerone Augusto» rispose la guardia. «Appena arriva, riceverò un segnale concordato».

L'imperatore si girò a pancia sotto, mentre Berillo cominciava a lavorargli i muscoli della schiena.

«Cosa si dice di me in città?» gli chiese.

«Che suoni come Apollo» rispose premuroso lo schiavo.

«E poi?»

«Che vuoi il benessere del popolo».

«Non devi fingere, Berillo. Anch'io leggo quanto è scritto sui muri». C'era amarezza nella voce di Nerone. «Sempre più spesso mi chiedo se valga la pena governare i romani. Dimenticano in fretta quanto hai realizzato di buono e sono pronti a ribellarsi per un ritardo nella distribuzione del frumento».

Ma coloro che avevano tramato per ucciderlo non protestavano per il grano. Che delusione, per l'imperatore, scoprire la complicità di amici che credeva fedelissimi. Quando pensava a Petronio – un uomo impareggiabile per eleganza e arguzia – era veramente addolorato. Ripensava alle serate trascorse insieme a rivaleggiare con battute in rima. Altri tempi. Era un ospite così assiduo alla sua tavola che uno schiavo imperiale addetto alle suppellettili aveva dato il nome a un personaggio del romanzo di Petronio.

Non aveva però amato e odiato nessuno come Seneca, il suo maestro. Si era chiesto tante volte se davvero avesse avuto intenzione di sostituirlo e fino a che punto lo avesse servito con lealtà. Rapace lo era di sicuro – anche per causa sua era scoppiata la rivolta in Britannia –, e pure falso. Sì, falso. Pronto a tradire sua madre Agrippina che lo aveva richiamato da un penoso esilio, a scrivere lettere al Senato in vece sua, lettere dove attaccava ciò che aveva difeso e condannava quello in cui aveva creduto. Il migliore a scrivere e parlare, ma incapace di sentimenti profondi.

Pian piano dubbi e paure cedevano sotto le mani sapienti di Berillo, che inducevano uno stato di piacevole rilassamento. Nerone, finalmente, si assopì. Di notte dormiva poco e male. Da quando aveva deciso di eliminare sua madre e dalla scoperta della congiura, era perseguitato da sogni orribili. Faceva in modo che i banchetti fossero interminabili e sempre più licenziosi, finché gli effetti del vino e della stanchezza non lo facevano crollare dal sonno. Ma l'oblio non durava a lungo.

In piena notte si svegliava e chiamava il segretario Epafrodito, il bellissimo eunuco Sporo – identico a Poppea –, i suoi collaboratori, e si metteva a suonare l'organo idraulico o la cetra, fra gli sbadigli generali. Altre volte, da solo, si abbandonava al pianto, ricordando l'infanzia spensierata in casa della zia Domizia, l'ebbrezza di sentirsi, a diciassette anni, padrone del mondo. Poi arrivavano le Erinni, terribili e vendicative. Non c'era lucerna, torcia, candelabro che riuscisse ad allontanarle: evocate da Agrippina, lo avrebbero perseguitato fino alla morte.

Pompei, 65 d.C.

tredicesimo giorno prima delle Idi di ottobre

Milico, tornato nella città natale, aveva svolto con diligenza il compito assegnatogli. Ma non era più in grado di riferire personalmente, per quell'eccesso di zelo che spesso si rivela nocivo.

Appena giunto a Pompei, aveva cercato Eros. In passato, fino agli scontri con i nocerini nell'Anfiteatro, aveva avuto molta confidenza con lui ed era l'unico a conoscere certi aspetti infamanti della vita del procuratore che non aveva mai svelato.

Eros l'aveva rassicurato sul conto del suo padrone, ma aveva fatto allusioni ai cugini che dividevano con Quinto il primato della casa più bella di Pompei. Si sarebbe informato meglio e gli avrebbe fatto sapere. I denari non gli bastavano mai, tra prostitute e scommesse, e la ricompensa valeva il rischio.

Milico, e ancor più sua moglie, ci tenevano a far sapere ai pompeiani le cause della loro recente ricchezza, vantando la vicinanza – 'confidenza' si spingevano a dire – con l'imperatore, ma naturalmente senza mai accennare all'incarico speciale di cui il liberto era stato investito.

Dopo un mese di permanenza e l'acquisto di una confortevole casa di campagna circondata da un frutteto, l'inchiesta era arrivata alla sua conclusione. La prima soffiata si era rivelata esatta. Il parente più anziano di Quinto Poppeo aveva partecipato alla congiura con finanziamenti cospicui. Di fronte alla prova di lesa maestà, l'ordine era: eliminare il colpevole. Ma era sufficiente la parola di Eros, si chiedeva Milico?

L'amico lo rassicurò: una delle sue amanti, al servizio di Poppeo Habitus, aveva sentito il padrone salutare un ospite giunto da Roma con queste parole: « Spero che questa somma sia sufficiente per il vostro progetto. Mi dispiace non parteciparvi di persona, ma l'età e le mie condizioni di salute non mi consentono un viaggio pieno di pericoli. Tienimi informato sull'esito, qualunque esso sia, e salutami con affetto Gneo e gli altri amici ».

Non c'era bisogno d'altro. Tutto coincideva: il periodo – tre mesi prima della scoperta della congiura –, la provenienza dell'ospite e le allusioni del padrone di casa al 'progetto' e a Gneo, sicuramente il Pisone destinato ufficialmente a succedere a Nerone. Milico era perplesso, potevano anche essere coincidenze. L'imperatore voleva la *certezza assoluta*, non era il caso di spargere altro sangue senza prove inoppugnabili.

E poi, come intervenire? Il personaggio in questione conduceva una vita ritirata e abitava in una zona molto trafficata di giorno, sulla via che conduceva alla Porta del Vesuvio. Anche ammettendo di riuscire a sorprenderlo durante un'uscita serale, un omicidio per la strada era da escludere: i servi l'avrebbero circondato con le torce. In casa, nemmeno a parlarne. Impossibile entrare, uccidere e dileguarsi senza finire in catene.

Meglio informare l'imperatore. Se le indicazioni fossero state sufficienti, avrebbe pensato lui a mandare qualche militare da Miseno; non voleva mettere a repentaglio i benefici ricevuti e la prospettiva di una vita agiata. In pace con la propria coscienza, sicuro di avere svolto al meglio la missione, Milico aveva quindi scartato la possibilità di un intervento diretto.

«Vado a Roma, riferisco e torno» annunciò con decisione alla moglie.

Ma non aveva fatto i conti con Eros.

Anche il fisico pareva sottolineare la differenza tra loro, di carattere e di modi: Eros, col suo corpo possente, il viso dai lineamenti marcati, emanava forza e fermezza; Milico, molto più basso, tarchiato, gli occhi tondi e inespressivi, si muoveva insicuro, guardandosi sempre intorno con circospezione – quando doveva prendere una decisione importante entrava in crisi, finché non interveniva la moglie a trarlo d'impaccio.

Il procuratore non demordeva di fronte alla titubanza dell'amico, determinato a concludere la faccenda a modo suo e a incassare la somma pattuita. Del resto, ricordava a Milico, non aveva avuto l'ordine di intervenire se avesse trovato le prove della complicità, facendo in modo che il Palazzo ne rimanesse fuori? Insistette sino allo sfinimento, per convincerlo: «Non siamo più ragazzi, Milico. Lascia perdere la compassione, i dubbi, le debolezze da donnicciole. Non hai esitato a denunciare il tuo padrone a Roma, correndo ben altri rischi se i sospetti non fossero stati fondati, e ora ti fai mille scrupoli di fronte a una situazione chiara come il sole».

«Ma allora eravamo in due a essere sicuri» si giustificò Milico, sottolineando il ruolo decisivo della moglie.

«Quindi anche ora devi avere il suo permesso?» lo schernì Eros.

«Non è questo, non le ho nemmeno detto niente del nostro piano. È solo che non me la sento. Non ho mai ammazzato nessuno».

«Ma che uomo sei?» Eros lo guardò sprezzante. «Si vede che non hai mai combattuto in guerra. Eliminare un nemico, tuo o dell'Impero non importa, è il dovere di ogni cittadino romano. Pensa bene a quest'aspetto – il dovere – e domani ne riparliamo».

Parole che Milico non avrebbe mai voluto ascoltare e che continuarono a rimbombargli in testa per tutta la notte. Nel buio, che ingigantiva le sue paure, si ripeteva le parole di Eros e le sue timide repliche, cercando una via d'uscita plausibile. Non ne trovò.

All'alba, esausto e rassegnato all'inevitabile, decise che alla moglie lo avrebbe riferito a cose fatte e si presentò all'appuntamento nella scuderia di Quinto Poppeo: temeva più l'ira dell'amico che quella di Nerone. Eros, dal canto suo, non inveì – un complice spaventato era pericoloso – e lo rassicurò invece in tutti i modi, convinto che una menzogna, a furia di ripeterla, avrebbe potuto essere considerata una verità. Milico si limitò ad abbassare gli occhi e ad assentire, nella speranza sempre più tenue che la moglie si sarebbe convinta dell'importanza della sua azione.

Tredici giorni prima delle Idi di ottobre, Quinto e suo cugino dovevano recarsi vicino a Oplontis per la vendita di una proprietà comune. Eros l'aveva saputo per tempo e aveva studiato un piano per approfittare di questa ghiotta opportunità: prevedeva carrozze separate per i due cugini e un incidente mortale senza testimoni.

Il giorno prima dell'incontro a Oplontis, il procuratore mise in guardia il suo padrone. Fonti sicure gli avevano rivelato la partecipazione di Poppeo Habitus a un complotto politico; sarebbe stato quindi più prudente evitare di farsi vedere insieme. Quinto, che temeva gli strascichi di vecchie questioni, oltre a quelle legate all'ex guardiano, non se lo fece ripetere due volte. Lui, così intelligente e acuto, non chiese chiarimenti sull'assurdità di una cospirazione ordita a Pompei né manifestò l'incredulità che chiunque dotato di un minimo di buon senso avrebbe mostrato nei confronti del suo parente. Anticipò il viaggio con una scusa e diede appuntamento a Poppeo all'ora quarta.

Habitus – stimato da tutti come uomo onesto e generoso, ignaro di quanto stava per capitargli – di primo mattino baciò la moglie senza svegliarla, quindi si avviò verso la carrozza che lo aspettava fuori dalla Porta del Vesuvio. Beata lei che può restare a letto sotto i nostri amorini dorati, pensò stringendo i denti per il dolore all'anca che dalla sera prima lo tormentava più del solito. Era un sintomo del tempo che stava cambiando, e in effetti fu sufficiente affacciarsi nel peristilio perché una violenta raffica di vento lo investisse facendogli quasi perdere l'equilibrio.

Il cielo era coperto; ce ne sarebbero stati di motivi per restare a casa, a sessant'anni compiuti, aggravati da una pinguedine incipiente. Ma non poteva disdire l'impegno: concludere un affare con Quinto senza essere presente poteva significare un danno irreparabile. Si trascinò a fatica lungo il porticato e notò che le maschere di marmo appese fra le colonne oscillavano più del solito, e che la palma al centro del giardino era ancora più piegata. Devo provvedere prima dell'inverno, decise, altrimenti ci cadrà addosso. Prima di sistemarsi nella vettura chiusa, Poppeo Habitus alzò gli occhi e vide grandi nuvole nere che si muovevano veloci dai Monti Lattari verso il mare, facendo prevedere una burrasca.

«Che brutta giornata...» disse al conducente. E gli raccomandò di andare piano.

Il cocchiere, che lo serviva da quando era poco più di un ragazzo, gli sorrise e lo aiutò a sollevare la gamba dolorante. Poppeo era così stanco per la notte insonne che dopo poche miglia si addormentò.

Avevano da poco superato Oplontis quando, all'uscita di una curva a gomito, il cocchiere tirò bruscamente le redini: un tronco sbarrava la strada. L'uomo scese e si guardò intorno nella speranza di vedere qualcuno che gli desse una mano a spostarlo, da solo non ce l'avrebbe mai fatta. Ma, dovunque guardasse, non c'era nessuno. La strada, stretta e poco frequentata, era deserta. Con l'assenso del padrone, si posizionò sul ciglio della carreggiata in attesa di aiuto.

Il cielo era squarciato da lampi, forti tuoni preannunciavano un temporale mentre Milico ed Eros erano intenti a sistemare un altro tronco prima della curva, per impedire arrivi indesiderati.

Cominciò a piovere, faceva freddo. Il cocchiere rimase al suo posto, bagnato e intirizzito, mentre Poppeo, all'interno della carrozza, si avvolgeva meglio la coperta intorno alle gambe. Poteva appisolarsi ancora un po', si disse, dal momento che era partito con molto anticipo.

Fu questione di un attimo.

Come spuntato dal nulla, Milico apparve alle spalle del cocchiere coprendogli la bocca con una mano, mentre con l'altra lo colpiva con una randellata alla testa. L'uomo, colto alla sprovvista, d'istinto afferrò il braccio dell'assalitore, ma il colpo era troppo violento: col cranio fracassato, si accasciò al suolo senza un grido. Intanto, Eros era balzato all'interno della carrozza e aveva conficcato nella gola di Habitus l'intera lama del suo pugnale. Il più anziano dei Poppei stava dormendo: ebbe appena il tempo di sgranare gli occhi e aprire la bocca per urlare, ma ne uscì solo un gorgoglio soffocato.

Veloci, i due complici lasciarono la strada e raggiunsero i cavalli che avevano impastoiato poco distante: a ciascuna sella era assicurata una bisaccia con dentro abiti puliti. Milico tremava, e non solo per la pioggia che ormai scendeva fitta. Non si era mai sporcato le mani di sangue e sentiva che in quell'agguato mortale c'era qualcosa che non andava. Fu colto da una gran paura delle conseguenze, e a differenza di Eros non riusciva a provare alcuna soddisfazione.

Questi, invece, tranquillo e incurante del maltempo, si ripuliva il viso con un panno, senza fretta. «Stai tranquillo» disse all'amico vedendolo scosso dai brividi. «Con un tempo del genere non c'è nessuno in giro. Chissà quando ritroveranno i cadaveri. Nessuno potrà mai risalire agli esecutori di questo omicidio, o meglio, di questo *atto di giustizia*».

Non si sbagliava, ma solo per l'impunità. Sapeva bene che le parole di Poppeo Habitus riferite dalla sua schiava potevano essere equivocate, e lo aveva fatto a proprio vantaggio. Si fece consegnare da Milico il gruzzolo che gli spettava per la scoperta del complotto e i due si separarono con un abbraccio.

Durante i solenni funerali, e anche dopo, l'omicidio fu attribuito ai soliti fuorilegge; nessuno parlò di congiure o di altre cause.

Quando a Roma il senatore Cornelio Valerio seppe del misfatto provò una grande tristezza. Ricordava l'ospitalità ricevuta a Pompei e l'affettuoso commiato dall'amico. Grazie anche al suo contributo si era appena conclusa felicemente una spedizione in Egitto per scoprire materiali rari, così come aveva chiesto l'imperatore. Gneo Valerio (e *non* Gneo Pisone), che aveva guidato l'impresa, avrebbe reso tutti più ricchi. Nerone non sapeva ancora della partecipazione di Poppeo Habitus all'impresa, e sicuramente gli avrebbe tributato i dovuti onori. Postumi.

Milico, dopo aver appreso la completa estraneità della vittima alla congiura, raccolse i suoi averi e lasciò Pompei per la seconda volta, di nascosto. Non si seppe nulla di lui e nessuno se ne preoccupò. Non avrebbe più potuto in alcun modo ristabilire la verità: durante il viaggio anche lui rimase vittima di un incidente e perse la vita insieme alla moglie.

Eros invece contava i sesterzi d'argento che aveva incassato, ben consapevole che il povero cugino del suo padrone non avrebbe mai partecipato, direttamente o meno, a una cospirazione di qualsiasi genere. Sorrideva soddisfatto, il procuratore, pensando a come aveva previsto tutto, fin nei particolari. Alla somma proveniente dalle casse imperiali aggiunse un regalo di Quinto che, senza commentare con nessuno il presunto coinvolgimento del cugino – l'onta sarebbe ricaduta sull'intera famiglia –, volle ringraziare il suo liberto per avergli salvato la vita con un provvidenziale suggerimento.

Pompei, 65 d.C.
undicesimo giorno prima delle Idi di ottobre

«Lucio? Lucio, dove sei?»

La voce allegra di Melissa correva da una stanza all'altra.

Che cosa sarà successo?, si chiese il padrone di casa, incerto sul tono del richiamo. Se la moglie era rientrata all'improvviso, prima che lui andasse a prenderla come di consueto (ma quell'anno se la stava prendendo comoda), doveva essere accaduto qualcosa di grave. Forse, il suocero Felicio...

Si sentiva stanco, svogliato e malinconico. Erano trascorsi pochi giorni dal deludente incontro con i Poppei e ad accrescere il suo abbattimento – dopo lo straziante funerale di Habitus, con la moglie del defunto caduta a terra priva di sensi – contribuiva la pioggia che cadeva sottile e insistente. Appena qualche giorno prima era estate, rifletteva Lucio, e adesso sembrava arrivato l'inverno: il tempo, concluse, è imprevedibile come le donne.

Quando Melissa gli apparve davanti, raggiante, restò sconcertato. Si era illuso che il vecchio sdentato fosse deceduto, ma in quel caso la moglie non sarebbe stata così sorridente. Congedò in fretta lo scrivano e, prima che potesse chiedere il motivo di tanta euforia, Melissa gli si buttò fra le braccia e lo baciò con impeto.

«Sono incinta! Lucio, sono incinta!» Aveva gli occhi lucidi dalla commozione.

L'annuncio, atteso per anni, diede a Lucio un'indicibile felicità. La sua vita, la loro vita, ora sarebbe davvero cambiata. Pensava già al grande banchetto che avrebbe organizzato per festeggiare, e alle modifiche che avrebbe apportato alla casa. Progetti, timori e desideri si accavallavano nella sua mente. Si sarebbe occupato lui di tutto, Melissa doveva badare soltanto alla salute.

Mentre gli schiavi portavano dentro casa i bauli della padrona, cominciarono ad arrivare le vicine venute a salutare: ben presto, nell'atrio riecheggiarono gli auguri per un figlio maschio e robusto. Flavia non si fece vedere.

Lucio lasciò Melissa alla compagnia delle amiche e, ancora frastornato, si ritirò nel tablino. Gli ultimi mesi erano stati densi di novità ed emozioni: le elezioni, le responsabilità politiche, le nuove amicizie, Flavia... Distolse rapidamente il pensiero da lei. Un figlio, Melissa gli avrebbe dato un figlio. La stirpe dei Ceii finalmente avrebbe avuto un erede.

8

Materassi imbottiti di spine

Pompei, 66 d.C.
il giorno prima delle Calende di settembre
tredici anni prima dell'eruzione

Claudio Quinto Poppeo somigliava alla madre come una goccia d'acqua. Solo gli occhi erano diversi, molto più scuri e di una particolare forma allungata.

Flavia aveva seguito i suoi primi mesi di vita con ansia e soddisfazione. Godeva del contatto delle piccole mani sul seno durante le poppate, si beava nel vederlo dormire, accarezzava la peluria che copriva la testina rotonda. Immaginava il figlio grande, forte, chiamato a imprese straordinarie verso le quali le sembrava di vederlo già proteso; poi bastava un colpo di tosse, un pianto accorato, un banale singhiozzo e, come qualsiasi lavandaia, invocava la dea Cunina custode della culla, e a ruota tutte le altre divinità preposte a calmare il pianto.

La maternità aveva reso Flavia ancora più bella. Il corpo non si era appesantito e i lineamenti avevano acquistato una morbidezza nuova. Spesso, quando si perdeva a guardare Claudio, si chiedeva se Lucio avesse mai sospettato che potesse essere suo figlio, e ogni volta si rispondeva di no. Solo lei sapeva che in quell'unico rapporto extraconiugale aveva dimenticato le precauzioni, anche se ogni tanto sorprendeva su di sé lo sguardo preoccupato di Klea: la schiava doveva aver intuito qualcosa. In ogni caso, aveva fatto di tutto per non restare mai sola con il suo vicino: la prudenza consigliava di evitare occasioni per domande indiscrete.

Si era convinta che Lucio, dopo aver appreso la notizia della gravidanza, l'avesse attribuita al legittimo consorte e che avesse giustificato con la maternità futura il suo atteggiamento distaccato. Se la Fortuna aveva deciso di giocare con le loro vite, si era detta Flavia, tanto valeva tenerle testa.

Il bambino di Melissa era nato a distanza di un paio di settimane dal suo: ogni volta che la incontrava, strani timori si affacciavano nella mente di Flavia. Ma il caso aveva voluto che anche il viso di Marco ricordasse quello della madre: tra lui e Claudio non c'era, almeno per il momento, alcuna somiglianza. Quelle due nascite ravvicinate, però, erano state una strana coincidenza e qualcuno l'aveva notata.

Conti alla mano, Giulio Polibio non aveva dubbi: che lo sapesse o meno, l'amico Lucio era diventato padre di due figli contemporaneamente. Non poteva escludere a priori la paternità di Quinto, ma il taglio e il colore degli occhi del piccolo Claudio erano identici a quelli dell'ex edile, e lui aveva visto Lucio uscire all'alba da casa dei Poppei, mentre Quinto era a Pozzuoli. Curioso e maligno, decise di organizzare una cena per farli incontrare tutti e quattro, per la prima volta dopo la nascita dei bambini: si sarebbe goduto ogni istante della serata, cercando di intercettare sguardi e battute come se i due amanti stessero recitando solo per lui, anzi, meglio ancora, come se li stesse spiando dal buco della serratura.

Flavia non temeva il confronto fisico con Melissa; tuttavia era molto agitata: per la prima volta dopo tanto tempo si sarebbe ritrovata vicino a Lucio e avrebbe dovuto mostrare la massima disinvoltura. Non troppo gentile, ma nemmeno scostante.

Ora, con indosso solo una fascia di stoffa intorno al seno, gettava a terra gli abiti man mano che li tirava fuori dalla cassa di legno. « Klea! » gridò. « Klea! » Ma dov'era andata a nascondersi quella sciagurata?

Proprio in quel momento, la schiava rientrava a casa di corsa e si precipitò nella camera da letto della padrona, sicura di ricevere un rimprovero: aveva perso tempo nel ritirarle gli orecchini dal gemmario, accettando gli approcci del suo aiutante.

Flavia, come Klea aveva temuto, era furibonda. Appena la vide, la investì con insolita durezza: « Ti farò diventare la schiena nera per le frustate. Che cosa hai fatto finora? Dove sei stata? »

Col passare dei mesi la confidenza tra loro era cresciuta e ognuna aveva imparato a conoscere il carattere dell'altra. Non per questo, però, la distanza tra loro si era ridotta: ognuna era anche più consapevole del proprio ruolo e soltanto Flavia poteva permettersi qualunque offesa o rimprovero.

Klea mormorò una scusa e si rannicchiò in un angolo. Ma ormai sapeva che alle parole non sarebbero seguiti i fatti: la padrona doveva solo sfogare il nervosismo. E così fu anche quella volta.

« Che fai lì al buio? Metti a posto queste orribili vesti! »

Klea cominciò a raccogliere abiti e cinture, mettendo da parte quelle che le sembravano più adatte all'occasione. « Guarda che meraviglia, padrona » disse porgendole con garbo una stola di seta verde. « Non l'hai mai indossata. E poi si intonerebbe bene con gli orecchini che ho ritirato ».

Flavia palpò la preziosa stoffa. Sì, era una buona idea. Fece chiamare l'*ornatrix* perché le acconciasse i capelli. Poi, mentre due schiave le drappeggiavano l'abito, provò diverse collane prima di scegliere quella che si intonava meglio ai nuovi pendenti a grappolo, di perle e smeraldi.

Dall'altra parte della strada, in casa dei Ceii, Melissa invece era in preda a una grande ansia. Dopo la nascita di Marco la pancia le era rimasta sporgente e il viso era coperto di chiazze rosse che faceva fatica a nascondere sotto il trucco. Erano le conseguenze di nove mesi trascorsi mangiando sempre e di tutto, e ora il sentirsi in colpa aumentava il suo nervosismo.

Lucio, col timore di commettere qualche leggerezza in presenza di Flavia, aveva cercato di rassicurarla: il risultato – proprio prima di uscire – era stato un balsamario scagliato per terra. Un pessimo inizio di serata.

La casa di Giulio Polibio, alta otto metri, era su due piani. Vi si accedeva attraverso ingressi imponenti. A rivelare l'agiatezza del padrone di casa contribuivano i vetri alle finestre, le tende ricamate, i mobili di costoso abete bianco, il vasellame di bronzo.

Per quella serata, Giulio aveva raccomandato al cuoco pietanze speciali. Una premura inutile, almeno per gli ospiti a cui teneva di più: per Flavia, Lucio e Melissa quell'incontro si era caricato di tali aspettative e timori che non avevano fatto caso alle portate squisite che si erano susseguite: i comodi materassi su cui erano sdraiati sembravano imbottiti di spine.

Nella piccola sala della cena, impreziosita da un originale soffitto nero a cassettoni riuniti a formare delle stelle, Melissa fissava Flavia cercando di non farsi notare: con occhi resi ancora più acuti dalla gelosia, studiava ogni particolare dell'acconciatura e dell'abito della vicina, il modo di parlare, di sorridere, di gesticolare.

Flavia, dal canto suo, aveva notato un certo nervosismo sul lettino dei Ceii e si chiedeva con apprensione se il motivo fosse proprio lei.

Ma chi stava peggio di tutti era Lucio, attratto com'era da Flavia e consapevole che sarebbe bastato uno sguardo per scatenare l'ira della moglie. Allora volgeva gli occhi intorno, ma dovunque guardasse le pareti gli rimandavano scene poco rasserenanti; proprio di fronte a lui era raffigurato il supplizio di Dirce prima dello squartamento. Teso com'era, spasmodicamente attento a gesti, occhiate e parole, finì per provocare disagi e imbarazzi che avrebbe desiderato a ogni costo evitare.

Già dopo aver varcato l'ingresso, invece di dirigersi verso l'interno della casa, dove era stato tante volte, per un soffio non andò a sbattere contro una finta porta dipinta sulla sinistra. Durante la cena, per offrire i dolci a Melissa prima ancora che lei li chiedesse, le fece cadere sull'abito una coppa di vino, e per mostrarsi gentile con Quinto chiese con insistenza notizie dettagliate su un affare che il suo vicino avrebbe preferito mantenere riservato.

A Giulio Polibio non era sfuggito nemmeno un particolare e, se anche avesse avuto un dubbio su quanto aveva intuito, il comportamento di Lucio glielo aveva definitivamente fugato.

L'altro uomo a conoscenza dell'incontro notturno tra Flavia e Lucio era Livio, l'ex guardiano di Quinto Poppeo. Aveva notato la nascita di Claudio nove mesi dopo; ma, per quanto odiasse il vecchio padrone, non se la sentiva di affermare con sicurezza che quel bambino non era suo.

Le sue visite a Pompei si erano diradate – erano sorti problemi con il socio che avrebbe dovuto occuparsi dei lavori agricoli in sua assenza –, ma continuava a mantenere i contatti con i litigiosi eredi della bottega che aveva adocchiato. Aveva già versato un anticipo per l'acquisto e sperava di concludere la trattativa entro l'anno. La resa dei conti era solo rimandata. Non riusciva a credere nel soccorso in buona fede di Quinto. Lo conosceva « Unghie rosse » come aveva scritto su un muro della città prima di partire.

Sapeva delle ragazze, quasi bambine, che venivano introdotte furtivamente in casa prima del matrimonio, e solo Giove in persona avrebbe potuto convincerlo che Mutia non aveva subìto una violenza mentre era immobilizzata sotto la trave. Quando aveva saputo che l'ex padrone aveva sposato una ragazza di rara bellezza, aveva deciso di non perderla d'occhio. Prima o poi l'avrebbe tradito e, prima di farlo morire, lui glielo avrebbe rivelato.

Roma, 67 d.C.
Calende di ottobre
dodici anni prima dell'eruzione

I segnali prodigiosi erano stati tanti, nel mese precedente. Tre, in particolare, avevano allarmato le autorità.

Innanzitutto, la rottura di una statua di Germanico, nonno dell'imperatore, senza che nessuno l'avesse toccata; in secondo luogo, il naufragio in un mare calmissimo di un'imbarcazione con dodici marinai in perlustrazione vicino a Ostia; infine, l'apparizione di sei avvoltoi sulla reggia in costruzione: si erano posati e poi erano scomparsi nel cielo.

Su invito del Senato, i *Quindecemviri sacris faciundis* si diressero al tempio di Apollo sul Palatino per consultare i Libri Sibillini. Non erano quelli originali della Sibilla Cumana, finiti in un rogo più di un secolo prima, ma il risultato di una raccolta compiuta per ordine di Augusto in tutti i santuari oracolari del Mediterraneo. La cernita di queste guide di consultazione era stata chiusa in due armadi dorati nel tempio vicino all'abitazione imperiale e venivano aperti solo in casi eccezionali.

Mentre Nerone si tratteneva in Grecia, al sorgere del sole i sacerdoti si erano immersi nell'acqua purificatrice, avevano indossato abiti puliti e candidi e deposto rami di lauro vicino alla statua di Apollo. Dopo aver celebrato i riti iniziatici, con le mani protette da guanti avevano aperto le sacre scritture.

Il responso non era stato univoco. Alla fine di lunghi e controversi dibattiti, il più anziano dei sacerdoti lesse l'esito, accostando le due interpretazioni che sembravano più logiche: «Per volere di Giove l'imperatore conquisterà molte vittorie nel paese di Olimpia, ma i trofei portati a Roma diventeranno stille di sangue».

Nella versione definitiva erano state omesse le parole conclusive: «che insozzeranno il suo corpo» perché sette sacerdoti avevano insistito per leggere: «I trofei diventeranno stille di sangue per chi insozzerà il suo corpo» benché il riferimento alla persona dell'imperatore, comunque negativo, non sarebbe stato taciuto a chi di dovere.

Durante la consultazione, uno dei quindici, nato a Pompei, aveva posto in segreto un'altra domanda: quale destino attendeva la sua città? Suo padre era morto cinque anni prima, una delle vittime del violento terremoto, e lui stesso nel disastro aveva perso centinaia di pecore. C'erano state anche ripercussioni politiche e sociali: per gli effetti del sisma, diversi esponenti dell'aristocrazia terriera avevano abbandonato la città e tra i magistrati i nomi delle famiglie più prestigiose – come la sua – sempre più spesso venivano soppiantati da quelli di commercianti arricchiti e volgari figli di liberti.

Il sacerdote sapeva che porre quesiti di carattere personale era vietato e punibile in modo esemplare, ma ebbe il tempo e l'opportunità di trovare una risposta. Aveva investito migliaia di sesterzi nel nuovo gregge e non voleva correre rischi. Chiese se altri sconvolgimenti avrebbero interessato Pompei e i Libri risposero: « Dalla montagna più sacra lo scempio più grande ».

Non capì a cosa alludessero quelle parole arcane. Certamente, non era al Vesuvio che si riferivano: forse la montagna era un promontorio, una rocca... chi avrebbe potuto dirlo? Quanto a lui, avrebbe venduto i suoi beni al più presto.

I sacerdoti scesero dal colle e non commentarono i responsi con nessuno. Arrivati però nella sala delle riunioni, ricevettero la visita del presidente del Senato e, via via, dei principali esponenti del potere legislativo e militare. Roma, conclusero tutti, non poteva restare ancora affidata a un liberto come Elio, per quanto capace, e il vaticinio sfavorevole a Nerone non lasciava spazio a dubbi. L'imperatore aveva i giorni contati.

Corinto, Grecia, 67 d.C.
quinto giorno prima delle Calende di novembre

Il palazzo governativo era una costruzione imponente: dominava la costa e ospitava al suo interno numerose opere d'arte. La serenità del luogo e della giornata fu turbata dai passi veloci di Cluvio Rufo che, dopo aver attraversato di corsa il giardino e fatto a due a due i gradini che conducevano all'ampio portico, salì le scale che portavano all'appartamento riservato a Nerone. In un angolo, l'imperatore faceva gargarismi con acqua ed estratti di eucalipto, preparandosi a un'altra giornata di esibizioni canore.

Solo il fidato Rufo era autorizzato a interrompere gli esercizi giornalieri: scrittore di storia, ex console, nel soggiorno in Grecia non si allontanava mai dall'imperatore, servendolo anche come araldo dove venivano organizzati i vari agoni.

«Cesare» annunciò Cluvio con l'affanno, «è arrivato da Roma il liberto Elio; chiede di incontrarti con urgenza».

Nerone si asciugò la bocca con una salvietta di lino. «Che vuole quel guastafeste?» chiese accigliato. «Cosa è venuto a fare fin qui? Non è soddisfatto del potere che gestisce al mio posto?»

«Desidera riferirti quanto sta accadendo. Sembra molto preoccupato».

Cluvio fremeva. Un rivolo di sudore gli scese lungo la schiena al pensiero di dover trovare qualche scusa per il povero Elio, già sconvolto dal tempestoso viaggio per mare durato una settimana.

Nerone si mise a sedere e si accomodò le pieghe della toga ricamata: «Fallo entrare!» ordinò con un cenno infastidito della mano.

Statilia Messalina, la terza moglie, che lo aveva accompagnato nel viaggio, inarcò le sopracciglia marcate col nerofumo e non fece commenti. Si volse verso la moglie del governatore romano. «Non sono orribile?» Aveva tra le mani una moneta che la ritraeva di profilo, emessa da una zecca orientale: il primo esemplare, arrivato in Grecia fresco di conio. «Quando i cittadini dell'Impero l'avranno fra le mani, penseranno che Nerone avrebbe potuto scegliere di meglio».

Tutti intorno a lei cercavano di convincerla del contrario, ma lei era sicura di quello che diceva: naso aguzzo, fronte bassa... solo il diadema era stato riprodotto fedelmente.

Si stava alzando un vento irritante che le avrebbe scompigliato i capelli e Messalina era di malumore. Non voleva nemmeno ascoltare quello che il sostituto di Nerone a Roma avrebbe riferito. Ho sposato l'imperatore di un trono sempre più traballante, considerava amaramente. Anziché esercitare il potere, mio marito recita e canta... Se non altro, che mi siano evitate le cattive notizie.

Mentre il liberto Elio si precipitava a inginocchiarsi davanti al sovrano, Messalina sfiorò con una mano la spalla del marito e si avviò, elegante e altera, verso le sue stanze.

Nerone stava coronando il sogno della sua vita. Nella patria della cultura e degli agoni atletici, musicali e poetici, continuava a mietere successi. I greci avrebbero ricordato per sempre il suo viaggio, e non solo per la quantità di premi ottenuti: era in procinto di affondare un piccone d'oro nel terreno per avviare un'opera grandiosa, il taglio dell'istmo di Corinto, e l'Acaia non avrebbe più versato tributi a Roma. Pregustava le acclamazioni, i segni tangibili della riconoscenza, e ora l'arrivo di Elio rischiava di rovinare tutto. Sentì che il periodo lieto cominciato dopo l'incendio e la scoperta di due congiure stava per concludersi: se il liberto era arrivato in Grecia, nubi più scure del solito dovevano essersi addensate nel cielo della capitale.

«Perdonami, Cesare, se ho interrotto i tuoi trionfi» si scusò Elio. «Come ti ho scritto, la situazione è difficile da gestire. Il timore di una ribellione nell'esercito diventa ogni giorno più concreto».

«Ai pretoriani dunque non sono bastate le migliaia di sesterzi che hanno ricevuto per la loro fedeltà».

«I segnali più preoccupanti non arrivano da loro, ma da comandanti e governatori delle Province. Inoltre, ogni volta che si riuniscono, i senatori si lamentano della tua lontananza, la plebe protesta perché il grano non arriva con regolarità, e...»

«E...?»

«Fonti attendibili parlano di una nuova congiura» riferì Elio tutto d'un fiato, temendo una reazione violenta.

«Nient'altro?» chiese l'imperatore con un certo nervosismo e guardando altrove.

«Veramente, altre voci...»

Nerone lo zittì con un cenno imperioso della mano. Si alzò in piedi e gettò rabbiosamente la salvietta che gli era rimasta in mano: «Ho già inviato Flavio Vespasiano a reprimere una rivolta in Giudea, ma è sempre la capitale a procurarmi le sorprese peggiori!»

«Sono addolorato, mio Cesare». Il viso di Elio era chino sui sandali di Nerone. «Giuro su Giove che mai avrei voluto turbarti. Forse l'onore che ho ricevuto è troppo grande per le mie forze. Sono sicuro» aggiunse deglutendo a fatica, «che di fronte alla tua luce i nemici si dilegueranno». E alzò gli occhi sull'imperatore.

Nerone si accorse che tremava. Rimase in silenzio a pensare e si persuase della gravità di quelle parole. Doveva rientrare. Eppure esitava a dare rassicurazioni in tal senso, spaventato dalle ripercussioni di quanto Elio gli aveva appena rivelato.

«Anche se i greci non vorranno lasciarmi andare via» annunciò alla fine con un sospiro, «farò ritorno a Roma appena possibile. Va' tranquillo, e prepara i festeggiamenti per i miei trionfi».

Il liberto si congedò e Nerone rifletté amaramente sul proprio destino: la sua gloria, la sua cultura, erano lì, in Grecia, invece gli toccava andare ad affrontare soldati infedeli e viscidi senatori. Negli ultimi tre anni, non avevano fatto che organizzare congiure. E la bellissima moglie, dal canto suo, invece di dargli l'erede che avrebbe assicurato la successione, pensava solo ad acquistare gioielli e cosmetici. Fu invaso da una struggente nostalgia di Poppea.

«Sporo! Sporo, dove sei?!»

L'eunuco dai capelli ramati, così somigliante alla moglie più amata, avvolse l'imperatore in una nube di sandalo. Li conosceva bene, lui, i desideri di Nerone: si sfilò gli anelli dalle dita e lasciò cadere a terra la tunica velata.

Quando l'imperatore decise di partire, in pieno inverno, occorsero molti giorni per sistemare sulle navi i cinquemila paggi, i liberti, i cortigiani e i soldati del corteo. E nelle stive bisognava trovare posto a quasi duemila ghirlande di vittoria e a un ricco bottino di statue e oggetti preziosi, frutto di doni e razzie. Le casse imperiali erano sempre più vuote; per premunirsi contro attentati e ribellioni occorreva elargire a piene mani e organizzare spettacoli. Regnare costava una fortuna, per chi non faceva guerre di conquista.

Ma lui non era forse Apollo, che dispensava salute e benessere?

9
Tullia non voleva morire

Pompei, 68 d.C.
APRILE
UNDICI ANNI PRIMA DELL'ERUZIONE

Melissa e Flavia non erano amiche intime, ma la frequentazione dei mariti e i figli coetanei avevano smussato prevenzioni e favorito incontri affettuosi. La moglie di Lucio si era convinta di non avere nulla da temere dalla sua dirimpettaia, che dal canto suo continuava a sentire un pizzico di rimorso e dunque cercava di essere sempre bendisposta. Ad avvicinarle maggiormente concorse una circostanza tragica.

Alle Calende di aprile la sorella minore di Melissa, Tullia, si tolse la vita. Una fine lenta e affrontata con determinazione: immersa in una vasca di acqua calda, la donna si era tagliata i polsi e aveva aspettato la morte. L'aveva trovata una delle schiave, insospettita dal vapore che usciva da sotto la porta.

Con gli occhi chiusi, Tullia era distesa in un lago rosso. L'odore del sangue e il vapore che aveva saturato l'ambiente impressionarono moltissimo gli schiavi: quella che avevano davanti agli occhi parve loro una visione dell'Averno. Fino al ritorno del padrone di casa nessuno, temendo di commettere un sacrilegio, ebbe il coraggio di avvicinarsi o di spostare qualcosa.

La notizia sconvolse la città intera, non solo per la notorietà della famiglia: Tullia, moglie innamorata, amica generosa e figlia devota – non aveva avuto figli e aveva preso in casa l'insopportabile padre Felicio, che sragionava –, era molto amata. Cosa poteva averla spinta a un gesto così disperato? Quale terribile segreto nascondeva?

Nelle stanze da letto, nelle osterie, alla Basilica, non si parlava d'altro. Ognuno aveva la sua tesi, e se all'inizio erano stati tutti d'accordo nel dipingere la povera Tullia come una donna piena di virtù, a distanza di qualche giorno dalla sepoltura cominciarono a diffondersi le voci più strane. C'era chi diceva di averla vista uscire di notte, furtivamente, da una stanza di piacere a pagamento; e non era forse lei la donna velata che si era introdotta nella casa dove alloggiava Cornelio Prisco?

La modesta, operosa, riservata Tullia era all'improvviso diventata – almeno per qualcuno – una perdigiorno, una moglie ingrata, una spregiatrice degli dèi. L'invidia per i suoi privilegi, o semplicemente il desiderio di mostrare familiarità con eventi e persone al centro dell'attenzione generale, aveva innescato una spirale perversa di supposizioni che aumentavano il dolore della famiglia.

Per un po', la causa del suicidio rimase misteriosa. Ma prima che la vicenda esaurisse il suo interesse, e in tempo per restituire alla vittima la sua dignità, la verità – che non sempre squarcia i veli del silenzio complice – venne a galla in tutta la sua crudezza.

Da una cassa di legno nella stanza di Tullia vennero fuori numerose tavolette cerate. Le aveva trovate Melissa mettendo ordine tra gli oggetti appartenuti alla sorella e, prima di mostrarle al cognato, le aveva portate a casa per leggerle insieme a Lucio. Alcune erano brevi note su avvenimenti familiari e personali; altre contenevano elenchi di beni preziosi, numeri e lettere apparentemente senza significato. Poi, la scoperta.

In otto di esse, scritte a caratteri muscoli e tenute insieme da un laccio di cuoio, un diario pieno di angoscia e disperazione.

Non so quanto ancora potrò sopportare questo dolore che ormai da troppo tempo mi impedisce persino di respirare. Ho amato Cecilio con tutta me stessa e non ho mai provato per lui sentimenti di rancore. Neanche adesso.

Pensavo che avrei cresciuto dei figli, ma gli dèi non hanno accolto le mie richieste. Alle Calende di settembre ho scoperto Cecilio a letto con la schiava Iperdocle. Proprio lei che avevo accolto bambina, crescendola e circondandola di attenzioni impensabili per la sua condizione. Quando mi hanno visto, lei si è messa a ridere ed è uscita nuda dall'alcova. Mio marito non si è nemmeno scusato: ha detto che dato che sua moglie era incapace di procreare, lui aveva il diritto di distrarsi. Gli ho detto che se avesse cacciato la schiava lo avrei perdonato, l'ho supplicato di farlo. Ma lui mi ha spinto via.

È trascorso un mese, e nulla è cambiato. Non è questo il Cecilio che conoscevo, penso che gli sia stata somministrata qualche pozione magica. O forse l'hanno somministrata a me: vomito spesso, mi gira la testa e avverto delle trafitture alla schiena.

Il medico che è venuto oggi, chiamato da mia sorella Melissa, ha attribuito le sofferenze a uno stato di nervosismo e alla mancanza di sonno. Mi ha consigliato bagni caldi e massaggi.

Mi sembra di impazzire. La casa echeggia dei gridolini di Iperdocle mentre mio marito tenta di acchiapparla e lei finge di scappare, sotto gli occhi imbarazzati degli altri schiavi.

Continuo a portare le mie offerte ai sacerdoti di Iside, cerco di distrarmi con le mie attività domestiche. Ma non trovo conforto. Per fortuna, mio padre non si accorge di nulla.

I miei capelli stanno diventando bianchi e ho iniziato a ricorrere alle tinture.

È successa una cosa terribile. Ieri sera non riuscivo a dormire, nel letto c'era qualcosa che pungeva. Ho aperto la lana contenuta nel sacco e ho trovato una bambola di stoffa con il mio nome: aveva il corpo trafitto da spilloni.

Ecco il motivo delle mie sofferenze, qualcuno mi vuole morta! Mi sono messa a urlare, ho svegliato pure i vicini, esigevo le giuste punizioni. L'effetto è stato ancora più terribile. Cecilio ha cominciato a picchiarmi, diceva che non avrei eccitato nessuno neanche per due assi al lupanare, che era solo per pietà che continuava a tenermi in casa sua.

Non ho voglia di provare trucchi e riccioli, non ho voglia di appendermi gioielli d'oro alle orecchie. Le mie sorelle sono preoccupate per me e io le tranquillizzo. Cosa potrebbero consigliarmi: lasciare mio marito? Se sto ancora con lui qualche speranza la coltivo, se resto sola con mio padre che vita sarebbe?

Non so perché annoto quanto mi sta succedendo. Non ho, come Trebonia, smanie letterarie: è solo il mio sfogo. Mentre scrivo rifletto, cerco vie d'uscita. Ma non posso negare di aver pensato tante volte che, se dovessi morire, qualcuno leggendo capirà.

Stamattina sono serena. Non perché Cecilio si sia mostrato affettuoso, ma perché ho preso una decisione. Ho saputo...

La confessione si interrompeva lì. Probabilmente era entrato qualcuno e Tullia non aveva potuto continuare. Melissa scoppiò in un pianto dirotto e abbracciò Lucio, con l'ultima tavoletta ancora in mano.

«Tullia non voleva morire!» singhiozzava. «Sperava che Cecilio rientrasse in tempo per salvarla e, finalmente pentito, cambiasse atteggiamento».

Lucio la tenne stretta tra le braccia. «È possibile» ammise a bassa voce, accarezzandole i capelli, «ma come esserne sicuri? Non ho mai sopportato la vanità di Cecilio e il suo modo di comportarsi con qualsiasi donna si trovasse davanti. Per tanto tempo Tullia non se n'è accorta, o forse ha solo fatto finta, ma dopo essere stata tradita nella sua stessa casa ha aperto gli occhi».

Melissa si staccò da lui quel tanto che bastava per guardarlo negli occhi: «Che cosa stava scrivendo secondo te, alla fine?»

«Non ne ho idea. Ma, credimi, è meglio non pensarci. Qualunque cosa le sia passata per la mente, non è riuscita a fermare il suo proposito».

Di lì a poche ore, tutta Pompei seppe del tradimento di Cecilio e della disperazione della moglie. Flavia, che aveva sempre difeso la povera Tullia contro chi cercava di infangarne la memoria, bussò subito al portone dei Ceii e corse ad abbracciare Melissa. Fece di tutto per confortarla. Non aveva sorelle, ma avrebbe tanto desiderato averne una e immaginava quanto dolore potesse provocare la perdita di una persona così cara – e in circostanze tanto drammatiche.

Una morte che si sarebbe potuta evitare, fu invece il commento di chi era rimasto deluso da una spiegazione così banale. Ma coloro che conoscevano bene Tullia sapevano che i suoi sentimenti semplici erano stati sottoposti a una prova troppo dura. La compiansero una volta di più, ma come spesso accade alle persone della sua indole, che vivono in punta di piedi e lasciano un segno leggero delle loro azioni, fu dimenticata in un giro mensile del tempo.

Pompei, 68 d.C.

giugno

La notizia si diffuse in un baleno.

Alle None di giugno, Nerone si era tolto la vita.

E Statilia Messalina? Scomparsa.

Appena i pompeiani vennero a conoscenza della morte dell'imperatore, si riversarono per strada in preda a una sincera commozione. Tutti ricordavano quando Nerone, pochi anni prima, era arrivato in città offrendo regali sontuosi al tempio di Venere; una visita solenne, che dopo il disastroso terremoto offriva l'opportunità di partecipare a una gioia collettiva. Il gesto generoso, salutato come il primo di futuri contributi, aveva conquistato definitivamente i pompeiani: già il fatto che la seconda moglie dell'imperatore, Poppea, avesse delle proprietà da quelle parti era motivo di vanto e orgoglio.

In realtà, per Nerone il peso di quel dono superava di molto le libbre d'oro della lucerna che si apprestava a depositare ai piedi della statua di Venere. Si trovava in un difficile momento politico: i sudditi dovevano essere rassicurati sulla consistenza dell'erario imperiale e il matrimonio, molto discusso, aveva bisogno di consensi. Per fortuna, Venere richiamava la bellezza e l'amore di Poppea: una coincidenza da sottolineare in modo plateale. E di platee, come di palcoscenici, Nerone era un intenditore.

Voti augurali erano stati scritti sui muri, peccato che Poppea fosse rimasta a Roma. Non c'era pompeiano che non fosse curioso di vedere come la ragazza bellissima dai modi altezzosi che tutti ricordavano fosse diventata la più potente dell'Impero. Nei vicoli e nelle più lontane Province, le voci sulle sue stravaganze si sprecavano; ma a Pompei prevaleva la convinzione che una cittadina onoraria sul colle più alto dell'Urbe fosse un vantaggio inestimabile. Se l'Augusta faceva il bagno nel latte d'asina dagli zoccoli d'argento, ne aveva ogni diritto.

Nerone arrivava da Napoli e aveva ancora nelle orecchie gli scrosci di altri applausi, quelli del teatro partenopeo che lo avevano consacrato grande artista. All'uscita dal teatro, ancora una volta a febbraio, la terra aveva tremato, ma l'imperatore era rimasto illeso: certamente un favore degli dèi, come lui stesso aveva affermato dopo avere schivato per un soffio un pezzo di cornicione.

L'imperatore che non aveva mai visitato un accampamento, gli abiti del trionfo militare li indossava nelle grandi occasioni. Così a Pompei si era presentato, dritto sul cocchio, avvolto in una toga color porpora con ricami dorati – attorno alla testa, una corona d'alloro. Dimostrava ben più dei suoi ventisei anni. Capelli lunghi sciolti, volto pieno, collo taurino: solo le lentiggini e gli occhi azzurri ricordavano il bel ragazzo salutato come novello Apollo quando era salito al potere un decennio prima.

I pompeiani che si diressero al tempio di Venere dopo aver appreso la notizia del suicidio di Nerone ricordavano la memorabile giornata: proprio lì l'imperatore era sceso dal carro circondato dai fedelissimi pretoriani in abiti civili, con le armi sotto la toga.

Il tempio di Venere era il più bello di Pompei. Elevato su un podio di tufo, circondato da un portico splendente di marmi, si affacciava sul mare e sulla foce del Sarno: una posizione panoramica per la dea che proteggeva la città e il luogo più scenografico per l'imperatore-artista, che aveva salito i gradini del podio e, prima di entrare, si era girato verso la folla assiepata per ricevere l'ennesima acclamazione. Da quel giorno una lucerna d'oro massiccio era rimasta sempre accesa in onore di Venere e il simulacro della dea sfoggiava ornamenti di smeraldi e perle, dono personale dell'Augusta.

Anche se Poppea era morta da un pezzo e il suo posto era stato occupato da un'altra consorte, il rimpianto verso l'ultimo dei Giulio-Claudii era diffuso: nessun altro imperatore aveva avuto più a cuore la città campana, che lo aveva ricambiato con intensità ancora superiore. Gli uomini appena eletti al governo decisero di anticipare la loro entrata in carica: meglio non lasciare vuoti di potere, il momento era delicato. In fondo erano convinti che sulla costa campana non si sarebbe verificato alcun sovvertimento, come all'indomani dell'uccisione di Caligola e della morte di Claudio; però sembrava conveniente insediarsi prima di ricevere le disposizioni del successore, alle quali tutto l'Impero avrebbe dovuto adeguarsi in fretta.

Era la prima volta che il Senato aveva dichiarato 'nemico pubblico' un imperatore e a Pompei, che grazie a Nerone aveva goduto particolari privilegi, si dovevano distruggere molte statue ed epigrafi onorarie che non sarebbe stato facile adattare a chi avrebbe preso il potere. Al momento, però, sopra ogni cosa ai pompeiani interessava conoscere nei dettagli gli ultimi momenti e gli ultimi gesti dell'imperatore, nonché la reazione dei romani. Chi arrivava dalla capitale per svolgere i suoi affari veniva fermato, circondato da gente di ogni genere e incalzato dalle domande più disparate. E a volte succedeva che l'occasionale oratore, per non perdere quel briciolo di popolarità, aggiungesse particolari inventati di sana pianta.

Quinto Poppeo decise di trasferirsi per un po' nella tranquilla città della moglie: a conti fatti, non ci avrebbe rimesso. Le sue proprietà a Pompei e a Oplontis erano ben amministrate, Flavia sarebbe stata contenta di rivedere la sua famiglia e la maggior vicinanza con Roma avrebbe favorito la conoscenza di altri potenti.

Ma c'erano anche altri motivi. Su quella partenza improvvisa molto aveva influito l'incontro con un cugino dell'ex custode, che aveva aperto da poco un elegante negozio. Lì per lì Quinto non si era scomposto e il mercante gli aveva riferito che Livio si era sistemato bene vicino a Roma e che lo ricordava. Stava per accomiatarsi, finalmente libero da un pensiero angosciante, quando si era sentito dire: « I saluti vanno anche a tua moglie, che Livio spera di conoscere presto. La sua l'ha persa un anno dopo che è andato via di qui. E c'è un'altra cosa che mi ha raccomandato di dirvi: augura a vostro figlio una sorte migliore di quella toccata a Mutia ».

Quella notte, l'ossessione ritornò. Stavolta non era una voce strozzata che proveniva da una stalla, era il timore di un uomo ancora sconvolto dalle disgrazie familiari. Livio usava i muscoli meglio delle parole, c'era da aspettarsi di tutto dopo quei finti saluti che celavano vere e proprie minacce. Quinto aveva tenuto la moglie all'oscuro della vicenda di Mutia e adesso era tardi per dirglielo. Doveva evitare a ogni costo che venisse a conoscenza di quei fatti incresciosi.

La mia casa per te sarà sempre aperta... Come ho potuto pronunciare quelle parole senza pensare alle conseguenze?, si ripeteva Quinto girandosi e rigirandosi nel letto. Non c'era altro da dire per mettere più distanza possibile tra lui e Livio con la sua moglie malaticcia, ma adesso il cugino aveva proferito quell'augurio con il tono di chi in realtà voleva dire altro. Proprio ora che il suo matrimonio era felice grazie alla nascita di Claudio... No, non avrebbe permesso a nessuno di turbare la serenità della sua famiglia. Era inutile aspettare. Via, lontano, col bambino, Flavia, e il tesoro d'argento.

L'occasione offerta dalla morte di Nerone era unica. Altri si sarebbero allontanati perché vicini all'imperatore e la sua decisione non avrebbe destato sospetti. Le malignità e i pettegolezzi inevitabili col tempo si sarebbero smorzati e lui sarebbe tornato a occupare il posto che il suo ceto gli garantiva.

Lucio Ceio era tra i tanti che non si preoccupavano.

Da quel cambio al vertice politico non temeva rivolgimenti – né per sé, né per la sua città. Si dispiacque invece molto per la partenza dei Poppei: aveva il presentimento che non li avrebbe più rivisti. La partenza di Flavia gli diede la sensazione di un vuoto improvviso. Anche se il loro amore era stato spazzato via dagli eventi, saperla così vicina gli dava la sicurezza di un controllo continuo e la gioia della sua presenza senza doversi esporre. Si rendeva conto che era da vigliacchi desiderare la bocca piena e il cibo a portata di mano, ma lui era fatto così.

Giulio Polibio, invece, che aveva scritte su una parete di casa in bella evidenza lodi per Nerone e Poppea non pensò neanche lontanamente di cancellarle o di lasciare la città: sapeva che il pane buono è apprezzato da tutti gli imperatori.

Pompei, 68 d.C.
nono giorno prima delle Calende di luglio

«Puoi entrare, Fausto».

Il guardiano fu introdotto nel tablino dei Ceii. Doveva ricevere ordini sulla nuova sistemazione della dispensa sotterranea, Lucio non aveva tempo nemmeno per un sopralluogo.

«Sono tante le cose che intendo fare» disse Lucio seduto alla scrivania con lo stilo in mano, lanciando uno sguardo distratto al suo sorvegliante. E si mise a elencare spostamenti e pareti da attrezzare in modo diverso, così come aveva annotato.

Fausto ascoltava in piedi, silenzioso. Quando Lucio ebbe finito di parlare disse timidamente:

«Vorrei farti notare una cosa, prima di avviare i nuovi lavori».

«Di che si tratta?»

«Mentre il pavimento veniva battuto con altra terra per riempire i dislivelli, di fronte alla scala ho sentito un rumore diverso, come se lì sotto ci fosse un vuoto. Sarebbe meglio scavare e vedere di che cosa si tratta prima di aumentare i ripiani sulle pareti. Se la base non tiene...»

«Ma che ti prende? Abbiamo la necessità di conservare vino, fave e ceci che non entrano più nei depositi e tu mi parli di vuoti sotto il pavimento? La casa, ricordatelo bene, appartiene ai miei avi e mai – dico mai – c'è stato un cedimento da qualche parte».

Lucio era scattato in piedi e adesso osservava il guardiano con espressione severa. «Non è la prima volta, Fausto, che mi parli di cose strane che ti preoccupano. Rumori minacciosi del Vesuvio, cavità nascoste... Cos'altro mi dirai quando ci rivedremo?»

10

Il medico più stimato di Pompei

POMPEI, 70 D.C.
TERZO GIORNO PRIMA DELLE IDI DI FEBBRAIO
NOVE ANNI PRIMA DELL'ERUZIONE

Brutti tempi a Roma, dove il timone passava di mano in mano. A Pompei ci si preoccupava soprattutto del freddo: dopo un autunno piuttosto mite, l'inverno aveva serrato la sua morsa gelida. La pioggia non dava tregua, e nei rari giorni in cui era sereno l'aria pungente che soffiava dalle montagne tratteneva la gente in casa. Solo i bagni caldi nelle terme erano sempre affollati e si affrontavano più discussioni nei calidari che nella Basilica.

Cornelio Prisco – alti stivali e un mantello di lana avvolto due volte intorno al collo – arrivò sotto un leggero nevischio che sembrava indeciso se disperdersi o consolidarsi in fiocchi. Era diretto a casa di Lucio Ceio. Mancava da diversi mesi, durante i quali aveva scritto poco e di rado.

«Eccoti, finalmente!» esclamò Lucio vedendolo. «Ero molto preoccupato per te».

«Se ti fossi trovato a Roma, avresti capito» fu la laconica risposta di Cornelio.

Sembrava triste. Ma c'era dell'altro: aveva l'aria, osservò Lucio, di chi sta passando un guaio e non sa come uscirne.

«Qui qualunque dramma sembra stemperarsi» diceva intanto Cornelio, «ma ti assicuro che siamo nel caos. Quando mai in pochi mesi si sono avvicendati tanti imperatori? E tutti generali eletti dalle proprie legioni. Ora si dice che anche Salvio Otone stia per essere abbandonato dai suoi soldati. In questo scompiglio, vuoi che qualcuno si preoccupi di farmi aprire la scuola per oratori che sembrava cosa fatta?»

Lucio cercò di confortarlo: «Questa situazione non può durare a lungo. Vedrai che, quando meno te lo aspetti, il tuo progetto si realizzerà».

«Ti ringrazio, so di poter contare almeno sulla tua amicizia e su quella di persone influenti, ma per il momento mi sembra inutile illudersi».

Si era fatto tardi, Cornelio Prisco era stanco e infreddolito. Lucio gli propose di cenare insieme: Melissa da qualche giorno era al capezzale del padre, dopo che il medico ne aveva annunciato la fine prossima, e Marco era già a letto; gli schiavi avevano acceso un grande braciere, sul tavolo c'era già una zuppa di cavoli fumante, l'odore dell'agnello arrostito si spandeva nell'aria.

«Ti ricordi, Cornelio» disse Lucio prendendo posizione sul lettino, «quando arrivasti trafelato per annunciarmi la morte di Poppea? A ripensarci, sembra che tutto sia cominciato da allora».

«Forse è vero» convenne Cornelio. «Comunque la sensazione è che niente sarà più come prima». E poi, senza alzare gli occhi dal piatto che reggeva in mano, cambiò rapidamente argomento: «Ho sentito dire da comuni amici che Quinto Poppeo sta trattando l'acquisto di una nave mercantile. Ne sai niente?»

Era da molto tempo che non parlavano dei Poppei. Cornelio era l'unico al corrente della breve relazione di Lucio, e tra loro avevano anche preso in considerazione l'eventualità che

Claudio fosse figlio suo; se entrambi avevano finito per scartarla, era stato soltanto perché il solo pensiero era più di quanto Lucio fosse in grado di sostenere.

« Assolutamente no! E dire che ho incontrato Quinto di recente... Era qui di passaggio, non ha fatto che ripetermi quanto si trova bene a Rieti. Ma del resto sulle sue attività è sempre molto vago ».

« La notizia comunque è attendibile » riprese Cornelio. « E questo significa che, se non subito, sicuramente in un futuro prossimo la tua bella dirimpettaia tornerà a Pompei. Ne saresti contento, non è vero? »

« Flavia a Pompei... » sospirò Lucio, e la ciotola gli cadde dalle mani.

POMPEI, 70 D.C.
TERZO GIORNO PRIMA DELLE IDI DI FEBBRAIO

« Aprite! Aprite! »

Era piena notte e qualcuno batteva insistentemente l'anello di bronzo sul portone di Terenzio, lungo la via Consolare.

Il medico più stimato di Pompei si svegliò di soprassalto. Niente lo irritava quanto gli imprevisti: per questo faceva di tutto per evitare che si presentassero, o quantomeno tentava di ricondurli entro gli orari stabiliti. Sicuro che si trattasse di qualcosa di davvero grave, intimò allo schiavo della portineria di aprire.

Grida, pianti, il suo nome che riecheggiava nel vestibolo: ma di chi era quella voce?

Si alzò, chiuse la tunica della notte con una cintura e si diresse verso un gruppetto di persone; nel debole chiarore delle lucerne, non capiva chi fossero: solo quando si fu avvicinato riconobbe Serena, sanguinante, sorretta dai figli. Mentre la trasportavano sul tavolo dell'ambulatorio, Giulio Polibio raccontò concitato a Terenzio cos'era successo.

Stavano tornando da Napoli e, al calare della notte, erano stati assaliti da due banditi. Gli agguati durante un viaggio non erano una rarità, ma non accadevano spesso nelle strade molto frequentate. Lui si sarebbe voluto fermare in una locanda, ma il conducente della carrozza – ansioso di rientrare perché la moglie stava per partorire – gli aveva detto che mancava poco all'arrivo: conveniva proseguire. Aveva quindi proposto una scorciatoia e avevano imboccato un sentiero che si era rivelato deserto e aveva favorito l'imboscata.

Nella semioscurità ognuno aveva cercato di difendersi tirando pugni e calci alla cieca; Serena, unica donna del gruppo, era stata trascinata a terra. Mentre uno dei banditi la teneva ferma, il compagno le aveva strappato i gioielli. Marito e figlio, terrorizzati, avevano dato spontaneamente il denaro che portavano con sé, ma era stato il provvidenziale sopraggiungere di un altro veicolo a mettere in fuga i banditi col bottino.

La vittima era ridotta male: fratture, contusioni, ferite sul collo. Terenzio ebbe il suo da fare per il resto della notte. Mentre la moglie veniva medicata, Giulio Polibio non faceva che inveire contro il conducente della carrozza. Terenzio, che era molto affezionato a Serena, era dispiaciuto. Dopo averle assicurato che si sarebbe rimessa perfettamente, anche se ci sarebbe voluto del tempo, si rivolse a Giulio Polibio con tono deciso: « Anziché pensare al colpevole, pensa piuttosto a prenderti cura di tua moglie ».

Appena il gruppetto si fu allontanato, si fece portare un recipiente d'argilla dallo schiavo più vicino: desiderava svuotare la vescica da almeno tre ore.

Tornato a letto, Terenzio non riusciva a riprendere sonno. Era quasi l'alba. Come ogni giorno, fra poco si sarebbe strofinato braccia e gambe con acqua fredda e poi avrebbe fatto aprire il portone ai pazienti. Non lontano dal vestibolo aveva sistemato l'ambulatorio, con un lettino per le visite. Su due ripiani di legno, i suoi strumenti da lavoro: pinze per estrarre denti, bisturi, forcipi ginecologici, clisteri, aghi d'argento. E poi pasticche, sciroppi, pomate, unguenti per ogni necessità, disposti con ordine meticoloso come uno schieramento di soldati ubbidienti.

L'incidente di Serena aveva riportato a galla molti ricordi e Terenzio si trovò a pensare, quasi senza volerlo, a quando era un giovane medico.

Aveva preso da poco il posto del padre, morto all'improvviso per un colpo di calore: un medico figlio di liberti, apprezzato più per il carattere gioviale che per le doti professionali. Nei primi tempi di attività, il suo studio era quasi vuoto. I pompeiani si rivolgevano ad altri, come il chirurgo di Nola che visitava nella sua città natale, e nei giorni di mercato anche a Pompei. Ma col tempo la bravura di Terenzio era stata riconosciuta e lui era diventato un medico affermato.

Vicino a casa sua abitava Serena, già promessa a Giulio Polibio, che non aveva mai attirato la sua attenzione. Non era particolarmente bella, ma aveva modi garbati e i lineamenti rispecchiavano la dolcezza del suo animo. Terenzio ne aveva apprezzato le qualità durante le visite alla madre, l'insopportabile Vertia, che per fortuna non aveva trasmesso alla figlia né l'aspetto volgare né il parlare sguaiato.

Su Vertia, affetta da una rara malattia della pelle, Terenzio aveva dovuto sperimentare diversi preparati prima di trovare il giusto rimedio e aveva affidato a Serena il compito di applicare gli impiastri. Quella specie di collaborazione, durata una ventina di giorni, aveva fatto nascere fra i due un'attrazione che a poco a poco era andata crescendo.

Si intendevano su tutto, trovavano piacere nello stare vicini: un'intesa mai sperimentata prima, per l'uno come per l'altra. Tutto però si limitava a sguardi e sfioramenti delle mani, delle braccia, apparentemente casuali. Mai era stata pronunciata una parola meno che appropriata.

Vertia si era accorta dell'interesse del medico e faceva in modo che i due giovani non rimanessero mai soli. D'altronde, Terenzio non voleva approfittare della sua posizione per sedurre Serena; e la ragazza, timida e riservata, non avrebbe osato compromettere il matrimonio desiderato dalla madre, rimasta vedova dopo pochi anni di matrimonio. Certamente lei non avrebbe scelto come marito Giulio Polibio, troppo anziano, scorbutico e, per i suoi gusti, per nulla attraente; ma la possibilità di condurre una vita agiata, lontana dalle urla e dalle prepotenze materne, le aveva fatto apparire quell'unione più che accettabile. Ora, invece, avrebbe voluto mandare tutto a monte e si tormentava sul da farsi. Se solo Terenzio le avesse detto qualcosa...

L'ultima volta che il medico andò a casa di Vertia per recuperare i flaconi vi trovò solo Serena e i due, chiacchierando com'erano soliti fare, si diressero nel cortiletto interno. Era maggio, verso l'imbrunire. Le prime stelle tremolanti in un cielo ancora azzurro, l'aria mite, il silenzio tutt'intorno contribuivano a infondere tenerezza, voglia di intimità.

Serena offrì da bere a Terenzio, ma i due schiavi domestici, chiamati più volte, sembravano essersi dileguati. La ragazza stava per alzarsi per provvedere personalmente, quando lui la trattenne per un braccio: «Lascia stare» bisbigliò.

Avvicinò il viso al suo e le diede un bacio. Dai baci passarono agli abbracci e il medico fece scivolare una mano sotto la tunica, senza trovare resistenza.

Terenzio non si era mai trovato in una situazione del genere in casa di una paziente, ma era più forte di lui. La passione stava per travolgerli, quando la voce sgraziata di Vertia risuonò dall'ingresso: «Cos'è tutto questo buio?»

I due velocemente si ricomposero e Serena sgattaiolò nella sua stanza, mentre il medico, in piedi, si guardava intorno con un certo imbarazzo.

«Secondo! Rusatia!» urlava Vertia. «Dove vi siete cacciati?»

Gli schiavi arrivarono immediatamente, scusandosi: erano andati a fare scorta d'acqua alla fontana, dietro la casa, e avevano dovuto aspettare il loro turno. Ma le brocche e il secchio ricolmi non rendevano Rusatia meno rossa e scarmigliata.

«In questa casa si pensa solo a...» Vertia non finì la frase. Terenzio era l'unica persona che riusciva a incuterle soggezione.

Rimaneva il fatto che era molto contrariata. E dov'era Serena, che di solito era sempre appiccicata al medico? Quando la vide arrivare si accorse che aveva la bocca arrossata e una luce inequivocabile nello sguardo.

Vertia alzò gli occhi al cielo e si morse le labbra. Speriamo che si siano limitati a qualche bacio, sperò in cuor suo, altrimenti un altro pretendente ricco come Giulio Polibio ce lo sogniamo.

Quei primi approcci non ebbero seguito e di lì a poco Serena andò a nozze. Ma ogni volta che incontrava Terenzio, tra gli ospiti fissi di Giulio Polibio, e ogni volta che erano necessari i suoi consigli e le sue cure, si ristabiliva tra loro una vicinanza che sembrava molto cara a entrambi.

Un amore del genere, intrecciato a un sentimento di rinuncia, poteva essere esaltato dal tempo o spento da nuove esperienze.

Per Serena, che viveva gli amplessi coniugali come un obbligo, rimase un ricordo sbiadito ma sempre presente, che nei giorni tristi le procurava un senso di malinconico rimpianto; Terenzio, invece, lo aveva scacciato con un'amante appassionata che gli faceva assaporare tutte le gioie di Venere. Nessuno era a conoscenza della loro relazione. Gli incontri avvenivano sempre nella villa di lei, vicino a Baia, dove Acribia – questo era il suo nome – abitava con due sorelle più grandi.

Orfane e ricchissime, nessuna delle tre era sposata. La maggiore, dall'aspetto mascolino, faceva da capofamiglia e diceva di avere rinunciato a tanti pretendenti per occuparsi delle sorelle più piccole; la seconda, nata a distanza di dieci mesi, si comportava come una gemella e viveva in simbiosi con la prima; Acribia invece si era sposata quattordicenne con un romano rivelatosi un imbroglione e aveva divorziato.

L'unico uomo ammesso nella loro casa, sia pure saltuariamente, era Terenzio. Gli volevano bene e non pretendevano da lui impegni matrimoniali che avrebbero turbato un modus vivendi felicemente condiviso. Acribia per la verità all'inizio ci aveva sperato, ma col passar del tempo aveva finito con l'abituarsi e col godere tutti i lati positivi della sua indipendenza.

Di corporatura muscolosa, alto, Terenzio – a trentadue anni compiuti – conservava il fascino serioso dell'età giovanile. I suoi capelli si mantenevano ricci e folti, e solo qualche ruga increspava il viso dagli zigomi pronunciati. Nella sua fortunata carriera non si contavano le clienti che, approfittando dei propri malesseri, più o meno reali, avevano cercato di sedurlo. Invano. In quei casi Terenzio mostrava indifferenza, arma che si rivelava sempre efficace nello smorzare ogni tipo di slancio.

Per i pompeiani, che ignoravano la sua vita intima, era un

mistero. Non era mai stato fidanzato né sposato; nessun marito si lamentava per attenzioni rivolte alla moglie; non gli si attribuivano concubine o amori a pagamento, tantomeno predilezioni per fanciulli. Eppure, nessuno lo considerava strano o pervertito; per lui, solo parole di stima e gratitudine. Come se tutti avessero accettato quanto lui esprimeva con la propria condotta irreprensibile, e cioè che nella sua vita c'era posto per una sola, appagante passione: la medicina.

Pompei, 70 d.C.
quindicesimo giorno prima delle Calende di marzo

Erano trascorsi sei giorni dal brutto incidente capitato a Serena e Cornelio decise di andare a trovarla insieme a Lucio e Melissa.

Sdraiata in una stanza affacciata sul giardino interno, sorretta da cuscini, Serena fu felice della visita: non le importava che la vedessero come un pugile dopo una lotta, lo strato di biacca che nascondeva appena i lividi sul volto, ormai quasi giallastri.

Da quando il medico l'aveva costretta al riposo, era Trebonia a sovrintendere alla gestione della casa. Incarico che svolgeva alla perfezione e che le aveva conferito maggior disinvoltura. La responsabilità di sostituire la madre l'aveva resa più loquace, curata e gradevole nell'aspetto. Aveva infatti deciso di eliminare gli abiti delle cerimonie, troppo regali per la sua indole semplice, il trucco pesante, le pettinature elaborate imposte dal padre, e i tacchi per sembrare più alta. In poche parole, era riuscita a imporre i propri gusti. La stola che aveva scelto per quel giorno e i capelli trattenuti da un fermaglio d'oro a forma di cicala mettevano in evidenza gli occhi di un colore cangiante dal castano al verde e il seno prosperoso. Trebonia pensava molto spesso a Cornelio, ma non si faceva illusioni: l'avvocato era troppo corteggiato, brillante e volubile. Che speranze poteva nutrire una come lei?

Qualche volta, prima di dormire si abbandonava ai sogni pensando alle unioni di persone assai diverse fra loro: donne bellissime innamorate di uomini deformi, personaggi autorevoli perduti dietro donne di bassa estrazione sociale o con difetti fisici evidenti, la stessa Venere pronta a sciogliere la cintura davanti allo zoppo Vulcano... di giorno era pragmatica, di notte fantasticava. Ma l'unico risultato di quelle fantasie erano versi amorosi, inutile pensare a Cornelio. Era rassegnata ad accettare per marito qualche cliente o collega del padre, attirato dalla ricca dote, che magari non sapeva nemmeno scrivere.

Quando si ritrovò davanti l'avvocato cercò di nascondere il proprio turbamento, con il solo risultato di renderlo più evidente. Per quel momento tanto atteso si era preparata le frasi da dire, si era esercitata a sorridere davanti allo specchio, e ora che Cornelio era arrivato le parole non uscivano, e i sorrisi erano forzati.

Si ravviò i capelli, con l'altra mano si lisciò la stola, gli occhi bassi. Si sentiva insicura, inadeguata. Riuscì a balbettare solo: «Benvenuti» facendo cenno agli ospiti di accomodarsi, quindi corse nella piccola cucina, un buco al lato del giardino, con la scusa di assicurarsi che fossero pronti i datteri farciti da offrire; respirò a fondo per calmare i battiti del cuore, quindi ritornò dagli ospiti.

Non avrebbe mai immaginato che, proprio in quel momento, per la prima volta l'avvocato la stava guardando come si guarda una donna e non solo come una cara amica. Sentire su di sé gli sguardi di Cornelio Prisco accese nel suo cuore timide speranze che si sforzava in tutti i modi di tenere a bada. Eppure lui parlava, ascoltava, e la guardava – non osava confessarlo nemmeno a se stessa – con un certo interesse. Il tempo trascorse in fretta e finanche Giulio Polibio pareva rilassato e contento. Forse qualcosa stava finalmente per cambiare, nella casa a due piani in via dell'Abbondanza.

Non era ancora buio e, prima di tornare a casa dello zio, Cornelio decise di accompagnare gli amici.

«È insolitamente taciturno, questa sera, il nostro amico... come mai?» lo prese in giro Lucio.

«Ah, niente... così... pensavo».

«Ti ho visto chiacchierare animatamente con Trebonia. Cosa dice di così interessante quella ragazza?» Lucio incalzava.

Cornelio non rispose e l'amico ricominciò a stuzzicarlo.

«Certo che di soldi ne ha fatti Giulio Polibio, col pane! Avrà una bella dote la nostra Trebonia».

«Ma avete notato» intervenne Melissa, «com'era... *diversa*? Mi è sembrata molto più graziosa».

«L'ho notato anch'io» ammise Lucio. «E secondo te, Cornelio?»

Cornelio Prisco si riscosse. «Cosa stavate dicendo? Scusatemi. Stavo pensando alla possibilità di andare a Roma con Marcello... farei il viaggio sulla più confortevole carrozza di Pompei».

Per tutta la durata del tragitto resistette a qualsiasi tentativo di Lucio di forzare la sua confidenza. «Si è fatto tardi e voi siete arrivati. Arrivederci» disse quando si ritrovarono davanti all'uscio della casa dei Ceii. Lucio lo pregò di tenerlo informato sui suoi spostamenti e Cornelio si congedò senza aggiungere altro.

Che mi prende, si diceva camminando nella notte. Io, con amanti impareggiabili e amiche affascinanti, mi ritrovo a pensare a una ragazza che fino a ieri, se me l'avessero proposta in moglie, avrei evitato come un cane randagio e che non mi sarebbe mai venuto in mente di portarmi a letto. Eppure, con nessuna ho mai trascorso il tempo tanto piacevolmente.

Basta poco per rendere felici le persone semplici. Trebonia mostrava un'allegria insolita. I genitori, abituati a vederla pensierosa, china a scrivere, non credevano ai loro occhi, benché avessero intuito il motivo del cambiamento d'umore. Non facevano commenti, temendo una disillusione, e mentre si auguravano un esito felice per le trepidazioni della ragazza entrambi erano consapevoli che le speranze erano poche.

Trebonia, intanto, era lacerata da desideri contraddittori. Voleva andare via da Pompei, fare nuove esperienze, conoscere altre città, eppure si sentiva legata alla sua casa, ai luoghi dov'era vissuta. Non riusciva a immaginare altre strade di notte, senza luce, da dove le arrivavano, accompagnate dal mormorio della fontana, le voci degli ubriachi e delle donne che offrivano amore. Al tempo stesso, sentiva le mura della sua casa chiudersi attorno a lei come quelle di una prigione.

POMPEI, 70 D.C.
MARZO-GIUGNO

Considerato il rapido succedersi di generali sul trono, la gente si divertiva a fare scommesse sulla loro durata, considerandoli alla stregua di compagni di baldoria. Anche l'ascesa di Flavio Vespasiano non suscitò particolari emozioni, offrendo tutt'al più l'occasione per una bevuta extra. A Valeria diede invece lo spunto per organizzare una festa all'aperto che ricalcava

– nello spirito – quella popolare che si svolgeva a Roma sulla via Flaminia, vicino alla prima pietra miliare.

Qui non c'era plebe numerosa, tantomeno affamata. Il boschetto scelto per ospitare un ristretto numero di amici, vicino al fiume, era giusto un pretesto per stare insieme in modo informale.

Dopo aver costruito delle capanne con rami e arbusti, ogni invitato, al centro di una radura, si esibì in un numero artistico: Cornelio e Trebonia erano vicini e insieme avevano riso dei canti stonati, delle storielle ambigue, delle occhiate ammiccanti. Quando alcune coppie si isolarono, lei lo seguì all'interno di una capanna. Era la prima volta che un uomo la baciava e la accarezzava, provocandole sensazioni sconosciute, prepotenti ed eccitanti. Se non ci fossero stati altri invitati, Trebonia avrebbe acconsentito a perdere la sua verginità in mezzo ai rovi.

Nella solitudine dei mesi seguenti, la festa fuori dalle Porte rimase impressa nella ragazza come un prato di bugie, mentre tutt'intorno ondeggiavano le chiome dei pini. Cornelio era partito. Non le aveva scritto, e il suo futuro le appariva avvolto da una fitta nebbia. Senza spiragli di luce. Aveva perso finanche la voglia di leggere e comporre versi. Passava giornate intere alla finestra, con la mente altrove osservava la vita che scorreva nella strada più vivace di Pompei.

E poi in giugno Cornelio Prisco tornò, prendendo a frequentare la loro casa con regolarità. Non vi era stata alcuna richiesta ufficiale da parte dell'avvocato, ma a nessuno sfuggiva l'intesa sempre più forte che si era stabilita tra i due giovani.

Giulio Polibio stimava Cornelio, a modo suo gli si era persino affezionato, però quando era solo con la moglie si lamentava: « Insomma, si vuole decidere una buona volta? È sempre fra i piedi, mangia il nostro cibo, e non parla di matrimonio! »

Serena, più sensibile, si rendeva conto che per uno scapolo incallito come Cornelio Prisco, sempre circondato da attenzioni femminili, non era semplice decidere un passo così importante. Ma lo osservava, e tanti particolari la inducevano a ritenere che fosse un giovane di indole buona. Si sentiva fiduciosa.

Sorprendendo tutti, alle Idi di luglio la semplice e affettuosa Trebonia congiunse la destra con quella del brillante avvocato. Dalla domanda di matrimonio alla celebrazione del rito era trascorsa appena una manciata di giorni: una volta presa la decisione, Cornelio non voleva aspettare. Si era stancato dei letti lasciati vuoti da altri, della ricerca incessante e senza scopo di nuovi corpi e nuove sensazioni. Capitolava, come tanti, di fronte all'idea di una casa, di una donna e di figli tutti per sé: per una diversa maturità o forse per una freccia scoccata a caso dal piccolo Eros, stanco di vagabondare e privo di ordini della madre divina.

Per il rito nuziale Trebonia seguì la tradizione, attenta a ogni dettaglio, per scongiurare malefici. Consacrò ai Lari domestici i giochi della sua fanciullezza e si coprì il capo con un velo rosso come il fulmine di Giove, a garantire l'indissolubilità dell'unione.

Non ce n'era bisogno. Quel matrimonio, a dire di tanti mal assortito, sulla cui riuscita nessuna delle spasimanti di Cornelio avrebbe scommesso un asse, aveva ricevuto un bacio dagli dèi.

SECONDA PARTE

1

Come se aspettassero l'imperatore

ROMA, 71 D.C.
QUARTO GIORNO PRIMA DELLE NONE DI APRILE
OTTO ANNI PRIMA DELL'ERUZIONE

«Fuori tutti!»

L'imperatore Vespasiano allontanò figli e cortigiani dalla stanza satura di incenso. Voleva restare solo con Caenis, prima che fosse cremata. La sua concubina si era spenta dopo lunghe sofferenze la cui origine era rimasta ignota al medico di corte. L'aveva amata, quella donna, più della madre dei suoi figli. Le accarezzava le mani senza vita e ricordava quante piacevoli sensazioni erano riuscite a procurargli.

Per molti le mani di Caenis odoravano solo di metallo: quello delle monete che riceveva per accordare nomine politiche, comandi militari, cariche sacerdotali. L'imperatore doveva rimpinguare le casse del fisco e a lei piaceva accumulare, altro fuoco per la passione che li aveva uniti.

In due anni di regno, con calma e determinazione Vespasiano era riuscito a imporre una linea politica improntata al rispetto delle istituzioni e, nonostante le origini modeste, mostrava una dignità sconosciuta ai suoi immediati predecessori. Aveva fama di uomo parsimonioso e freddo. Non lasciava trasparire mai un'emozione, un sentimento; solo con gli intimi, soprattutto con Caenis, si lasciava andare, scherzava, rideva. E ora che lei non c'era più si sentiva svuotato, inutile.

«Quanto l'ho amata» aveva confidato a Elpidio Vatinio, il primo ad accorrere quando si era sparsa la notizia della morte.

Il giovane cavaliere, originario di Rieti, gli era molto caro. Serio, di poche parole, Elpidio gli dimostrava il suo attaccamento in ogni occasione e accettava senza scomporsi qualsiasi decisione del suo Cesare. Era rimasto imperturbabile anche quando alcuni senatori avevano deciso di erigere una statua a Vespasiano stanziando un milione di sesterzi e l'imperatore aveva ribattuto: «Date a me la somma. Questa mano è il suo piedistallo».

A Rieti, chiunque fosse stato dotato di un po' di furbizia avrebbe detto lo stesso, apprezzando la sorprendente risposta.

Pompei, 72 d.C.
Calende di maggio
sette anni prima dell'eruzione

«Hai visto com'è cambiata Flavia?»

Melissa rivolgeva la stessa domanda a tutte le amiche che incontrava e ogni volta riceveva una risposta quasi identica: «Sì, è fredda, scostante. Non la riconosco più».

Nell'autunno e nell'inverno trascorsi i Poppei avevano fatto vita molto ritirata, limitandosi a partecipare a rare occasioni ufficiali. Melissa era rammaricata per lo strano comportamento di Flavia, solitamente così gentile e premurosa – non sapeva che la vita dell'amica era stata attraversata da un altro turbine: una gioia non lineare, che avanzava e si piegava a gomito come una saetta. Sentiva la sua mancanza. E anche Marco aveva trovato l'amico Claudio assai diverso dal compagno di giochi con cui era cresciuto: intristito, distante, parlava solo di quanto aveva lasciato a Rieti.

Visto che i tentativi di riprendere l'amicizia di un tempo non avevano dato i frutti sperati, Melissa decise di approfondire l'argomento con Valeria.

« Cosa vuoi che ti dica » sospirò la matrona dagli occhi verdi. « Anche con me non è la Flavia di prima, ma sono sicura che cambierà. Non credo che voglia allontanare le persone più care. Come ha detto Quinto a mio marito, sta attraversando un delicato periodo di assestamento, dobbiamo pazientare. Voglio rivelarti una cosa, ma ritienila un segreto. Ero presente mentre ordinava almeno dieci abiti: vuoi che non abbia voglia di sfoggiarli? Pompei è questa, siamo noi ».

« Sarà » commentò Melissa, « ma secondo me c'è qualcosa che ci sfugge ».

« Io non lo penso. Davvero, credo proprio che non ci sia sotto niente » aggiunse Valeria con decisione, mentre prendeva in braccio il terzo figlio maschio che durante la conversazione non aveva fatto che tirarle la veste da tutte le parti per richiamare la sua attenzione.

Tornando a casa, Melissa rifletté sulle parole dell'amica e le trovò ragionevoli. Era più che probabile che le cose stessero così. Chi invece non ne era per niente convinta era proprio Valeria. Flavia era evasiva, non sembrava più la stessa: doveva per forza esserci qualcosa sotto. E non importava che l'interessata lo negasse, che cercasse di liquidare con risposte banali persino lei, l'amica che aveva raccolto le sue confidenze più intime, che l'aveva consolata nei momenti di sconforto e le era stata accanto un giorno e una notte quando aveva partorito.

Gesti, sguardi, domande a sproposito nel bel mezzo di una conversazione – « È arrivato qualche messaggio? » –, lavori in casa come se aspettassero l'imperatore... che diamine! Quanto aveva scritto da Rieti non era tutta la verità.

A quel punto, tra curiosità e delusione, Valeria decise di trovare da sola la strada che portava al cuore di Flavia e si mise d'impegno per cogliere l'indizio rivelatore. Da chi attendeva una lettera con ansia? Forse da un uomo, se non poteva dirlo nemmeno a un'amica fidata e discreta... La ricerca era iniziata.

L'amore, quando aggredisce, trasforma.

Spasimi, paura, felicità che irrompe, sazia e lascia sull'orlo di un baratro: era un tormento, per Flavia, tenere nascosti i sentimenti che le avevano fatto perdere di vista il resto del mondo. Doveva fare uno sforzo e uscire, ricevere amici, perché nessuno pensasse a cose negative, come un rovescio di fortuna del marito o, peggio, una malattia.

«Vuoi deciderti a riprendere la vita di prima? La gente parla» l'aveva rimproverata Quinto. «Siamo diventati quasi degli estranei per i nostri stessi amici. Nell'ipotesi più benevola crederanno che fra noi è successo qualcosa di grave. Rallenta il tuo impegno; si può rinnovare qualcosa, ma non cambiare tutta la casa, e il nostro giardino è una meraviglia. Non credo che, a vederli come sono, Elpidio Vatinio possa restare deluso».

Al solo sentir pronunciare il nome del cavaliere reatino, Flavia si sentiva sobbalzare. Era lui la causa del cambiamento, di quell'invincibile desiderio di stare sola con i propri pensieri. Sentiva di non poter rivelare i suoi sentimenti nemmeno a Valeria: confidandosi avrebbe fatto diventare quella relazione una cosa vera, reale, compresi i rischi e le difficoltà.

Quinto, per fortuna, non si era accorto di nulla. E come avrebbe potuto, dal momento che pendeva dalle labbra di Elpidio Vatinio? Tanta considerazione da parte di Quinto derivava dalla frequentazione della corte imperiale che il cavaliere poteva vantare, e al contempo dal vincolo di parentela che univa Flavia alla sua famiglia. Un vincolo che, per quanto blando – Flavia ed Elpidio avevano ben poche gocce di sangue in comune – era rinsaldato dal legame tra le rispettive madri, che si frequentavano come cugine ed erano considerate tali dai loro concittadini.

Il grado di familiarità tra i Vatinii e il nuovo imperatore risaliva invece a un cassiere di vendite all'asta, un uomo previdente e fortunato, uno di quelli che cambiano colore politico al momento giusto e sanno quando ritirarsi per salvare la pelle. Ci avrebbero pensato i nipoti a dar lustro alla famiglia: il maggiore era stato prefetto a Roma, il minore era diventato imperatore. Anche in questo caso il legame non era molto stretto, ma per affidabilità e attaccamento Elpidio veniva considerato da Vespasiano più che un parente.

Quinto gongolava. Ben gli sta ai pompeiani, si ripeteva. La presenza di Elpidio farà vedere quali legami uniscono la mia famiglia agli inquilini del *Palatium* e la smetteranno di fare battute sulla mia fortuna in declino dopo la morte di Poppea.

Flavia era sicura che per i pompeiani sarebbe stata una sorpresa; era molto meno certa della propria capacità di essere disinvolta in presenza dell'uomo amato. Per tanto tempo dopo il rientro i suoi pensieri erano rimasti lontani dalle strade di Pompei. Vivere per tre anni a Rieti l'aveva trasformata radicalmente. Era cominciata una nuova stagione della sua vita.

Come le sue amiche, anche le schiave si interrogavano. Succedeva di solito la sera, quando si stendevano nei loro miseri giacigli affiancati, nelle piccole camere che, rispetto ai luridi ricoveri di altre case signorili, sembravano stanze di lusso. Stanche del lavoro giornaliero, solitamente piombavano in un sonno profondo, ma ora ritardavano il riposo per fare commenti sulla padrona.

« Nemmeno mi rimprovera più » sospirava la più giovane e maldestra, ricordando le sgridate, e la punizione, per aver bucato una tenda del giardino.

Rufina, sempre lei, che malignamente indovinava sempre: « Da quando è entrata in questa casa non l'avevo mai vista così. L'esperienza mi dice che se una donna sembra ammalata o sovrappensiero significa che vorrebbe il letto riscaldato da un altro ».

Doveva sempre intervenire Klea a zittirle, interrompendo i risolini accompagnati da battute e gesti eloquenti. La schiava personale di Flavia era l'unica a conoscere le cause di quel comportamento. Aveva seguito la vita della padrona dall'incontro con Lucio, ma non si azzardava a mostrare apertamente il privilegio della confidenza. Era sempre una schiava sulla quale i Poppei avevano diritto di vita e di morte, e li aveva visti in campagna i più ribelli, messi in catene come animali.

Per sua fortuna – l'aveva capito subito –, Flavia aveva bisogno di contare sulla lealtà e la prontezza di qualcuno come lei. Una complicità pericolosa, con i suoi vantaggi: era riuscita a mettere da parte una discreta somma, e col tempo sarebbe stata in grado di pagare la sua libertà, se non gliel'avessero offerta.

Le bruciavano gli occhi di lacrime ogni volta che pensava alla sua infanzia, ai cieli viola delle notti siriane, alla famiglia a cui era stata strappata. E se il suo più grande desiderio era salire su una nave e attraversare il Mediterraneo al contrario, sentiva nei confronti di Flavia un legame particolare; sicuramente la riconoscenza dovuta a chi, da cosa, l'aveva fatta diventare persona.

Rieti, 70 d.C.
inverno
nove anni prima dell'eruzione

A tanti capita di avvertire, almeno una volta nella vita, una sensazione di assoluto benessere, fisico e spirituale. Sono momenti, brevi periodi che si verificano quando ci si sente in armonia con ciò che ci circonda, in buona salute, pieni di speranze, e si pensa – anzi si è sicuri – che questo concentrato di perfezione possa prolungarsi per un tempo infinito. Spesso, se ci si interroga sui motivi di una tale felice condizione, si scopre che sono connessi a una pienezza di sentimenti corrisposti, in un luogo che amiamo.

Ma poi passa. A nessuno è dato di mantenere in perfetto equilibrio con il carico della quotidianità il filo distribuito dalle Parche. Quell'armonia sospesa di sentimenti, emozioni, gioie, però non si dimentica, e nell'attesa – a volte vana – di riassaporarla, il ricordo non si perde. Ha lo scopo di rammentarci che la felicità esiste, in qualche modo e da qualche parte. E Flavia, nella sua città d'origine, si era sentita felice.

Rivedere i genitori e la casa della prima giovinezza, ritrovare luoghi e persone cari le avevano procurato un appagamento totale, sin dall'attimo in cui aveva respirato profondamente l'aria pungente della sera reatina. Varcata la soglia del vestibolo, annusato l'odore di casa – un misto di aglio e fiori di lavanda, a seconda se ci si avvicinava alla piccola cucina o alle stanze da letto –, aveva dimenticato tutto: i primi, difficili tempi a Pompei; Lucio; la gravidanza, e qualunque altra cosa le avesse procurato nel tempo delusioni e batticuori. Adesso poteva restituire a ogni affetto la giusta collocazione.

Il cambiamento d'aria e di abitudini all'inizio aveva giovato a tutti: appetito raddoppiato, buon umore, scambi di affettuosità. Ma, trascorse poche settimane, si erano affacciati disagi e insofferenze. Flavio e sua moglie, all'inizio orgogliosi della costruzione di un piano superiore e dell'acquisto di altri due schiavi, si rendevano conto di non poter competere con l'eleganza e l'ampiezza della *domus* pompeiana descritta nelle lettere dalla figlia e cercavano di essere più discreti possibile; Claudio, pur circondato da mille attenzioni, sembrava frastornato e nominava sempre più spesso con nostalgia il suo amico Marco; Quinto, dopo aver apprezzato anche pubblicamente l'ospitalità dei suoceri, era diventato irrequieto.

Flavia ne soffriva e cercava di destreggiarsi come meglio poteva per accontentare tutti, sperando che col tempo avrebbero trovato un equilibrio. Finché Quinto annunciò che dovevano cercare nei dintorni una sistemazione più adatta al suo rango. Dopo infinite discussioni, ripensamenti e molte trattative, i Poppei lasciarono la casa di Flavio Acestio e presero in affitto una villa immersa in un grande parco, a poca distanza dalla città.

Non ci furono dispiaceri, almeno non evidenti, e Flavia finì per lasciarsi trasportare dall'entusiasmo del marito, influenzata anche da un desiderio di rivalsa nei confronti delle amiche d'infanzia, che dopo aver conosciuto Quinto si erano chiuse in un silenzio molto eloquente. Bene, si era detta Flavia, non sarà bello, non sarà giovane, ma se non altro è immensamente ricco.

La villa fu trasformata, nei limiti del possibile, in una residenza aristocratica della costa campana. Dopo averle fatte restaurare, Quinto fece sistemare lungo il viale alcune statue di un marmo poco pregiato, opera di uno scultore locale, che aveva trovato ammonticchiate vicino all'ingresso e ridotte in pezzi; inoltre, diede incarico a uno schiavo specializzato di creare aiuole di fiori intorno alla grande vasca davanti alla villa.

Per tutti, la nuova abitazione divenne così La Pompeiana, ma più per la provenienza di chi la abitava che per l'insieme architettonico – senza contare il silenzio e la pace tutt'intorno, lontanissimi, e non solo per le miglia, dal frastornante movimento alle falde del Vesuvio.

Quando arrivarono i pittori per restaurare gli affreschi malridotti, Flavia si convinse che quella sarebbe potuta diventare la sua dimora definitiva. Quinto non era tipo da investire tanto denaro in qualcosa che non gli apparteneva o che non aveva intenzione di acquistare. E se nemmeno di sfuggita si parlò di un trasferimento, come lei si sarebbe aspettata, pure la loro vita sembrava così bene incanalata nei ritmi sereni della campagna reatina che lei si sentiva sicura di realizzare quello che era diventato il suo più grande desiderio.

Il primo anno in terra sabina trascorse senza novità di rilievo. La svolta, e non solo nell'esistenza di Flavia, fu l'elezione di Flavio Vespasiano al trono imperiale.

L'inverno del 70 rimase memorabile per tutti gli abitanti della città che, in un borgo vicino, aveva dato i natali al primo cittadino del mondo. Nelle strade gelate, nelle case e nei templi ricoperti di neve, celebrazioni e feste si susseguivano senza sosta, mentre artigiani e artisti fatti venire da Roma erano impegnati a innalzare archi onorari. Corone di fiori ornavano in quantità i simulacri di Vacuna, di Rhea e di Sancus, gli antichissimi numi locali, mentre i sacerdoti stabilivano l'ordine delle cerimonie sacre e di quelle ufficiali.

Il nuovo Cesare non aveva ancora messo piede nella capitale. Si trovava al comando delle sue truppe in Oriente, pur se già insignito del consolato con il figlio Tito. Questi era impegnato a domare la rivolta giudaica e i romani avrebbero aspettato alcuni mesi per acclamare di persona l'imperatore sabino. Ai reatini, nella frenesia generale, la cosa non interessava, tantomeno destava in loro qualche timore. L'importante era far festa, comunque e ovunque. Erano tutti eccitati, e Quinto Poppeo più degli altri. Da quando aveva saputo che la famiglia di Fircellio Vatinio, parente della moglie, vantava ascendenti comuni con quella di Vespasiano, aiutato dalle sue letture non faceva che elogiare la storia della città e dei dintorni. Così capitava che, nel mezzo di un banchetto, si alzasse esclamando: « Qui c'è la forza dello Stato romano! » pur senza crederlo affatto. E in tanti citavano l'attaccamento dell'imperatore al lavoro e alle tradizioni della patria, giusto per passare sopra all'origine modesta della massima autorità politica.

Elpidio Vatinio non comparve immediatamente in città. Esponente del rango equestre, avrebbe di sicuro ottenuto incarichi prestigiosi e non poteva abbandonare la scena pubblica a Roma, dove il potere era gestito dall'altro rampollo dell'imperatore, Domiziano. Ai genitori e al fratello Petilio era stato affidato il gradevole compito di ricevere omaggi e congratulazioni.

Anche Flavia si era recata nell'accogliente casa dei Vatinii, preceduta dal sontuoso vassoio d'argento che Quinto si era affrettato a comprare. Conosceva Petilio dai tempi della scuola – e quasi per niente il fratello più grande, che aveva completato gli studi a Roma. L'occasione era ottima per invitare l'intera famiglia al ricevimento che avrebbe organizzato alla conclusione dei giochi gladiatori.

La matrona Helvia accolse la sua concittadina con particolare calore e osservò Quinto con sguardo indagatore. Era la prima volta che lo incontrava, e dal modo sbrigativo con cui gli rivolse la parola per ringraziarlo si intuì che non le era riuscito affatto simpatico.

« Verrò, Flavia » disse poi nel momento del commiato, « grazie dell'invito. Sono curiosa di ammirare la villa di cui tutti parlano ».

2

Spelonca piena di rampicanti

RIETI,
INVERNO 70 D.C.-PRIMAVERA 72 D.C.
NOVE-SETTE ANNI PRIMA DELL'ERUZIONE

Nonostante molte dimore signorili fossero state erette nei dintorni della città, nessuna eguagliava la fama della villa sorta in un'ansa del fiume Velino, costruita un secolo prima. Se qualcuno voleva elogiare un arredamento raffinato, prendeva come termine di confronto quella dimora favolosa dalle decorazioni in oro e avorio. Dopo il ricevimento offerto dai Poppei, la nuova pietra di paragone – almeno in materia di vasellame lussuoso per la tavola – divenne la Villa Pompeiana.

Per l'occasione, Quinto aveva sfoggiato il suo servizio d'argento composto da oltre cento pezzi: dai cucchiai col manico corto per versare i condimenti a quelli speciali per le prelibate lumache locali, al servizio per le bevande, ai boccali cesellati con gli amori di Venere e Marte per il vino, alle coppe a forma di conchiglia per contenere i pesci più piccoli.

Un vero trionfo per i padroni di casa; una serata memorabile soprattutto per Flavia, che appena incrociò lo sguardo di Elpidio capì di aver trovato l'uomo della sua vita. Non vi fu la possibilità immediata di verificare il sentimento, violento e improvviso, nato contemporaneamente anche nel giovane cavaliere. Nei mesi seguenti, Elpidio e Flavia si incontrarono diverse volte in occasioni ufficiali o familiari, ma sempre in compagnia di altri e solo quando gli impegni politici permettevano al cavaliere di tornare a Rieti.

Soltanto sguardi e poche parole mi toccano in sorte, sospirava lei. Non voleva un'altra relazione senza futuro e si era convinta di doversi accontentare di sogni. Meglio allora distrarsi raccontando favole a Claudio e passeggiando con le vecchie amiche, anziché tormentarsi la notte con fantasie irrealizzabili.

Quinto, nel frattempo, non era rimasto con le mani in mano. Oltre a tenere sotto controllo la sua attività agricola anche da lontano, aveva acquistato una fabbrica di anfore e deciso di ampliare il proprio giro di affari con il commercio marittimo. Si era recato a Pompei e a Pozzuoli già diverse volte, e dopo aver noleggiato navi dirette in Hispania e in Gallia per esportare il suo vino stava concludendo l'acquisto di una nave sua. Voleva diventare un armatore a tutti gli effetti.

Era tempo, però, di tornare a casa – la presenza minacciosa di Livio sembrava svanita. Ogni volta che, in occasione di brevi puntate a Pompei o nei dintorni, aveva chiesto con discrezione notizie, aveva ricevuto risposte rassicuranti: Livio non si era più visto e non aveva fatto pervenire alcun messaggio.

Quinto voleva seguire da vicino i nuovi commerci e non c'era più motivo di trattenersi a Rieti. Flavia, per quanto delusa, non poteva dargli torto: con l'animo rattristato, cominciò a organizzare il viaggio di ritorno. L'unico a protestare fu il piccolo Claudio, non voleva abbandonare il grande giardino. Da quando gli era stato regalato un carrettino che poteva condurre da solo, tirando per le briglie una capretta, si metteva a piangere ogni volta che qualcuno nominava Pompei.

Dopo quasi tre anni di permanenza a Rieti, alle Calende di giugno i Poppei si apprestavano a tornare. Si cominciarono a sistemare in casse dalle serrature di bronzo gli abiti invernali e gran parte delle suppellettili di minor valore, mentre un liberto assunto sul posto sorvegliava gli schiavi che avvolgevano in panni di lana i pezzi d'argento prima di riporli negli appositi contenitori.

Fu un avvenimento tragico a sconvolgere all'improvviso tutti i piani, tramutando, come talvolta accade, la disgrazia di alcuni in una grande felicità per altri: in un incidente di caccia – era stato travolto da un cinghiale – perse la vita il padre di Elpidio.

Il funerale fu solenne, con la partecipazione commossa della cittadinanza. La *gens* Vatinia era molto conosciuta, il capofamiglia era stimato da tutti e le frequentazioni altolocate di Elpidio ne avevano aumentato considerevolmente il prestigio. Il corteo, diretto verso il sepolcro fuori le mura, era preceduto dai suonatori di corno e dalle prefiche che urlavano battendosi il petto; nel mezzo, deposto su un letto sontuoso, c'era il defunto cosparso di sostanze aromatiche e subito dopo seguivano i familiari stretti. Del gruppo faceva parte anche Flavia, sinceramente addolorata per quella morte improvvisa ma segretamente contenta di sapere Elpidio a Rieti, almeno per il periodo del lutto.

Nessuno di quel mesto seguito, dietro un uomo probo e onesto, poteva immaginare la situazione delicata che l'assalto del cinghiale aveva lasciato irrisolta. Il defunto non aveva infatti predisposto lasciti per la cerimonia funebre e i relativi banchetti e offerte, tantomeno aveva scritto l'ammontare dei prestiti concessi ad alcuni concittadini (la moglie conosceva il numero dei sesterzi, ma non i beneficiari). Era stato invece molto preciso nell'elencare i debiti contratti per l'acquisto di nuovi vigneti: un'ombra sulla carriera dei due giovani figli che andava fugata al più presto. Dove trovare il denaro prima che la notizia diventasse di dominio pubblico?

Fu consultato Quinto, su idea della vedova: non era del posto, stava per andarsene e non si sarebbe tirato indietro di fronte a una necessità che lo avrebbe messo in buona luce con una famiglia così in vista. «La sua ambizione non ha limiti» aveva detto Helvia ai figli, «ma è anche abbastanza intelligente da mantenere la riservatezza».

Il ricco pompeiano non se lo fece ripetere due volte. Si disse pronto a intervenire, assicurando la massima discrezione: per definire entità e modi del prestito – «Non ho fretta per la restituzione, e non voglio interessi» – i Vatinii cominciarono a frequentare la Villa Pompeiana quasi quotidianamente.

Risolta la questione ereditaria, lenito in parte il dolore, Elpidio si trovò davanti una via aperta e inesplorata che non credeva di poter percorrere così in fretta e senza rischi apparenti. Quinto era dovuto partire per Pozzuoli, e nessuno avrebbe potuto pensare a qualcosa di sconveniente se lui e Flavia, legati da lontana parentela, fossero andati a passeggiare nei dintorni accompagnati dalla discreta Klea.

Camminarono per ore nei luoghi conosciuti da piccoli, raccontandosi esperienze personali e rievocando ricordi comuni; ma quel parlare era disinvolto solo in apparenza: serpeggiava tra loro una tensione, appena sotto la superficie, che rendeva sempre più eccitante e sofferto lo stare insieme. Parlavano e intanto i loro pensieri ruotavano attorno a quei desideri che sempre più stentavano a tenere a bada e al modo in cui realizzarli. Flavia si chiedeva se e quando Elpidio le avrebbe detto qualcosa, il cavaliere come e dove sperimentare la loro intesa. I giorni passavano – quattro, cinque, una settimana – e la passione era pronta per esplodere. Ma ci voleva un'occasione, qualcosa che li gettasse l'uno nelle braccia dell'altra quasi contro il loro volere. Nessuno dei due osava prendere un'iniziativa di qualsiasi genere, in attesa di imbattersi, come per caso, in un luogo appartato.

La scoperta di una grotta fu l'opportunità che aspettavano. Vi entrarono fingendo meraviglia per la scoperta, e una volta dentro – Klea era rimasta fuori con discrezione – senza dire una parola si avvinghiarono e presero a baciarsi avidamente. Elpidio non fece nulla di quello che aveva immaginato. Spinse Flavia contro una parete gocciolante di umidità, le sollevò la veste e la penetrò con l'impeto di un'eccitazione repressa da troppo tempo. Tutto fu consumato in pochi momenti, ma i movimenti forti e veloci di Elpidio fecero raggiungere a Flavia il culmine del piacere. Aveva immaginato dolci carezze, frasi d'amore, e solo alla fine un rapporto completo; eppure, in quella spelonca piena di rampicanti e ragnatele, l'ardore del suo cavaliere l'aveva travolta in un turbinio di sensazioni mai provate.

Da quel giorno, con la discreta presenza di Klea che rassicurava i genitori di Flavia e chiudeva la bocca ai malpensanti, le passeggiate di Flavia ed Elpidio si fecero sempre più lunghe e appassionate: individuato un nuovo percorso, la schiava restava di vedetta e i due amanti si allontanavano da soli. L'attrazione e i sentimenti che li univano erano resi più intensi dalla fusione con la natura: facevano l'amore sotto un albero, lungo le rive di un fiume, dove capitava. E quel cercarsi spasmodicamente, fino a lasciare lividi sulla pelle, era anche la consapevolezza dell'inevitabile separazione.

Il loro ultimo incontro avvenne alla presenza di Quinto. Si sforzarono di apparire amici qualsiasi e tali li considerò il marito di Flavia, distratto dalla magia del luogo. Era il punto in cui le acque del Velino si riversavano nel sottostante Nera con cascate fragorose e nuvole di vapore: dove il fiume scendeva a precipizio, appariva un fantastico, grandioso arcobaleno. A lungo Flavia avrebbe ripensato a quel momento in cui si era ritrovata dinanzi a quello spettacolo naturale, l'amante alla sua sinistra, il marito alla sua destra. Si era sentita potente e insieme insignificante.

L'incantesimo era stato spezzato dal nuovo imperatore. Elpidio doveva andare a Roma e vi si sarebbe trattenuto a lungo: Vespasiano – era ora! – stava arrivando nella capitale. Anche per Flavia, del resto, era diventato difficile rimandare continuamente il ritorno a Pompei adducendo i più strani malesseri – Quinto si mostrava sempre più impaziente e nervoso. «Ora sparirai come i colori dell'aria che abbiamo visto alla cascata» si lamentò quando Elpidio andò a salutarla. «Non ci saranno altre estati per noi» concluse con amarezza.

«Ti sbagli. La prossima, non dimenticarlo, sarò tuo ospite a Pompei; dal momento che Quinto mi ha invitato, non mi lascerò sfuggire l'occasione. Soffrirò molto per la lontananza, ma non prometto cose che non posso mantenere. Se non sarò trattenuto da incarichi particolari arriverò in tempo per i giochi nell'Anfiteatro, e vedrai, alla fine vorrai cacciarmi da casa tua».

L'ultima frase riuscì a strappare un sorriso a Flavia.

«Va bene. E poi?» Gli occhi d'ambra adesso erano pieni di lacrime. «Quanto tempo passerà prima di un altro incontro?»

Elpidio la abbracciò e la tenne stretta a sé, in silenzio, poi si scostò da lei e le accarezzò il mento sollevandoglielo con due dita. Anche lui era commosso: Flavia ormai gli apparteneva.

«Non possiamo conoscere il nostro futuro» le disse. «Ma per quanto mi riguarda sento che la mia vita è legata alla tua con un nodo ben stretto».

La baciò con il trasporto consueto e le mise in mano una vecchia moneta d'argento. Sul rovescio era rappresentato il ratto delle antiche sabine: una donna in fuga dai lunghi capelli e un uomo che la rincorreva. « È il mio portafortuna, ora è tuo. Non lo perdere, e ricordati che se vorrai scappare ti inseguirò come questo romano ».

Flavia sorrise e si sforzò di mostrarsi serena mentre Elpidio, dopo averla baciata per l'ultima volta ed essersi aggiustato le pieghe della toga sulla spalla, si avviava con passo deciso lungo il viale.

3

Sacchetti pieni di farfalle

POMPEI, 72 D.C.
NONE DI GIUGNO
SETTE ANNI PRIMA DELL'ERUZIONE

«Ah, questo rosso sì che è davvero bello».

Dopo mille dubbi, Flavia era finalmente soddisfatta della stoffa scelta per i lettini del più grande triclinio di Pompei. Nella stanza dove aveva incontrato Lucio per la prima volta, i tessuti ormai sbiaditi le avevano sempre ispirato una sensazione di malinconia. Se prima aveva pensato di ovviarvi facendo rifare le frange e aumentando il numero di cuscini, ora esigeva una tappezzeria nuova.

Per giorni e giorni, nell'abitazione dei Poppei c'era stato un viavai di mercanti e negozianti con campioni di sete di tutti i colori: niente sembrava abbastanza per l'esigentissima padrona di casa.

Flavia ordinò poi nuovi materassi per i lettini da mensa, tovaglie di lino finissimo, bruciatori per sostanze aromatiche. Era contenta di aver preso quella decisione con tanto anticipo. Certo, sarebbe stato bello far ritoccare i dipinti – gli unici a essere stati ripresi erano quelli dell'ampia camera destinata a Elpidio –, ma non c'era angolo che non fosse diventato confortevole.

Quinto, dal canto suo, sembrava vivere una seconda giovinezza. Era pieno di progetti, viaggiava continuamente e parlava di allargare la famiglia. Flavia fingeva di assecondarlo, ma dietro consiglio dell'ostetrica Glika usava di nascosto un rimedio contro gravidanze indesiderate ancora più sicuro della pezzuola imbevuta di succo di limone: un pessario impregnato di sostanze vischiose. Le bastava Claudio, tanto più adesso che voleva mantenere il suo corpo snello e attraente per Elpidio.

Quando pensava al suo matrimonio, si sentiva fortunata. Non perché provasse amore per Quinto – eventualità che rifiutava per principio –, ma per la condizione sociale ed economica che aveva raggiunto, la libertà di cui godeva grazie alle frequenti assenze del marito e le conoscenze acquisite. Inoltre Quinto era un conversatore arguto, e se lei era bendisposta non c'era mai silenzio fra loro. Con il tempo Flavia aveva imparato ad apprezzare le sue qualità e non era più scontrosa come agli inizi del loro matrimonio: era lei la prima a meravigliarsi nello scoprirsi espansiva e affettuosa, senza alcuno sforzo, con il marito.

Quello che proprio non andava era il rapporto sessuale. Per questo non aveva provato rimorsi né al tempo del suo trasporto per Lucio né ora che con Elpidio aveva conosciuto la gioia completa dell'amore fisico. Aveva una sola paura: che Quinto si accorgesse che aveva avuto altre esperienze. Quando stavano insieme si mostrava passiva e stava immobile – un vero supplizio, perché non era più la ragazzina alla quale il marito aveva imposto monotoni e ripetitivi doveri coniugali.

Durante l'ultimo inverno, particolarmente tiepido, aveva trascorso interi pomeriggi a pensare al suo amante. Chiacchierava col marito, seguiva i giochi del figlio, e dopo un po' i suoi pensieri inevitabilmente volavano via, via verso la campagna di Rieti e la Villa Pompeiana. Riviveva attimo per attimo, senza stancarsi mai, il piacere intenso che l'aveva legata così strettamente a Elpidio, e intanto rievocava ogni dettaglio del suo viso e della sua figura. Come un pittore che, finita l'opera, la ripercorre col dito, Flavia a occhi chiusi ricordava i morbidi capelli neri, la fronte attraversata da due rughe orizzontali, gli occhi dalle lunghe ciglia scure, e poi il naso imponente e dritto, le labbra sensuali, i muscoli ben torniti delle braccia e delle gambe.

All'arrivo della primavera il desiderio non le dava tregua nemmeno la notte. E l'immaginazione non le bastava più. Prese a darsi al marito con insolito ardore, illudendosi che al suo posto ci fosse Elpidio. Ma era inutile.

Fu anche per questo che decise di usare le sue energie per rimettere a nuovo la casa. Se non altro, la sera le lenzuola avrebbero accolto un corpo troppo stanco per abbandonarsi alle fantasie. Ripensava però a una storia che girava tra i marinai e che Valeria le aveva raccontato tanto tempo prima, vedendola sconsolata: «La Fortuna regala a chi nasce dei sacchetti pieni di farfalle. Contengono tutto quello che proveremo nella vita: uno contiene i dolori, un altro le gelosie, poi i momenti felici, i tradimenti, il gioco, la fatica. Dobbiamo aprirli tutti prima di morire, perché ci sono stati dati in sorte. Così, se le farfalle della tua felicità non hanno ancora preso il volo, stai sicura che prima o poi verrà il momento». A suo tempo quelle parole le avevano infuso aspettative e speranze, adesso Flavia temeva che le sue variopinte farfalle della felicità avessero preso tutte il volo nella campagna di Rieti.

Quinto non si accorgeva di niente. Condivideva l'entusiasmo di Flavia per l'arrivo del cavaliere, pensando già ai favori che avrebbe potuto chiedergli dopo avergli dato ospitalità. Era talmente preso dagli affari e dai profitti che sperava di ricavarne che aveva smesso di osservare la moglie. Specialmente negli ultimi tempi, divorato com'era dall'ansia di conquistare nuovi privilegi, considerava normali gesti, sguardi e abitudini che in altre circostanze lo avrebbero come minimo impensierito e che adesso invece liquidava come stranezze femminili.

Gli affari, se non altro, andavano a gonfie vele e la sua nuova attività di armatore lo faceva sentire più importante: a breve si sarebbe imbarcato per conoscere da vicino i luoghi descritti con tanto entusiasmo da clienti e marinai. Non erano in molti a poter vantare la sua ricchezza e le sue conoscenze. A Pozzuoli, ultimamente, era stato presentato al comandante della flotta di Miseno, Plinio Secondo, il celebre studioso amico di Vespasiano e di suo figlio Tito che stava completando una *Storia naturale* in svariati volumi – tutti ne parlavano già. Si erano salutati con la promessa di rivedersi, ma Quinto sapeva che difficilmente il maturo ammiraglio si sarebbe recato a Pompei. Tuttavia, era soddisfatto dell'incontro. Attraverso Plinio Secondo avrebbe ricevuto qualche informazione in più sulle pietre e le piante rare delle Province in cui intendeva espandere i suoi commerci.

Fatiche, amori, invidie, furbizie, raccolta del letame, chiasso: tutto come l'estate precedente, e come quella di quindici anni prima.

Nella casa di fronte a quella dei Poppei, Melissa e Lucio alternavano brevi periodi di armonia ad altri, più lunghi, di litigi. La causa delle vivaci discussioni era la stessa di sempre: il padrone di casa non si interessava abbastanza della moglie. In verità le giornate di Lucio erano una continua corsa tra appuntamenti politici, spostamenti in campagna per sorvegliare la tenuta agricola, inviti da onorare, manifestazioni di passione richieste da Melissa, il figlio da seguire. Intorno agli occhi aveva dei cerchi neri che persino un cieco avrebbe notato, ma sua moglie sembrava non farci caso.

Non era più riuscita a smaltire del tutto il peso messo su durante la gravidanza, e anziché camminare e diminuire la quantità di cibo – come le aveva raccomandato il medico Terenzio – mangiava in continuazione, affidando a un trucco vistoso e a complicate pettinature il miglioramento del suo aspetto.

Il diadema posticcio così di moda – non più la solita coroncina sulla fronte o le bande ondulate che scendevano sul collo, ma un vero diadema di capelli che si ergeva sulla fronte, una specie di cresta che pesava e doleva – appesantiva il viso di Melissa facendola apparire più vecchia della sua età. E siccome lei se ne rendeva conto, scaricava la propria frustrazione sul marito, con rimproveri continui e fuori luogo. Le amiche cercavano di rassicurarla sulla sua avvenenza, ma notavano che era diventata brusca, ombrosa.

Lucio non sapeva come comportarsi. Se le faceva un complimento, lei lo accusava di mentire; se non le diceva niente, apriti cielo. Non poteva nemmeno rilassarsi con l'amico Cornelio, che da quando si era sposato sembrava interessato solo a mettere incinta la moglie. L'ultima volta che gli aveva scritto, aveva annunciato tutto felice che erano in attesa del secondo figlio. Beati loro, pensava Lucio – anche a lui sarebbe piaciuta una prole numerosa. Non gli era di conforto neanche la vista di Flavia, chiusa in casa come una chiocciola. C'era solo da sperare che le rendite migliorassero e cercava allo scopo qualche originale via d'uscita.

L'atmosfera era tesa anche dai Polibii. Da quando Trebonia si era sposata, sentivano moltissimo la sua mancanza. Il figlio maggiore si era trasferito in casa del padre in attesa che terminassero i lavori nella sua, rimasta senz'acqua, ma nonostante il vecchio pozzo fosse stato rimesso in funzione né lui né la moglie accennavano ad andarsene. Giulio era diventato intrattabile. Alzava la voce per un nonnulla, inveiva contro gli schiavi al minimo errore, rispondeva a malapena se durante i pasti qualcuno gli rivolgeva la parola. Voleva bene al figlio, ma la nuora non gli era mai stata simpatica. «Non sa né di carne né di pesce» aveva sentenziato la prima volta che l'aveva vista, e da allora non era intervenuto nulla a fargli cambiare parere. Il nipotino di cinque mesi, che gli era indifferente come ogni poppante, strillava come un ossesso tutte le notti e non riusciva a strappargli neanche un sorriso. «Quando se ne vanno?» chiedeva alla moglie ogni mattina, e poiché non riceveva la risposta che avrebbe desiderato usciva di casa col solito malumore.

Serena, al contrario, era contenta: aveva qualcuno da accudire. Avrebbe desiderato andare a Roma e trattenersi dalla figlia per un po', ma il marito si rifiutava sia di affrontare viaggi lunghi sia di restare a casa senza di lei. Se al suo posto... No, alla fine andava bene così. Si sa come sono mariti, e i forni del suo andavano a meraviglia.

Giulio, afflitto per la lontananza di Trebonia, non sopportava che altri ne prendessero il posto, anche se si trattava del figlio e della sua famiglia, e anche se temporaneamente. Inoltre, i Poppei avevano rifiutato un suo invito e lui non riusciva a capire perché. Flavia, in particolare, gli era parsa bellissima e altera come una divinità. Scontroso e di malumore, si arrovellava per indovinare cosa avesse tenuto lontani i Poppei per così tanto tempo.

L'abitazione di Cecilio, il vedovo di Tullia, sembrava abbandonata a se stessa. Senza una padrona di casa che sorvegliasse e desse ordini, gli schiavi limitavano l'attività all'indispensabile e nonostante gli arredi preziosi le stanze sembravano non essere abitate da tempo. Da quando era morta la moglie, Cecilio era rimasto fuori dal giro che contava. Dopo il periodo del lutto, osservato con la massima riservatezza, aveva cercato di reinserirsi nella vita sociale. Invano: le amiche della moglie, dopo aver saputo i motivi del suicidio, avevano smesso di invitarlo ai loro ricevimenti. A Tullia in verità non pensava più nessuno, ma la presenza di quel vedovo era considerata fonte di tristi ricordi, se non di cattivo esempio.

Cecilio riteneva che esagerassero. Erano meglio di lui, Cesio o Secondo? Come se non li avesse visti, di notte, per la strada, strusciarsi con la prima che ammiccava. Contava sul successo negli affari e sulla prestanza fisica per riconquistare il consenso di cui aveva goduto in passato. Per il momento doveva accontentarsi di discutere con i clienti e di conversare per la strada o alle terme, riservando divertimenti e distrazioni ai viaggi che intraprendeva con assiduità. Iperdocle, concausa della tragedia di Tullia, non era mai stata allontanata. Anzi, era stata messa a capo degli schiavi domestici e continuava a dormire con lui.

La ragazza, a differenza del padrone, era però profondamente cambiata. La vista della donna che l'aveva cresciuta immersa nel sangue non l'aveva più abbandonata e le provocava terribili incubi. Sarebbe voluta scappare da quella casa, per non doversi più assoggettare alle voglie di Cecilio, ma la sua condizione non le consentiva scelta. Solo di recente aveva trovato conforto alle sue angosce. Grazie a una nuova amica – l'ebrea Maria, che lavorava nel locale di Asellina – e a una nuova religione, che chiamavano cristiana. Iperdocle non avrebbe mai creduto possibile rinnegare gli dèi romani, eppure era accaduto. Un errore, forse, ma la vedeva come la sua unica possibilità di salvezza.

A Pompei i fedeli del nuovo credo erano in numero esiguo e, benché non fossero facoltosi o di antico lignaggio, la loro fede li faceva sentire più ricchi di chiunque altro. Iperdocle era diventata il membro più attivo della minuscola comunità e, in grado di leggere sia il latino che il greco, si inoltrava nel mistero religioso con maggiore impegno, chiarendo agli altri – a modo suo – la parti più ambigue e difficili. Niente schiavitù, niente punizioni – perdono, sempre perdono –, era una rivolta senza sangue. Aveva sentito parlare di Spartaco, accampato con i seguaci sulla cima del Vesuvio, ma, stando a quanto dicevano questi *apostoli*, i gladiatori ribelli erano morti per niente.

Mai Iperdocle lo avrebbe rivelato a Cecilio: gli avrebbe offerto un'occasione per ulteriori violenze. Ma mentre faceva finta di accondiscendere con gioia a qualunque desiderio del padrone, sentiva che un aiuto dal cielo le sarebbe arrivato.

Brutta aria in tante altre case, al tempo di Nerone come al tempo di Vespasiano. E non per capricci femminili o per intransigenze di uomini insoddisfatti. Negli appartamenti in affitto, nelle stanze prive di luce sopra le botteghe, la vita procedeva tra tante difficoltà.

C'erano le feste religiose, i bagni alle terme, i giochi all'Anfiteatro che abbattevano – o almeno così sembrava – le barriere sociali. Ma la carriera politica e i banchetti con decine di portate erano riservati a chi aveva rendite di decine di migliaia di sesterzi; e se alla fine di una giornata di lavoro anche il venditore di sacchi poteva criticare un magistrato con familiarità, quando rientrava a casa le lucerne illuminavano le differenze: ambienti con un solo tavolo e letti di legno o di metallo scadente.

Vasai, conducenti di asini, guardiani di bagni, reggitori di lanterne, imbianchini, osti e conciatori di pelli non avevano ingressi spaziosi o giardini privati. Le uniche pitture che ornavano le loro stanze erano qualche fallo propiziatorio o scene dipinte da un artista senza pretese. L'estate, in quei cubicoli dove ci si muoveva a stento, era infernale, ma nemmeno i mesi invernali erano piacevoli: il fumo dei bracieri rendeva l'aria irrespirabile.

Eppure non c'erano moti di ribellione. In una città come Pompei, con un articolato giro di affari, la manodopera non veniva mai meno e il minimo indispensabile era comunque assicurato. E poi c'era sempre l'opportunità di scrivere i propri sfoghi sui muri e di consegnarli così alla città intera, un ottimo modo per smaltire rabbie e delusioni. Chi sapeva leggere poteva trascorrere una giornata come se srotolasse un insolito volume di pietra, divertendosi a riconoscere i concittadini che lasciavano messaggi, avvertimenti, poesie, senza firma.

C'erano state molte scommesse – e la più grossa l'aveva vinta Giulio Polibio – per individuare chi aveva scritto: A NOCERA HO VINTO AL GIOCO 855 DENARI E MEZZO, SENZA BARARE.

4

Una paura mortale

Ercolano, 72 d.C.
None di giugno

«Che odore pestifero» disse Gneo Vitruvio ai due amici che lo avevano accompagnato nell'esplorazione del Vesuvio.

«Eccome! Fa vomitare».

L'idea di arrampicarsi sino alla cima era stata di Gneo, discendente del famoso architetto Vitruvio Pollione. Rileggendo con attenzione il trattato scritto dal suo avo era stato colpito da alcuni particolari che riguardavano il Vesuvio. Nel monte sacro a Giove – era scritto – in tempi più antichi si era acceso un fuoco che, bollendo, si era riversato sulle vicine campagne. E la pietra detta 'spugna' o 'pomice pompeiana' aveva derivato dal fuoco le sue caratteristiche.

Sin da bambino Gneo diceva di voler fare l'architetto e disegnava case e ponti su qualunque materiale avesse sottomano. Ora che aveva poco più di vent'anni, trasformava in modelli di argilla i progetti firmati dal più importante costruttore di Roma. E studiava, disegnava, viaggiava, riproducendo su fogli di papiro quanto di più innovativo colpiva la sua attenzione. Gneo frequentava soprattutto Ercolano. Belle case, gente colta, nuove soluzioni edilizie che a Roma ignoravano ancora. La costa vesuviana era una fucina di arditi esperimenti. Materiali, cupole, armature leggere – grazie alle pomici, residui di antichissime e sconosciute eruzioni – che formavano volte imponenti.

Questa volta, Gneo desiderava vedere i doppi vetri applicati alle finestre delle Terme suburbane della città: avrebbe potuto proporli ai nobili proprietari degli *horti* romani più esposti al vento. Ospite abituale di una famiglia aristocratica, raccontava le sue esperienze professionali e conosceva gente interessante. Capitava pure di parlare dei terremoti che continuavano a spaventare gli abitanti, ma senza approfondirne le cause: «volontà imperscrutabile degli dèi» sostenevano i più; «assestamenti nelle profondità della terra» aggiungeva qualcun altro.

Durante l'ultimo soggiorno nella città di Ercole, Gneo riferì a cena quanto aveva appreso dal manuale del nonno. Non suscitò l'interesse che pensava; solamente Curzio, suo coetaneo e amico, lo ascoltò con molta attenzione. «I miei genitori stanno per partire» confidò poi al giovane architetto. «Se ti trattieni ancora due giorni, potremmo tentare la scalata del Vesuvio e vedere che cosa nasconde lì in cima. Il fuoco di cui parlava tuo nonno da qualche parte sarà pure uscito».

A Gneo la proposta piacque, ma era combattuto. Da solo non si sarebbe mai avventurato fin lassù, d'altro canto gli sarebbe sembrato di tradire l'ospitalità dei genitori di Curzio, all'oscuro della loro iniziativa. Ma la voglia di avventura ebbe la meglio: appena i padroni di casa si furono allontanati sulla loro carrozza, Gneo e Curzio cominciarono a organizzare la spedizione. Avevano deciso che, se tutto fosse andato bene e avessero notato qualcosa di significativo, avrebbero riferito l'impresa; in caso contrario, tutti zitti.

I fratelli più piccoli, che danno gioia, consolano, divertono, a volte possono diventare intralci. Come un mocciosetto di otto anni, viziato dai genitori, che cominciò a urlare e a minacciare di spifferare tutto se non l'avessero coinvolto. Dopo discussioni e pianti, alla fine Curzio cedette ai suoi capricci e acconsentì a portarlo con loro.

La mattina dopo partirono di buon'ora, li accompagnavano alcuni schiavi con ceste piene di cibo, coperte, torce. Una conteneva gli attrezzi per il disegno dai quali Gneo non si separava mai. Salirono a dorso di mulo fin dove fu possibile, lasciando gli schiavi a guardia degli animali e proseguendo a piedi nell'ultimo tratto. Superarono i boschi di pini e faggi, meta dei cacciatori di cervi e daini, e si inerpicarono ancora lungo un sentiero appena tracciato dove la luce del giorno filtrava appena. Poi la vegetazione si fece sempre più rada, fino a scomparire.

Il sole picchiava sulle loro teste sudate e su arbusti sparsi che parevano bruciati. Un'inquietante desolazione si profilava più in alto: nessuna traccia di piante, di orme di animali, nemmeno un filo di vento. Alla conclusione dell'arrampicata li attendeva una spianata brulla e pietrosa, con al centro una grande cavità irregolare. Il terreno aveva il colore della cenere con tracce nerastre, come se vi fosse appena passato il fuoco; dalle fenditure del terreno si sprigionavano acri zaffate di vapore.

Quel paesaggio metteva addosso una paura mortale. Le spaccature sottili nella roccia, delle quali non si scorgeva la fine, e la mancanza dell'aria pura che si sarebbero aspettati di trovare in cima alla montagna spaventarono i tre giovani al punto da lasciarli sbigottiti, senza parole. Pur sentendosi al limite delle forze, non cercarono un posto per sedersi e riposare. Gneo, ricordando il motivo per cui era arrivato fin lassù, si mise freneticamente a schizzare un disegno con un carboncino.

«Aveva ragione mio nonno» commentò, reggendo una tavola di legno con un foglio steso sopra. «Qui sotto c'è ancora fuoco. I brontolii che si sentono e questi vapori puzzolenti non promettono nulla di buono. Sarebbe importante vedere cosa succede durante un terremoto».

Curzio non aveva nessuna voglia di scoprirlo e cercò di calmare il fratellino che si era messo a piangere. Era stato mosso dalla curiosità, ma ora voleva solo allontanarsi il più in fretta possibile da quell'anticamera degli Inferi.

Vincendo la stanchezza, iniziarono subito la discesa. Non si voltarono indietro nemmeno una volta, temendo un'improvvisa fuoruscita del fuoco descritto dal nonno di Gneo. Erano a circa duecento passi dai muli e dagli schiavi quando un cucciolo di orso trotterellò verso di loro.

«Com'è carino!» esclamò il bambino, e si slanciò verso l'animale per prenderlo in braccio.

Curzio si voltò di scatto con un brutto presentimento: dietro di loro, avanzava la bestia più possente che avesse mai visto. Un inconfondibile grido animalesco riempì l'aria intorno a loro. Intuito il pericolo, il bambino non si voltò nemmeno: lasciò cadere il cucciolo e cercò di scappare.

Pochi passi veloci e una zampa pelosa lo afferrò per il collo, affondandogli gli artigli nella spalla. Subito dopo fu la volta di Gneo e di Curzio, che per giunta era scivolato sul pietrisco. L'assalto dell'orsa fu mortale. Sbatté a terra Giulio con violenza e azzannò gli altri facendo strazio dei loro arti.

Le grida e le richieste di aiuto attirarono gli schiavi, ma ciò che videro da lontano li dissuase dall'intervenire. Per un attimo, vedendo che cercava di alzarsi, pensarono che forse Gneo ce l'avrebbe fatta, ma subito dopo il giovane crollò a terra con il volto ridotto a una maschera di sangue.

Gli schiavi montarono in fretta sui muli e si allontanarono, temendo per la propria sorte. I padroni sicuramente non avrebbero creduto alla loro versione dei fatti: li avrebbero incolpati di non essere intervenuti a fermare il massacro, e persino di non essere morti al posto dei loro figli e dell'ospite. Invertirono la rotta e si diressero verso la più vicina scuola di gladiatori.

Pompei, 72 d.C.
terzo giorno prima delle Calende di luglio
sette anni prima dell'eruzione

«Lo sapete cosa mi piacerebbe fare?» chiese Elpidio ai suoi ospiti. «Vorrei salire in cima al Vesuvio. Sono sicuro che da lì si gode una vista straordinaria».

A Quinto e a Flavia non era mai venuta un'idea del genere, e rimasero interdetti. «Be', dovremmo organizzarci» rispose prontamente Quinto, «però non mi sembra un percorso adatto a una matrona. Tra l'altro, in questi giorni devo concludere certi affari prima di andare a Oplontis. Forse potremmo pensarci al ritorno».

Elpidio rimase deluso, pregustava quell'avventura da quando aveva visto la montagna la prima volta. «Capisco le tue perplessità, Quinto, e rispetto i tuoi impegni di lavoro» disse pacato. «Inoltre, per quanto riguarda Flavia hai ragione. Però non vorrei rinunciare a una simile esperienza: mi accontenterò della compagnia di un paio di schiavi».

Flavia, offesa, girò le spalle al cavaliere e si allontanò. Per calmarsi si ripeteva che in fondo avevano ancora tante giornate da trascorrere insieme, e di certo non moriva dalla voglia di riempirsi di polvere e spine, col rischio magari di scivolare su qualche pietra. Per la prima volta, però, maledisse il Vesuvio.

Pompei, 72 d.C.
Calende di luglio

Il sangue stava per imbrattare l'arena dell'Anfiteatro, orgoglio dei pompeiani. Nessuno sarebbe mancato ai tre giorni di scontri fra gladiatori: un'emozione condivisa sui cuscini delle tribune e sulle gradinate più alte, dove si accalcavano i meno abbienti.

Il programma era stato scritto in rosso e nero sui muri delle strade e sulle tombe fuori le mura, con l'annuncio di un velario per le ore più calde. C'era davvero da divertirsi e da guadagnare belle somme con le scommesse.

Fuori dall'edificio, sin dalle prime luci del mattino una nube di polvere avvolgeva i primi carri straripanti di persone. Ad attenderli c'erano già i venditori ambulanti, con i banchi sistemati in prossimità degli ingressi e sotto i grandi platani del piazzale. In pieno giorno, l'ingresso principale accolse i magistrati con il loro seguito e le persone più in vista, mentre la cavea era già piena di toghe, semplici tuniche più o meno pulite, abiti ricercati: una torta ovale divisa in fette di tanti colori.

Flavia aveva fatto il suo ingresso tra il marito ed Elpidio. Appena si fu sistemata più sopra, vicino a Valeria e a Gaia, l'altra sorella di Melissa, gli sguardi si volsero su di lei. Abbigliata di azzurro, con sandali color oro brunito legati fino al ginocchio, sfoggiava alle orecchie due pendenti di perle che esaltavano il candore della carnagione. La pettinatura seguiva nei dettagli gli ultimi canoni stabiliti a Roma: la fronte era sovrastata da cinque file di riccioli stretti – che tortura, il ferro caldo – separate alla sommità del capo da una riga da cui partivano le treccioline che si raccoglievano sulla nuca. Anche le altre matrone esibivano acconciature del genere; ma tutte, a cominciare da Valeria, impallidivano al confronto.

Gli occhi, poi, erano così brillanti che chi la guardava non poteva non accorgersi che riflettevano una gioia interiore, estranea ai giochi. Flavia si sentiva sicura, vincente. Sentiva la forza della sua bellezza e della stabilità dei suoi affetti, partecipava all'entusiasmo generale con il distacco di chi gode dentro di sé di una felicità segreta, indifferente alle cose del mondo. Sensazioni del genere fanno dimenticare contrattempi e delusioni; al cono del Vesuvio, che si stagliava contro il cielo azzurro alla sua sinistra, imponente e rigoglioso, non aveva pensato più col fastidio dei giorni precedenti.

Quando le trombe e i tamburi annunciarono l'apertura della Porta Trionfale, dalle gradinate zeppe di gente si alzarono urla e battimani: stava per cominciare la sfilata dei gladiatori, che sfoggiavano armi luccicanti, pennacchi e muscoli oliati a dovere.

«Solo l'Anfiteatro Nuovo di Roma potrà competere con questo!» esclamò Elpidio.

«Dobbiamo darci da fare, allora, prima che tutti si trasferiscano nella capitale» scherzò il medico Terenzio. «Però potremo sempre dire che in Campania si sono esibite le prime gladiatrici. Vero, Quinto?» disse voltandosi verso di lui.

Ma il suo vicino era distratto.

«Quinto! Parlo con te» insistette Terenzio toccandogli un braccio.

Quinto era mortalmente pallido. «Scusami, non ti avevo sentito. Tutta questa gente, il chiasso... stavi dicendo?»

L'aveva visto. Ancora lui! Lo aveva fissato con odio e all'improvviso era sparito in mezzo alla folla. Quinto si inumidì le labbra secche e prese a guardarsi intorno, temendo di vederselo comparire davanti da un momento all'altro. Devo parlare al più presto con Eros e farla finita una volta per tutte, concluse.

«Non è il vostro unico primato» si intromise il cavaliere sabino, per distogliere l'attenzione dal suo ospite che gli sembrava davvero stordito. «Avete gladiatori che sembrano grandi attori di teatro».

Quelli che erano seduti intorno approvarono con commenti e cenni del capo. Tutti tranne Lucio Ceio, rabbuiato dopo l'ennesima discussione con la moglie. Altro che gladiatori, rimuginava tra sé. Questi, almeno, lottando rischiano di diventare famosi... vorrei vederli nell'arena di casa mia! Ben le sta, comunque, a Melissa: è voluta venire a tutti i costi e fra poco si sentirà male alla vista del sangue.

Ad accrescere il suo disappunto contribuiva la presenza di Elpidio, che gli aveva procurato una fitta di gelosia. Infastidito nel vederlo circondato da tutte le attenzioni, decise di vendicarsi: «Toglimi una curiosità, Elpidio. Il principe Tito si diverte sempre a cimentarsi come gladiatore?» Era un pettegolezzo che gli aveva riferito Cornelio, con il quale Lucio era sicuro di creare imbarazzo: le esibizioni durante gli allenamenti dei gladiatori non erano un passatempo adatto a un erede al trono.

Il cavaliere – al quale non erano sfuggite le occhiate di Lucio in direzione di Flavia – rispose con una risata, fragorosa quanto forzata: «A me risulta che preferisca i giochi d'amore a quelli in spada e cinturone».

Dal gruppo si levarono risate e applausi, ma intanto era arrivato il momento più atteso: i gladiatori si stavano riscaldando ai bordi dell'arena. Melissa, con strati di biacca e feccia sulle guance e un abito con troppe pieghe, aveva preso posto accanto a Flavia. Pensando al sangue che di lì a poco sarebbe corso a fiumi, si era pentita amaramente di essere venuta: come Lucio aveva previsto, sentiva già la nausea salirle alla gola. Volse la testa di lato e chiuse gli occhi.

Gli scontri si svolgevano fra due coppie per volta. Coraggiosi, forti, nessuno si era inginocchiato per chiedere pietà all'avversario, e i pompeiani avevano apprezzato. Al momento di decidere la sorte di chi giaceva a terra, avevano sventolato un pezzo di stoffa. C'era tempo per morire, ci avrebbe pensato l'eroe del giorno.

Il momento atteso arrivò nel primo pomeriggio, quando l'eccitazione giunse al culmine e la partecipazione divenne ancora più intensa e tumultuosa, specialmente ai margini dell'arena, dove si respirava l'odore della polvere frammista al sangue.

« Oooh... »

Si alzarono tutti in piedi quando il famoso Celado, armato di una corta spada e con il viso coperto dall'elmo, atterrò il suo avversario. Con un piede sul petto insanguinato dello sfidante, si rivolse agli organizzatori per ricevere il consenso a finire il nemico che non si arrendeva. La folla mostrò il pollice volto all'ingiù verso chi doveva decidere. E l'editore dei giochi, a malincuore, fece il segno che tutti aspettavano. La spada di Celado entrò alla base del collo dell'avversario, accompagnata da una scrosciante acclamazione. Al vincitore fu consegnato un vassoio con sopra una montagna di monete. Poi Celado, impugnando la palma del trionfo, fece il giro dell'arena.

Tutti lo guardavano ammirati, il combattente dagli occhi di cervo. E tra le donne sugli spalti, una pensava ai baci che avrebbe posato sulle nuove cicatrici. Era Gaia, che a differenza delle sorelle Tullia e Melissa non si faceva scrupolo a tradire il marito con giovani dal fisico prestante. Aveva iniziato dopo pochi mesi di matrimonio. Il magro ed esile Clodio si era confermato il marito deludente che aveva immaginato; era solo il più ricco dei suoi pretendenti e lei voleva andarsene dalla casa paterna dove si sentiva prigioniera.

« A letto è uno strazio » si sfogava con Melissa. « Mi accarezza come fossi una bambola di stoffa, e poi è sempre sudato e appiccicaticcio... »

Non le ci era voluto molto a trovare un diversivo. Capelli neri e folti, fisico esuberante e sguardo vellutato, quando attraversava via dell'Abbondanza o andava al mercato i commenti maschili sulle sue doti naturali si sprecavano: lei, compiaciuta, lanciava sguardi e sorrisi all'uno e all'altro. Ed era discreta nel tenere nascoste certe trasgressioni. Durante i banchetti non metteva mai in imbarazzo il marito; se qualcuno aveva un sospetto, l'atteggiamento languido riservato a Clodio allontanava i pensieri malevoli.

Gaia sembrava non accontentarsi mai delle prestazioni dei suoi occasionali compagni, scelti fuori dalla cerchia degli amici. Era sempre alla ricerca di nuove emozioni, senza mai trovare l'appagamento che sentiva a portata di mano e che pure continuava a sfuggirle. Appena fu tra le braccia di Celado, capì. Quello che aveva cercato era dentro l'Anfiteatro: l'odore della pelle che aveva lottato, i segni dei colpi ricevuti, la stretta ferrea dei muscoli guizzanti. E infatti i loro incontri avvenivano in una stanzetta della Caserma, al riparo da occhi indiscreti: lì Celado conservava le sue preziose armature cesellate e non permetteva a nessuno di entrare. Gaia non avrebbe cambiato il duro lettino dei massaggi per nessun altro giaciglio di piume. Dove altro avrebbe respirato la sfida alla morte che le faceva perdere ogni controllo? Mentre si celebrava il successo del gladiatore amato, pregustava i momenti di passione che sarebbero seguiti l'indomani, quando l'ignaro Clodio si sarebbe deliziato con i combattimenti tra animali feroci.

Elpidio, incautamente, si volse a guardare Flavia. Lei, malgrado fosse in piedi e non a grande distanza, non se ne accorse. Era troppo impegnata a calmare Melissa, scoppiata in lacrime per la tensione accumulata. Giulio Polibio, poco dietro il cavaliere, colse invece lo sguardo e lo seguì. Flavia era bellissima, ma lui fu contento di non averla per moglie.

5

«Quanto ci giochiamo?»

POMPEI, 72 D.C.
CALENDE DI LUGLIO

«Su, muoviamoci».

Prima dell'ultima esibizione, Quinto invitò Elpidio ad alzarsi e fece cenno alla moglie di seguirli. Erano già d'accordo di abbandonare l'Anfiteatro prima della chiusura ufficiale per evitare la confusione dell'uscita. Arrivati a casa, Quinto chiese scusa a Flavia e all'ospite e si appartò con Eros.

Tutti in città conoscevano il procuratore dei Poppei – tanto taciturno quanto fidato, non sorrideva mai. Le donne lo trovavano attraente, per la forza che emanava e il volto dai tratti marcati, con occhi stretti e allungati che parevano quelli di un felino. Conoscendo la sua devozione a Quinto e la sua fama di uomo spietato, nessuno osava pensare a una tresca con Flavia. Ma erano tante le pompeiane che avevano immaginato, anche solo una volta, di essere strette tra le sue braccia: un desiderio condiviso, e realizzato, da schiave e prostitute che gli concedevano favori di ogni genere nella sua alcova, in una zona appartata della casa.

Il rapporto tra Eros e Quinto non era improntato alla confidenza, benché consolidato da complicità che avrebbero fatto balzare dallo scranno qualsiasi magistrato. Ognuno al suo posto, ogni attività extra compensata lautamente, mai una frase fuori luogo, mai una mancanza di rispetto. Tutto rimaneva chiuso nella stanza degli affari e nel tempo libero Eros poteva svolgere attività personali senza renderne conto. Dopo tanti anni di servizio che gli avevano valso la libertà dalla schiavitù – benché il rapporto di lavoro fosse stato mantenuto –, l'origine del suo attaccamento al padrone, ricompensato da così tanti privilegi, era rimasta sconosciuta.

Quinto si recava spesso a Capua per comprare oggetti antichi e preziosi. Proprio lì aveva conosciuto il suo futuro procuratore, in una taverna, dove aveva ammirato l'abilità con cui giocava a dadi.

Si era accorto che barava e aveva deciso di sfidarlo, un po' per divertimento e un po' per dimostrare di essere più astuto. Ma il giovane, che disse di chiamarsi Eutichios, lo sorprese: si comportò correttamente e riuscì comunque a vincergli molti sesterzi. Quinto non aveva impegni particolari, il giovane greco gli era simpatico e decise di offrirgli da bere. Gli fece molte domande e venne a sapere che era istruito, aveva viaggiato, non aveva famiglia e faceva il guardiano in un circo.

Con l'intuito che lo caratterizzava, Quinto sentì che il greco era la persona più adatta per prestare servizio in casa sua con svariate mansioni. Gli aveva appena dato appuntamento per l'indomani, davanti alla bottega di un fabbro, quando vide due figure sbucare da dietro l'angolo e avvicinarsi a Eutichios.

Si fermò, come colto da un presentimento, mentre un bagliore sotto il mantello di uno dei due dava l'avvio a un tafferuglio accompagnato da minacce incomprensibili. Quinto vide il greco mettere fuori combattimento gli avversari: sbatté a terra colpendolo alla testa quello che gli stava di fronte e schivò il pugnale dell'altro con una fulminea presa del braccio armato. Mentre il primo assalitore si alzava, Eutichios estrasse un corto pugnale da sotto la tunica e conficcò la lama nel ventre dell'uomo che stava trattenendo. Quinto, allibito – non aveva mai assistito a un omicidio –, vide l'uomo cadere per terra e rimanere immobile.

Il compagno, spaventato, entrò nel locale urlando: «Hanno ucciso mio fratello! Aiuto! Fermiamo il colpevole!»

Troppo tardi. Quando tutti si precipitarono fuori, sulla strada c'era solo il corpo senza vita della vittima.

Ogni volta che ci ripensava, Quinto non sapeva spiegarsi che cosa l'avesse spinto ad aiutare Eutichios a scappare, a dargli l'argento necessario per sfuggire alla giustizia e infine a prenderlo al proprio servizio. Era stato un rischio, qualcuno avrebbe potuto riconoscerlo. Ma più il tempo passava, più si rendeva conto di aver fatto bene a dare retta all'istinto. Dal momento in cui il greco era arrivato a Pompei – dopo aver fatto perdere le proprie tracce e cambiato nome –, Quinto si era sentito finalmente le spalle sicure.

Non sarebbe stata la prima volta che Eros gli dimostrava la propria gratitudine. Stavolta però non si trattava di pareggiare i conti con dei clienti o di punire uno sgarbo: era in ballo la tranquillità della sua famiglia, se non la sua stessa vita.

«Ho bisogno di un lavoro veloce e pulito» esordì Quinto. «Ti ricordi quel Livio che mi porta ingiustamente rancore da quando è morta la figlia?»

«Perfettamente».

«Bene. È a Pompei, l'ho visto proprio oggi, e non vorrei che facesse del male a mio figlio o a mia moglie. Lo temo perché da troppo tempo cova un odio immotivato nei miei confronti. Non so dove abiti, ma certamente è in contatto col cugino, quello che ha aperto il negozio di stoffe vicino alle mura».

«Stai tranquillo, padrone, lo scoverò.» Eros batté le palpebre. «Che cosa devo fare?»

Quinto gli spiegò che per il momento doveva solo cercare di sapere se raccontava in giro qualcosa di sconveniente sul suo conto. Non poteva permettere che qualcuno, nemmeno un pazzo, lo calunniasse – non con un ospite illustre come il cavalier Vatinio, e con una moglie e un figlio da proteggere. «Non lo voglio più tra i piedi» aggiunse poi con un sospiro che gli allargò il petto. «Se vieni a sapere di qualche brutta intenzione e cogli il momento favorevole, non correre ad avvertirmi: provvedi. Ma che nessuno, Eros, possa risalire a questa casa. Per te, poi, il compenso sarà adeguato».

Non ci fu bisogno di aggiungere altro.

A Eros non interessava sapere perché Livio odiasse il suo padrone, tantomeno se questi avesse qualcosa di terribile da nascondere. Sapeva solo che, di fronte a un pericolo reale, aveva il permesso di usare il suo coltello dal manico d'argento senza temere conseguenze. Quando l'aveva conficcato nel petto flaccido del commerciante di laterizi che faceva concorrenza a Quinto Poppeo in modo scorretto – quanto tempo era passato? –, nessuno, pur nutrendo qualche sospetto, era riuscito a trovare una prova per incastrarlo. E nessuno poteva ricollegarlo nemmeno all'uccisione di Poppeo Habitus. Eros era il migliore, e lo sapeva.

Quinto, finalmente sollevato, si diresse verso il peristilio, da dove arrivava la voce di Flavia.

Anche Lucio e Cornelio erano usciti dall'Anfiteatro. Mogli a casa, una scusa dell'ultimo momento, e loro a girovagare come ai vecchi tempi. Un forte vento si era alzato all'improvviso, sollevando foglie e polvere, ma i due non sembravano farci caso.

«Allora, hai deciso di seguirmi a Roma?»

Con una smorfia, Lucio fece capire all'amico che il momento non era dei migliori.

Per cercare di distrarlo, senza volerlo Cornelio Prisco peggiorò la situazione: «Se gli dèi mi saranno favorevoli, la mia carriera potrebbe avere la svolta che attendo da anni. Ho il sostegno del cavaliere Elpidio Vatinio».

Lucio si fermò di colpo e gli rivolse uno sguardo truce.

Cornelio non si aspettava una simile reazione e chiarì: «Sì, l'ho conosciuto ai tempi delle lotte fra i sostenitori di Vitellio e quelli di Vespasiano, quando la capitale era attraversata da bande di armati che si scontravano ovunque. Poi l'ho perso di vista. Ci siamo rincontrati dopo un pezzo, lui si ricordava di me e mi ha introdotto in ambienti legati alla famiglia del nuovo Cesare».

«Mi avevi accennato a conoscenze importanti, ma di Elpidio non mi avevi parlato. Nemmeno per lettera» protestò Lucio.

«Davvero? Pensavo di sì, ma è anche vero che quando l'ho conosciuto non potevo fare nomi». E Cornelio si chinò per dissetarsi al beccuccio di una fontana, mentre il vento spingeva l'acqua in tutte le direzioni. «In quei mesi non ci si poteva fidare dei corrieri pubblici, la posta spesso finiva in mano a spie».

«E come ti sembra questo Elpidio?»

«Un uomo capace, leale».

«Sarà» commentò Lucio con un certo disappunto. «A me non è simpatico, ma a Quinto e Flavia sì, e anche molto si direbbe».

«Sei geloso».

«Macché! Però non ti nascondo che la sua presenza mi dà

un certo fastidio. È come se a Pompei non avessero conosciuto nessun altro forestiero importante».

«Ma questa non è colpa sua, semmai dei nostri concittadini...»

«Vedessi Flavia! Le poche volte che li ho incontrati insieme, sembra che abbia accanto Adone in persona. Le luccicano gli occhi».

«Si cambia, caro Lucio. D'altro canto, potresti forse proporle qualcosa di diverso? Pompei è piena di belle donne disponibili che non creano problemi. Se cerchi una distrazione, non hai che da scegliere».

Lucio sorrise appena, con un'ombra di tristezza: «Le uniche scelte che mi sono consentite, al momento, sono decidere se estendere l'attività agricola all'allevamento di pecore e se votare pro o contro un decreto municipale. Mia moglie è come Argo dai cento occhi: mi sento osservato persino quando leggo i conti. Sapessi cosa è successo a causa di Fortunata...»

«E chi sarebbe?»

«Ma come, non te la ricordi? È la moglie del commerciante di vino, quella bruna dagli occhi di fuoco che volevi conoscere alle Terme di Porta Marina».

«Eccome se la ricordo! Quella tutta pelosa».

«Proprio lei. Devi sapere...»

Cornelio lo interruppe: «Non ce la faccio più a inghiottire polvere. Che ne dici di entrare qui e farci anche una partita a dadi?»

La *caupona* davanti a loro era invitante, nonostante il frastuono dei giocatori. Nel piccolo locale c'era molta gente, ma per clienti così ragguardevoli spuntarono subito due panche e un tavolo.

Lucio riprese il racconto: «Il mese scorso è stata organizzata una cena in casa di Fortunata. Non fossimo mai andati! Già è difficile rilassarsi con tutti quegli avvertimenti dipinti sulle pareti».

«Quali avvertimenti?»

«Sei l'unico a non saperlo, tutta Pompei ne ride. Oltre a ricordare di non sporcare le tovaglie, si invita a non posare sguardi lascivi sulle mogli degli altri e a non pronunciare frasi sconvenienti. Altrimenti, c'è scritto, 'vattene a casa'».

L'avvocato scoppiò a ridere: «Certo non dev'essere stata una cena allegra. E poi?»

«Il lettino che dividevo con Melissa era di fronte a quello dei padroni di casa e Fortunata mi ha guardato tutta la sera, ogni tanto mi strizzava l'occhio. Ho cercato di far finta di niente, ma non potevo sottrarmi alla sua vista né essere scortese. Tra l'altro, non mi dispiaceva nemmeno essere oggetto di tanto interesse...»

«E il marito geloso?»

«Intento a discutere con un collega sulla concorrenza straniera».

«Ma non mi avevi detto che il suo odore era quello di un caprone?»

«Appunto, *era*. Quella sera emanava fragranze così conturbanti...»

«Tutto qui?»

«E per Melissa non credi che fosse abbastanza? Avresti dovuto vederla. Ha tenuto il muso tutta la sera, ha salutato a stento e a casa mi ha assalito, riempiendomi di graffi».

«Ma non è possibile! Il più stimato decurione di Pompei come un cane bastonato, che non ha nemmeno assaggiato il piatto che gli veniva offerto: c'è da riunire apposta il Consiglio!»

Lucio rise insieme a lui, ma poi continuò sconsolato: «Inutile precisare che quando vedo Fortunata giro al largo. Melissa è particolarmente nervosa, e non so come fare. Sono sicuro che cambiare aria e incontrare gente diversa mi aiuterebbe. Se solo sapessi come... »

Cornelio Prisco iniziò a scuotere il bussolotto di legno con i dadi.

« Quanto ci giochiamo? »

Lucio Ceio non aveva tutti i torti.

Pompei era ai piedi di Elpidio. Le persone più in vista della città, informate della considerazione di cui il cavaliere godeva a corte, si prodigavano in visite, omaggi e inviti. Quinto lo esibiva come un'opera d'arte, vantandone le doti e la parentela con la moglie. Flavia faceva di tutto per mostrarsi indifferente e fingeva di lamentarsi con le amiche per il trambusto che la sua presenza aveva portato nella loro esistenza tranquilla.

Solo a Valeria aveva accennato qualcosa. Desiderava confidarsi, trovare un sostegno, ma non ebbe il coraggio di entrare nei particolari. Con un marito e un figlio, cosa avrebbe potuto suggerirle l'amica che lei non sapesse già?

Valeria fu contenta della dimostrazione di fiducia, ma non era soddisfatta: « Insomma, c'è qualcosa tra di voi? Se continui ad affermare da una parte e a negare dall'altra, non so che cosa consigliarti ».

« Hai ragione. Purtroppo non lo so nemmeno io. Il comportamento di Elpidio non è sempre chiaro » si giustificò Flavia.

« E va bene, non aggiungere altro se non vuoi. Sappi però che quel torace d'atleta e quei bei capelli neri hanno colpito molte matrone e molte ragazze in cerca di marito. Se ci tieni, fa' in modo di non lasciarlo troppo solo in giro. Tuo marito lo presenta a tutti e, dàgli oggi e dàgli domani, il tuo cavaliere potrebbe restare intrappolato in qualche rete d'oro ».

Flavia rimase in silenzio, il cuore stretto. «Sarà quello che è scritto nel cielo» replicò cercando di essere disinvolta. «Non posso negare di subire il fascino di Elpidio, ma la mia situazione non permette coinvolgimenti diversi».

Quando Valeria se ne fu andata, corse nella sua stanza. Tirò fuori dalla cassa vicino alla porta la piccola mano di terracotta regalo della chiromante siriana e ne invocò la protezione. Toccava i simboli in rilievo, e si tormentava chiedendosi chi potessero essere le ammiratrici di Elpidio. Passò in rassegna amiche e giovani donne, vedendo in ognuna di loro una rivale temibilissima. Forse Valeria alludeva a Clodia, con i suoi abiti scollati che attiravano gli sguardi maschili; oppure a Giulia Felice, che nel corso dell'ultimo banchetto non aveva smesso di fare domande a Elpidio. No, sicuramente doveva trattarsi di quella smorfiosa di Livia, la figlia del più ricco tintore di Pompei, che sorrideva a tutti gli uomini che incontrava socchiudendo gli occhi carichi di azzurrite.

L'elenco continuava ad allungarsi e i battiti del cuore di Flavia sembravano colpi al portone. Doveva fare qualcosa, anziché torturarsi con i sospetti; cercare di stare da sola con l'uomo che desiderava e ricevere da lui le rassicurazioni di cui aveva bisogno. Ma come?

6

Non ho mai tradito l'ospitalità

Pompei, 72 d.C.
dalle None alle Idi di luglio

L'estate, a Pompei, opprimeva uomini e case con una cappa di calore soffocante. Per chi non aveva la possibilità di spostarsi fuori città, l'unico sollievo era il vento che arrivava dal mare, anche se era soltanto un appiccicoso scirocco.

Solitamente, in luglio i Poppei si trovavano già da tempo nella residenza di Oplontis. La presenza dell'ospite aveva ritardato la partenza, ma era finalmente arrivato il momento di fare i bagagli. Quinto, di fronte alla possibilità di ospitare Elpidio in una delle più belle residenze della costa, non parlava più del viaggio con la sua nave. Se il cavaliere fosse partito entro il mese, avrebbe fatto comunque in tempo a organizzarsi prima che terminasse il periodo migliore per la navigazione.

Stando alle informazioni raccolte da Eros, Livio aveva lasciato Pompei. Forse, sentendosi spiato e temendo per la propria vita, aveva deciso di non tormentare più l'ex padrone e se l'era svignata. Le vacanze potevano dunque iniziare tranquillamente, Elpidio avrebbe conservato un bel ricordo dell'ospitalità ricevuta e i suoi familiari non avrebbero rischiato incontri sgradevoli. Tutto andava per il meglio.

«Niente accade per caso, in ogni cosa c'è un nesso con gli avvenimenti successivi, anche se non ce ne rendiamo conto». Flavia aveva contrastato tante volte questa convinzione del marito – forse l'ennesima derivata da uno scritto di Menandro, il commediografo greco ritratto in una nicchia del loro giardino – ma gli eventi di quell'estate l'avrebbero indotta a modificare il suo punto di vista: tanti segnali avrebbero permesso di individuare un filo sottile che attraversava la trama della sua vita futura.

Dopo l'incontro fortuito con l'ammiraglio e scienziato Plinio, Quinto aveva pensato tante volte al modo migliore per ottenere le informazioni che gli sarebbero state utili e aveva concluso che, se si fosse presentato in compagnia di Elpidio, il comandante della flotta non avrebbe potuto rifiutargliele.

I numerosi impegni mondani, però, glielo avevano impedito e lui aveva deciso di soprassedere. Quando meno se lo aspettava, uno schiavo gli annunciò la visita di un trierarca al servizio dell'anziano ammiraglio.

«Fallo entrare». E Quinto si diresse verso la stanza dove riceveva i clienti, chiedendosi cosa mai potesse volere da lui.

L'uomo aveva corporatura massiccia e viso solcato da rughe profonde. Tutte le informazioni e le proposte che riferì a Quinto erano risposte precise alle domande che il padrone di casa avrebbe voluto rivolgergli. Lelio, questo era il suo nome, disse di essere sul punto di lasciare il comando di una flotta di navi leggere. Era stanco della vita sul mare: aveva conosciuto tutti i porti del Mediterraneo e istruito diversi equipaggi per le battaglie navali nel bacino di Trastevere, a Roma. Adesso si apprestava a congedarsi con un lauto stipendio.

«L'unico figlio che mi è rimasto, Vedio» raccontò, «presta servizio da tre anni nella Legione stanziata in Hispania. Il mio comandante, che ha una memoria prodigiosa, si è ricordato che gli hai parlato di un imminente viaggio di lavoro nei porti gallici e ispanici e mi ha mandato qui, a suo nome, a chiederti di poterti accompagnare. Saprò disobbligarmi con entrambi: tu potresti utilizzarmi come responsabile dei marinai e, una volta lì, io potrei recuperare le informazioni e i materiali che interessano all'ammiraglio. Sono ricerche che si possono fare solo in questo periodo e, se non hai cambiato la data del viaggio, sono pronto a partire».

Quinto rimase interdetto. Questo cambiava tutti i suoi piani. Si rendeva conto che, se alle scoperte voleva unire gli affari, sarebbe dovuto rimanere assente a lungo: l'idea lo attraeva, allo stesso tempo non voleva rovinare il programma stabilito con Flavia e l'ospite.

Di fronte al silenzio dell'interlocutore, il trierarca precisò: «Mi fermerò alla locanda vicino alla Porta di Ercolano finché non mi manderai a chiamare».

Sollevato dalla possibilità di rimandare la risposta, Quinto lo congedò e si chiuse nel tablino. Doveva decidere in fretta e trovare una spiegazione plausibile per la famiglia. L'opportunità di accompagnare l'ufficiale di Plinio alla ricerca di qualcosa di straordinario era davvero unica: se lo scienziato aveva deciso di affidare l'incarico a un trierarca di provata fedeltà, la missione doveva essere importante. Ripensando a quanto si erano detti, ebbe la sensazione che la visita al figlio fosse una bugia. Chissà quante navi militari remavano in quella direzione, non erano certo le occasioni di imbarco che gli mancavano. Ma come mai Plinio si fidava di lui, che conosceva appena? E perché Lelio gli aveva confidato il secondo motivo del viaggio?

Dopo averci riflettuto, Quinto arrivò alla conclusione che ufficiali ed equipaggio di una nave di pattuglia avrebbero fatto chissà quante domande e si sarebbero insospettiti sul tipo di oggetti imbarcati, mentre a lui, che faceva una cortesia, si poteva anche rispondere con vaghe spiegazioni confidando nella stima che nutriva per l'ammiraglio.

Sì, le ragioni dovevano essere proprio queste, ma lui non sarebbe stato così sprovveduto: avrebbe anticipato il viaggio e accolto a bordo il trierarca solo se avesse potuto partecipare alla ricerca. A ricevere le spiegazioni da Plinio ci avrebbe pensato in seguito.

Dopo una notte insonne, e senza dire niente alla moglie, decise di avviare subito i preparativi. Uscì presto in compagnia di Eros per incontrare il trierarca e dargli l'incarico di recarsi a Pozzuoli. Anche se l'equipaggio che aveva scelto col suo procuratore era esperto e affidabile, il controllo di Lelio lo avrebbe rassicurato ulteriormente.

Tornato a casa dopo diverse ore, Quinto si mostrò preoccupato, ma Flavia, intenta a scegliere con Klea gli ultimi abiti da portare a Oplontis, non vi fece caso. Né gli chiese dove fosse stato.

A cena, mentre si succedevano le portate, Quinto cominciò a parlare della sua nave e delle opportunità eccezionali che quando si presentano devono essere colte al volo; argomenti vaghi, che in un primo momento non insospettirono né la moglie né, tantomeno, Elpidio. Anzi, la conversazione era piacevole e allegra perché il cavaliere e la sua amante pregustavano le giornate, libere da impegni ufficiali, che erano in procinto di trascorrere nella villa vicino al mare.

A un certo punto, mentre spargevano il sale sulle uova, Quinto li informò della decisione presa. Ma lo fece con un tale giro di parole da lasciarli interdetti.

«Cosa vuoi dire?» gli chiese Flavia, sbiancando in volto.

Conosceva suo marito ormai abbastanza da rendersi conto che tutto quel parlare celava qualcosa di poco piacevole. Quinto, come se annunciasse una bella notizia, entrò nei dettagli e, di fronte all'improvviso mutismo dei commensali, giustificò la decisione di anticipare la partenza con importanti affari, improrogabili, che avrebbe dovuto svolgere anche per conto dell'ammiraglio Plinio. Naturalmente si scusò con l'ospite, insistendo affinché si trattenesse per tutto il tempo che avesse voluto.

Flavia lo fulminò con lo sguardo. Come poteva rovinarle i giorni che aveva aspettato con il cuore in gola per la felicità? E come poteva, un uomo intelligente come lui, non capire che era impensabile proporre a Elpidio di rimanere in casa loro anche in sua assenza?

Elpidio deglutì a fatica e si schiarì rumorosamente la voce: «Non avrei potuto, in ogni caso, trattenermi a lungo. L'imperatore sta per compiere una visita ufficiale a Rieti in compagnia dei figli e potete immaginare a quante cose si debba provvedere. Dal momento che devi partire, Quinto, anticiperò anch'io il ritorno e così potrò svolgere le mie incombenze con maggiore calma».

Flavia tratteneva il respiro. Fissava ora Elpidio, ora il marito, senza sapere che cosa dire. Avrebbe voluto strangolare Quinto, ma si sforzò di mostrarsi dispiaciuta per la sua partenza anticipata e si unì a lui nel tentativo di trattenere l'ospite. Questi, nascondendo a fatica il disappunto, continuava a rifiutare, ma Quinto non voleva darsi per vinto. Insistette finché si arrivò a un compromesso. Elpidio sarebbe stato in loro compagnia nella villa solo due o tre giorni, poi i due uomini sarebbero partiti, percorrendo insieme il tratto di strada fino a Pozzuoli.

Il cavaliere non aveva in realtà alcuna fretta di andarsene. Gli impegni di cui aveva parlato erano veri e dunque avrebbe dovuto raggiungere Rieti a tappe forzate, ma la gioia di restare qualche altro giorno con Flavia superava di gran lunga qualsiasi disagio. Era sicuro che nel giardino tanto decantato avrebbero avuto maggiori opportunità di stare da soli, amarsi, fare qualche progetto per il futuro. Invece, con così poco tempo a disposizione e Quinto – c'era da giurarci – sempre alle costole, non avrebbero nemmeno potuto sfiorarsi.

Elpidio amava Flavia, la desiderava ardentemente, e aveva ignorato le moine delle seducenti pompeiane. La proposta di trattenersi con lei in assenza del marito era comunque inaccettabile: le maldicenze le avrebbero rovinato la reputazione.

Flavia diede la buonanotte al marito con un filo di voce e si accomiatò dall'ospite con gli occhi velati di lacrime. Si chiuse in camera e fece finta di dormire. Dopo aver capovolto quattro volte la clessidra, si alzò e fece cenno di entrare a Klea, che in quei giorni dormiva davanti alla sua porta: quando c'erano ospiti maschili in casa, le convenienze pretendevano questa vigilanza. Senza dirle una parola le consegnò un messaggio per Elpidio, facendole cenno di stare attenta. La schiava si avviò a piedi nudi, cercando di controllare la sua ansia. Se Quinto l'avesse scoperta non avrebbe perdonato la moglie né il cavaliere; ma agli schiavi era riservata la fine più atroce.

Il tragitto era breve, eppure le parve lunghissimo. Appena le giunse alle orecchie il sonoro russare del padrone di casa si tranquillizzò; da Eros e Rufina non c'era da temere: uno era ritornato a Pozzuoli e l'altra, a quell'ora, dormiva nella sua camera al piano di sopra.

La luna piena, alta nel cielo, rischiarava il giardino. Klea uscì nel porticato e lo percorse rasente i muri finché arrivò alla stanza di Elpidio. Era un'alcova molto elegante, con pitture raffinate, che in casa chiamavano 'la Verde' dal colore dominante alle pareti. La porta era socchiusa e la lucerna ancora accesa. La schiava non ebbe nemmeno il tempo di bussare; il cavaliere, come se l'aspettasse, la fece subito entrare.

Si sistemò vicino alla luce e lesse d'un fiato le parole di Flavia: *Sono triste e amareggiata. Non so cosa potrà accadere a Oplontis, ma sono decisa ad abbandonare ogni cautela. Se non potremo stare insieme da soli, dirò tutto a Quinto e verrò via con te.*

Elpidio, turbato, rilesse più volte il messaggio mentre Klea, in piedi, aspettava una risposta. No, si disse. Per quanto amasse Flavia, era impensabile. La sua posizione a corte, il disonore che avrebbe macchiato l'intera famiglia dei Poppei, la stessa fiducia di Quinto glielo impedivano. E come non pensare al piccolo Claudio? La madre gli era legatissima e di certo non avrebbe potuto tenerlo con sé: una rinuncia che avrebbe sicuramente minato la solidità del loro rapporto. Flavia era sposata, dovevano farsene una ragione; anche l'imperatore Vespasiano, quando ne avevano parlato, aveva mostrato il suo disappunto.

Afferrò uno stilo e vergò in fretta: *Non ho mai tradito l'ospitalità, non fuggo con la moglie di un altro, non posso portarti a Roma come un'amante a pagamento. Pensa a tuo figlio e accetta, come me, quello che possiamo prendere. Col tempo, sono sicuro che le cose si sistemeranno. Ricordati sempre che per me sei la persona più importante.*

Klea prese il messaggio dalle mani di Elpidio e si accinse a tornare dalla padrona. Era quasi arrivata quando vide Quinto davanti alla porta aperta della sua stanza: immobile, si guardava intorno. Probabilmente nemmeno lui riusciva a dormire e voleva solo prendere un po' d'aria, ma Klea ebbe paura. Si appiattì contro il muro del peristilio trattenendo il respiro.

Apollo aiutami tu, pregò col cuore in gola, rivolta alla statua del giovane dio dalla chioma riccioluta di fronte a lei. E in effetti il marmo bianco sembrava attirare su di sé il chiarore della luna, rendendo più buio il porticato.

All'improvviso Quinto allungò le braccia sopra la nuca e fece un sonoro sbadiglio; si grattò la testa e rientrò in camera. La via era libera, e Klea si precipitò dalla sua padrona.

La risposta di Elpidio deluse Flavia, in attesa spasmodica. La rilesse un'infinità di volte, temendo che quelle frasi stringate celassero un ripensamento. Ma cos'altro avrebbe potuto risponderle? Era lei, il problema: sposata a chi aveva aperto a Elpidio le porte della sua casa, colui che per di più aveva salvato, a Rieti, l'onore dei Vatinii.

L'indomani, alla partenza, Flavia accusò un improvviso malessere, per evitare di tradirsi anche solo con lo sguardo. Il volto coperto da un velo, si addormentò sulla spalla del marito.

Elpidio era stato nella villa imperiale di Baia e in altre dimore aristocratiche sui colli di Roma, ma la casa di Oplontis dei Poppei gli parve magnifica. Ogni stanza, anche la più piccola, era caratterizzata da dipinti originali – pavoni, scene teatrali, una torta golosa. Una villa del genere avrebbe impressionato finanche Vespasiano e la sua corte: terme private, angoli per il riposo studiati in modo da lasciar vagare lo sguardo nel verde e nei fiori, senza parlare della grandiosa piscina e dei viali. Mentre la girava insieme a Quinto e all'ospite, Flavia ripensò a quando era arrivata a Pompei otto anni prima, e a quanto aveva odiato il marito che le descriveva senza pietà tutti i particolari della sua casa. Ora aveva motivi diversi per serbargli rancore, ma di fronte all'espressione estasiata di Elpidio si sentì orgogliosa della villa. Aveva deciso personalmente la disposizione delle statue lungo il viale principale e non mancò di far notare che il busto in marmo del figlio Claudio, su un pilastrino grigio, era stato una sua iniziativa.

Superata la crisi di due notti prima, Flavia aveva accettato le ragioni del cavaliere; la suggestione della bellezza che la circondava non poteva però non renderle penosa una convivenza senza intimità. C'erano mille posti incantevoli per incontri d'amore o anche solo per conversazioni private, ma la presenza di Quinto trasformava qualsiasi luogo di delizie in un carcere.

Soltanto la sera prima che Elpidio partisse si creò un'occasione propizia al riparo da sguardi indiscreti. Quando entrambi si erano rassegnati a scambiarsi soltanto un abbraccio di saluto, un incidente capitato a Floro, lo schiavo addetto alla manutenzione delle siepi, mise in subbuglio tutta la villa.

Floro era abilissimo nel tagliare rami e fiori in modo da creare motivi geometrici perfetti. Quinto lo considerava prezioso come una delle sue coppe d'argento e sapeva di essere invidiato anche per quelle abilissime mani. Stava per calare la sera, i servi erano intenti ad accendere le lucerne, quando dal giardino interno arrivò un grido: l'esperto di forbici e seghe si era tranciato un dito. Un incidente che sconvolse tutti, dovuto non si sapeva se a un capogiro o alla fretta di terminare il lavoro prima della cena.

Lo schiavo era a terra urlante e dolorante, l'indice della mano sinistra – « per fortuna » commentò Quinto – a terra, tavolini e cuscini schizzati di sangue. Bisognava trovare un medico alla svelta e procurare un anestetico.

Quinto cominciò a impartire ordini agli schiavi, quindi si diresse nella stanzetta che il povero Floro divideva con la moglie: in attesa del medico dal borgo vicino, il padrone di casa era l'unico in grado di affrontare un'emergenza sanitaria.

Flavia mise in bocca una pastiglia per profumare l'alito, scambiò uno sguardo eloquente con il cavaliere e si avviò lungo il viale semibuio mostrandosi sconvolta per l'accaduto. Elpidio la seguì, con parole di circostanza e un recipiente d'acqua afferrato al volo. In quei pochi passi, che le apparvero come un tragitto di luce verso la libertà, a Flavia venne in mente una strana coincidenza: doveva alla morte di Fircellio Vatinio l'amore di Elpidio, e a un'altra disgrazia, per quanto meno grave, quegli istanti rubati di intimità. Possibile che i momenti per lei più felici dovessero legarsi a sofferenze altrui?

Non ebbe molto tempo per rifletterci su. Elpidio, appena si accorse che un'enorme acacia li nascondeva alla vista, prese Flavia per un braccio e la attirò a sé. Finalmente, poteva stringerla e sentirla di nuovo sua. Non ci fu bisogno di preliminari: com'era successo la prima volta nella grotta della campagna reatina. In pochi attimi il cavaliere le fu dentro e la spingeva contro la corteccia ruvida. Avrebbero voluto godere ancora, restare abbracciati tutta la notte, ma la paura di essere scoperti li indusse a staccarsi.

Fecero ritorno verso casa, ancora ansimanti e cercando di rimettersi in ordine. Flavia aveva perso il fermaglio con cui teneva raccolti i capelli, le bruciava la schiena e temeva che il suo aspetto sarebbe apparso ben diverso da quello impeccabile di poco prima. Per fortuna, nessuno le prestò particolare attenzione: Quinto era ancora alle prese con la mano di Floro e fuori dalla villa c'erano solo alcuni servi che stavano commentando l'incidente. Flavia, silenziosa e veloce, si infilò nelle sue stanze.

Tante volte lei ed Elpidio avrebbero inseguito con nostalgia quei pochi attimi rubati che – nel viavai delle strade, sui triclini in compagnia di altri, dentro i templi – si sarebbero allungati, riempiti di particolari come ogni ricordo troppo bello e fugace.

Flavia stava per compiere ventidue anni.

7

Almeno duemila anfore di vino

POMPEI-POZZUOLI, 72 D.C.
TRA LE IDI DI LUGLIO E LE CALENDE DI AGOSTO

La nave di Quinto era tra le più grandi ormeggiate nel porto di Pozzuoli. Provvista di robuste vele di lino, a poppa aveva una cabina per il comandante ed eventuali passeggeri. Nella stiva a diversi ripiani, oltre alle merci che erano richieste di volta in volta potevano entrare almeno duemila anfore di vino. Il suo proprietario ne andava fiero e pregustava il momento in cui vi avrebbe fatto salire il figlio. Fra non molto, pensava con gioia.

Il porto continuava a essere uno snodo fondamentale per i rapporti commerciali con il Mediterraneo: sulle banchine l'attività era frenetica. Decine e decine di imbarcazioni da pesca e da traino, marinai che parlavano in tutte le lingue, merci che venivano scaricate e imbarcate sulle navi onerarie, animali che uscivano dalle aperture nei fianchi degli scafi da trasporto, armatori, commercianti, curiosi, gente che offriva manodopera: l'attività mercantile dell'Impero si manifestava in tutta la sua chiassosa prosperità.

Sotto l'occhio vigile degli ispettori portuali, le operazioni di carico erano interminabili: verifica del peso delle merci solide, controllo dei trasportatori, conteggio delle anfore. Quinto si fidava fino a un certo punto. Sapeva di quanti imbrogli erano capaci i facchini, e ispezionava ogni cosa personalmente come se dovesse sovrintendere alla nave dell'imperatore. Ormai lo conoscevano tutti, dagli amministratori ai lavoranti più umili. Non ammetteva ritardi o errori e costringeva i bravissimi sommozzatori puteolani a immergersi un'infinità di volte per controllare l'integrità del rivestimento in catrame dello scafo. In attesa della partenza, aveva deciso di stare a Pozzuoli. L'unico albergo era sporco e malfamato, ma non ci badava; passava tutta la giornata al porto e gli era sufficiente un materasso, la sera, per dormire.

Lelio, che aveva dimestichezza con i militari del posto e gli addetti all'annona, cercò di abbreviare le operazioni preliminari. Si rese conto che purtroppo, per quanto volesse facilitare le cose, il rapporto con il ricco pompeiano sarebbe stato assai più faticoso di un pattugliamento della Sardegna.

Quinto, pieno di entusiasmo, non si rendeva conto del fastidio che procurava; anzi, il trambusto del porto aumentava il suo stato di eccitazione. Attraverso l'impegno, la forza di volontà, la spregiudicatezza aveva raggiunto tante mete che si era prefisso; e poi c'erano i doni ricevuti direttamente dall'Olimpo: il conto, a quasi cinquant'anni, gli tornava. Flavia, Claudio, la casa, i terreni ben coltivati, la fabbrica di anfore... mancava solo la Grande avventura. Che adesso stava finalmente per cominciare.

Eccolo, l'assassino. Com'è felice, vicino alla sua nave! Per poco, ormai.

Ho messo da parte tanti di quei denari che posso ottenere informazioni, corrompere equipaggi... Potrei persino assoldare un sicario.

Ma non mi interessa pagare qualcuno, voglio ucciderlo con le mie mani. Tanti dolori e sacrifici non saranno stati vani. Mutia deve riposare in pace.

Lui non sospetta, non deve sospettare. Mi bastava che sapesse, di tanto in tanto, che volevo tornare, mi bastava tenerlo sulla corda. In attesa del momento opportuno, volevo che il dubbio lo rodesse. A Pompei non sarebbe stato facile agire, non con un uomo del suo ceto, ma fuori, in mare aperto, in terre lontane...

La notte dopo la partenza del marito, Flavia fece un sogno spaventoso: Quinto la invocava disperato, onde altissime si schiantavano sulla nave per poi richiudersi sulla sua testa.

Appena sveglia, si alzò di scatto e prese in mano lo specchio. Gli occhi erano pesti, cerchiati di scuro. Flavia temeva le onde, mentre la terra e le montagne dov'era cresciuta le infondevano sicurezza. Aveva sentito raccontare di terribili naufragi e il mare era per lei una forza della natura sfuggente, mutevole, incontrollabile, capace di distruggere all'improvviso. Il dio col tridente era l'unico a incuterle un sacro terrore.

Quinto non c'entra, disse a se stessa, è solo la paura del mare; quel guastafeste tornerà sano e salvo... purtroppo! E sbatté sul tavolino del trucco il bellissimo specchio d'argento, decorato con un volto sbalzato di profilo.

Decise di tornare a Pompei almeno per qualche giorno. Le dispiaceva per Claudio, ma non riusciva a restare nella villa dove aveva assaporato gli unici momenti di intimità durante la permanenza di Elpidio. Inoltre, cambiando il programma stabilito per lei dal marito le sembrava quasi di sfidarlo e così di sfogare la rabbia che sentiva in corpo.

In città non c'era nessuna delle sue amiche e Flavia quasi si pentì del rientro anticipato. Tuttavia, in fondo era convinta di aver fatto la cosa giusta; non intravide presagi infausti nemmeno quando si frantumò una coppa di vetro senza che nessuno l'avesse toccata.

Non si dava pace per l'improvvisa partenza dei due uomini, una causa dell'altra. Si sentiva come chi, dopo aver sofferto per molto tempo la sete, riesce ad assaporare solo qualche goccia d'acqua pur avendo la brocca a portata di mano. Aveva atteso un anno per rivedere Elpidio Vatinio, struggendosi di nostalgia: ma in tanti giorni erano riusciti a strappare soltanto pochi brandelli di felicità. I baci furtivi in qualche angolo della casa, i contatti fugaci sui lettini durante le cene, gli sguardi erano serviti solo ad acuire un desiderio che poi era stato consumato in un battito di ciglia.

Flavia, sola con Claudio e i domestici nella grande casa, era annoiata e insieme furiosa. Sentiva crescere nei confronti di Quinto un risentimento come ai primi tempi del loro matrimonio, anche se si rendeva conto che il marito era soltanto in parte responsabile dell'accaduto. Dipendeva tutto dal Fato, che a Rieti aveva deciso di mostrarle il suo volto propizio, mentre in Campania le aveva girato improvvisamente le spalle.

Hispania, 72 d.C.
agosto

Massalia, prima tappa.

Il vento era favorevole e andò tutto secondo le previsioni più rosee: approdo, sosta, scarico delle merci, riscossione del denaro pattuito.

Emporiae, seconda tappa.

Anche il porto di Emporiae, con il lungo molo d'ormeggio, accolse la nave di Quinto nel traffico consueto, dopo una navigazione tranquilla. Sulla costa iberica, l'atmosfera era molto diversa rispetto alla costa gallica. Bastava ascoltare la gente del luogo, la cui lingua era un misto impronunciabile, di parole latine, greche e indigene.

Effettuate le consuete operazioni, Quinto e Lelio si diressero in città, a una certa distanza dal porto, per cercare una locanda. Emporiae non era più il ricco centro commerciale di un tempo, ma per chi seguiva la rotta verso Occidente restava – una volta superata la costa gallica – il primo approdo favorevole in ogni stagione.

Un'altra tappa, Carthago Nova, e finalmente Gades, dove Quinto e Lelio avrebbero lasciato la nave per iniziare il viaggio all'interno. Se tutto fosse andato liscio, si sarebbero trattenuti sicuramente fino all'estate seguente; ma c'era anche la possibilità di dover protrarre la permanenza, e quindi di essere costretti ad aspettare che tornasse la buona stagione. Flavia non avrebbe gradito, ma, pensava Quinto, avrebbe sicuramente compreso l'importanza della ricerca.

Durante il viaggio fino a Emporiae aveva avuto poco tempo per pensare agli ultimi avvenimenti della sua vita. Aveva un equipaggio ben addestrato, governato da un uomo di grande esperienza come Lelio, ma era tale la sua esaltazione per quella che dentro di sé continuava a chiamare la Grande avventura che voleva rendersi conto di tutto e non si fermava un momento.

La sera, stanchissimo, gli bastava stendersi sullo scomodo lettino che occupava la maggior parte della cabina per sprofondare nel sonno. Sognava molto, e i sogni erano intensi, confusi: sognava la moglie, il figlio, Elpidio, Eros... Era come se la lontananza avesse sfumato e mescolato tutto – solo la figura di Livio appariva netta, reale, ed era sempre avvertita con un senso di pericolo imminente.

Al risveglio si ripeteva che i sogni non sono veritieri, eppure avrebbe preferito che il suo sonno non fosse popolato né da familiari né da nemici. Il vero riposo avrebbe richiesto un buio totale, come il mare di notte, senza nemmeno il chiarore riflesso degli astri.

Affidava a lunghi scritti indirizzati a Flavia le sue esperienze di viaggio, ma non si addentrava mai nei particolari dei veri motivi che l'avevano spinto ad anticipare la partenza. Le risposte sarebbero arrivate dopo chissà quanto tempo, era impossibile prevedere la durata del viaggio postale. Nemmeno i ragguagli di Eros erano sicuri di raggiungere Quinto Poppeo con tempestività.

Le maggiori incertezze riguardavano però Lelio. Durante la navigazione non era apparso interessato a niente di particolare, non chiedeva informazioni, non consultava mappe. Quinto ebbe persino il sospetto che la storia dei materiali prodigiosi, raccontata all'inizio, fosse stata inventata di sana pianta. Continuava a pungolare il trierarca con domande generiche, per non mostrarsi troppo interessato, ma i giorni passavano e lui non ne veniva a capo. Fu solo quando attraccarono nel porto di Gades che Lelio annunciò: «Finalmente posso dedicarmi allo scopo di questo viaggio. Vedrai, Quinto Poppeo, quante cose straordinarie nasconde questa terra».

Quinto non stava nella pelle. In attesa che terminassero di scaricare la merce andarono alla ricerca di un locale per mangiare qualcosa, ma non riuscirono a trovare un buco libero. Una folla di marinai, mercanti e passeggeri aveva occupato osterie e baracche improvvisate.

«Se l'Hispania è tutta così» disse Quinto, «c'è poco da stare allegri».

Poi furono avvicinati da un venditore di focacce – diverse da quelle di Pompei ma dall'aspetto invitante – e si accaparrarono le ultime rimaste. Va già meglio, si rincuorava Quinto, e chiese al suo accompagnatore: «Pensi che sia pericoloso addentrarsi all'interno? I nostri legionari pattugliano le strade?»

Lelio si asciugò la bocca con un lembo della tunica: «Qui i soldati hanno diversi compiti. Oltre a difendere il territorio devono provvedere al servizio postale, alla costruzione di strade e ad altro ancora. I problemi più comuni sono i saccheggi ai granai e gli assalti ai convogli di rifornimento alle truppe. Questo, almeno, ha raccontato mio figlio nelle sue lettere. Lui stesso, alla guida di questi carri, è rimasto ferito anche gravemente per difendere le scorte».

«Aggressioni del genere avvengono ovunque» commentò Quinto, ostentando una sicurezza che non provava. «C'è forse una strada dell'Impero dove si viaggia senza qualche paura? Forse solo la via Appia».

Lelio mando giù l'ultimo pezzo di focaccia e si leccò le dita: «Be', non dimentichiamo, come dice l'ammiraglio Plinio, che gli abitanti di questa provincia *godono* nel combattere».

Quinto rimase interdetto. La sua smania di novità aveva subito un brutto colpo, ma ormai erano lì e dovevano rischiare. Non immaginava però quanto.

8

Per andare a contare i pozzi d'argento

ROMA, 75 D.C.
SETTEMBRE-OTTOBRE
QUATTRO ANNI PRIMA DELL'ERUZIONE

Elpidio Vatinio salì sul colle del Celio costeggiando il tempio dedicato al divo Claudio. Era quasi buio, in giro non c'era nessuno. Aveva fatto male, pensò, a non farsi accompagnare in lettiga fino a casa; ma non aveva creduto opportuno far allungare il percorso al senatore Novio, che aveva ripetuto più volte di non sentirsi bene, e volendo oltretutto sgranchirsi le gambe dopo la lunga seduta nella Curia si era fatto lasciare vicino all'Anfiteatro Nuovo. La sua abitazione era poco distante.

All'improvviso fu colto da una sensazione di pericolo e affrettò il passo. Scorgeva già in cima alla strada le luci della Caserma dei vigili quando ricevette uno spintone da dietro che gli fece perdere l'equilibrio. Non fece nemmeno in tempo a chiedere aiuto, l'uomo che l'aveva aggredito gli fu subito addosso premendogli una mano sulla bocca. Aveva il viso coperto da una specie di maschera in cui si intravedevano solo gli occhi, pieni di odio. Chi voleva fargli del male?

Persone e avvenimenti gli scorrevano nella mente come un purosangue in corsa, ma non gli sovvennero né sgarbi provocati né contrasti con qualcuno in grado di provocare una simile aggressione. Intanto l'uomo, molto più alto e robusto di lui, bloccava con tutto il suo peso qualsiasi tentativo di difesa e cominciò a torcergli un braccio con una mano che pareva una tenaglia.

Il sudore, gelido per la paura, colava dalla fronte lungo il collo di Elpidio, mentre al dolore atroce al braccio si aggiungeva un senso di soffocamento crescente. Impossibile scrollarsi di dosso quel gigante. La mente, ancora lucida, lavorava a pieno ritmo: era consapevole dell'avvicinarsi di una fine dolorosa e senza un motivo apparente. Lo sconosciuto che lo stava torturando non voleva estorcergli denaro, non gli aveva rinfacciato alcuna offesa... e allora perché?, continuava a chiedersi.

Finalmente l'assalitore disse qualcosa tra i denti. Elpidio cercò di capire, poi il dolore divenne lancinante, la vista gli si annebbiò e perse i sensi.

« Che sogno terribile! »

La presenza, accanto al letto, di sua madre Helvia e del medico riportarono Elpidio alla realtà. Tutto il lato destro del corpo gli doleva. Provò istintivamente ad alzare il braccio e lanciò un urlo.

« Calma ». Il medico, che curava da anni la famiglia dei Vatinii, si chinò su di lui. « Non sforzarti. Per una trentina di giorni dovrai stare immobile. Hai due fratture, una sopra il polso e l'altra alla spalla ».

« È stato acciuffato quel farabutto? Chi mi ha soccorso? » Aveva ripreso il controllo della situazione e rammentò nei particolari tutti i momenti di terrore vissuti la sera prima.

« Per nostra fortuna sono passati i vigili di ronda ». Helvia tratteneva a stento la propria agitazione. « Ti hanno riconosciuto e ti hanno portato qui. Il bandito, purtroppo, è riuscito a fuggire. È guizzato via come un pesce, hanno detto ».

Ma Elpidio già non l'ascoltava più.

Si era ricordato all'improvviso che l'aggressore aveva borbottato qualcosa: parole greche, di questo era sicuro, ma quali?

Essere costretto a letto gli consentì di ripercorrere con la mente la vicenda vissuta. Cercava di allineare lentamente in sequenza le immagini e i ricordi slegati – dieci, cento volte; quando però arrivava alla frase ascoltata, per quanto si sforzasse non riusciva a rammentarla. Eppure lì per lì gli era sembrato di capire qualcosa.

Elpidio era sicuro che la spiegazione di tutto fosse in quelle parole, ma dopo averci pensato e ripensato si arrese. Inutile accanirsi, anche perché lo sforzo di concentrazione e l'angoscia che il ricordo gli provocava sembravano peggiorare il dolore fisico.

Il medico veniva a controllare periodicamente il decorso delle fratture: a distanza di un mese dall'incidente, rinnovò la prescrizione del riposo. Elpidio, costretto in casa, riceveva amici, leggeva, dettava lettere, e fremeva per riprendere le sue attività. Era il senatore Novio che più spesso di altri andava a riferirgli l'esito delle sedute nella Curia e le novità politiche. L'imperatore Vespasiano aveva subito inviato uno dei suoi segretari fidati a chiedere notizie e a portargli uno scritto affettuoso, ma nessun altro della corte si era fatto vivo.

Il nono giorno prima delle Calende di novembre, quello stabilito per la prima uscita, dopo essersi sistemato in lettiga Elpidio si soffermò a pensare a Tito, il figlio di Vespasiano destinato alla successione, chiedendosi se... E all'improvviso, senza alcuno sforzo, esclamò: «Εἶδον... τοῦ Κρόνου ἡ ημήρα!».

Ecco la frase del suo aggressore!

Sentendolo parlare nella sua lingua, uno dei lettighieri si affacciò all'interno e chiese al padrone se avesse bisogno di qualcosa. Vedendolo con gli occhi sbarrati, che ripeteva: « Sì, sì, ha detto proprio questo! » si convinse che era meglio far finta di niente. Questi ricchi romani, concluse, non finiscono mai di stupire con le loro stravaganze. E senza attendere risposta riaccostò la cortina.

Era sicuramente un giudeo, si era persuaso intanto Elpidio, se ha fatto riferimento all'assedio di Gerusalemme in lingua greca. Il giorno di Saturno era il sabato ebraico e proprio in quella data Gerusalemme era stata rasa al suolo. Lui era lì, con Tito, e quel criminale doveva averlo visto.

Ora che la matassa andava dipanandosi, Elpidio doveva scoprire perché era stato ferito e non ucciso, a distanza di tanto tempo da quegli eventi. Era stato un avvertimento, di questo era certo. Rimaneva da capire, analizzando le vicende più recenti, cosa avesse detto o fatto in relazione alla Giudea che giustificasse la frattura di un braccio e di una spalla.

Non mise subito in relazione la principessa Berenice con quanto gli era successo; ma, a furia di lambiccarsi il cervello, gli fu chiara la gravità della sua posizione. Aveva messo il naso negli affari amorosi di Tito, il figlio maggiore di Vespasiano.

La principessa Berenice era una donna di gran fascino.

Colta, esperta di politica come di cosmetici, era entrata nel cuore di Tito molti anni prima, quando questi si trovava in Giudea al seguito del padre, incaricato di domare la rivolta degli ebrei. Era stato un colpo di fulmine. Tito, divorziato dalla seconda moglie, era subito stato conquistato dalla ricca principessa ebrea, di dieci anni maggiore e che come lui era stata sposata due volte. La relazione era continuata superando guerre, fanatismi, fedi religiose, persino la conquista di Gerusalemme e la distruzione del Tempio.

A seguito del trionfo, celebrato con il figlio, Vespasiano aveva nominato Tito prefetto del Pretorio e se l'era associato come erede nel comando dell'Impero. Fu proprio in quel periodo che Berenice mise piede a Roma per la prima volta, insieme con il fratello, il re Agrippa II. Venne accolta con grandi onori, degni del suo rango e del posto speciale che occupava nella vita del Cesare designato. Arrivata con un grande seguito, si insediò nel palazzo dove viveva Tito e, come una sovrana, riceveva ospiti illustri con grande fasto e autorevolezza. Una volta soddisfatta la curiosità iniziale, senatori, militari e persino la gente comune cominciarono però a criticare la presenza della principessa giudaica.

Proprio Elpidio Vatinio, qualche giorno prima dell'attentato, approfittando dell'intimità di cui godeva aveva parlato con Vespasiano. Non era un argomento facile, e sapeva che se il suo intervento non fosse stato accolto con orecchie benevole ne avrebbe pagato le conseguenze. Tuttavia, era così legato all'imperatore che riteneva giusto metterlo in guardia da illazioni e pettegolezzi. Molti senatori non accettavano la nomina ufficiale di Tito come erede e, per quanto il potere di Vespasiano derivasse soprattutto dai militari, la Curia continuava a mantenere il suo potere e il suo ascendente.

«Mio imperatore» esordì Elpidio, «forse sei già a conoscenza di quanto si parli nell'Urbe a proposito della permanenza della principessa Berenice accanto a tuo figlio. Per discendenza, doti fisiche, cultura, è la più degna delle donne; ma come si fa a dimenticare che rappresenta un popolo che abbiamo conquistato dopo anni di sanguinose lotte? Come si può conciliare l'idea che, da una parte, i prigionieri ebrei siano torturati o dati alle belve e, dall'altra, chi li rappresenta al più alto grado riceva gli onori di un'imperatrice romana? Non c'è persona, nelle basiliche o nei mercati, a cui non sia venuta in mente Cleopatra.

«Mi rendo conto che fra le due donne non si possono fare paragoni: tanto la regina egiziana era una simulatrice, pronta a offrire il suo letto per una biblioteca o un'isola dell'Egeo, tanto Berenice ha mostrato vero affetto e dedizione al nostro Cesare. La plebe però non si perde in sottili differenze, e nemmeno – a quanto pare – i membri dell'aristocrazia. Sapessi quanti commenti malevoli si fanno a proposito di...»

«Lo so, Elpidio» lo interruppe Vespasiano. «Ma tu sei stato l'unico a parlarmi sinceramente, e te ne sono grato. È una situazione delicata, in cui è coinvolto il mio affetto più caro. Non voglio dare un dispiacere a Tito, e allo stesso tempo non posso tollerare il prolungarsi di questa relazione ambigua. Loro si amano e confidano che, col passar del tempo, la situazione sarà accettata da tutti e festeggiata con un matrimonio. Mio figlio non tollera il minimo accenno a un possibile allontanamento della principessa. Le tue parole mi fanno però capire che non si può tergiversare: devo intervenire con maggiore fermezza».

A seguito del colloquio, Tito si era mostrato distaccato nei confronti di Elpidio. Niente di particolare, forse era il senatore reatino che, sentendosi in colpa, avvertiva una freddezza inesistente; ma non era da escludere un risentimento personale, se le sue parole erano state riferite ai due amanti.

Le pareti del potere sono di vetro, gli aveva detto un giorno l'imperatore.

Riflettendo su quelle coincidenze, Elpidio si convinse che era proprio la sua intromissione il motivo dell'agguato. Non era arrivato al punto di pensare che Tito fosse il mandante, ma quegli occhi – ne era sicuro – li aveva incrociati alla corte del re Agrippa.

Poco tempo dopo, la casa di Elpidio bruciò.

La madre era in visita da un'amica, lui si trovava al Senato. Nessuno aveva visto niente, ma due schiavi erano morti asfissiati e le pompe dei vigili, subito allertati dai vicini, avevano spento solo tizzoni anneriti dalle fiamme.

Un altro avvertimento. Forse l'ultimo.

La prossima mossa – Elpidio non aveva dubbi – sarebbe stata la sua eliminazione. Tito non poteva essere estraneo alla vicenda: era risaputo quanto fosse intransigente e crudele con chiunque mostrasse un'opposizione, anche apparente, nei confronti del padre. Cosa sarebbe stato capace di ordire di fronte a un'ingerenza nei suoi interessi privati? Probabilmente stava cercando di attirarlo dalla sua parte e non osava affrontare apertamente chi godeva del favore di Vespasiano.

Un incidente senza dubbio poteva capitare a tutti senza destare sospetti particolari, però l'incendio seguiva il suo ferimento e lasciava presagire ulteriori e più gravi pericoli. Elpidio decise di mandare sua madre a Rieti, si circondò di schiavi nerboruti e accettò l'ospitalità dell'anziano senatore Novio fino a che la sua casa fosse stata ricostruita. A ogni buon conto, non parlò dei suoi timori con l'imperatore e si tenne lontano dalla corte di Tito.

Pompei, 75 d.C.
Idi di ottobre

Messaggi rassicuranti di Quinto arrivarono a Pompei con una certa regolarità per oltre due anni, un periodo molto più lungo delle previsioni e delle promesse. Poi, dopo la lettera nella quale annunciava a Flavia il suo ritorno, più nulla. Silenzio assoluto.

Erano trascorsi molti mesi e lei era sempre più preoccupata. Più volte aveva mandato Eros a Pozzuoli per attingere notizie dai marinai provenienti dall'Hispania, ma le uniche che il procuratore le aveva portato risalivano a prima dell'estate, quando una grande imbarcazione era arrivata da Gades e il capociurma, nativo di un villaggio vicino a Pompei, aveva detto con sicurezza di aver visto la nave di Quinto Poppeo nel porto, alla fonda.

Cosa poteva essere accaduto?

Flavia si scervellava, cercando di ignorare la risposta che prendeva forma dentro di lei: Quinto era rimasto vittima di un incidente e non sarebbe tornato mai più. Allora subito si convinceva della possibilità di un disguido, di un viaggio via terra deciso lì per lì per chissà quale motivo, e ritornava fiduciosa. Oscillando fra ipotesi opposte ma tutte angoscianti, cercava di tenere la mente occupata e di non lasciar trasparire i suoi timori davanti al figlio. Non era mai stata tanto tempo lontana dal marito e all'improvviso si rendeva conto di quanto fosse importante quella presenza nella sua vita. Era abituata a chiedere consiglio a Quinto, ad affidarsi alle sue decisioni e, per quanto se la cavasse egregiamente nella gestione della casa e nell'educazione di Claudio, sentiva la sua mancanza.

Il ricordo di Elpidio, dei suoi baci appassionati, cominciava lentamente a sbiadire. E lui aveva smesso da tempo di scrivere e di informarsi su quando sarebbe tornato Quinto. Se non altro, Flavia se n'era fatta una ragione. Era un rapporto quasi impossibile, considerate le circostanze e la lontananza, e chissà lui quante ragazze belle e altolocate aveva incontrato a Roma.

Aveva saputo da Cornelio Prisco che Elpidio era stato nominato senatore, pur non avendone diritto; era stato Vespasiano a rinnovare il consiglio della Curia, estendendo gli ambiti seggi anche a tribuni e pretori provinciali. Avrebbe preferito saperlo direttamente dall'interessato, ma se il suo ex amante non le aveva comunicato una notizia così importante probabilmente significava che le loro strade si erano divise per sempre.

«Padrona, il trierarca Lelio chiede di essere ammesso alla tua presenza».

L'annuncio dello schiavo che introduceva gli ospiti distolse Flavia dalla lettura.

Si trovava nella stanza dove Quinto aveva dormito fino alla sua partenza e che ora stava trasformando in biblioteca, come il marito stesso aveva progettato. Alzò lo sguardo e fece un cenno di assenso. Non le uscì nemmeno una parola: se Lelio era solo, doveva essere accaduto qualcosa di terribile. Appena lo vide, appoggiato a due bastoni, privo di un occhio, si accasciò sulla sedia e quasi non voleva sentire quanto quelle menomazioni facevano presagire.

Il racconto del trierarca fu ricco di particolari e pieno di elogi per Quinto, ma questo non ne rendeva meno tragica la conclusione: suo marito era morto. Ucciso da malviventi durante un viaggio sulla terraferma.

Flavia era ammutolita. Ignorava i motivi che avevano spinto Quinto a quell'impresa e, ascoltandoli da Lelio, si sentì raggelare: il marito aveva lasciato lei vedova e il figlio orfano solo per il gusto di scoperte rare. Senza peraltro avergliene mai parlato, né prima di partire né dopo, per lettera. Era questo l'affetto smisurato che Quinto diceva di provare per la sua famiglia?

Mentre Lelio si dilungava a descrivere le importanti ricerche scientifiche che stavano compiendo, Flavia continuava a chiedersi come fosse possibile morire per andare a contare i pozzi d'argento usati da Annibale Barca o per rintracciare delle pietre 'che celano figure di palma'. E come aveva potuto, Quinto, tenerla in così poca considerazione? Durante quel viaggio durato tanto a lungo, mai aveva manifestato il desiderio di renderla partecipe di progetti e scoperte; aveva solo accennato alle 'grandi sorprese' che le avrebbe mostrato al ritorno.

Incredulità, dolore, rabbia, sgomento.

Chiese se il marito aveva sofferto, quali erano state – se c'erano state – le sue ultime parole, dov'erano le sue spoglie.

Il trierarca raccontò che, mentre si accingevano a fare ritorno sulla costa, erano stati colti di sorpresa nei pressi di una strada molto transitata, in direzione di Septimanca. Si erano fermati per raccogliere le pietre indicate loro da alcuni abitanti della zona e, prima che potessero rendersene conto, erano stati aggrediti alle spalle. Lelio aveva fatto appena in tempo a voltarsi e a scorgere quattro o cinque uomini a volto coperto: la sua mano era corsa al gladio che portava sempre sul fianco quando un dolore lancinante all'occhio sinistro lo aveva fatto urlare. «Gridavo, imprecavo contro gli dèi, chiedevo misericordia, vedevo solo sangue... e intanto uno di quei furfanti mi colpisce alle gambe e ai piedi per impedirmi di fuggire. Ricordo solo questo. Devo aver perduto i sensi, perché quando mi sono svegliato ero nell'accampamento militare: c'era un medico con me, mi ha detto che non avrei più visto da un occhio e che avevo perso la sensibilità nel piede sinistro. Ho pensato che avrei preferito essere morto, e subito dopo il mio pensiero è andato a Quinto Poppeo».

Lelio si interruppe per la commozione e nascose il viso fra le grandi mani nodose. Flavia non poteva abbracciare l'anziano marinaio come fosse un parente, però era dispiaciuta anche per lui.

Il trierarca tirò su col naso, imbarazzato. «Ti chiedo scusa. Mi sembra di rivivere quei momenti terribili» riprese cercando di stare dritto nonostante la menomazione. «Ho chiesto dove fosse il mio compagno, ma il mio soccorritore sosteneva che vicino a me, quando mi aveva trovato, non c'era nessuno. Pensando a un rapimento, ho fornito ai soldati le descrizioni utili per la ricerca». L'unico occhio di Lelio guardava Flavia con compassione. «L'indomani mi furono consegnati un sacchetto di pelle vuoto, che ho riconosciuto come il portamonete di tuo marito, e una moneta d'oro antica, finita chissà dove, che aveva acquistato per farti un dono. Eccoli».

Lelio glieli porse. Era tutto quello che rimaneva di Quinto Poppeo.

«E il corpo?» chiese Flavia con un filo di voce.

«Non è stato trovato. Solo una scia di sangue che arrivava fino a un albero, dove si riconoscevano i segni degli zoccoli dei cavalli utilizzati per la fuga».

«Allora non è certo che sia morto!» Flavia si protese verso Lelio. «Forse era solo ferito ed è stato abbandonato da qualche parte».

«Purtroppo questa ipotesi è da escludere».

Lelio disse di aver pensato la stessa cosa, come del resto i soldati che avevano battuto la zona palmo a palmo, minacciando gli indigeni perché dicessero loro se avevano visto qualcosa. Ma nessuno aveva visto niente e del resto, gli avevano detto, si erano verificati diversi casi analoghi: degli scomparsi non si era saputo più nulla. «Io mi sono salvato soltanto perché mi hanno creduto morto».

«E la nave?»

«Mi ha portato a Pozzuoli. Sono arrivato l'ultimo giorno concesso alla navigazione e, appena ho finito di sbrigare le cose più urgenti, sono venuto da te. Nella stiva c'era molta merce e ho potuto pagare sia i marinai che i costi dell'ormeggio». Lelio si interruppe. «Quinto Poppeo mi aveva dato queste indicazioni, nel caso gli fosse successo qualcosa».

«E i ritrovamenti preziosi?»

«Nessuna traccia di quelli stivati nella nave; gli altri – i più rari – tuo marito li aveva con sé».

Nemmeno la soddisfazione di vederli, concluse amaramente Flavia. Escludendo un furto da parte di Lelio, decise che era meglio lasciar perdere. C'era altro a cui pensare. La nave, innanzitutto.

«Si trova nella zona orientale del porto con il resto del carico. Se nessuno lo ha rubato» precisò il trierarca.

Flavia esitava. Non sapeva come regolarsi. Quinto si era preoccupato di lasciare disposizioni per i marinai, ma non per sua moglie e suo figlio: non aveva fatto testamento né le aveva dato indicazioni in tal senso nei suoi scritti.

«Manderò al più presto il procuratore Eros per effettuare tutti i controlli e poi ti sarà comunicato il da farsi» disse con voce ferma. «Grazie per la tua lealtà e per tutto ciò che hai fatto per mio marito. Sarai sempre benvenuto in questa casa».

Quinto sarebbe stato orgoglioso della compostezza con cui la giovane moglie aveva ricevuto quelle terribili notizie. Ma dopo che il trierarca se ne fu andato, quando Flavia cominciò a realizzare l'accaduto, un dolore sordo e lacerante si impadronì di lei. Non è vero, non è possibile, si ripeteva fra le lacrime. Si sentiva senza forze, svuotata, e intanto si chiedeva quando e con quali parole annunciare la notizia a Claudio. Singhiozzava come non le succedeva da anni, forse proprio da quando aveva saputo di dovere sposare Quinto. Quante cose erano cambiate da allora! Lei, soprattutto. Più forte, ricca di esperienza, pronta a fronteggiare qualsiasi situazione, ma in verità – si rendeva conto – del tutto impreparata alla nuova realtà che le si profilava davanti.

Di fronte alla morte, imprevista e temuta, ecco che si ribaltavano valori, si dimenticavano torti, si esasperavano sentimenti. L'uomo sgraziato, vissuto per tanto tempo come un nemico e a volte come un ostacolo alla sua felicità, tradito con il corpo e il pensiero, subìto nel talamo, non c'era più. Era giunto il momento, vagheggiato come un sogno impossibile, della totale libertà. Bella, giovane, ricchissima, Flavia aveva il mondo in mano. E invece, per la prima volta, si sentì davvero persa: solo adesso che Quinto era scomparso si era resa conto di quanto fosse attaccata a lui.

Non era amore, non come lo aveva intravisto con Lucio e vissuto con Elpidio; ma durante la lunga assenza di Quinto aveva scoperto dentro di sé un'imprevista tenerezza nei suoi confronti. Lì per lì l'aveva sbrigativamente attribuita alla mancanza di una presenza in grado di risolvere qualsiasi problema, di procurarle gli agi che le rendevano la vita gradevole e di infonderle sicurezza. Adesso capiva che, nel tempo, erano cresciuti dentro di lei una stima e un affetto nei confronti di Quinto che non potevano essere confusi con la mera gratitudine.

Gli aveva voluto bene profondamente, e purtroppo non glielo aveva mai detto. Paradossalmente, era stata proprio la presenza solida e rassicurante di Quinto a permetterle l'infatuazione e la passione vissute con altri: se fosse rimasta delusa, ci sarebbe stato sempre Quinto a garantirle una vita comoda, tranquilla. Lui che avrebbe potuto scoprirla e ucciderla, fare scoppiare uno scandalo, allontanarla da casa senza un asse, non si era accorto di nulla (o aveva solo finto?), l'aveva ricoperta d'oro e mai l'aveva contrariata o le aveva mancato di rispetto. Flavia sentiva di non avere più scopi da raggiungere né qualcosa contro cui lottare. Dove avrebbe trovato la voglia di ricominciare? C'era l'amore per Claudio, certo, al quale avrebbe dovuto dedicare tutto il suo amore e tutte le sue attenzioni. Ma, senza un compagno accanto, il figlio le sembrava una responsabilità troppo grande. Avrebbe saputo sostenerla, da sola?

In un primo momento, Claudio si abbandonò alla disperazione. Piangeva, si aggirava per la casa chiamando il padre; aveva portato nella sua camera alcuni oggetti di Quinto, quelli che più degli altri glielo ricordavano. Poi subentrò un mutismo ostinato, nel quale Flavia non riusciva a fare breccia: aveva la sensazione che Claudio le rimproverasse di non aver seguito Quinto, di non avergli impedito quel viaggio. Forse, in ultima analisi, di non averlo amato abbastanza.

Ma Claudio stava semplicemente elaborando il dolore, componendolo secondo una sequenza infantile che lo portava ad attribuire a qualcuno la causa della sua sofferenza. Dopo nemmeno un mese ritornò più espansivo di prima tra le braccia della madre, che si ritrovò rassicurata e confermata nell'unico rapporto di cui davvero le importasse.

Dopo il sontuoso funerale celebrato alla memoria, a cui avevano partecipato amici e autorità, gli effetti personali di Quinto furono depositati nella tomba di famiglia, in attesa che fosse pronto il monumentale cenotafio commissionato dalla moglie. Quando fu completata la decorazione esterna dell'altare – la sagoma in bronzo di una nave – Flavia ne fece la sua seconda casa. Appena poteva, che piovesse o tirasse vento, vi si recava a portare fiori e libagioni e riempiva le giornate occupandosi del figlio o leggendo.

Si sentiva vedova a tutti gli effetti. La perdita della persona che riteneva insostituibile la rendeva sorda a qualsiasi sollecitazione esterna. L'idea di un altro matrimonio non la sfiorava: la possibilità reale aveva rotto l'incantesimo.

9

«Sposala!»

ROMA, 76 D.C.
TERZO GIORNO PRIMA DELLE NONE DI GENNAIO
TRE ANNI PRIMA DELL'ERUZIONE

Vespasiano amava essere circondato dai suoi intimi sin dal momento del risveglio. Si vestiva davanti a figli e stretti collaboratori chiedendo consigli sulle questioni che gli stavano più a cuore e concedendosi qualche battuta.

«Elpidio, fermati un momento» disse una mattina al cavaliere reatino, mentre il solito gruppo usciva dalla camera da letto. «Ho saputo che da quando la tua casa è bruciata sei ospite del senatore Novio».

«Sì, mio imperatore. Il suo invito non poteva essere più gradito, viste anche le condizioni di mia madre».

«Si è rimessa, la cara Helvia?»

«Sta abbastanza bene, grazie. È a Rieti. Gli ultimi incidenti l'avevano agitata troppo e non riusciva più a dormire. Da Novio, fra estranei, non si sarebbe sentita a proprio agio... sai come sono le nostre donne». Elpidio sorrise. «Però i lavori di ricostruzione sono cominciati e spero che non vadano troppo per le lunghe».

«Quanta fretta! Potessi abitare io nella bella residenza che ti ospita! Sei fortunato, amico mio: Novio ti stima, e sua figlia ha l'età giusta per il matrimonio. Bisogna approfittare delle occasioni favorevoli».

« Anch'io nutro un sincero affetto per il senatore, mi ha sempre seguito e consigliato come un padre. E la figlia è sicuramente una bellezza, ma non ha un carattere facile. Non so se... »

« Sposala! » ruggì l'imperatore, con il tono di comando che Elpidio conosceva bene. « Quella storia che mi hai raccontato tempo fa, a proposito della nostra parente, non mi piace. Le donne sposate lasciale ai mariti. Sei destinato a una carriera prestigiosa ed è più opportuno che entri in una famiglia di antica nobiltà ».

« La relazione con Flavia è finita » precisò Elpidio, senza spiegarne il motivo. « Però Novatilla sembra una puledra che non si lascia addomesticare ».

L'imperatore rise: « E tu montala nel modo giusto! »

La dimora di Novio, sul colle Esquilino, era ampia e confortevole.

Poteva gareggiare, per ricchezza di collezioni d'arte e spazi verdi, con le residenze imperiali. Quando passava da un ambiente all'altro e respirava l'aria profumata di resina mista a rose, il senatore provava un benessere mentale e fisico. Aveva tremato più volte, ai tempi di Valeria Messalina e Agrippina Minore. Correva voce che, per impossessarsi di quei giardini ben curati, quelle arpie avessero fatto eliminare i precedenti proprietari con false accuse. Ora per fortuna c'era Vespasiano, e lui non doveva più temere espropri né condanne. Stava salendo con un certo affanno gli alti gradini che conducevano al porticato esterno, quando vide corrergli incontro, a braccia aperte, Novatilla.

Non aveva mai slanci affettuosi, quella figlia che con la sua nascita aveva provocato la morte della madre, e il senatore ne soffriva. L'amava intensamente e si era risposato solo per non farle mancare il sostegno di una presenza femminile. Tutto inutile, a giudicare dal carattere della ragazza, che si era rivelato sempre più capriccioso: troppo tardi il padre si era reso conto di averla viziata, favorendone le inclinazioni peggiori.

L'accoglienza di quella mattina era insolita e Novio osservò la figlia con uno sguardo interrogativo mentre due giovani braccia ingioiellate gli cingevano il collo.

«Entra, presto, padre» gli sussurrò lei con voce carezzevole. «Elpidio deve parlarti».

Il senatore sapeva cosa stava per chiedergli il giovane collega: la mano della figlia. Desiderava quel matrimonio quanto lei, e nello stesso tempo temeva per il suo esito. Il fascino di Novatilla era innegabile, ma non sapeva fino a quando le sue moine e le sue bugie sarebbero riuscite a nascondere un'indole che a volte rasentava la malvagità. Per questo, anche se voleva molto bene a Elpidio Vatinio e vedeva in lui l'erede maschio che non aveva avuto, si apprestò a dare il suo consenso con un triste presagio.

Il breve colloquio fra i due uomini fu seguito da una cena sontuosa per festeggiare il fidanzamento, non prima che Novio dicesse in disparte al futuro genero: «Novatilla è una cara ragazza, ma – ti prego – non accontentarla nelle sue pretese come ho fatto io. Quando si diventa padri in età matura è facile ridursi schiavi dei propri figli. Rendila subito madre, Elpidio, non farla crogiolare tra feste e lettighe. Aiutala a diventare una matrona degna di te».

«Non sarà necessario» rispose calmo il giovane senatore. «Ho avuto modo di conoscerla bene, e in varie circostanze. Sento che sarà una buona moglie, non preoccuparti».

Non ne era pienamente convinto, ma Novatilla, nello splendore dei suoi sedici anni, era una meraviglia e lui aveva deciso di correre il rischio, sicuro di riuscire nell'impresa. Purtroppo

Flavia si era rivelata un sogno impossibile e per lui era arrivato il momento di formare una famiglia.

Chi dentro di sé esultava era la seconda moglie di Novio. Aspettava quel momento da troppo tempo, innumerevoli volte aveva desiderato cavare gli occhi a quella sgualdrinella senza cuore. Dalla figliastra aveva ricevuto solo umiliazioni e offese, quando non veniva ignorata a bella posta, e tanta insolenza aveva trasformato il suo matrimonio in una voragine di infelicità. In assenza del padre, Novatilla la insultava; quando erano tutti insieme si rivolgeva sempre al senatore, ignorando la stessa presenza fisica della matrigna, e ogni occasione era buona per parlare della madre che diceva di amare sopra ogni cosa senza averla mai conosciuta.

Dietro insistenze del marito aveva cercato di essere ancora più gentile – « È una bambina, non dar peso alle sue intemperanze » non faceva che ripeterle –, le aveva fatto regali costosi che erano stati accolti, nella migliore delle ipotesi, con un'alzata di sopracciglia. Aveva perso su tutta la linea, rimettendoci quel poco di bellezza che aveva portato in dote. La bocca dalle labbra sottili era ridotta a una fessura, le occhiaie si erano fatte profonde, la pelle era diventata una pergamena giallastra, e tutto a causa di una giovane tiranna che non perdeva occasione per renderle la vita impossibile.

Non avrebbe avvertito Elpidio. Le dispiaceva per lui, ma era troppo grande la gioia di essersi liberata della figliastra. Il futuro genero si sarebbe presto reso conto di chi era veramente Novatilla e sarebbe stata una soddisfazione in più. A differenza del marito non aveva creduto nemmeno per un momento che la ragazza fosse cambiata, addolcita dall'amore: era falsa e cattiva, nessuno lo sapeva meglio di lei. Ma era anche una brava attrice e dunque si mostrava, questo era vero, più affettuosa col padre e la matrigna. Era affabile persino con le schiave, che portavano sulla pelle i lividi delle sue bastonate. Elpidio le piaceva, non vedeva l'ora di stringersi a lui in un letto, ma altri piani accompagnavano i preparativi delle nozze imminenti, coltivati con una gioia segreta della quale solo lei conosceva la causa.

Hispania, 76 d.C.
marzo

«Un po' d'acqua...»

L'uomo al quale era rivolta la supplica riempì una ciotola di liquido sporco e la porse al vecchio, privo di un braccio, legato a una quercia con una lunga catena di ferro. Poi gli sferrò un calcio. Lo faceva spesso, anche dopo aver concesso al prigioniero le razioni giornaliere di cibo: pane secco, avanzi di verdura e frutta marcia. Gli dava una tale soddisfazione che spesso gli sembrava di rasentare la felicità.

Aveva atteso tanti anni, Livio, per avere tra le mani Quinto Poppeo. Un numero interminabile di mesi, di feste trascorse in solitudine, di notti senza sonno; soltanto duro, indefesso lavoro per vedere Quinto ridotto come uno dei maiali che grufolavano lì vicino. Finalmente.

Era stato ben compensato dal suo datore di lavoro. Alla sua morte aveva ricevuto un pezzo di terra vicino a Roma e la vedova aveva aggiunto monete d'oro sonanti per ringraziarlo della sua devozione. Si era affezionato veramente a quella coppia senza eredi, come fossero stati i suoi genitori. Ma doveva ammettere che le sue premure erano state alimentate anche dalla speranza di un premio. Che alla fine era arrivato, in tempo per permettergli di consumare appieno la sua vendetta.

Quinto aveva tutti i capelli bianchi, gli abiti a brandelli, e si lamentava di dolori alle ossa; ma non sperava di muovere a compassione Livio. Sapeva che il suo carceriere non avrebbe avuto pietà: la pena che lo consumava da anni si alleviava soltanto vedendolo giacere nel fango, d'estate all'ombra dei larghi rami sempreverdi dell'albero a cui veniva incatenato e, nei mesi più freddi, in un tugurio senza finestre.

La sua prigione.

Aveva continuato a negare, sempre e inutilmente. Ma l'odio di Livio non si placava.

Dopo l'assalto, lasciato il trierarca a terra a dissanguarsi, Quinto era stato portato via dall'ex custode e da tre banditi, con un braccio che gli penzolava e ferite dappertutto. Era stato curato da un medico nativo di Toletum, che si era trasferito in quella zona rurale dopo aver perso gran parte della clientela per la sua eccessiva familiarità col vino.

Per fortuna del pompeiano l'esperienza non gli mancava e quando si vide costretto a segargli il braccio sinistro sopra il gomito era perfettamente sobrio. Livio lo pagò con il denaro sottratto alla sua vittima e gli intimò, minacciandolo con un pugnale, di non farne parola con nessuno. Di curare le altre ferite e della convalescenza si occupò un vecchio contadino, esperto di rimedi naturali, che per una somma esorbitante aveva ceduto la sua casa, l'orto e il porcile. «Non morire!» sussurrava Livio a Quinto perduto nelle nebbie del delirio. «Devi prima riconoscere le tue colpe! Solo allora ti darò il permesso di morire, tra sofferenze atroci».

Quando Quinto riprese conoscenza, Livio gli parlò. A lungo. «È stato prima del funerale. Stavo baciando per l'ultima volta le tenere mani di Mutia, quando mi sono accorto che la destra aveva tre unghie spezzate. Sotto c'era del sangue raggrumato. Strano, mi sono detto. Quando ero corso con te nella scuderia, la mia piccola aveva le braccia e le gambe aperte, sembrava che non avesse nemmeno tentato di liberarsi. Avevo creduto alle tue parole – perché non avrei dovuto? –, il tuo dolore sembrava sincero: incidenti del genere non sono rari, specialmente in campagna. Poi, come un lampo di Giove, mi è apparsa un'immagine nitida, precisa. Mentre parlavi, il mio sguardo è caduto sul tuo collo, segnato da lunghi graffi con del sangue rappreso. Era stata Mutia a graffiarti, per difendersi.

«Ti sei macchiato di due delitti, Quinto, fra i più turpi: hai usato violenza a una bambina ferita senza soccorrerla immediatamente e ne hai provocato la morte. A Pompei saresti sfuggito al giudizio della legge, ero solo un umile guardiano impazzito dal dolore. Ma in questo luogo, sconosciuto anche ai legionari accampati nella regione, l'unico giudice sono io e la mia condanna è senza appello. E devo dirti un'altra cosa, che ti costringerà a maledire il giorno in cui sei nato, ma non è ancora arrivato il momento».

Aveva trattenuto le lacrime, Livio, e mantenuto ferma la voce. La morsa che gli toglieva il respiro si era allentata. Finalmente si sentiva in pace con i suoi avi e la sua famiglia. E alla morte di Quinto, dovuta agli stenti, avrebbe potuto ricominciare tutto da capo.

10

Reduce da una notte insonne

POMPEI, 76 D.C.
NONE DI GIUGNO

«Dobbiamo fare qualcosa per Flavia» disse Valeria durante una cena in casa dei Polibii. «Sono andata a trovarla oggi ed è l'ombra di se stessa. Dovreste vederla: pallida, trascurata nell'aspetto... Proprio lei, che cambiava abito a ogni bava di vento».

«È vero, fa quasi paura» sospirò Melissa. E con lo sguardo cercò il marito, intento a conversare con la bionda Giulia Felice. Era quest'altra vedova, non più sconsolata, a destare sospetti nella moglie di Lucio; a lei pensava quando disse: «Prima o poi, comunque, la vita riprende anche per chi sembrava morire di dispiacere».

«Speriamo. Se continua a lasciarsi andare così, è più vicina al marito defunto che a noi» intervenne Serena. «Mi fa pena. Ed è piena di paure. L'ultima volta mi ha confessato che è terrorizzata dai ladri e ogni sera costringe i servi ad applicare una rete metallica sotto l'apertura del tetto per farla riavvolgere la mattina dopo. Una fissazione. Se a Pompei c'è una casa ben sorvegliata, è la sua».

«Se tornerà quella di un tempo, voglio essere la prima a organizzare un banchetto in suo onore». Melissa stava per assaggiare una pollastrella arrostita, quando notò che il marito fissava la scollatura di Giulia Felice. «Per Flavia mi darei da fare, dimostra una serietà che non è facile trovare in una bella donna nella sua condizione» aggiunse portandosi un'ala alla bocca.

«Cambiamo argomento» propose Lucio, sistemandosi meglio sul lettino. Si voltò verso il padrone di casa: «Non dovevi farci vedere la brocca di bronzo che hai acquistato?»

Giulio non aspettava altro e, lanciando uno sguardo a Melissa che agitava con foga un ventaglio, fece portare il pezzo di antiquariato, ultimo tesoro della collezione di famiglia.

«Non dirmi che è un'opera greca!» esclamò Vettio Conviva, il più ricco liberto di Pompei, alzandosi per guardarla meglio. «Sicuramente viene da una necropoli» osservò con una punta di invidia: nella sua collezione di opere d'arte mancava un bronzo greco autentico.

«E se fosse?» Il padrone di casa sorrideva.

«A me fa un po' impressione, questa ricerca tra le ossa dei morti» commentò Giulia Felice. «Però questa brocca è talmente bella che mi compiaccio con il proprietario». E sorrise.

Era ricca, la bionda vedova, e molto efficiente. Dotata di un carattere allegro che le permetteva di vedere il lato positivo di ogni situazione, non si era mai arresa di fronte alle difficoltà. Possedeva, vicino alla Porta di Sarno, una vasta proprietà immobiliare e, considerata la persistente crisi di alloggi e di bagni pubblici, si era data da fare per sfruttarla al meglio: aveva trasformato e diviso gli ambienti offrendo in affitto stanze e sale termali, tenendo per sé una zona lussuosa dotata di ogni comodità.

In città si era parlato molto di questa iniziativa, che le matrone pompeiane non avevano gradito. Il viavai dei bagni era ai loro occhi fonte di mille tentazioni per i mariti e non solo per i clienti «per bene» (come recitava l'insegna) in cerca di alloggio. Insomma, correva voce che nella proprietà di Giulia Felice si potevano fare incontri con ragazze bendisposte, se non con la stessa padrona di casa – che in verità, orfana e da qualche anno senza marito, era interessata soprattutto a garantirsi un certo benessere economico. Non era il momento di pensare a un amante o a un altro matrimonio.

Lucio non era innamorato di Giulia, ma tutte le volte che se la trovava vicino provava un certo turbamento. Non aveva più tradito Melissa. Dall'unica volta che ci aveva provato gli era rimasto il dubbio di aver generato un figlio – un rischio troppo grande. Gli sarebbe piaciuto prendere il fresco in compagnia di Giulia tra fontane zampillanti, ma Melissa era diventata sospettosa in maniera irragionevole e andare fra i Parti sarebbe stato meno pericoloso che bussare a quel portone.

L'indomani, prima di andare al Consiglio dei decurioni, Lucio annunciò la sua partenza. L'aveva deciso mentre erano a cena dai Polibii: sarebbe andato a Roma. Doveva approfittare dell'ospitalità di Cornelio prima che tornasse a Pompei per il parto di Trebonia; dopo, con un lattante in casa, non avrebbe potuto dedicarsi a lui. Melissa protesti quanto vuole, si era detto, io sarò irremovibile.

Lei, presa alla sprovvista, si limitò a porgli vaghe domande, alle quali ottenne risposte esaurienti. Lucio era incredulo, la moglie era solita opporsi ai suoi progetti e ai suoi desideri per principio: possibile che non avesse nulla da obiettare? Trascorse la giornata immaginando la gioia di Cornelio per la sorpresa e tornò a casa illudendosi che Melissa gli avesse fatto preparare i bagagli.

Durante la sua assenza, invece, il pensiero principale di sua moglie era stato come fargli confessare la trama che di sicuro aveva ordito ai suoi danni, tenendola all'oscuro del progetto. In attesa della cena gli sferrò un attacco frontale che, trovando il padrone di casa impreparato, e perciò esitante nelle repliche, si risolse in un alterco furibondo in cui lo accusò di sottrarsi ai suoi doveri di marito e di padre. Le urla accompagnarono pianti copiosi e fecero accorrere Marco, spaventato dalla scenata.

Lucio non sapeva come uscirne. Cercò di calmare Melissa e la rassicurò sulle oneste intenzioni del viaggio; ma come spesso gli accadeva non riuscì a imporsi per realizzare il proprio desiderio. Stanco di combattere, e desideroso solo di starsene in pace, rese le armi.

Uscì senza una meta, riflettendo sull'accaduto e borbottando fra sé. Era ormai vicino all'Anfiteatro e stava per tornare indietro quando scorse le finestre illuminate di Giulia Felice.

La padrona di casa, appena le fu annunciato Lucio, rimase interdetta. Si erano incontrati in diverse occasioni, ma tra loro non c'era un'intimità tale da giustificare una visita serale senza preavviso. Avrà litigato con la moglie, pensò, ma se cerca qui una facile consolazione si sbaglia. Non poteva tuttavia nemmeno respingerlo: era un magistrato di spicco ed era stato sempre educato nei suoi confronti, anche se non le era sfuggito un interesse un po' troppo spiccato per il suo busto generoso. Lo fece accomodare: «Sei arrivato giusto in tempo per non farmi mangiare da sola. Stenditi sul lettino accanto a me».

«Che casa accogliente!» esclamò Lucio prendendo posto.

«Cosa ti ha spinto fin qui?» gli chiese Giulia dopo le prime portate, visto che l'ospite si era limitato a fare apprezzamenti sugli arredi e sull'abilità finanziaria della matrona, mentre trangugiava ostriche e verdure come se non ne avesse mai assaggiate.

«Sarò sincero. Ero nervoso e infuriato dopo un litigio con Melissa e sono uscito senza sapere dove andare. Quando mi sono trovato davanti alla tua casa ho sentito un prepotente desiderio di entrare, come se fossi attirato da un magnete». Gli occhi scuri di Lucio erano dolci e promettenti.

«Sarò sincera anch'io» disse Giulia con un bel sorriso. «Ho tanti amici e mi è capitato altre volte di riceverne qualcuno angustiato, come te, da un problema. Forse non dovrei aprire tanto facilmente la mia porta, la gente non è benevola con una donna senza marito. Ma sono fatta così. Per fortuna, chi mi conosce sa che non sono la maga Circe».

Nel silenzio che seguì, Giulia rifletteva: ancora una volta si trovava davanti un politico illustre e stimato che dentro le mura di casa sua sembrava un pulcino nella stoppa. Com'era possibile che gli uomini fossero così diversi, in pubblico e in privato? Non riusciva a spiegarselo.

I pensieri di Lucio, invece, andavano in un'altra direzione. Era talmente rilassato e a proprio agio che dovette fare uno sforzo per non allungare la mano sul seno di Giulia che usciva in parte dalla scollatura. Dopo la prova di amicizia appena offertagli, un gesto del genere sarebbe risultato fuori luogo e lo avrebbe coperto di ridicolo se fosse stato respinto.

Ma la padrona di casa, sola da troppo tempo, decise diversamente. Sicura dell'interesse di Lucio Ceio, pensò che l'avventura di una sera non avrebbe avuto alcuna influenza né sulla sua vita, né su quella del decurione.

«Seguimi» gli disse alzandosi.

Lucio batté le palpebre: erano, senza ombra di dubbio, diretti nell'alcova di Giulia. Gli pareva di sognare: possibile che un desiderio tante volte vagheggiato potesse realizzarsi tanto facilmente? Ancora incredulo, trattenne il respiro mentre Giulia si spogliava con disinvoltura davanti a lui e si adagiava sul letto.

Non era un invito da rifiutare. Le fu subito addosso e cominciò a far scorrere le mani su quel corpo caldo e morbido che sentiva pronto e aperto alle sue voglie. La prese con un impeto di cui lui stesso non si credeva capace e che regalò alla padrona di casa un piacere totale.

Il suo desiderio sembrava inesauribile, finché Giulia, scostandosi, gli sussurrò: «Adesso vai. Tua moglie potrebbe agitarsi per il ritardo».

«Rivediamoci il più presto possibile» la implorò Lucio.

Aveva trovato una donna che come nessuna prima lo aveva soddisfatto e non era disposto a perdere il contatto con quella pelle che sapeva di rose senza la promessa di un nuovo incontro.

«È stato bellissimo» gli rispose lei alzandosi, «ma non ci sarà una seconda volta. Siamo persone troppo in vista, e né tu né io desideriamo alzare un polverone».

Deluso, Lucio si rivestì e cercò di rassettarsi alla meglio. Baciò la padrona di casa e si avviò verso l'uscita.

Nell'atrio, la sua attenzione fu colpita da una piccola Venere di marmo: rappresentata in procinto di fare il bagno, aveva pitture in oro sul seno, sulle braccia, intorno al collo e sulle parti intime, che esaltavano, anziché nasconderle, le forme levigate e sensuali. Ah, questa Giulia... sospirò Lucio. È volpe e gatto nello stesso tempo. Altro che Circe!

Si era fatto molto tardi. Accaldato com'era, una volta fuori Lucio sentì freddo e affrettò il passo. Mancava poco all'alba e l'aurora cercava di farsi spazio nel cielo carico di nubi. Non ricordava da quanto tempo non si sentiva così leggero, giovane e incosciente.

Stava per cominciare un'altra giornata di mercato. Accanto alla piazza del Foro, notò che i venditori ambulanti iniziavano a sistemarsi negli spazi assegnati. Si fermò a guardarli, mentre trasferivano la merce da ceste e carretti sui banconi di legno: un movimento chiassoso e colorato che, contrariamente al solito, percepì non come un fastidio ma come un piacevole segno di vitalità.

L'amore accende la vista e regala buon umore, si disse sorridendo. Arrivato a casa, fu assalito dai timori. E se Melissa l'avesse aspettato in piedi? Ma la dea bendata era ancora dalla sua parte. Lo schiavo in attesa del suo rientro aprì senza far rumore un battente del portone. Della moglie nessuna traccia.

Lucio entrò di soppiatto nel tablino, il sonno era passato. Prima di sedersi sistemò per bene le pieghe della toga, poi aprì qualche rotolo a caso e cominciò a scrivere.

Melissa doveva trovarlo così: reduce da una notte insonne dedicata al lavoro.

11

Fiori del ricordo e della fedeltà

Pompei, 76 d.C.

luglio-agosto

Due, tre terremoti all'anno. Ma ci si abitua a tutto, e finché ci sono il denaro e la salute si guarda avanti con fiducia.

Pompei sembrava un grande cantiere. Da tanti anni ormai non si faceva che abbattere, ricostruire, sistemare, restaurare. Per l'edilizia erano giorni felici. Anche l'iniziativa privata era vivace, e la città a poco a poco mutava aspetto: aumentavano le sopraelevazioni, a due o tre piani, si restringevano porte e finestre per sopportare il peso. La muratura era più leggera: un telaio di legno riempito di canne e malta.

Nessuno poteva immaginare che sarebbe stato inutile progettare e costruire nuove terme grandiose. E completare il tempio di Apollo.

Trebonia, durante le sue uscite con madre, figlio e schiave («Più cammini, adagio, più facile sarà il parto» le aveva spiegato Terenzio), osservava i cambiamenti di Pompei, attenta a non lasciarsi travolgere dal rumoroso viavai degli operai e a non inciampare nelle buche delle strade. Dopo aver perso tre anni prima la figlia che aspettava, non voleva correre rischi e aveva deciso di partorire a Pompei, circondata dalle cure affettuose della madre.

Era soddisfatta della sua vita. Il primogenito cresceva forte come un torello, il marito la riempiva di premure. Se solo avessero pubblicato le sue poesie... Un chiodo fisso ormai, come ritenevano i genitori, e sotto sotto anche Cornelio. I contenitori di pelle pieni di rotoli erano diventati otto, e lui, per quanto si fosse dato da fare, non era in grado di aiutarla.

Nel corso di un paio di ricevimenti, un consumato lettore aveva declamato alcuni componimenti, quelli che erano sembrati più adatti al clima culturale del momento. Erano seguiti applausi e complimenti, ma gli occhi della poetessa avevano brillato soltanto per due serate.

Serena e Trebonia si chiedevano fino a che punto gli uomini accettassero il successo femminile in campi tradizionalmente ritenuti territorio maschile. Trebonia raccontava di Roma: « Certe matrone hanno un ruolo importante, ma le più onorate sono sempre quelle che si dedicano soltanto alla casa e ai figli ». E Serena, alla quale il buon senso non impediva di sperare per Trebonia la realizzazione dei suoi sogni, commentava: « Quanto dici non riguarda solo la capitale. Sei fortunata, Cornelio ti ama e ti ammira per le tue doti, e dovrei consigliarti di accontentarti, ma so che non ti basta ».

« È vero, ma se lui mi avesse dissuaso, non mi sarei fatta illusioni ».

C'era però una possibilità: un'idea di Terenzio, un inganno a fin di bene. Serena attirò la figlia a sé e le disse piano, quasi avesse paura di farsi sentire dalla servitù: « Firma le tue poesie con un nome maschile. Se saranno ben accolte potrai scegliere come continuare: restare in incognito o uscire allo scoperto. In caso contrario, ad amareggiarsi sarà l'uomo che le ha firmate ».

Per la trovata fu tirato in ballo Archimede, ma un'altra poetessa, qualche anno prima, aveva raggiunto la fama con quell'espediente.

Come promesso, Cornelio arrivò a Pompei con molto anticipo rispetto alla data prevista per il parto. Aveva trascorso un periodo faticoso, concentrando gli impegni in modo da potersi trattenere in Campania finché Trebonia si fosse rimessa in forze.

Arrivando in casa dei suoceri, trovò la moglie euforica. Trebonia non vedeva l'ora di raccontargli l'idea di Terenzio e Cornelio non ci mise molto a dirle ciò che lei si augurava di sentirsi dire: « Non è un progetto da scartare, per quanto rischioso. Se organizziamo le cose per bene... sì, sono d'accordo ».

La moglie lo sommerse di baci e cominciò a fare programmi per quando sarebbe rientrata a Roma.

Nonostante l'eccitazione provocata dal progetto letterario e i preparativi in vista dell'attesa nascita, il giorno precedente le Calende di settembre fu per Trebonia uno dei più tristi della sua vita. Ebbe le doglie in anticipo e il travaglio non diede il frutto sperato: la bambina, strangolata dal cordone ombelicale, morì subito dopo essere venuta alla luce. Di poesie non si parlò più.

Hispania, 77 d.C.
Marzo
Due anni prima dell'eruzione

Quinto non sperava in niente. Era solo meravigliato di sopravvivere in quelle misere condizioni. Il trascorrere dei mesi era segnalato dai mutamenti della campagna tutt'intorno. Lei sì, tranquilla e bellissima. Oltre la quercia secolare c'erano alberi di prugne e mandorle, la cui festa colorata cominciava sul finire dell'inverno, e tanti cespugli che d'estate si riempivano di fiori azzurri e rossi, molto profumati.

Quando glielo aveva chiesto, il ragazzo che gli faceva la guardia gli aveva detto che erano i fiori del ricordo e della fedeltà. Non ne conosceva il nome, ma guai a raccoglierli: avrebbero provocato la perdita della memoria e sicuri tradimenti.

Pensò a quegli strani fiori, Quinto, quando Livio gli rivelò il tradimento di Flavia con Lucio Ceio, di cui era stato casuale testimone. La notizia non destò in lui alcuna reazione particolare. Qualunque offesa o accusa sembrava lasciarlo indifferente, lo stesso carceriere se n'era stupito. Era rimasto impassibile anchc quando Livio gli avcva rivclato, ridendo, che il sacchetto con le pietre che gli aveva trovato addosso gli aveva fruttato un bel gruzzolo.

Un'unica volta Quinto aveva parlato. Per spiegare cos'era realmente successo nella scuderia e per ribadire con decisione che escludeva qualsiasi colpa di Flavia.

«Mi devi credere, Livio» disse con la voce rotta dal pianto, «non ho motivo di mentirti, non dopo tanto tempo e nelle condizioni in cui mi trovo. Mi resta poco da vivere e non posso offendere gli dèi. È vero, i graffi sul collo me li ha lasciati Mutia, ma non per i motivi che pensi tu. Quando sono entrato nella scuderia mi sono precipitato su di lei e ho cercato di tirarla fuori da sotto la trave, ferendomi anche un braccio. Mutia mi si è avvinghiata al collo mentre tentavo di sollevare il legno, ma non ce l'ho fatta. Sono corso fuori a chiamare aiuto e in quei pochi attimi Mutia è morta. Cosa c'entro io? Nessuno, nelle condizioni in cui era, avrebbe potuto fare di più. Uccidimi, Livio, fai quello che vuoi; ma non incolparmi di un duplice delitto che non ho commesso».

«E le ragazzine che Eros portava a casa per il tuo divertimento me le sono inventate? Non ti è sempre piaciuta la carne tenera, vecchio porco?»

« Anche in questo caso ti sbagli. Eros ha sempre abitato nel suo appartamento, indipendente dal resto della casa, e ha goduto, per il suo lavoro ben svolto, di molte libertà che non ho concesso ad altri. Dovresti chiedere a lui, se vuoi saperne di più ».

Quinto Poppeo, esausto, volle aggiungere: « Se il tradimento di mia moglie è reale come le tue accuse, posso stare tranquillo. Non credo che rivedrò lei e mio figlio; ma morirò mantenendo intatto il mio rispetto nei confronti della donna che ho sposato e che mi ha reso felice. Non ti permetterò » e fece leva sui gomiti per sollevarsi e minacciare col dito l'ex custode, « di profanare il suo onore e nemmeno di nominarla ».

Ricadde sul giaciglio, esausto e scoraggiato.

Livio aveva ascoltato con attenzione, ma era così convinto dei suoi ragionamenti, coltivati tanto a lungo, che – benché plausibili – non riusciva nemmeno a prendere in considerazione spiegazioni diverse. « Pensa quello che vuoi della prostituta che hai sposato » ribadì, « per quanto mi riguarda non ti credo, Unghie rosse, e non ti crederò mai ».

Quinto ebbe molto tempo per pensare al suo passato e ripercorrere le vie tortuose che avevano aumentato le sue fortune. Aveva fatto uccidere dal suo procuratore un fastidioso concorrente, malvisto da tutti, ma non si era mai sentito attratto da fanciulli o bambine.

Davvero aveva cercato di salvare quella maledetta Mutia, all'origine delle sue disgrazie.

Pompei, 77 d.C.
quinto giorno prima delle Calende di aprile

«Clelia. Voglio chiamarla Clelia» disse Giulia Felice a Terenzio. «Se i nomi hanno un'influenza su chi li porta, mia figlia sarà sicuramente molto coraggiosa».

Il medico si stava lavando le mani, alla fine di un parto tribolato, e aveva chiesto ai genitori il nome della bimba. Giulia, dimenticate le doglie, aveva risposto, pronta, per entrambi.

L'espressione preoccupata di Terenzio le aveva fatto temere il peggio, mentre i dolori lancinanti che le squassavano il ventre parevano non finire mai. Per fortuna l'ultima, sapiente pressione della levatrice Glyka aveva facilitato l'espulsione, e ora lei stringeva Clelia fra le braccia.

Fulvio Frontone, padre felice della neonata, non commentò: la chiami come meglio crede, pensò, il nome ufficiale sarà sempre quello di famiglia. Le gioie che gli si erano riversate addosso a cinquantatré anni compensavano qualsiasi capriccio, stentava ancora a crederci.

Aveva corteggiato Giulia a lungo e senza speranza, prima del suo matrimonio e dopo la morte di suo marito; poi, in un baleno la sua esistenza era stata stravolta: l'arrivo della donna amata nella villa napoletana di Capo Posillipo, il darsi a lui con impeto, la voglia di sposarsi subito e ora la bambina. Davvero incredibile.

A Pompei la notizia delle nozze aveva colto di sorpresa amici e conoscenti. Nessuno aveva mai sentito parlare dell'aristocratico napoletano e l'improvviso annuncio della vedova, seguito dal suo trasferimento, avevano provocato illazioni a non finire. Il primo a restarne sconcertato e deluso era stato Lucio, che coltivava la segreta speranza di potersi infilare ancora una volta nel letto della vedova.

Appena Giulia era tornata, con una pancia ben visibile, tutti corsero comunque a festeggiarla e a conoscere lo sposo fortunato. Le donne, che per fascino e censo l'avevano ritenuta una temibile rivale, restarono deluse dall'aspetto flaccido e cadente di Fulvio – rimaneva però il sollievo di sapere la vedova finalmente accasata.

Anche questa è fatta, si disse Giulia vinta dalla spossatezza.

Non amava Fulvio, ma era l'unico su cui poteva contare per risolvere la situazione incresciosa nella quale si era venuta a trovare. Sicura di non poter avere figli – ogni notte ci aveva provato, col primo marito –, mai avrebbe immaginato che l'avventura con Lucio Ceio potesse dare un così bel frutto.

12

Pecore viola

Pompei, 78 d.C.
maggio
un anno prima dell'eruzione

Sui Monti Lattari, le montagne di Pompei, pascolavano pecore colorate che lo scienziato Plinio si era affrettato a descrivere nella sua Enciclopedia. Erano venuti da ogni parte a vederle, le pecore allevate da Lucio Ceio. Non avevano le solite tinte naturali, nere o rossicce, erano state proprio dipinte di viola, rosso scuro e scarlatto, con prodotti speciali.

Lucio si era tuffato nella nuova esperienza subito dopo il sospirato viaggio a Roma, un'occasione offerta da Cornelio un anno e mezzo prima. L'avvocato doveva rientrare nella capitale e Trebonia, dopo lo sfortunato parto, non si sentiva ancora di affrontare un viaggio. Così, la carrozza prenotata per riportare nella capitale una famiglia felice avrebbe ospitato l'avvocato da solo, e per di più avvilito.

Ora o mai più, si era detto Lucio. E Melissa, sorprendendolo, aveva accettato la decisione senza ribattere: le violente emozioni che di solito esplodevano senza controllo questa volta si erano incanalate in una riflessione assennata.

I due amici in procinto di partire, a chi li guardava sembravano due cani bastonati. Cornelio lo era davvero, ma la mestizia di Lucio era finta. «Ce l'ho fatta!» urlò quando nessuno poté più sentirlo. «Ci pensi, Cornelio? Finalmente noi due insieme a divertirci nella capitale». L'entusiasmo era tale da fargli dimenticare il motivo per cui l'amico era ripartito da solo, pieno di malinconia. E alla fine la sua euforia vinse persino l'abbattimento dell'avvocato, sgombrandogli la mente da pensieri dolorosi.

L'esuberanza di Lucio sembrava non volesse placarsi e, arrivati a Roma, Cornelio si lasciò coinvolgere. Per le strade e nelle locande, furono risate, sbronze e ricordi di gioventù. La capitale era apparsa al pompeiano come a chiunque arrivasse da un piccolo centro: semplicemente grandiosa. Il Foro, le piazze, le terme e i teatri pieni di opere d'arte avevano superato la sua immaginazione e lo colpirono per fasto e imponenza.

Ma, come accadeva a ogni forestiero che si trovava a percorrere la via Sacra nel Foro, davanti al Colosso di bronzo dorato rimase addirittura senza parole. Appena lo scorse da lontano si fermò, a bocca spalancata; poi, arrivato sull'altura che dominava la valle, si trattenne a lungo per ammirare la statua che aveva raffigurato Nerone e che ora rappresentava la divinità solare con i raggi intorno alla testa. «Che impressione!» esclamò.

«E non hai visto il resto. Guarda cosa c'è di fronte, e poi quello che sta sorgendo qui sotto» gli disse Cornelio prendendolo sottobraccio.

Sulla loro sinistra, quel che restava della Domus Aurea – interrotta alla morte del suo ideatore – continuava a mandare i suoi bagliori. Tito stesso l'aveva abitata con la sua Berenice, e poi l'aveva abbandonata su ordine del padre: si era consolato trasformando i bagni in deliziose, piccole terme aperte al pubblico.

Scendendo sotto i porticati digradanti, si trovarono davanti al più grande anfiteatro concepito dagli ingegneri romani: l'Anfiteatro Nuovo, voluto da Vespasiano. La struttura era quasi ultimata, ma i lavori erano in pieno fermento. Operai entravano e uscivano, lungo i blocchi di marmo le corde issavano statue, il rumore dei martelli risuonava, schiavi tiravano carri pieni di materiali, e su, intorno all'ultimo piano, si lisciavano le pareti di travertino.

Lucio era frastornato dagli ordini urlati a perdifiato dai capi operai e dallo stridore di ruote, dai nitriti di cavalli, dai muggiti di buoi. Sembrava una città nella città, un altro mondo rispetto a Pompei. «Era qui il lago di Nerone?» chiese guardandosi intorno.

«Sì» confermò Cornelio. «Ed era altrettanto straordinario: cascate, animali acquatici, piccole imbarcazioni. La differenza è che mentre il lago artificiale rallegrava una sola persona e i suoi amici, questo Anfiteatro renderà felici tutti i romani».

Nei giorni che seguirono i due amici si mescolarono alla folla nei luoghi più frequentati, per vivere – come amava ripetere Cornelio Prisco – tutte le vite possibili dell'Urbe. Roma sembrava cento Pompei riunite insieme, con mille possibilità in più di divertirsi. E di essere derubati.

Lucio non aveva mai visto tanta gente a ogni ora del giorno: avvocati, pretoriani, lettighieri, sacerdoti dagli strani copricapo. E tutti che andavano di fretta. Seguì l'avvocato nei posti più disparati e cominciò a prenderci sempre più gusto. Fosse stato per lui avrebbe trascorso tutta la giornata fuori casa, la strada era una fonte inesauribile di attrazioni: un venditore di salsicce calde, un negozio di volumi usati, un giocoliere che esibiva una scimmia ammaestrata.

Fu presentato a senatori dai nomi altisonanti, partecipò a eleganti banchetti, e – soprattutto – conobbe la *notte*. Lui così moderato, abitudinario, pigro, era attratto dalle sensazioni forti e sollecitava Cornelio a tornare nei quartieri malfamati, ad assistere ancora una volta alle danze sfrenate dei seguaci di culti orientali, a scommettere nelle bische frequentate da gente che nella sua città avrebbe fatto arrestare. Per diversi giorni, il luogo preferito delle sue scorribande fu la Suburra: era un quartiere antico, denso di case e prostitute, tutto un saliscendi, che Augusto aveva separato dal suo Foro con un alto muro. Vi aveva abitato Giulio Cesare, vi abitavano altri che avevano iniziato la scalata sociale, ma alla Suburra si poteva trovare e incontrare di tutto – anche i tipi più pericolosi. Uno dei posti preferiti di Lucio era la *caupona* dove un'inserviente di origine germanica, dai lunghi capelli biondi, offriva prestazioni extra nel retrobottega.

Cornelio lo assecondava. Capiva che Lucio aveva bisogno di esprimere emozioni e di sfogare istinti che era costretto a tenere a freno dove tutti lo conoscevano; era felice di offrirgli una possibilità che, lo sapevano entrambi, difficilmente si sarebbe ripresentata.

Poi, all'improvviso e senza un motivo apparente, il decurione di Pompei ritornò quello di sempre. Aveva smaltito l'ubriacatura. Con la stessa disinvoltura, passò dalle attrazioni notturne del Circo Massimo alle discussioni mattutine nelle Basiliche. E fu così che, parlando con alcuni imprenditori in vista, si convinse a investire una buona parte delle sue rendite nell'allevamento di ovini.

Se a Pompei i commercianti di vino e prodotti agricoli non avevano sempre dispense piene e denaro sonante, il bisogno di tessuti di lana non conosceva flessioni. Anzi, gli impianti manifatturieri si moltiplicavano. Era quello il settore giusto per tentare qualcosa di nuovo. Alla fine del suo soggiorno nella capitale, Lucio ebbe l'opportunità di visitare un laboratorio nei dintorni dove si facevano esperimenti per colorare la lana direttamente sul corpo degli animali. A quel punto, non ebbe più dubbi. Rientrato a casa, si gettò anima e corpo nell'impresa e il successo superò le più ottimistiche previsioni.

Cercarono di imitarlo in molti, provando tutti i colori sui poveri animali, modello di mansuetudine: ne morirono centinaia, senza che si riuscisse a ottenere gli stessi risultati.

Per i Ceii era stato un rischio molto costoso. Se non avesse dato gli esiti sperati, si sarebbero trovati in serie difficoltà, al pari degli avventurosi imitatori che avevano sognato pecore con i colori di Iride.

In quei giorni, a turbare la soddisfazione di Lucio era stata solo la fuga del guardiano Fausto. Immerso totalmente nella nuova attività, aveva tralasciato i controlli dei vigneti: era una conduzione che non creava problemi e aveva continuamente rimandato le sue visite. Stava per uscire quando vide arrivare, sconvolto, Sergio. Era il cacciatore di orsi che annunciava la scomparsa dello zio.

«Come sarebbe a dire 'è fuggito'?» si meravigliò Lucio.

«L'hanno visto allontanarsi, come fa spesso quando va a sorvegliare i lavori nei vigneti, e non è rientrato».

«Quando è successo?»

«Ieri notte. Ero passato per assicurarmi che stesse bene – ogni volta che scendo dalla montagna mi fermo da lui – e ho trovato servi e schiavi in grande agitazione per la sua scomparsa. Abbiamo pensato anche a un incidente e siamo andati a cercarlo dappertutto con le torce... ma non abbiamo trovato nessuna traccia».

«E dove sarebbe andato, a tuo avviso?»

«Non lo so. Forse ad Acerra, dalla sorella. Però a piedi, alla sua età... mi sembra strano».

«È tuo zio a essere strano. Da qualche tempo non è più lo stesso, anche se svolge bene il suo lavoro» commentò Lucio.

Gli tornarono in mente le parole di Fausto alle quali non aveva più dato seguito, e collegò subito le due cose: «Spero solo che non abbia commesso qualche pazzia. Dimmi, piuttosto: ti ha mai parlato di certi fenomeni preoccupanti, cose che avrebbe visto o sentito sulla cima del Vesuvio?»

«Eccome! A dire la verità anch'io avevo notato dei curiosi rumori dentro la montagna, ma il mio interesse è sempre concentrato sugli animali da catturare e devo stare all'erta per non farmi prendere alle spalle. Per mio zio, invece, le cose che aveva visto e sentito, soprattutto negli ultimi mesi, erano diventate una fissazione. Ma non ne parlava con nessuno, eccetto che con me. Aspettava le mie visite per sapere se c'erano altri segnali».

Lucio si sedette: «Una volta per tutte, qual era questo fenomeno che turbava così tanto Fausto?»

Sergio gli raccontò che tutto era cominciato con una caccia eccezionale: aveva preso un orso immenso, andato dritto dritto all'Anfiteatro di Capua. Per la prima volta lo zio, che non aveva mai visto la vetta della montagna, aveva deciso di accompagnarlo. I cacciatori come lui sapevano che non era un bello spettacolo: un terreno piatto, senza un filo d'erba, crepacci da ogni parte, pietre rosse come bruciate... ma chi vi arrivava la prima volta ne rimaneva molto turbato. Lo zio prima si era addormentato, poi aveva deciso di inerpicarsi senza attendere il suo arrivo. Finché Sergio lo aveva visto scendere di corsa urlando che il Vesuvio 'bolliva dentro'.

Non si era calmato finché non erano arrivati nella proprietà di Lucio. Lì gli aveva raccontato cosa lo aveva messo in agitazione. Sergio aveva cercato di tranquillizzarlo e per molto tempo sembrava non averci pensato più. Ma dall'ultimo terremoto non aveva fatto che parlare del Vesuvio.

«E tu cosa hai notato?» gli chiese a quel punto Lucio Ceio.

«La stessa cosa. Sono tornato altre volte, l'ultima proprio due giorni fa, e ammetto che mi sono impressionato. Si sentivano piccoli scoppi, e dai crepacci uscivano sbuffi di fumo dall'odore rivoltante».

Lucio aggrottò la fronte. «Davvero curioso. Nessun altro ha riferito cose del genere. Non sarai stato influenzato da Fausto?»

«No, lo giuro sugli dèi onnipotenti. Però ultimamente mi ripeteva: 'Il padrone non vuole conoscere la verità, ma questo Vesuvio ci sta preparando qualche brutta sorpresa'».

Lucio ringraziò Sergio: gli disse che prima o poi avrebbe guidato lui stesso una spedizione sul Vesuvio per capire di che cosa si trattasse. Quindi gli raccomandò di fargli avere notizie dello zio, appena ne avesse avute, e di rassicurarlo: non sarebbe stato punito, a patto di non commettere altre sciocchezze.

Quando Sergio se ne fu andato, rimase a pensare. Aveva a che fare con dementi o doveva preoccuparsi seriamente?

Optò per la seconda ipotesi e uscì per parlarne con qualcuno. Ma quando fu nella strada più affollata di Pompei, con tutti gli amici che incontrava riuscì a discorrere solamente di donne e di pecore.

ROMA, 78 D.C.
IL GIORNO PRIMA DELLE CALENDE DI GIUGNO

Novatilla uscì sbattendo la porta e si diresse a passo di marcia verso i portatori di lettiga che la stavano aspettando, dritta come un fuso.

A tutto c'è un limite, pensò Elpidio. Avevano litigato ancora una volta, per la casa nuova. Ricostruita dalle fondamenta e dotata di uno spazioso giardino interno, attendeva da quasi un anno la sua padrona. E lei accampava scuse. Ora si trattava di modifiche indispensabili, ora di arredi da sostituire, ora di piante introvabili.

A Elpidio quella casa era costata molti sacrifici e la riteneva degna finanche della principessa Berenice che aveva contribuito a far partire da Roma. Non capiva l'atteggiamento della moglie, anche se per amor di pace cercava di accontentarla: tra loro, però, regnava una tensione insopportabile, che ultimamente nemmeno un rapporto fisico soddisfacente riusciva più ad allentare.

A Novatilla, in verità, la casa nuova non dispiaceva affatto: aveva solo bisogno di un pretesto per sfogare la sua insoddisfazione cronica. Sin da bambina, dopo avere strepitato per ottenere quello che desiderava – che fosse una bambola d'avorio o l'attenzione di una persona importante –, subito ricominciava a smaniare per qualcos'altro. Adesso, non aver ancora raggiunto l'ultimo, ambizioso obiettivo che si era prefissa, l'aveva inasprita in modo insopportabile.

Novatilla era attratta dal suo prestante consorte, ma l'aveva sempre considerato uno strumento per conquistare un ruolo di primo piano alla corte imperiale. Appena aveva cominciato a partecipare ai banchetti più esclusivi si era sentita oggetto di sguardi maschili pieni di ammirazione e, sicura di una bellezza e di un lignaggio che esibiva come trofei, si era convinta che quanto aveva progettato fosse ormai a portata di mano. Aveva così cominciato a rivolgere all'erede al trono Tito, che pure fisicamente le ripugnava, frasi a doppio senso, ammiccanti, che però, con suo grande disappunto, non avevano sortito gli effetti sperati.

Gli uomini compativano Elpidio, mentre le mogli e le concubine imperiali trovavano odiosa Novatilla per la sua alterigia; ma lei godeva degli sguardi che parevano trafiggerla, ostentando i diademi che le ornavano la testa come una regina.

Nascosta dalle tendine, ora si dirigeva alla Suburra, sicuramente una zona di Roma dove le nobili matrone non andavano a passeggiare. Salvo scivolare furtive nel vicolo Cieco, dove l'ostetrica Velia forniva antidoti a gravidanze indesiderate.

La stanza che attendeva Novatilla era squallida. C'era solo una piccola apertura, appena sotto il soffitto, e sul pavimento di terra battuta poggiavano un tavolo sgangherato, due sedie e un largo recipiente di legno pieno di bottiglie e boccette. In fondo, sulla sinistra, si intravedeva una scala che conduceva al piano di sopra. La giovane matrona fece fermare la lettiga a breve distanza e scese nascondendosi il volto con un lembo della stola. Bussò tre volte alla porta, disse il proprio nome ed entrò.

Nella luce fioca delle lucerne, il tanfo di cipolla e degli intrugli disgustosi preparati da Velia saturava l'aria. È davvero incomprensibile, pensava ogni volta Novatilla, come questa arpia, con i gioielli che pretende, non abbia speso nemmeno un sesterzio per ricevere degnamente clienti come me. Era la terza volta che si rivolgeva all'ostetrica dai rimedi portentosi: non avrebbe permesso a nessuno di sformarle il corpo. Il figlio che il marito reclamava poteva aspettare.

A differenza della maggior parte delle sue colleghe, Velia non usava ferri che laceravano l'utero: solo un liquido amarissimo da trangugiare turandosi il naso. Qualche ora di mal di pancia ed era tutto finito. Così, semplice e pulito.

Lo scambio fu rapido e silenzioso. Novatilla prese il flacone che Velia le porgeva e lasciò sul tavolo una collana di granati e oro che la matrigna le aveva regalato il giorno delle nozze.

Appena la ricca cliente lasciò la casa, l'ostetrica salì la scala per andare a chiudere in una cassaforte di ferro la collana appena ricevuta. Gli ambienti al primo piano erano, puliti, spaziosi e ben arredati: Velia non era povera come voleva far credere, la stanzaccia sporca al piano terra serviva unicamente a far sentire a disagio le clienti, inducendole a prendere in fretta quanto chiedevano, pagare e andarsene.

Novatilla non batteva mai ciglio di fronte alle richieste sempre più esose; però, a differenza delle altre, non mostrava mai un'ombra di incertezza o di emozione, per non dire di turbamento: un atteggiamento sprezzante, che irritava moltissimo Velia. Faceva pagare meno, o addirittura niente, chi le sembrava pentita, chi piangeva disperata perché troppo giovane o perché costretta dalla povertà a quella rinuncia di vita. Insomma, ai sentimenti Velia ci teneva; perciò non aveva rivelato a Novatilla che la pozione appena venduta, se presa più di due volte, avrebbe procurato la sterilità.

Elpidio era sfiduciato, rabbioso, deluso.

Ce l'aveva messa tutta per domare quella puledra selvaggia, come gli aveva consigliato Vespasiano, ma – dopo due anni – si rendeva conto che se non era un'impresa impossibile in assoluto lo era di certo per le sue forze e la sua volontà.

Era stato sinceramente innamorato della giovane moglie, o almeno così aveva creduto nei primi mesi di matrimonio – avrebbe davvero voluto formare insieme a lei una famiglia grande e armoniosa.

Avvertiva come un fallimento la rinuncia ai suoi progetti ed era profondamente dispiaciuto del dolore che la notizia di un divorzio avrebbe dato al senatore Novio. Ma aveva deciso. E come avrebbe reagito Novatilla, gli era del tutto indifferente.

TERZA PARTE

1

Sembravano statue di marmo

Pompei, 79 d.C.
Calende di giugno
ottantasei giorni prima dell'eruzione

Kal. Iunias

Mi chiamo Marco Lucio Ceio e ho tredici anni.

Fra pochi giorni termineranno le lezioni e fino a ottobre potrò divertirmi con gli amici. Non sono mai stato il più bravo degli studenti, però sono in buona posizione.

I primi anni di scuola non sono stati piacevoli. Eravamo in dodici, stretti in una piccola aula al primo piano sulla via di Nola, e non c'erano tavoli per scrivere: usavamo le ginocchia. Meglio di tanti miei conoscenti, che col sole o sotto la pioggia seguivano le lezioni sulla strada, riparati solo da una tenda, con l'unico vantaggio di fare vacanza durante i giorni di mercato.

Come loro, però, avevo difficoltà ad alzarmi presto la mattina. E poi l'ansia per arrivare in orario ed evitare così le punizioni, senza tralasciare di sfregarmi i denti e pettinarmi.

Il nuovo maestro è meno severo del precedente, ma gli studi si sono moltiplicati: astronomia, geografia, poesia greca. Insomma, sto crescendo.

Il mio migliore amico si chiama Claudio. Le nostre case distano pochi passi e ricordo di aver giocato sempre con lui. Purtroppo, alle Calende di aprile, nel giorno del dio Mercurio, si è trasferito a Roma perché sua madre si è risposata.

In fondo sono felice per lui, sentiva molto la mancanza del padre morto in una terra lontana. Spero che...

«Hai terminato di scrivere la tua vita? Gli editori sono in attesa».

Lucio era entrato sistemandosi la toga. Sapeva di quel compito da svolgere e con il suo tono scherzoso sperava di fugare ogni possibile tristezza. Raccontando la propria infanzia, e quindi l'amicizia con Claudio, Marco avrebbe rivissuto la loro separazione.

«Quasi» rispose per lui il liberto Numidio.

«Sono tre ore che stai chiuso qui dentro. Dài Marco, sbrigati, lavati la faccia, la cerimonia non aspetta noi. Tua madre è al tempio già da un pezzo».

Sarebbe stata la prima cerimonia nel tempio di Iside rimesso a nuovo e Lucio – come la maggior parte dei suoi concittadini – era curioso e impaziente di partecipare a quell'evento eccezionale.

Non era mai accaduto che un bambino di sei anni, Celsino, fosse nominato decurione di Pompei; ma il compromesso si era reso necessario per ringraziare il padre, liberto di prima generazione, che aveva provveduto al restauro del santuario.

Marco era alto ormai quasi quanto Lucio. A chi li osservava vicini, non sfuggiva che la loro andatura e tanti gesti erano identici. Per i lineamenti, invece, il ragazzo ricordava la madre.

«Come mai sei così pensieroso?» gli chiese Lucio.

«Temo che Claudio non tornerà più, e mi dispiace davvero molto. Lo sai, è come un fratello per me».

Certe parole possono entrare come pungiglioni nel cuore: era stata sufficiente la parola *fratello* pronunciata da Marco per provocare nel padre un improvviso turbamento. Le volte, sempre più rare, nelle quali Lucio era stato assalito da dubbi in proposito, li aveva subito ricacciati indietro. Bastava poco, però, a risvegliarli: un caso simile accaduto a un conoscente oppure uno spettacolo visto a teatro – si rappresentavano spesso commedie i cui protagonisti erano due fratelli separati alla nascita che alla fine si ritrovavano, dopo innumerevoli peripezie.

«Mah!» fu l'unico commento imbarazzato alle parole del figlio.

Allungando il passo quasi a voler aumentare la distanza con la casa di Flavia e l'argomento: «Chi può dirlo, se non ritornerà? Hai visto quante cose sono successe in questi ultimi anni che nessuno di noi avrebbe immaginato? La morte di Quinto, le nostre pecore viola, la scomparsa del nonno Felicio... e per la prima volta a Pompei un bambino che sta per sedersi accanto ai più alti magistrati». Circondò con un braccio le spalle di Marco. «La Fortuna è capricciosa come le donne, ma ora non pensiamo a cose tristi. Sono sicuro che, prima o poi, Claudio ritornerà a Pompei». E intanto si persuadeva che avrebbe dovuto trovare il coraggio di domandare a Flavia quello che non aveva mai osato chiederle.

Erano arrivati.

Per l'inaugurazione del nuovo edificio sarebbe stato celebrato un rito sontuoso. All'interno del colonnato erano assiepati tutti i notabili della città e quanti adoratori di Iside erano riusciti a trovarvi posto. I sacerdoti, con la testa che sembrava lucidata per l'occasione e lunghe vesti candide, attendevano in piedi intorno all'ara sacra sul lato sinistro del cortile d'accesso, algidi custodi di uno scrigno prezioso: il tempio che si ergeva al centro, sopra un alto podio. In pochi avevano notato che erano stucchi e non marmi a decorarne le strutture architettoniche: i colori accesi usati dai pittori, il numero delle statue, le immagini dell'Egitto che si rincorrevano sui muri del portico avevano incantato tutti.

Molti anziani e famiglie legate ai culti delle divinità tradizionali non accettavano il tributo a Iside: troppo Egitto poteva distogliere dalla religione degli avi; ma quel giorno non c'era stato pompeiano, di ogni credo, che non si fosse soffermato a osservare la folla stipata all'interno del santuario, o ad ascoltare il suono metallico dei sistri agitati dai sacerdoti. Davanti a tutti c'erano il piccolo Celsino e i suoi genitori. Impettiti, drappeggiati nelle vesti bianche, sembravano statue di marmo.

A differenza della moglie, Lucio Ceio non era un seguace di culti egizi e, mentre da un gruppo di adepti si levavano al cielo canti ritmati e incomprensibili, girava lo sguardo senza particolare interesse. I riti si svolgevano con una lentezza insopportabile e per distrarsi scambiava qualche impressione sottovoce con il cugino Ceio Secondo.

Poi alcuni addetti alla funzione portarono un catino pieno di acqua sacra per la purificazione, attinta dal bacino sotterraneo. I più ferventi seguaci della dea accorrevano con le mani al cielo verso il capo spirituale che, in cima agli otto gradini del tempio, alzava sopra la testa un vaso colmo del liquido rigeneratore.

Lucio, con un'espressione adeguata alla solennità della circostanza, bisbigliò a Secondo: «Credi davvero che quest'acqua arrivi dal Nilo?»

«Macché! Ci sono dei fanatici che viaggiano fino alle Piramidi per procurarsela, ma non certo i nostri sacerdoti».

«Sssst!» li zittì Melissa lanciando un'occhiata di rimprovero al marito.

Lucio, per niente infastidito, le sorrise. Se il carattere di Melissa era migliorato lo doveva a Iside egizia. Da quando aveva deciso di sottoporsi ai complessi riti iniziatici e aveva ricevuto i segni della salvezza eterna, era diventata più calma e bendisposta verso chi le stava intorno. Oltretutto, le astensioni dal cibo e dal sesso richieste dai misteri rivelati avevano avuto un effetto positivo sulla sua forma fisica, oltre a far riposare di più il marito.

Il primo officiante cominciò a recitare con voce stentorea la preghiera che tutti conoscevano: « *Tu, una quae es omnia, dea Isis...* »

Il giorno dopo la celebrazione, una forte scossa di terremoto fu avvertita in tutta la città. In tanti si precipitarono fuori dalle case in preda al panico, temendo il peggio.

Non era la prima volta, negli ultimi mesi, che la terra danneggiava edifici già pericolanti, ma quel mattino il medico Terenzio constatò il decesso di due anziani per un colpo al cuore. L'evento rimase isolato, e ciò fu interpretato come una dimostrazione di benevolenza da parte della dea del Nilo. Così i sacerdoti aumentarono i loro introiti e le offerte di frutta raddoppiarono.

2

«Partita quasi di nascosto»

Pompei, 79 d.C.
Idi di giugno

Flavia Valeriae. D.III Kal. Iun.

I segreti di Flavia arrivarono in casa di Valeria mentre la matrona dagli occhi verdi si stava preparando per andare al tempio di Iside. Lo scritto era lungo e la voglia di leggerlo molta. Per non perdere tempo, Valeria chiamò la schiava che conosceva meglio il latino e continuò a farsi arricciare i capelli dalla pettinatrice.

Ti sarai meravigliata, come credo tutti, della mia improvvisa partenza, apparsa come una fuga. A distanza di due mesi dalle nozze e in procinto di tornare a Pompei, sento il bisogno di spiegare a te, prima che a ogni altro, il motivo di questo comportamento. Deciderai se diffondere quanto sto per riferirti o lasciare che sia io a giustificare la mia scelta quando ritornerò. Se pure devo giustificarmi.

Dalla morte di Quinto non ho mai guardato nessun altro uomo, lo sai. Ricordi quante volte mi hai spinto ad accettare questa o quella proposta di matrimonio e, al mio rifiuto, sostenevi scherzando che volevo tenermi libera per il pesce migliore? Ho cambiato idea, ma non perché allora stessi aspettando di prendere all'amo un pretendente di prestigio: solo, ho capito di non po-

ter prolungare oltre il mio isolamento, stringendo Claudio nella morsa del mio egoismo.

Avevo messo una fitta rete tra noi e il mondo esterno, lasciando qualche maglia aperta solo per le feste pubbliche e gli amici intimi. Così, forse per pensare a qualcosa di piacevole prima di addormentarmi, o perché sentivo che si era chiusa un'altra fase della mia vita, mi ero convinta che prima o poi sarei tornata a Rieti, dove ero stata così felice e dove, in definitiva, avrei potuto formare una nuova famiglia. Elpidio mi aveva scritto per consolarmi, dopo la tragedia; ma, dopo averlo ringraziato con un breve messaggio, non gli avevo più dato mie notizie. Soltanto in occasione delle sue nozze con la nobile Novatilla gli avevo inviato, di cuore, le mie felicitazioni. Non provavo più niente per lui, nemmeno l'attrazione che ti avevo confessato quando era venuto a Pompei. Almeno così mi sembrava. Ma durante le celebrazioni in onore di Venere, alle None di marzo, l'ho rivisto dopo molto tempo e...

Valeria strappò di mano alla schiava la lettera dell'amica, licenziò anche la pettinatrice e continuò a leggere da sola. L'argomento si faceva troppo intimo e non voleva che, attraverso la servitù, si diffondessero ulteriori pettegolezzi su Flavia – ne circolavano già abbastanza.

... ho provato una forte emozione.

Mi aspettava vicino a casa e quando mi ha vista arrivare si è avvicinato, ha abbracciato Claudio e mi ha chiesto di entrare: «Solo un momento, per salutarvi e dissetarmi. Devo ripartire in giornata».

Nessun imbarazzo, nessuno sforzo, nessun disagio: siamo stati vicini e abbiamo conversato con una naturalezza che mi ha sorpreso. Sembrava che non ci fossimo mai separati e che a un amo-

re nascente fosse subentrato un tenero affetto. Poi Elpidio ha parlato con Claudio, gli ha raccontato della vita a corte e, per la prima volta dopo tanto tempo, ho visto mio figlio ridere di gusto. Persino la casa sembrava più allegra. Gli schiavi andavano avanti e indietro portando dolci e bevande, mentre Klea cantava al piano di sopra. Dopo tanto tempo, mi sentivo spensierata.

Poi Elpidio con una scusa mi ha preso da parte, ha chiuso la tenda del triclinio e mi ha fatto sedere. « Le circostanze della vita ci hanno allontanato ed è inutile rimuginarci sopra. Ho divorziato da Novatilla e ora sono qui ». Mi ha detto che aveva ottenuto degli avanzamenti di carriera: stava per essere nominato governatore di un'importante Provincia e aveva bisogno di avere accanto a sé una presenza solida e affettuosa. « I sentimenti che in passato abbiamo provato l'uno per l'altra, ostacolati dal tuo matrimonio, hanno lasciato un segno dentro di me e sono certo che per te è lo stesso. Abbiamo vissuto tutti e due momenti molto difficili, ma siamo ancora in grado di costruire insieme una vita serena. Fra un mese sarò di nuovo qui. Se aprirai i battenti della tua porta, dovrai anche essere pronta a seguirmi con Claudio a Roma, per diventare mia moglie. Se non vorrai ricevermi, non mi vedrai più ».

La sua visita, e ancor più le sue parole, mi hanno tolto il sonno.

Si avvicinava il momento del ritorno di Elpidio e mi sentivo turbata, indecisa. Faccio bene a lasciare la mia casa?, mi chiedevo. Troppe cose sono successe in questi anni, fino a che punto posso fidarmi di lui? E se, nonostante le apparenze, fosse cambiato? Continuavo ad arrovellarmi, ma nel mio cuore la decisione era presa.

Intanto provvedevo ad acquistare abiti, a provare nuove pettinature, a rifornire le mie casse di stoffe preziose, stole, fasce per il seno – lo sai di quante cose abbiamo bisogno noi donne per apparire eleganti e desiderabili. Durante i preparativi, presa dal-

la foga di non sfigurare con le matrone romane, non so quanto cerusio ho acquistato, e quanti tipi di biacca e polvere di azzurrite, e fermagli per capelli. Alla fine, non si riusciva a chiudere le casse.

Riprendevo a vivere, a sentirmi di nuovo una donna e non una vedova. Era una sensazione molto strana, perché da una parte provavo l'entusiasmo di una ragazzina e dall'altra mi sembrava di rinnegare una parte della mia esistenza. Non me la sono sentita di confidarmi con te nelle poche occasioni in cui ci siamo incontrate. Alle tue domande sul motivo della mia evidente tensione e della cura che, finalmente, dedicavo al mio aspetto, sono stata ingiustamente evasiva e di questo ti chiedo scusa. Ma temevo che la notizia potesse diffondersi, con chissà quali commenti, e fino all'ultimo volevo sentirmi libera di ripensarci.

Anche se mi rendevo conto che sospettavi qualcosa, ho preferito lasciare libera la tua fantasia; prima della partenza avresti saputo la verità e le cose si sarebbero chiarite. Solo che le faccende a cui provvedere personalmente erano così numerose – il necessario per Claudio, le incombenze da affidare al procuratore, il denaro per le paghe ai servi e per le offerte al cenotafio di Quinto – che il tempo è volato.

Quando mi è stato annunciato Elpidio, sei giorni prima del previsto, non c'era più tempo per nulla. Per fortuna Claudio era riuscito a salutare Marco e gli aveva spiegato la ragione della partenza, compensando almeno in parte le mie mancanze. L'unica persona che ho visto, poco prima di salire in carrozza, è stata Melissa, in compagnia della sorella Gaia. Sembrava che mi stessero aspettando e non sapevo cosa dire. Me la sono cavata con un abbraccio, un accenno alle nozze improvvise determinate dagli impegni di Elpidio – questo era vero – e la promessa di trascorrere insieme i mesi più caldi. Il resto è cosa nota. Sono partita quasi di nascosto e ho iniziato la mia avventura romana.

So che muori dalla voglia di sapere come mi trovo. Be', non ti nascondo che sono contenta di aver preso questa decisione. Per quel poco che riesco a stare con Elpidio, sono una donna appagata. In tutti i sensi. Claudio ha già trovato nuovi amici: i figli di mio cognato, che hanno più o meno la sua età. La famiglia di Elpidio mi ha accolta con affetto. Credo che la madre – che per il momento abita con noi – sotto sotto preferisca una nuora delle sue parti a un'aristocratica romana viziata, come pare sia stata Novatilla. Sono felice anche di aver riabbracciato mio padre e mia madre: raramente ho visto genitori così contenti al matrimonio di una figlia.

La nostra casa sul Celio non mi fa rimpiangere quella di Pompei. Non volermene, Valeria. La nostra amicizia non finisce con il mio trasferimento. Ti invito fin d'ora con la tua famiglia ad assistere agli spettacoli che inaugureranno l'Anfiteatro Nuovo, ma ci vedremo prima a Pompei. Arriverò entro le Calende di luglio con Elpidio e Claudio: abbiamo intenzione di offrire agli amici un banchetto indimenticabile.

Ho già pronta per te un'armilla come mai ne hai viste; ho trovato un orafo che lavora serpenti di metallo come se fossero fiori dal lungo stelo.

Etiam atque etiam vale.

Valeria non si mosse. Rimase seduta, con una fibula in mano.

Ancora una volta la sua amica più cara le aveva nascosto i suoi pensieri più intimi, e ancora una volta era riuscita a farsi comprendere e perdonare. Chissà, ragionava la matrona, come avrei agito al suo posto. Forse avrei evitato di confidarmi per non farmi suggestionare. Però, sacra Venere, una volta deciso il da farsi... E comunque com'era stata brava, Flavia, a organizzare casa e bagagli senza lasciar trapelare nulla!

Mentre si drappeggiava l'abito con cura, il suo rimorso nei confronti dell'amica aumentava. Qualche giorno prima, alle Terme suburbane aveva a lungo commentato le sue nuove nozze senza benevolenza. Mentre si faceva spalmare l'olio da mani esperte, in compagnia di due amiche, la sua stizza aveva contagiato altre conoscenti.

Era l'ora pomeridiana che le vedeva tutte riunite, senza bisogno di appuntamento; una piacevole abitudine, un momento tutto per loro in cui, libere dai capricci dei figli, potevano spettegolare in pace. Le Terme fuori le mura erano cambiate. Dallo spogliatoio erano sparite le pitture che tanto avevano scandalizzato ed eccitato i pompeiani: il proprietario, attento alle disposizioni più conservatrici del nuovo imperatore, le aveva coperte con anonime decorazioni. Quando la terra tremava, si usciva fuori e poi si ricominciava. E lì dentro il nome di Flavia era riecheggiato a sproposito tante volte. Ora che in ritardo aveva compreso le ragioni dell'amica, Valeria non si dava pace e si tormentava pensando a come porvi rimedio. Finanche nelle botteghe dei barbieri il matrimonio della vedova di Quinto Poppeo aveva suscitato un vespaio di curiosità malevole. Giulio Polibio invece, di solito così critico, aveva spiazzato tutti. Seguendo la sua etica personale, riteneva che la dignità con cui Flavia aveva vissuto la vedovanza avesse superato di gran lunga le leggerezze del passato e che lei si era comportata nel migliore dei modi, anche partendo senza avvertire nessuno.

Il commento, che stupì gli stessi familiari, aveva il sapore di una sentenza e fu emesso durante una cena in casa del medico Terenzio: « Se a Pompei si sparge la notizia di un simile matrimonio » aveva aggiunto nel silenzio generale, « può accadere che l'invidia lo mandi a monte. Elpidio conosce Flavia da anni e mai si è permesso di profanare le stanze di Quinto. Hanno ogni diritto di decidere i fatti loro ».

Il padrone di casa fu d'accordo. Gli altri, invitati a formulare un augurio agli sposi, si limitarono a un tiepido consenso di circostanza. Dopo che Valeria diffuse fra le amiche il contenuto dello scritto di Flavia, il giudizio sulle nozze segrete fu modificato, ma solo in parte; i malevoli irriducibili mantennero le loro convinzioni e gli altri si preoccuparono soltanto di essere inclusi nella lista degli invitati. Ai festeggiamenti dei Vatinii nessuno voleva mancare.

3

«Lo giuro sui Lari della mia casa»

POMPEI, 79 D.C.
NONE DI MARZO

Flavia era orgogliosa di aver tenuto testa così bene a Elpidio, anche se tra loro ci sarebbe sempre stato un segreto inconfessabile. La lettera che aveva commosso Valeria era stata scritta con affetto sincero e diceva la verità. Ma non tutta. Era stata volutamente omessa una parte importante del colloquio di pochi mesi prima, che però non era possibile svelare nemmeno all'amica più cara.

Una volta soli, il senatore aveva esordito: «Ti sarai chiesta perché, all'improvviso, ho smesso di scriverti. Potrei giustificarmi dicendo che sono stato impegnato oltre l'immaginabile e che mi sono capitate gravi contrarietà: la spalla e un polso rotti da uno sconosciuto assalitore, la casa rovinata da un incendio. È tutto vero, ma non sono stati questi i motivi determinanti».

«Allora per quale ragione hai voluto dimenticarmi?»

«Non è facile, credimi. Ma te lo dirò». Il senatore le prese una mano e, accarezzandola, disse piano: «Quanti baci avrei voluto darti, quanto mi sei mancata... non avrei mai sposato un'altra se quel giorno infausto...»

«Di che giorno parli, Elpidio? Qualunque cosa tu debba dirmi, non tenermi sulle spine». Flavia tremava. Non sapeva cosa pensare e all'emozione di avere rivisto l'uomo che aveva amato profondamente si sommava il turbamento per quelle frasi misteriose.

Elpidio le raccontò che era appena sbarcato a Pozzuoli con l'idea di farle una sorpresa, anche solo per un giorno: nell'ultima lettera lei gli aveva scritto che Quinto, ancora in viaggio, non accennava a tornare. Era entrato in un locale per mangiare qualcosa e aveva preso posto a un tavolo. Il *thermopolium* sembrava ben frequentato e già stava pregustando il sapore di uno sgombro quando gli si era avvicinato un uomo: «Sei Elpidio Vatinio, amico di Quinto Poppeo?» Lui aveva risposto di sì, pentendosene immediatamente: e se l'uomo lo avesse aggredito? Era rimasto con un pezzo di pesce a mezz'aria. Ma lo sconosciuto, basso e scheletrico, aveva bene in vista le mani nude: almeno su quel fronte poteva stare tranquillo.

Dall'accento avrebbe detto che era di quelle parti, certamente non di Roma, e aveva pensato che gli portasse notizie sue o di Quinto. Gli aveva domandato come si chiamasse ma non l'aveva invitato a sedersi, e l'uomo era rimasto in piedi, scusandosi per l'invadenza.

«Il mio nome non importa» aveva risposto l'uomo. E poi: «Ho da dirti delle cose che potrebbero interessarti».

Flavia tremava e avrebbe voluto che Elpidio andasse al punto, ma lui era deciso a raccontare la storia a modo suo. Lo sconosciuto gli aveva detto che molti anni addietro suo cugino era stato al servizio di Quinto Poppeo. Adesso era lontano, ma gli aveva chiesto di rintracciarlo e di dirgli che il ricco Poppeo profanava le bambine e che la matrona Flavia era l'amante del suo vicino di casa Lucio Ceio. Elpidio era rimasto di sasso. Non si sarebbe mai aspettato una rivelazione del genere, tanto più da qualcuno che non aveva mai visto. O almeno così credeva.

Flavia si alzò di scatto, la testa fra le mani. «Ma è... è... inaudito! Come ha osato quell'uomo...»

Elpidio le circondò le spalle con un braccio. «Siediti e ascoltami, per favore. Ho dell'altro da dirti. I commenti li farai alla fine».

Flavia ubbidì. Sapeva che, per quanto riguardava Quinto, si trattava di una menzogna, ma nel suo caso... Era arrivato il momento di una verità che le pesava sul cuore da tanti anni, ma che ormai credeva di non dover più rivelare a nessuno.

«Anch'io sono saltato sulla sedia» proseguì il senatore, «e gli ho chiesto come osava offendere uno stimato cittadino e sua moglie. «È un giuramento che ho fatto a mio cugino, al quale devo la possibilità di vivere agiatamente» mi ha risposto. E perché il suo parente pretendeva una simile infamia? «Quinto Poppeo gli ha procurato un grande dolore e lui odia tutto ciò che lo riguarda».

«Ma io che cosa c'entro?» gli aveva domandato allora Elpidio. «Ora sei diventato ancora più importante, devi sapere che razza di gente frequenti» era stata la secca risposta dell'uomo. Il cavaliere aveva sentito il sangue salirgli alla testa; avrebbe voluto sgozzare quell'impostore con le sue mani, ma allo stesso tempo voleva saperne di più. Cercò di mostrarsi calmo e gli chiese come avesse fatto a riconoscerlo, tanto più che era appena arrivato e non aveva ancora parlato con nessuno.

Venne fuori che lo aveva conosciuto a Pompei, quando era stato insieme a Quinto nella sua bottega di stoffe e cuscini. Tutti in città sapevano chi fosse Elpidio. Se allora fosse stato possibile avvicinarlo da solo, sarebbe stato il suo parente stesso a metterlo in guardia, ma avendo il suo ospite sempre al fianco aveva preferito non rischiare. Sapeva che se qualcuno avesse cercato di sbarrare il passo al più temibile dei Poppei sarebbe stato peggio per lui. Elpidio si era meravigliato che avesse aspettato tanto per riferirgli quelle informazioni e l'uomo spiegò che si era limitato a obbedire agli ordini del cugino; ora che il momento era arrivato, stava giusto per andare a Roma quando, per fortuna, lo aveva visto scendere dalla nave.

«Ti confesso, Flavia, che di Quinto mi importava relativamente. E comunque non credevo a una sola parola. Ma il discorso che riguardava te mi aveva sconcertato per la sicurezza con cui quel bottegaio aveva indicato nome e cognome del tuo amante. Gli domandai allora quali prove avesse, il suo parente, di quella relazione: almeno avrei potuto smentire quelle insinuazioni e impedire che la voce circolasse».

Flavia piangeva. Mai avrebbe immaginato un incontro così doloroso. Forse era meglio così, già immaginava di tornare dai genitori – come del resto aveva in un primo tempo deciso – senza rimpianti.

«Mi dispiace». Lo sguardo di Elpidio era tenero e severo al tempo stesso. «Posso andare avanti?»

«Continua» disse Flavia asciugandosi gli occhi con il dorso della mano.

«Ti risparmio l'intero colloquio, che ricordo parola per parola, e vengo al nocciolo. Pare che il cugino – hai idea chi possa essere? – abbia visto qualche anno fa Lucio Ceio uscire da casa tua, all'alba e in disordine, mentre Quinto era lontano da Pompei. Circa nove mesi prima della nascita di tuo figlio».

Flavia fu tentata di essere sincera fino in fondo, per quanto fosse davvero arduo. Nello stesso tempo però, aveva delle riserve sul comportamento di Elpidio: «È bastato il discorso di un venditore di cuscini per farti scomparire? Non avresti potuto chiedermi, a suo tempo, delle spiegazioni? Meritavo un simile trattamento?»

«Oggi sembra tutto assurdo, ma allora... Non ti vedevo da molto tempo, ero nelle grazie di un imperatore che mi onorava della sua stima incondizionata, attaccato come nessuno alle forme e al valore della famiglia, e io mi trovavo nella condizione non facile di amare una donna sposata con un uomo molto in vista, che forse aveva avuto il figlio da un altro. Mettiti nei miei panni». Elpidio le prese le mani, i begli occhi scuri fissi in quelli dorati di Flavia. «Ero frastornato, e d'istinto decisi di rientrare a Roma: avevo bisogno di scoprire se quell'uomo aveva detto la verità e di fare chiarezza nei miei sentimenti. Fu in quel periodo che venni assalito a tradimento e la mia abitazione fu incendiata. Mia madre tornò a Rieti e io andai ad abitare da un senatore che mi aveva generosamente offerto la sua ospitalità».

«Scommetto che lì conoscesti Novatilla».

Elpidio spiegò che era la figlia del suo senatore e che fisicamente le somigliava. L'argomento distrasse per qualche momento Flavia, che cominciò a tempestarlo di domande: «In che cosa mi somigliava? Era più bella? E com'era di carattere?»

Per accontentarla, Elpidio si sforzò di richiamare alla memoria particolari che avrebbe preferito di gran lunga cancellare: «Per i capelli e la bocca avrebbe potuto essere tua sorella. Per il resto, proprio no: era capricciosa, volubile, poco rispettosa del padre e della matrigna. Pensava solo a truccarsi e a sfoggiare abiti e anelli. Vestiva con eleganza, se proprio ti interessa, ma sappi che mai avrei deciso di sposarla, qualche mese dopo averla conosciuta, se non mi fossi convinto che quanto avevo appreso a Pozzuoli poteva essere vero».

«E credi che non te lo avrei confessato? In fondo il mio supposto tradimento era precedente al nostro rapporto e ti avevo confidato la mia infelicità di moglie. Mi avresti voluto meno bene se avessi saputo di una relazione? E comunque cosa mai ti aveva convinto di una tale possibilità?» Flavia si era sforzata di parlare con voce calma, ma temeva le risposte di Elpidio.

«Andiamo per ordine. Poteva darsi che, temendo un giudizio negativo da parte mia, me lo avessi taciuto: succede spesso di nascondere alla persona più cara un rapporto clandestino. Oggi ti direi che niente avrebbe potuto cambiare i miei sentimenti; ma allora, sinceramente, non lo so. Per quanto riguarda invece i motivi per cui mi ero convinto che Lucio fosse stato davvero il tuo amante, sin dal nostro primo incontro mi ero accorto che mi fissava, e non con simpatia. Lo avevo invitato a trattarmi con familiarità, visti i rapporti esistenti fra di voi, ma sembrava quasi che ce l'avesse con me. Lì per lì non avevo dato peso alla cosa, in fondo era l'unico neo in un'accoglienza indimenticabile. Ma il racconto di quell'uomo improvvisamente mi faceva vedere certi piccoli episodi sotto una luce diversa e ho provato rabbia e gelosia».

«A quali episodi ti riferisci?»

Elpidio disse di aver notato subito come Lucio la guardava: anche in compagnia della moglie e di altre donne, aveva un modo di scrutarla, di sorvegliare ogni suo gesto, che gli era sembrato eccessivo da parte di un amico, per quanto intimo. Sicuro dell'amore di lei, aveva attribuito quell'atteggiamento a un sentimento non ricambiato e con Flavia non ne aveva fatto parola. «Durante i giochi all'Anfiteatro, però, Lucio si girava in continuazione a guardarti e con me era stato quasi antipatico, aveva persino cercato di mettermi in difficoltà accennando al fatto che il principe Tito si dilettava a esibirsi durante gli allenamenti dei gladiatori. Il comportamento di una persona invidiosa e infantile, pensai allora. In seguito mi ero convinto che non invidiava il mio ruolo o le mie amicizie, bensì la mia presenza sotto il tuo stesso tetto e l'intesa fra noi, che probabilmente non era sfuggita al suo occhio interessato».

«Mi sembra ancora poco per prestare fede a un delatore» obiettò Flavia. Le era calata dentro una strana calma: aveva deciso che rivoleva Elpidio a ogni costo ed era determinata a riprenderselo.

«Quando si è lontani, ogni cosa si ingigantisce» cercò di spiegarle lui. «La morte di Quinto, appresa con ritardo, mi spingeva a tornare. Ma non sapevo se nel frattempo ti eri innamorata di un altro o se con Lucio...»

«Adesso basta!» gridò Flavia. «Basta, hai capito? Non nominare più Lucio! Sei tornato per tormentarmi, dando credito alle parole di un folle?»

Il senatore restò spiazzato: da imputata, Flavia era diventata inquisitrice. Ma si riprese in fretta e precisò: «Guarda che non sono io a dovermi giustificare».

«Nemmeno io!» Flavia era diventata paonazza, per la collera e il dispiacere. «Posso capire il tuo stato d'animo, le disgrazie che ti sono capitate, ma non la tua reazione davanti alle parole di un miserabile. Al tuo posto io avrei preso il toro per le corna e...»

Elpidio non le lasciò terminare la frase, aveva atteso anche troppo a lungo. Le coprì la bocca con la sua e Flavia ricambiò il bacio, a occhi chiusi, assaporandone la dolcezza. Già una mano di Elpidio le stringeva un seno quando lei trasalì e si scostò bruscamente: «Non mi hai ancora detto chi o che cosa ti ha spinto a tornare».

Elpidio cercò di stringerla nuovamente a sé, ma Flavia gli scivolò via dalle braccia e andò a sedersi lontano da lui.

«Una serie di coincidenze, favorite da una visita di Cornelio Prisco» rispose il cavaliere con un sospiro rassegnato. «Era arrivato il momento giusto per rivedere con distacco l'intera faccenda e lui me ne ha offerto l'occasione. Per molto tempo avevo evitato di incontrare chiunque avesse a che fare con te o tuo marito. Mi sono solo attivato, come avevo promesso, per l'apertura della scuola per oratori desiderata da Cornelio, e ho avuto contatti con molti proprietari della zona quando Vespasiano aveva inviato un tribuno per mettere ordine nei terreni municipali. Ma niente cene o feste dove si potesse accennare alla famiglia dei Poppei. Qualche tempo fa, però, Cornelio è venuto a trovarmi per un consiglio. Abbiamo parlato di tante cose, e inevitabilmente il discorso è caduto su Pompei».

«E che cosa ti ha detto?»

«Senza che gli chiedessi niente, mi ha raccontato della tua vedovanza e della vita solitaria che conducevi. Aveva voglia di chiacchierare, l'avvocato, e io ne ho approfittato per chiedergli notizie di quanti avevo conosciuto durante il mio soggiorno, lasciando per ultimo Lucio. Cornelio non si è lasciato pregare e mi ha fatto un quadro dettagliato, anche dei nuovi affari del suo amico Ceio. «E guarda sempre tutte le donne che gli capitano a tiro?» gli ho chiesto. «Ma quali donne!» ha riso lui. «Lucio è un bravo amministratore pubblico e un ottimo investitore, ma è un disastro quando si tratta di gestire le faccende domestiche. È un marito fedele, con una moglie che lo tiene sempre al guinzaglio. Gli piace allungare lo sguardo, è vero; ma non oserebbe corteggiare nemmeno una pavonessa». Lo trovai divertente, ma soprattutto non avevo più bisogno di essere rassicurato. L'impeto delle mie reazioni di un tempo, messe a dura prova da traversie fisiche e sentimentali, aveva lasciato il campo a una serena obiettività. La nostalgia, poi, aveva lavorato come una talpa... ed eccomi qui».

Elpidio si alzò e si avvicinò a Flavia; la prese per i polsi e la costrinse a guardarlo negli occhi. «Ora, però, devi rispondere a una domanda, anzi a due».

Lei cercò di sottrarsi, come se ne avesse abbastanza. Doveva assolutamente troncare quel colloquio per riprenderlo più tardi, in una situazione e in una disposizione d'animo del tutto diverse. Credeva di sapere quali erano gli interrogativi rimasti in sospeso e aveva bisogno di tempo per preparare le risposte più adatte.

Ma Elpidio era determinato a non lasciare alcuna scappatoia. La strinse più forte, obbligandola a restare seduta.

«Allora, è vero o no che quella notte Lucio è stato a casa tua?»

Flavia ringraziò mentalmente Cornelio e le talpe. Senza battere ciglio, abbassando appena la voce, rispose: «Se si è intrufolato in casa, a mia insaputa, sicuramente avrà approfittato di una delle ragazze gestite da Eros nelle sue stanze: le sue prostitute orientali sono state famose a Pompei. Aveva tra l'altro il consenso di mio marito, e io, come altre matrone, facevo finta di niente. Non era certo l'unico in città, anche se non ho mai saputo se Quinto ne avesse avuto un tornaconto finanziario. Cos'altro vuoi sapere?»

Elpidio si fece più serio. «Dimmi la verità, qualunque essa sia. Te lo chiedo una volta sola, e poi non ne parleremo più: lo giuro sui Lari della mia casa. Di chi è figlio Claudio?»

Flavia raddrizzò le spalle e lo guardò dritto negli occhi: «Senza ombra di dubbio è l'unico, legittimo figlio di Quinto Poppeo».

Un mese dopo, Elpidio e Flavia erano sposati.

4
Tori dalle corna dorate

Pompei, 79 d.C.
luglio-agosto

Una notizia inviata da Roma a ogni Provincia dell'Impero, l'ottavo giorno prima delle Calende di luglio, colse tutti di sorpresa: era morto Vespasiano, l'imperatore di tante battaglie vittoriose.

Si trovava in vacanza vicino a Rieti, aveva bevuto dell'acqua termale ghiacciata e si era sentito male. Ai forti dolori iniziali era sopraggiunta una terribile agonia, e poi la fine – degna di un Cesare.

« Voglio morire in piedi » aveva detto con il poco fiato rimasto, e i presenti – non si era saputo se i figli o gli schiavi – lo avevano sollevato dal letto perché fosse esaudito l'ultimo desiderio del primo dei Flavi.

Le redini del potere più grande del mondo passavano così nelle mani del figlio Tito. Si dicevano cose poco rassicuranti sul suo conto: trascorreva le notti in orge dissennate, amava ogni genere di spettacolo, passava da una concubina all'altra. Ma in fondo era quello che facevano tutti, da una cinquantina d'anni; tranne forse il defunto Vespasiano, del quale peraltro si diceva che fosse taccagno e che avesse gusti rozzi e abitudini provinciali. Tutti si erano convinti – a Pompei come a Treviri o ad Antiochia – che se le dicerie diffuse da Tiberio in poi fossero state vere, l'Impero romano si sarebbe retto solamente per un prodigio divino.

Tito, comunque, non suscitava grandi apprensioni. Era la prima volta che un figlio legittimo succedeva al padre e le sue doti militari erano ben note. Quanto alla bonomia che pure gli veniva attribuita, solo il tempo avrebbe detto se le genti della Campania ne avrebbero beneficiato.

Qualche giorno dopo Eros, il procuratore dei Poppei, Melissa e Valeria ricevettero contemporaneamente un breve messaggio di Flavia:

Per la scomparsa improvvisa di Cesare Vespasiano, siamo costretti a restare a Roma più del previsto. Faremo di tutto per essere a Pompei entro le Idi di agosto.

«Chissà se la rivedremo mai» commentò con un sospiro Melissa, mostrando il messaggio al marito.

«E perché non dovrebbe tornare? Ha lasciato una casa aperta con ricchezze che farebbero invidia al dio Pluto. Non pensi che – anche solo per questo – farà il possibile per essere qui al più presto?»

«Ho i miei dubbi. Forse trova scuse per rinviare il suo arrivo».

«Non mi sembra che la morte di Vespasiano sia un pretesto» obiettò Lucio, «Elpidio faceva parte del Consiglio ristretto e ora dovrà vedersela con il suo successore. Non può lasciare tutto, fa bene a trattenersi a Roma. E sua moglie fa bene a rimanergli accanto».

«È probabile che tu abbia ragione». E con questo Melissa pose fine alla discussione: non aveva nessuna intenzione di arrivare in ritardo alla riunione dei fedeli di Iside.

Appena fu uscita, Lucio andò a sedersi nel suo angolo preferito del giardino: le scene di caccia dipinte sul muro avevano sempre il potere di rilassarlo. Cercò di immaginare Flavia accanto al nuovo marito e, per quanto gli dispiacesse, doveva ammettere che formavano una bella coppia. Rimuginava tra sé che il tempo non aveva lasciato tracce sul viso della sua vicina. E nemmeno il dolore.

L'aveva desiderata così tanto! Era contento che si fosse rifatta una vita lontano da lì, a Pompei non c'era niente di adatto a lei. O meglio, qualcosa ci sarebbe stato...

Ridacchiava tra sé, illudendosi di aver comunque lasciato un segno nel cuore di Flavia. Quanto a lui, adesso le sue fantasticherie avevano un'unica protagonista: Giulia Felice. Dalla sera che avevano trascorso insieme, l'immagine della vedova bionda sdraiata mollemente sul letto non lo aveva più lasciato e gli ritornava in mente nei momenti meno opportuni: nel corso di una riunione politica o mentre controllava i conti dell'amministratore. Non si dava pace per quel matrimonio inspiegabile, rallegrato da una nascita. Vai a capirle le donne, si ripeteva. Immerse le mani nella conca dell'acqua e si rinfrescò più volte il viso e il collo.

Per quanti erano rimasti in città, l'estate era iniziata all'insegna del divertimento. Più del solito. Le matrone sfoggiavano abiti e gioielli sempre nuovi, impegnando tessitori, artigiani e orafi in un'attività senza sosta. Lavoravano moltissimo anche i fornai, i pasticcieri, i venditori del mercato, i pescatori che approdavano alla foce del Sarno, i corrieri che rifornivano da Pozzuoli i clienti ansiosi di offrire spezie e carni più pregiate degli altri. Gli schiavi si lamentavano fra loro, i bambini erano irrequieti, le ballerine sguaiate. Un vento turbinoso, che si alzava a tratti, scuoteva gli alberi e portava da lontano una terra sottile. Rossa.

I letti per le cene disposti a sigma per accogliere sei, sette, otto persone insieme erano largamente usati nei giardini, al posto dei soliti rettangolari; ma spesso venivano aggiunti sgabelli e sedie pieghevoli perché alla fine gli ospiti erano sempre più numerosi del previsto. I giudizi sui conviti organizzati prescindevano dalla qualità dei cibi. Chi apprezzava la cena rallegrata da suonatori di cetra, chi quella allietata da cantanti o ballerine velate che agitavano i crotali. Anche l'originalità del trucco delle matrone era oggetto di critiche o di apprezzamenti; era come se tutte partecipassero a una gara, mentre la luce delle fiaccole faceva brillare la polvere di cristallo sul viso e le mani dipinte di ocra. Rosse.

Si godeva di ogni giornata in cui la terra non tremava, come in una corsa sfrenata e inconsapevole contro il tempo. Nessuno però era riuscito a eguagliare quanto aveva organizzato Fabio Rufo nella sua villa a quattro piani addossata alle Mura l'ottavo giorno prima delle Idi di agosto. Per allietare gli ospiti, il grande salone e i giardini avevano visto avvicendarsi giocolieri, attori di mimo e danzatrici del ventre di origine spagnola. L'allegria di uomini e donne, accesa dal vino fresco, arrivò alle stelle.

Lucio Ceio aveva approfittato dell'assenza della moglie per sistemarsi accanto a Giulia Felice, ancora a Pompei per concludere dei contratti di affitto. Non era mai stato sfiorato dal dubbio che la bambina nata due anni prima potesse essere sua e Giulia ne era ben contenta: quell'ingenuità tipicamente maschile la metteva al riparo da qualsiasi complicazione. Assaporando ogni momento della serata, era sempre più convinta di aver fatto bene a sposare l'insipido Fulvio. Poteva passare sopra alla sua calvizie e alle sue guance pendenti come quelle di un cane, finanche assisterlo nella malattia: Fulvio Frontone abitava in una residenza panoramica protesa sul Golfo di Napoli, lontana da paurosi terremoti, e – soprattutto – Clelia era una figlia legittima.

Più appartato, su un lettino laterale, nemmeno Giulio Polibio nutriva dubbi sulla paternità della bambina. Aveva visto Lucio prendersi delle libertà con la bionda matrona, ma la cosa – insolitamente – non l'aveva messo in allarme. Era intento a fissare la statua di un efebo trasformata in un portalampade, molto simile a quella che illuminava il suo triclinio. Non disdegnava di seguire i movimenti sensuali delle danzatrici, ma il quesito che lo tormentava riguardava una primogenitura artistica: qual era il bronzo più antico, il suo o quello di Fabio? Non si era nemmeno accorto che una graziosa schiava gli stava porgendo su un vassoio d'argento il dono offerto agli ospiti dal padrone di casa: per gli uomini, un rasoio dal manico d'avorio; per le donne, essenze di fiori in panciuti vasetti di vetro.

Fu l'ultima cena sfarzosa organizzata a Pompei, l'ultima serata tranquilla che gli dèi regalarono ai pompeiani.

L'indomani la città era in piena attività dalle prime ore del mattino e le principali vie di transito erano affollate. Soltanto chi aveva partecipato al ricevimento di Rufo si alzò più tardi.

Lucio, ancora assonnato, si preparò per uscire. Lo aspettavano due amici e insieme a loro, più tardi, avrebbe mangiato qualcosa. Non aveva impegni particolari; dopo aver deciso di rimandare i lavori per ampliare il piano superiore della casa, cercava ogni occasione per andare in giro. Era già sulla soglia quando avvertì un malessere improvviso, uno strano giramento di testa. Cercò un appoggio con la mano e si accorse che era la sua stessa casa a muoversi, ondulando minacciosa.

«Per Ercole, un altro terremoto!» urlò.

Tornò indietro e si precipitò nella stanza dove aveva lasciato Marco che giocava a *tris* con il liberto Numidio.

«Aiuto!» urlava il figlio. «Aiuto!» gridavano da altre stanze Melissa e gli schiavi.

Come altre volte si diressero tutti nell'atrio e si rifugiarono in due angoli, lontani dalle colonne centrali, che temevano potessero spaccarsi e crollare da un momento all'altro. Gli intonaci si staccavano dal muro, sedie e lampade cadevano per terra. Poi la terra smise di tremare.

Rimasero tutti in silenzio, aspettando una ripresa del sisma. Niente. Si avvicinarono allora con un certo timore alla vasca centrale, almeno lì non c'erano coperture, e quasi contemporaneamente volsero lo sguardo in alto: il cielo azzurro di Pompei, da quello squarcio quadrato, pareva in grado di rasserenarli.

«È inutile restare qui e aspettare Flavia» disse Lucio alla moglie, «almeno finché dura il caldo andiamocene in campagna. La possibilità di stare all'aperto, senza tetti sulla testa, ci farà stare più tranquilli».

Melissa aveva rinunciato, come altre amiche, alla villeggiatura estiva: l'arrivo dei Vatinii aveva sconvolto le abitudini di tutti. Pensava malinconica, Melissa, ai bei vestiti ordinati per l'occasione, ma Lucio aveva ragione. Acconsentì senza obiezioni alla proposta del marito e si avviò verso le stanze interne seguita dai domestici.

Ancora una volta, convennero i pompeiani, gli dèi erano stati benevoli. Forse era stato un avvertimento. Forse dovevano pregare con maggior fede, preoccuparsi di ricostruire le celle sacre in frantumi, fare una processione pubblica alla Triade Capitolina. Sì, il segno divino richiedeva sacrifici di scrofe vergini e di grassi tori con le corna impolverate d'oro.

Le preghiere recitate in latino e in greco – quel mattino e i giorni seguenti – contenevano le stesse richieste di benevolenza.

5
La regina delle strade romane

VIA APPIA, 79 D.C.
QUINDICESIMO GIORNO PRIMA DELLE CALENDE
DI SETTEMBRE
SETTE GIORNI PRIMA DELL'ERUZIONE

Flavia iniziò il viaggio.

Prese posto con Claudio su un'elegante carrozza trainata da cavalli, seguita dalla vettura che trasportava Klea e il liberto Giulio e da un altro veicolo con gli schiavi e i bagagli. Il convoglio degno di una principessa era giustificato dalla necessità di caricare oggetti preziosi rimasti a Pompei per trasferirli nella casa romana: una fetta non piccola dell'eredità di Claudio che sarebbe stato inutile e rischioso lasciare lì.

Per la prima volta nella sua vita Flavia viaggiava con la scorta di due guardie armate, imposte da Elpidio. Il senatore, confermato come consigliere particolare anche da Tito e designato governatore provinciale, temeva, per averli conosciuti a lungo e da vicino, gli effetti di gelosie e complotti politici.

La giornata si presentava tersa e fresca. Nel chiarore dell'alba, il vento leggero che così spesso soffiava su Roma da ponente muoveva i pini che si stagliavano contro il cielo colorato di rosa.

Flavia aveva percorso di rado la regina delle strade romane, ma ogni volta che attraversava Porta Capena era colpita dalla sua maestosità. La via Appia, fiancheggiata nelle prime miglia dai suoi celebri sepolcri, sembrava accompagnare i viaggiatori diretti verso sud come una governante premurosa: ampie carreggiate, miliari puntuali, stazioni di posta ogni otto miglia per il cambio dei cavalli, locande per la notte.

Flavia ordinò al conducente di forzare l'andatura. La strada, dritta per decine di miglia avanti a loro, invitava ad accorciare i tempi del tragitto. Il vento sul viso le procurava un gradito stordimento che allontanava i pensieri spiacevoli. Non c'erano motivi particolari di ansia, ma le spiegazioni che l'attendevano a Pompei le procuravano molto fastidio. Avrebbe preferito arrivare insieme a Elpidio, invece si sarebbe trovata sola, in ritardo rispetto alla data annunciata, a fronteggiare un'opinione pubblica smaniosa di chiacchiere e critiche.

Qualche giorno prima un'altra carrozza, fornita di un giaciglio nella parte coperta da teli, aveva attraversato lo stesso tratto di strada. L'unico passeggero, che conosceva a memoria il panorama, non si era mai affacciato per ammirarlo.

Aveva sonno ed era molto stanco, Quinto Poppeo. Non gli sembrava possibile essere ancora in vita, benché il suo corpo portasse segni mostruosi della prigionia. Ce l'aveva fatta. Si era liberato dal suo persecutore e stava tornando a casa. Si chiedeva se Flavia e Claudio lo avrebbero riconosciuto, ma scoprì che in fondo non gliene importava, nello stato di prostrazione in cui si trovava. Era vivo, e tanto bastava. Tempo. Aveva solo bisogno di tempo per curarsi bene, rendere accettabile il suo aspetto, riconquistare il suo posto nella società. Aveva pagato un prezzo molto alto per antiche colpe, vere e presunte, ma riteneva di aver versato anche un anticipo su quelle future.

Viaggiava da diversi giorni. Nonostante non si fosse completamente rimesso, aveva deciso comunque di imbarcarsi. Alla fine di luglio, aggirandosi nelle osterie del porto di Carthago Nova aveva trovato la soluzione che riteneva più opportuna per il suo ritorno a casa. Si era accordato con un marinaio campano per un ricovero nella stiva di una nave mercantile diretta a Ostia, nascosto allo sguardo di tutti. Avrebbe potuto permettersi un viaggio confortevole, ma a parte la paura di Livio era così malridotto che non si sentiva in grado di reggere la vicinanza di altri; né voleva correre il rischio di incontrare conoscenti o, peggio, qualche cliente.

La traversata era stata angosciante. Aveva sofferto, per la prima volta, il mal di mare e riusciva a mandare giù appena qualche boccone del cibo che il marinaio gli portava. Il ricovero puzzolente, la nausea, il ricordo dei giorni drammatici che aveva vissuto, tutto aveva contribuito a rendere il suo rientro oltremodo penoso. Aveva paura di crollare proprio alla fine e dormiva lo stretto necessario, temendo che il suo stesso salvatore potesse sottrargli il gruzzolo nascosto sotto la tunica.

Era stato previdente nel sotterrare sesterzi e aurei nel boschetto vicino a Carthago Nova senza che Lelio se ne accorgesse. In una terra straniera – si era detto –, sempre meglio assicurarsi una via d'uscita per qualche disgraziata emergenza. Adesso aveva con sé un numero sufficiente di monete per terminare il lungo tragitto. E dire che le aveva offerte a Livio in cambio della sua libertà. Un demente iroso, ecco cos'era diventato il suo ex guardiano. Negli ultimi tempi ripeteva di continuo frasi senza senso, lanciava minacce e si metteva a piangere, qualche volta era arrivato persino ad abbracciare Quinto, come se fosse ancora il suo padrone, e a consentirgli di lavarsi e mangiare a volontà. Rari momenti di sollievo durante una prigionia davvero crudele.

Sogni e momenti di dormiveglia si alternavano durante il lungo viaggio, immagini reali e timori si sovrapponevano confondendosi. Quanto era durata la sua tortura? Aveva perso la nozione del tempo. Era stato sul punto di cedere, quello sì che lo ricordava, vinto dall'umiliazione e dai terribili dolori alle ossa.

Spesso aveva pensato alla solennità del suo funerale senza feretro, alle lacrime della sua famiglia, al vuoto che sperava di lasciare in qualche amico. Indugiava per intere giornate su queste tristi fantasie che attenuavano la sua solitudine. E ogni volta aggiungeva particolari nuovi, cambiava la disposizione del corteo funebre, immaginava Flavia con acconciature e abiti diversi.

Dopo le rivelazioni di Livio nutriva per la moglie sentimenti contraddittori. Si era convinto – o si era voluto convincere – che le accuse di adulterio erano false; ma la semplice eventualità, mai cancellata del tutto, che Lucio si fosse introdotto furtivamente in casa sua per giacere con Flavia gli provocava sempre una fitta al cuore. Così, mentre pensava con amarezza al figlio che sarebbe cresciuto senza di lui, scacciava i ricordi legati ai momenti di intimità con la moglie, preferendo immaginarla mentre partecipava alla sua commemorazione. Per distrarsi e mantenere la mente sveglia immaginava di entrare nella sua casa di Pompei: attraversava stanze, corridoi, si sedeva sulla panca di marmo del giardino, scostava una tenda, scendeva a controllare il forno, ad accarezzare il cavallo nella stalla; gli pareva persino di sentire il gorgoglio dell'acqua che scendeva nella vasca con una specie di singhiozzo.

I ricordi più penosi riguardavano Mutia. Livio non gli permetteva di dimenticare quella sciagurata mattina di maggio e mentre lo colpiva con calci e sputi gli ripeteva incessantemente le sue colpe immaginarie.

Anni lunghissimi trascorsi a pensare, con i progetti e i rimpianti che pian piano avevano lasciato il posto alla semplice sopravvivenza: fare più volte al giorno i pochi passi che la catena permetteva, approfittare dei momenti di tregua concessi dal suo carceriere per riposare e massaggiarsi le gambe, seguire l'alternarsi delle stagioni attraverso il mutare del paesaggio intorno a lui. Scavare con l'unica mano intorno alla quercia per trovare tuberi commestibili, contare le formiche che partivano in fila alla ricerca di qualche briciola di pane duro erano diventate abitudini irrinunciabili.

Soltanto negli ultimi mesi Quinto si era soffermato sulla possibilità di tentare una fuga. Di liberarsi della catena da solo, neanche a pensarci: era pesante, lunga cinque passi. Di commuovere Livio, nemmeno. Dopo aver inseguito per tanto tempo la vendetta non era certo disposto a trovare una soluzione che soddisfacesse entrambi. Ci voleva qualcun altro a portata di mano, qualcuno disposto a credere alla storia che Quinto aveva elaborato nei minimi particolari da quando si era convinto di avere ancora la forza di fuggire. Se il suo piano fosse fallito, avrebbe fatto in modo di togliersi la vita.

6

«Circa dieci miglia a settentrione di Septimanca»

HISPANIA, 79 D.C.
MAGGIO-LUGLIO

In primavera era accaduto l'impensabile.

A liberarlo era stato l'anziano contadino che aveva affittato la proprietà a Livio ed era venuto a chiedere un aumento. Era bravo nel mercanteggiare e sapeva su quali argomenti fare leva: conosceva tutti i retroscena del rapimento e aveva curato il prigioniero. Avrebbe sempre potuto lasciarsi sfuggire qualche parola con i soldati romani che chiedevano notizie di persone scomparse.

Prima che il vecchio riuscisse a concludere i suoi affari, arrivarono tre uomini a cavallo, il volto truce. Si appartarono per confabulare con Livio e, dopo una vivace discussione, si allontanarono di corsa. Bisognava cogliere al volo un'opportunità che non si sarebbe più presentata. Quinto guardò il ragazzo che gli faceva da sentinella, alternandosi con Livio, e lo vide addormentato poco lontano. Non avrebbe creato problemi: il nipote del contadino era l'unico essere umano con cui riusciva a scambiare qualche parola, che gli portava da mangiare e da bere senza mai mostrarsi sgarbato. Si chiamava Servilio e aveva tredici anni. Quando era rimasto orfano di entrambi i genitori lo zio materno, a sua volta vedovo e con un figlio che lavorava in una miniera di minio, era andato a prenderlo. Due braccia giovani in più erano utili nei campi e nella porcilaia, e alla sorella aveva voluto bene, per quanto la lontananza avesse diluito l'affetto.

Quinto riteneva Servilio un ragazzo tanto buono quanto infelice. Mai una volta l'aveva sentito lamentarsi o disubbidire; in fondo, anche lui doveva sentirsi un prigioniero. Trascorreva le ore della sua vigilanza giocando con una palla di stracci, cercando di acchiappare un uccellino, arrampicandosi sugli alberi: passatempi comuni a tutti i ragazzi della sua età, privi però della gioia di condividerli con qualcuno.

Il pompeiano attirò il contadino con un cenno e lo invitò a sedersi accanto a lui. Sottovoce e rapidamente gli disse chi era e gli spiegò che Lucio l'aveva rapito per impadronirsi con l'inganno delle sue ricchezze, dopo aver fatto trascorrere un periodo sufficiente a farlo ritenere morto. Per fortuna il vecchio gli credette, o perlomeno si fidò della ricompensa che gli era stata promessa.

Il piano messo a punto da Quinto prevedeva anche cosa dire a Livio quando fosse tornato: il prigioniero aveva finto un malore per attirare l'attenzione del vecchio, intento a riparare una staccionata, poi l'aveva colpito con un calcio, lui era svenuto e quando aveva ripreso i sensi aveva mandato il nipote alla ricerca del fuggitivo: anche il ragazzo aveva subìto l'aggressione del pompeiano, che usando il martello sottratto al contadino, era riuscito a liberarsi.

Appena ebbe le gambe libere Quinto si mise a piangere e abbracciò il suo salvatore. Era debole, ma provava una felicità indescrivibile. La sua libertà fu affidata a un bastone nodoso e alle spalle del giovane Servilio che, una volta intascata la somma pattuita, sarebbe tornato dallo zio. Quinto non aveva punti di riferimento e non sapeva esattamente dove si trovasse. « Circa dieci miglia a settentrione di Septimanca » aveva precisato il vecchio alle sue domande. «Ma il rapimento è avvenuto più vicino alla città».

In procinto di affrontare l'ultima avventura in terra iberica, Quinto si rendeva conto che sarebbe stata molto pericolosa. Doveva percorrere un cammino lunghissimo, rischioso, senza nessuna comodità, tenendosi a debita distanza da strade e fiumi, e per di più la sua salute era malferma. Ce l'avrebbe mai fatta?

Scartò l'idea di puntare su Gades, dove aveva lasciato la nave. Gli avevano riferito che Lelio era morto e lui, la mente acuita dal pericolo che sentiva incombere, trasse rapidamente le conclusioni: se la nave era rimasta in porto Livio l'avrebbe saputo e si sarebbe subito diretto lì; ma forse la nave aveva già fatto ritorno con il suo equipaggio, oppure era stata venduta con tutta la merce. In ogni caso meglio dirigersi a Carthago Nova, dove aveva nascosto un bel mucchio di denaro.

Si allontanarono in groppa a un asino messo a disposizione dal contadino, ma una volta giunti nelle vicinanze di Septimanca Servilio lo lasciò in una stalla, come stabilito. Il viaggio si fece faticosissimo. Si inerpicavano su rocce impervie, seguivano stretti sentieri percorsi dagli animali, in mezzo agli arbusti, dormivano in ricoveri di fortuna, tra le mucche, su paglioricci lasciati liberi dai pastori, in anfratti della roccia. I primi giorni coprirono distanze molto brevi, riposandosi spesso. Il pane, il formaggio, le noci e qualche pezzo di carne secca che Servilio aveva arraffato nella cucina di Livio risultarono sufficienti per ristorarli. Ma Quinto era molto debole e ci vollero quasi due settimane perché ritornasse di nuovo saldo sulle gambe.

Il tepore delle giornate primaverili cedeva il posto a fredde notti stellate e c'era il rischio di buscarsi un malanno, i piccoli fuochi che riuscivano ad accendere non riscaldavano abbastanza. Quinto non aveva in animo di correre altri rischi, ma

Servilio riuscì a rubare un paio di coperte intrufolandosi in una fattoria, e almeno quel problema fu risolto. Attraversando le pianure, procurarsi del cibo risultò piuttosto semplice: la ricca Hispania sembrava un grande mercato. Passavano accanto a orti, frutteti, stalle, e il ragazzo era sveltissimo a non farsi sorprendere dai guardiani. Se poi riusciva a trafugare una gallina o un coniglio, significava banchettare per tre giorni.

Riguardo al percorso da seguire, Quinto si fidava della sua guida: poteva chiedere informazioni nella lingua locale e conosceva i punti di riferimento che gli venivano indicati, facendo sempre la spola tra quelli e le vie principali più vicine per assicurarsi della direzione. La notte, però, il pompeiano continuava a svegliarsi di soprassalto. Bastava il verso di un animale notturno perché si sentisse di nuovo nelle grinfie del suo carceriere. Possibile che Livio non lo cercasse? Forse al prossimo risveglio si sarebbe trovato di nuovo circondato da sgherri. Il mattino dopo il terrore svaniva lasciando il posto a una speranza sempre più ferma: superata Segobriga, osarono servirsi di una zattera abbandonata sulla riva di un fiume.

Durante le marce, o prima di addormentarsi, tante volte Quinto aveva ricordato il viaggio avventuroso in compagnia di Lelio. Durante la prigionia non vi si era soffermato di proposito. Per cancellare la tragica conclusione di un sogno che era sembrato a portata di mano e per non lasciarsi sopraffare dai diversi sentimenti che provava nei confronti dell'Hispania: una terra amica, persino più interessante di quanto avesse immaginato, e nello stesso tempo un luogo ostile che aveva rischiato di trasformarsi nel suo sepolcro.

Ora che faceva il viaggio a ritroso, seppure da fuggitivo, gli tornavano in mente, amplificate, emozioni e immagini. Indimenticabile era stato il viaggio verso Emerita Augusta, quando avevano risalito un tratto del fiume Guadiana a bordo di una comoda imbarcazione. Emerita sembrava una piccola Roma sul Tevere, con il suo teatro e le sue grandi piazze porticate. La decorazione di una, in particolare, ricordava a tal punto il Foro di Augusto che a Quinto era tornato in mente il primo incontro con Flavia e suo padre, quindici anni prima – la nostalgia della moglie lo aveva sopraffatto.

Avrei dovuto dar retta ai sentimenti, si era rimproverato, ben sapendo di essersi lasciato travolgere dalla brama di scoprire luoghi sconosciuti e tesori nascosti; anche se non avrebbe mai potuto immaginare la piega che avrebbero preso gli eventi.

Così, man mano che l'Hispania si era spalancata davanti ai suoi occhi, la voce dell'affetto si era fatta meno imperiosa.

Quinto e Lelio avevano ammirato dighe e acquedotti costruiti dai romani e attraversato ponti grandiosi, mentre la valle del Guadiana si distendeva placida e serena con le sue ville circondate da ampie terreni. Di qualcuna si notavano persino le colonne dei porticati, ricchi di fiori anche in pieno inverno.

Nei primi mesi di viaggio non avevano incontrato particolari problemi. Solamente quando si erano avventurati nell'interno, vicino alle miniere d'argento, si erano imbattuti in facce poco rassicuranti; ma la scorta del figlio di Lelio e dei suoi commilitoni in licenza li aveva fatti sentire tranquilli. E più avanzavano verso nord, più l'entusiasmo di Quinto aumentava: non perdeva occasione per concludere affari, cogliendo al volo le opportunità che si presentavano. Aveva deciso così di trattenersi più a lungo dell'anno previsto. Si rammaricava di non avere più di una nave: quelle terre grasse e le montagne ricche di metalli pregiati sembravano uno scrigno inesauribile.

Muoversi nel territorio era facile. Al reticolo di vie fluviali, lungo i quali gli spostamenti erano più veloci, si aggiungevano strade principali e secondarie che permettevano di esplorare in lungo e in largo quelle regioni. Uliveti a perdita d'occhio che si alternavano a zone brulle e pietrose; greggi di pecore, mandrie di cavalli e tanti, tanti conigli. Quinto non aveva mai visto una quantità simile di animali, disseminati tra alture e fattorie, e non si aspettava di visitare città popolose, dalle vie dritte, con templi e anfiteatri come a Pompei. A Clunia aveva passeggiato in un Foro che forse era il più grande di tutta l'Hispania, e con marmi così splendenti da fare invidia alla stessa capitale dell'Impero.

Septimanca era stata l'ultima città dove si erano trattenuti alcuni giorni. Da lì avevano proseguito per visitare l'accampamento della legione dove prestava servizio il figlio di Lelio. Il trierarca aveva una lettera dell'ammiraglio Plinio da consegnare al comandante e Quinto ne aveva approfittato per affidare al servizio di posta l'ennesimo scritto per Flavia.

Erano trascorsi giusto due anni dalla partenza, ed erano volati: Quinto Poppeo cominciava già a prepararsi mentalmente al ritorno. Poi il rapimento, e da allora il tempo si era dilatato a dismisura.

7

L'unica macchia di verde

HISPANIA, 79 D.C.
LUGLIO

La strada da fare era tanta e sconosciuta. E Quinto era sfinito.

Davanti a loro si apriva la via Augusta, ma era impossibile percorrerla allo scoperto; oltretutto, non avevano denaro per noleggiare una carrozza o degli animali. Così continuarono ad arrampicarsi e a percorrere vallate, fino ad arrivare in prossimità della costa meridionale.

Quinto Poppeo, sorretto da un'incrollabile forza di volontà, non aveva perso l'abitudine di massaggiarsi i muscoli e l'esercizio lo aiutava a sopportare meglio la fatica. Le soste però divennero sempre più lunghe e frequenti, e nonostante Servilio avesse rinforzato le calzature dell'anziano viaggiatore con pezzi di legno tenuti stretti da felci e le avesse rese più comode con bioccoli di lana recuperati in un ovile, i piedi e le caviglie di Quinto erano ricoperti da dolorose piaghe.

Col tempo si era creato tra loro un rapporto affettuoso, cementato dalla sensazione di essere entrambi vittime di una sorte ingiusta. Durante le ore concesse al riposo Quinto raccontava di Claudio, di Pompei, di Roma, e la meraviglia che leggeva sul viso del suo compagno di viaggio gli ispirava un profondo senso di compassione: quante cose erano mancate a Servilio, che suo figlio, e lui stesso, avevano avuto in sorte, senza nemmeno cercarle!

Erano arrivati nei pressi di un villaggio, non molto lontano da Carthago Nova, quando Quinto crollò. Già da qualche giorno tossiva e accusava mal di testa, ma adesso straparlava, chiedeva insistentemente dell'acqua, non riconosceva la sua guida.

Servilio si spaventò. Gli toccò la fronte: scottava. Ebbe paura che morisse da un momento all'altro e decise di andare a cercare aiuto, tanto più che erano ormai nei luoghi della sua infanzia. Lasciò Quinto sdraiato ai piedi di un albero e prese la direzione del casolare dove era nato e cresciuto, in fondo a un sentiero costeggiato di rovi. Non doveva essere lontano e nell'abitazione vicina sperava di trovare ancora Aurelia e Lunio, amici dei suoi genitori. Cambiò direzione un paio di volte, poi, senza perdersi d'animo, chiese notizie a un sorvegliante romano e continuò finché non scorse, in lontananza, le due abitazioni.

Affrettò il passo, sollevato, e poi si mise a correre, in petto l'assurda speranza di vedere spuntare la figura esile di sua madre che gli andava incontro chiamandolo per nome. Giunto davanti alle case si fermò e si guardò intorno: in giro non c'era nessuno. E se anche gli amici di famiglia fossero scomparsi?

Il muggito dei buoi che tornavano dal pascolo lo fece sobbalzare. Si voltò e da lontano riconobbe Aurelia, un energico donnone pieno di salute. Quando si avvicinò sorrise: era identica a come la ricordava. Anche se l'ultima volta che lo aveva visto era poco più di un bambino, appena sentì la sua voce e lo guardò negli occhi, anche Aurelia non ebbe dubbi: « Servilio! » e lo strinse a sé con la stessa foga con cui mungeva le mucche. « Come sei cresciuto! E come sei bello, sembri davvero... che emozione! Ti ricordi come piangevi quando tuo zio ti ha portato via? »

Lo coprì di baci, riempiendogli le narici del fetore di stallatico. Ma Servilio non ci badava, anzi, per lui erano odori familiari, che lo riportavano all'infanzia. Dopo la morte dei genitori, precipitati in una scarpata con il loro carro durante un temporale, sarebbe voluto rimanere dove si sentiva al sicuro: Aurelia e Lunio sarebbero stati felici di tenerlo con loro, ma non potevano opporsi alla volontà dello zio che, appresa la tragedia, era venuto a prenderlo da così lontano.

Avevano talmente tante cose da dirsi, che lì per lì Quinto Poppeo fu dimenticato. Poi il ragazzo accennò rapidamente all'accaduto e tornò insieme ad Aurelia all'albero sotto il quale aveva lasciato il suo compagno: insieme lo trasportarono fino a casa.

In un primo momento, Aurelia e Lunio credettero che fosse lo zio di Servilio: lo avevano visto appena, ormai diversi anni prima, e il ragazzo si era mantenuto vago di proposito, temendo che si rifiutassero di accogliere uno sconosciuto. Ma i due mandriani ebbero pietà di lui, anche quando ne scoprirono l'identità: Quinto sembrava davvero in fin di vita – pronunciava frasi sconnesse, si lamentava, tossiva senza sosta e scottava.

« Peccato » sospirava il ragazzo. « Mi ero affezionato a lui. E poi, tanti rischi e tanta fatica per nulla. Tornerò indietro senza nemmeno vedere il tesoro nascosto ».

Ma Aurelia, che curava il malato con erbe medicinali e latte caldo, era ottimista: « Vedrai, quando meno ce lo aspettiamo il tuo amico si riprenderà. Ho curato mio suocero per lo stesso male con il succo delle mie erbe, ed è guarito perfettamente ».

Le sue previsioni si rivelarono esatte. Dopo cinque giorni Quinto era sfebbrato e aprì gli occhi. « Flavia » mormorò d'istinto vedendo una donna accanto sé.

« Non sono Flavia » replicò Aurelia sorridendo, « ma grazie ai miei rimedi la rivedrai presto ».

E poi, dal momento che non ricordava niente, Servilio gli raccontò cosa era successo. Quinto si sistemò meglio sul giaciglio che era stato preparato per lui accanto alla porta d'ingresso e si guardò intorno. Non c'era molto da vedere: un tavolo, qualche sedia, una pentola su un fornello e un uomo smilzo che se ne stava seduto in un angolo, smuovendo ogni tanto il carbone del braciere. Gente modesta, pensò, ma di gran cuore.

«Come potrò ricompensarvi?»

«Tornando a casa con le tue gambe» rispose pronta Aurelia.

L'uomo seduto nell'angolo, sentendosi osservato, annuì senza dire niente.

«È muto» spiegò la donna, «ma è il migliore dei mariti». E sorrise.

Quinto rifletté a lungo sui casi della vita.

Lui poteva fare bagni caldi in casa come alle terme, aveva conoscenze e parentele importanti, e denaro in abbondanza: eppure si scopriva a invidiare le lenzuola rattoppate ma pulite che lo coprivano e la solidità di quella coppia generosa, unita da così profondi sentimenti.

Le sventure avevano cambiato le sue prospettive, non gli importava più di tenere le distanze – come si era abituato a fare – per ribadire il proprio status. Quando finalmente fu in grado di rimettersi in cammino, quasi pianse nel congedarsi da Aurelia e dal suo silenzioso marito.

«Accettate almeno questo, come segno della mia gratitudine» disse sfilandosi dal mignolo l'anello d'oro con una corniola ovale incastonata. «È il sigillo dei Poppei, l'unica cosa che il carceriere non mi ha portato via».

Quando si voltò per salutarli l'ultima volta, vide che il padrone di casa – sulla soglia insieme alla moglie – guardava con soddisfazione la mano ingioiellata.

Dopo diversi giorni di cammino, intervallati da sonni finalmente privi di angosce, Quinto e Servilio arrivarono nel boschetto a margine di una casa dal tetto scuro: l'unica macchia di verde in un terreno pietroso. Durante il viaggio, Quinto aveva ripassato i punti di riferimento e il numero dei passi come uno studente diligente: avrebbe potuto dimenticare sua moglie e la sua casa, ma non il nascondiglio delle sue monete.

Si acquattò con Servilio in attesa che calasse la sera e, dopo aver lasciato il ragazzo a guardargli le spalle, iniziò la ricerca. Ecco il pino immenso, più avanti l'ansa del canale, dieci passi a sinistra, un piede dietro l'altro, due in avanti, altri quattro a sinistra.

La pietra era ancora conficcata lì, anche se nascosta da una siepe. Non gli ci volle molto per scavare e ritrovare la pesante borsa di pelle ormai ammuffita: se ne avesse avuto le forze, Quinto si sarebbe messo a danzare. Dopo aver dato a Servilio il denaro pattuito contò quanto gliene restava: era ancora una somma considerevole.

Adesso doveva solo cercare di imbarcarsi senza dare nell'occhio. Avrebbe voluto portare il ragazzo con sé, si era dimostrato un compagno leale e fedele: cercò di convincerlo dicendogli che a Pompei sarebbe stato trattato come un figlio – avrebbe avuto begli abiti e la possibilità di studiare.

Il ragazzo non volle saperne. Con gli occhi che gli luccicavano lo ringraziò per l'offerta e gli rispose che gli sarebbe piaciuto accettarla, anche se – potendo scegliere – avrebbe preferito tornare da Aurelia e suo marito, che gli ricordavano i suoi genitori. Ma come avrebbe potuto abbandonare lo zio? Lo zio che si era fidato di lui e di Quinto, che per favorire il piano di fuga aveva corso un grosso pericolo: « So come reagisce quel cane di Livio ».

«Sei più saggio di me» gli disse Quinto accarezzandogli la testa. «Però promettimi una cosa: se mai ti troverai in pericolo, o se rimarrai solo, scrivimi – impara, mi raccomando! – e io farò in modo di provvedere a te. Non ti dimenticherò, piccolo iberico».

Si abbracciarono, e poi ciascuno prese la sua strada.

Non sapevano che Servilio non avrebbe trovato nessuno ad aspettarlo. Erano morti entrambi: lo zio in seguito alle percosse ricevute quando era stata scoperta la fuga del prigioniero; Livio per una coltellata al ventre che il vecchio gli aveva inferto chiamando a raccolta le ultime forze.

8

Fingere che fosse un giorno qualunque

VIA APPIA-POMPEI, 79 D.C.
TRA IL TERZO GIORNO PRIMA DELLE IDI DI AGOSTO
E IL DODICESIMO GIORNO PRIMA DELLE CALENDE
DI SETTEMBRE

Un ritorno a casa, tra poche speranze e molti timori.

Quinto soffriva a ogni scossone e tuttavia non voleva rallentare la corsa della carrozza. Prima arrivava, prima sarebbe guarito. Nell'animo, innanzitutto.

Sonno, dormiveglia, brevi soste, qualche sorso d'acqua, pezzi di carne secca mandati giù in fretta, e ancora sogni. Terribili. Livio... cos'altro gli avrebbe fatto? Quanto a Flavia... E poi finalmente arrivò alla via Consolare, che proseguiva verso le Terme Stabiane. Una lettiga chiusa lo accolse per trasportarlo a casa.

Non aveva immaginato così il suo ritorno. Quinto non si faceva illusioni, sapeva cosa c'era da affrontare. Prima di tutto, le reazioni al suo nuovo aspetto.

I suoi schiavi avevano stentato a riconoscerlo. Con i capelli bianchi, il viso pieno di cicatrici, privo di un braccio, sembrava uno dei mendicanti che si incontravano sulle scale dei templi. Non ebbero il coraggio di chiedergli niente, e lui non diede spiegazioni. Il più anziano si commosse vedendolo ridotto in quello stato e gli baciò la mano.

Quinto, dopo essersi guardato rapidamente in giro, chiese dove fossero la moglie e il figlio: le case, a chi le conosce, parlano. Un silenzio imbarazzato calò fra i presenti. Fu il procuratore a prendere la parola e a rivelargli il matrimonio romano di Flavia, dopo aver sottolineato – onestamente – gli anni vissuti dalla vedova e dal figlio in un lutto dignitoso.

Quinto non fece commenti e non chiese particolari. Era come stranito, chiuso nei suoi segreti, impenetrabile. I domestici, dal canto loro, non osavano porre domande: lo sguardo buio del padrone impediva qualsiasi tipo di confidenza. Non ci furono commenti nemmeno di fronte al disordine che regnava ovunque dopo il ripristino totale della casa deciso da Flavia: le spalliere di bronzo dei loro letti, smontati, erano impilate accanto al tablino; un bacile era stato abbandonato in mezzo all'atrio; la statua marmorea di Apollo, costata una fortuna, giaceva a terra tra le colonne del giardino.

Quinto si guardava intorno, respirando lentamente: era franata la sua vita, il suo matrimonio, che poteva importargli dell'arredamento? Ma se voleva salvaguardare uno straccio di futuro doveva fingere che fosse un giorno qualunque e non la presa di coscienza di una sconfitta.

Si avviò verso il bagno e si fece lavare e asciugare in attesa che fosse pronta la cena. Come sempre. Parlò solamente con Eros, che si sforzava di non guardare il padrone mentre divorava le pietanze che venivano servite.

Quinto non si dilungò in particolari – non ne avrebbe avuto la forza nemmeno se avesse voluto –, limitandosi ad accennare a disavventure di ogni genere capitategli in Hispania. Adesso, però, finalmente era a casa.

Prima di ritirarsi per la notte raccomandò al procuratore di fargli trovare, all'alba, una carrozza ben equipaggiata: doveva andare a Roma al più presto.

L'indomani, bevuta una tazza di latte e mangiati dei fichi – primizie che dopo tanto tempo parlavano alle sue orecchie la lingua melodiosa del lusso – si abbandonò a un salutare massaggio. In silenzio.

Poi andò via così come era arrivato

Erano passate già diverse ore e Flavia scese dalla carrozza con Claudio. Il tempo necessario per mangiare qualcosa, sgranchirsi le gambe e controllare il carico.

Le buone condizioni della strada e il bel tempo spingevano a forzare l'andatura, ma quando cominciò a calare il buio Flavia si convinse che non c'era nessuna urgenza. Si fermarono ad Ariccia e trascorsero la notte in una locanda molto frequentata, dotata di bagni e cucina. Non notarono nemmeno la durezza dei materassi e si abbandonarono a un sonno ristoratore.

L'indomani si rimisero in viaggio di buon'ora ammirando la piazza principale che si apriva al lato della strada e un bosco immenso, vicino alle case, fitto di querce e lecci.

La lunga tappa si concluse a Foro d'Appio, dove si fermarono a dormire, e alla fine della terza giornata raggiunsero Terracina. Il tracciato viario attraversava la cittadina come strada principale, offrendo ai viaggiatori l'opportunità di fermarsi per i loro affari, legati al settore agricolo e all'attività del porto. Il vento che spirava dal mare dava sollievo dopo tante ore di caldo, e la sosta fu gradita da tutti.

Alle prime luci del giorno seguente, di nuovo in carrozza: rimanevano da percorrere altre ventisei miglia. I convogli ripresero il viaggio a passo più lento. Le curve, le salite, strette gole fra le montagne e il traffico intenso richiedevano prudenza.

Avvicinandosi alla meta, Flavia pensava ai problemi da affrontare, a cominciare dai restauri decisi per la sua abitazione. Eros le aveva inviato un dettagliato resoconto dei lavori in corso e Flavia aveva approvato ogni cosa. Se la costruisse pure una latrina, era pur sempre un servitore coscienzioso. Nemmeno lui, però, sapeva dov'erano nascosti gli argenti: un ripostiglio sotterraneo, sotto le sale da bagno. Lì Flavia aveva conservato anche una cassettina di legno con oggetti preziosi: monete per un valore di circa mille e cinquecento sesterzi, alcuni gioielli che non metteva più, la *bulla* di Claudio e una matassina di fili d'oro.

Il viaggio era ancora lungo. Ci sarebbero state altre soste prima di addentrarsi nel territorio campano. Il sole, all'ora quarta, non scottava: il cappello da viaggio era ancora fra le mani di Flavia, i capelli uscivano liberi dai fermagli.

9

Non c'erano più dubbi

POMPEI, 79 D.C.
TRA LE IDI DI AGOSTO E IL NONO GIORNO
PRIMA DELLE CALENDE DI SETTEMBRE

Il procuratore Eros attendeva l'arrivo di Flavia come un cane da caccia che punti la preda. Non vedeva l'ora di comunicarle che il primo marito era ancora vivo e pregustava il suo disappunto. L'avessero visto, il povero Quinto Poppeo! Forse Claudio ne avrebbe gioito ugualmente, ma lei...

Non l'aveva mai avuta in simpatia, per quanto ne ammirasse la bellezza. Era sicuro, pur non avendo visto niente, che non era stata fedele al marito e provava delusione mista a rabbia per non essere riuscito a raccogliere una sola prova del tradimento. I sospetti della schiava anziana erano troppo vaghi per formulare vere accuse e Klea non gli dava soddisfazione. Furba, la siriana. Come la sua padrona.

Adesso, però, era arrivata finalmente la resa dei conti: Flavia avrebbe dovuto dimostrare le virtù di una vera matrona. Le possedeva realmente?

Eros aveva temuto che la casa potesse essere venduta e sapeva che non avrebbe mai trovato una sistemazione altrettanto vantaggiosa: con il consenso di Quinto, e grazie ai suoi compensi extra, aveva avviato una discreta attività commerciale, aveva a disposizione un appartamento accogliente e poteva portarsi in camera tutte le ragazze che desiderava. Per non parlare del ruolo di padrone imposto a operai e domestici da quando Flavia si era trasferita a Roma. Davvero una fortuna, dunque, che Quinto non fosse morto, riaprendo una partita che sembrava chiusa: una volta risistemata la bella *domus*, lui avrebbe potuto ricominciare i suoi traffici, più ricco e comodo di prima.

Terenzio era tornato in quei giorni a Pompei, dopo un lungo periodo trascorso nella villa estiva della sua amante.

Serena, agitata per lo stato di salute di Trebonia, aveva mandato diverse volte uno schiavo a casa del medico per informarsi sulla data del rientro. Anche altri pazienti avevano bussato al portone più visitato della via Consolare e a tutti sembrava strano che Terenzio non fosse ancora in città. Ma la causa del ritardo era più che giustificata.

Alla vigilia della partenza, mentre era sdraiato fra le braccia di Acribia, Terenzio aveva sentito un calore improvviso, umido, lungo una gamba. Ne aveva riconosciuto subito la consistenza: era sangue.

L'emorragia, ben presto accompagnata da dolori laceranti, non accennava a diminuire: il sangue impregnava le lenzuola, il materasso e le pezze di cotone portate in gran fretta dalle schiave. Terenzio cercò rapidamente di risalire alla causa per decidere il da farsi: visitò accuratamente la donna, che si torceva per gli spasmi, e aprì la scatola con gli strumenti chirurgici e i preparati d'emergenza che portava sempre con sé. Non c'erano dubbi: si trattava di un aborto spontaneo e bisognava intervenire immediatamente.

Preparò un anestetico ed effettuò un raschiamento per eliminare la piccola placenta con l'embrione. Era incinta, Acribia.

Perché non mi ha detto niente?, si chiedeva inquieto Terenzio durante e dopo l'intervento.

Acribia, appena si fu riavuta dallo stordimento causato dal succo di papavero, parve leggergli nella mente: « Non so come sia potuto accadere » disse in un soffio, « mi avevano detto anni fa che ero sterile, e del resto sai bene che in questi anni non ho mai usato precauzioni. Non ho pensato nemmeno di dirti che avevo saltato un ciclo e che avvertivo nausee perché mi era successo altre volte, durante il periodo estivo. Credevo che fosse per via dell'acqua fredda dei bagni ».

La possibilità di diventare padre, evitata per anni, si era manifestata all'improvviso e inaspettatamente nel suo più eclatante rifiuto, suscitando in Terenzio un profondo turbamento. Quando in passato era stato qualche volta sfiorato da una simile eventualità, riflettendo su come la responsabilità di un figlio da crescere e educare avrebbe cambiato la sua vita, la conclusione era stata sempre la stessa: le sue giornate, da troppo tempo rigidamente regolate dall'esercizio della professione e da abitudini consolidate, non avrebbero potuto assorbire un mutamento tanto radicale.

Quel sangue, però, che aveva fatto scorrere sotto i suoi occhi una vitalità sconosciuta, apriva con violenza uno squarcio nei suoi sentimenti più nascosti.

I giorni della convalescenza scorrevano in un clima tranquillo e disteso e non si accennò mai allo spiacevole evento. Terenzio rimase nella villa finché Acribia non mostrò di aver ripreso le forze: solo allora decise di tornare a Pompei.

Lei accusava in verità ancora qualche malessere, ma il caldo e il nervosismo che accompagnava ogni distacco erano sembrati al medico motivi sufficienti per giustificare il mal di testa.

Al momento del commiato, però, il pallore di Acribia preoccupò Terenzio.

«Posso rimandare ancora la partenza, se pensi di aver bisogno di me» le disse. «Non farti scrupoli per il mio lavoro. Gli altri possono aspettare».

Acribia lo rassicurò: «È solo il dispiacere per la tua partenza, lo sai bene; non c'è da preoccuparsi».

Terenzio si chiedeva se non fosse il caso di insistere, ma fu rincuorato dalla risata allegra dell'amante.

«Promettimi di prendere ogni giorno la medicina che ti ho consigliato, e non stancarti» le raccomandò. «Appena avrò controllato Trebonia e sbrigato alcune faccende, sarò di ritorno».

Il cambiamento dei programmi stabiliti, mai verificatosi prima, sorprese a tal punto Acribia che gli si buttò fra le braccia stringendolo con una forza che lo sorprese e che, in un certo senso, contribuì a tranquillizzarlo. Sul momento.

Durante il viaggio verso Pompei, e nei giorni seguenti, il ricordo di quel viso affaticato non lo abbandonava. Forse perché aveva corso il rischio di perderla, Terenzio si trovò a riflettere come mai prima sull'intensità dei loro sentimenti e sul legame che da tanti anni lo univa ad Acribia. Decise che era arrivato il momento di dare una svolta alla sua esistenza.

La sposo. La devo sposare, si ripeteva. Mi è stata così vicina senza assillarmi, sempre fedele nonostante la solitudine, rifiutando pretendenti ben più ricchi di me, e io che cosa le ho offerto in cambio? Briciole di tempo, sprazzi d'amore. Gli anni che mi restano voglio viverli con lei al fianco e, casomai con un figlio, se dovesse arrivare.

Terenzio si sentiva così felice di aver preso questa decisione che la stessa Serena, quando lo vide entrare di corsa per l'attesa visita a Trebonia, notò il suo umore gioviale. Il medico evitò di proposito qualunque domanda e si diresse nella stanza della ragazza, che era a letto e accusava numerosi disturbi.

Terenzio fece cenno a Serena di seguirlo e si diresse verso l'ingresso, in modo che Trebonia non sentisse.

La diagnosi era poco confortante: «In apparenza procede tutto bene, ma non sono tranquillo. Mi sembra affaticata oltre il dovuto e ha preoccupanti lividi su una gamba. Spero che arrivi al nono mese, temo un altro parto prematuro. In ogni caso, a lei non dire niente. Cerca di farla riposare il più possibile e non la ingozzare di cibo. Se dovesse avvertire dolori, chiamatemi subito».

ROMA, 79 D.C.
TRA LE IDI DI AGOSTO E IL NONO GIORNO PRIMA DELLE CALENDE DI SETTEMBRE

Dati di fatto, non più indizi, quelli che ebbe sotto gli occhi l'avvocato Cornelio Prisco.

Si trovava in una delle due biblioteche sul Palatino volute da Augusto, vicino al tempio di Apollo e alla sua stessa casa. Aveva già preparato i bagagli e stava per partire alla volta di Pompei quando si era ricordato di aver promesso all'amico Paolino il dibattimento di una causa complicata. Saputo dove si trovava, con gli scritti in mano si era diretto sul colle imperiale.

Ogni volta che entrava in una delle grandi sale della biblioteca aveva la sensazione di trovarsi in uno dei luoghi più sacri di Roma. Era il rispetto per la religione e per la cultura che il primo principe di Roma aveva voluto esprimere con quelle costruzioni: nessuno sfarzo, solo un sobrio messaggio di maestosità.

Anche ora che aveva una certa fretta, Cornelio entrò nell'aula riservata agli autori greci quasi in punta di piedi. C'era molta gente, tra lettori e inservienti, e non vide subito l'amico. Oltretutto la luce, che scendeva obliquamente dagli alti finestroni, illuminava con ampi fasci alcuni tavoli, lasciandone altri più in ombra, come se suggerisse di modulare i passi e lo sguardo nella percezione del luogo.

In un angolo un po' appartato, Paolino rivedeva i testi di Strabone. Era un appassionato di geografia e nel tempo libero faceva ricerche per scrivere un trattato aggiornato con le più recenti scoperte.

Appena scorse Cornelio, gli fece cenno di avvicinarsi.

«Giusto tu» gli disse a voce bassa. «Siediti e ascolta quanto, purtroppo, ho da dirti».

L'avvocato ubbidì.

«Il Vesuvio è un vulcano. Come l'Etna». Paolino era molto preoccupato.

«Cooosa?» esclamò Cornelio. Gli strappò il rotolo dalle mani per leggere cosa c'era scritto.

«Proprio così, sono sicuro». Paolino gli spiegò che i numerosi terremoti di cui gli aveva parlato erano giustificati da un'attività che prima o poi avrebbe fatto sentire i suoi effetti. Aveva controllato sui testi di diversi autori e si era stupito che nessuno se ne fosse ancora reso conto. Di fronte allo sbigottimento sul volto pallidissimo del collega, tacque. Temeva un malore.

A Cornelio tremavano le mani mentre si concentrava per la seconda volta sulle parole di Strabone, le stesse che l'amico Lucio non era riuscito a leggere per intero: «Sovrasta questi centri il monte Vesuvio, coperto tutto intorno, tranne la cima, da estesi campi coltivati. La cima è in gran parte piatta, ma completamente sterile: di color cinereo, mostra avvallamenti profondi come crepacci, le cui rocce rossastre pare siano state corrose dal fuoco...»

Tutto combaciava con le frasi, che Paolino aveva trascritto, dell'architetto Vitruvio Pollione e di un'altro storico greco, che attribuivano al Vesuvio un'origine vulcanica. Non c'erano più dubbi, maledizione.

Senza nemmeno salutare o ringraziare, Cornelio buttò sul tavolo i rotoli che aveva portato e si precipitò fuori, seguito dallo sguardo di rimprovero del bibliotecario. Scese dal colle come un forsennato e attraversò il Foro investendo chiunque incontrasse; la folla consueta di mercanti, cambiavalute, semplici passanti, riempiva le vie principali come un esercito di cavallette.

Non c'era tempo. Trebonia e suo figlio dovevano lasciare Pompei. Nell'ultima lettera la moglie aveva scritto che le scosse erano così frequenti che le sembrava di sentire il pavimento tremare anche quando stava fermo. Ormai era all'ultimo mese di gravidanza, chissà se sarebbe stata in grado di mettersi in viaggio. Perché non aveva voluto ascoltarlo? Glielo aveva detto un'infinità di volte, l'aveva supplicata, di partorire a Roma.

Doveva raggiungere la Campania al più presto, e una volta lì avrebbero deciso insieme il da farsi. Avrebbe potuto portare la moglie almeno a Pozzuoli, in casa dello zio: il viaggio non era lungo e lì sarebbero stati certamente più al sicuro. Sì, forse era la soluzione migliore, a Pompei ci avrebbero pensato i decurioni. Ma ora, a chi chiedere aiuto?

Si ricordò del senatore Elpidio Vatinio, che aveva incontrato qualche giorno prima e gli aveva parlato dell'imminente partenza di Flavia, senza specificare la data. Elpidio era l'unico in grado di intervenire: avrebbe potuto trattenere la moglie e inviare i corrieri imperiali più veloci per avvertire i suoi familiari e Lucio.

Si diresse verso il Celio. Con la bocca riarsa, senza più fiato, sotto un sole che rendeva incandescente il selciato, salì lungo la strada dove abitavano i Vatinii e, arrivato, cominciò a bussare. Una, due, tre volte. Possibile che non ci fosse nessuno?

L'addetto al portone finalmente si decise ad aprire, schiudendolo appena. Alla richiesta dell'avvocato, rispose laconico: «Il senatore non è in casa». Era uno schiavo alto, scuro di pelle, mai visto prima.

«Quando rientrerà? Sono un suo caro amico, volevo salutarlo».

Lo schiavo lo guardò senza rispondere.

«Ho anche un messaggio urgente per lui da parte dell'avvocato Paolino...» aggiunse allora Cornelio aggrappandosi al nome dell'amico, che frequentava la casa dei Vatinii. Era consapevole del fatto che il suo aspetto sconvolto avrebbe potuto farlo scambiare per un qualsiasi questuante.

Lo schiavo non si scompose: «Ripassa domani» e fece per chiudere i battenti. D'istinto, Cornelio vi infilò il braccio e lo spinse indietro, strattonandolo.

Entrò di prepotenza, afferrò lo schiavo dalla tunica e lo inchiodò al muro: «Ora mi lasci entrare» gli intimò, «perché se il tuo padrone non sarà informato di quanto sto per scrivergli finirai appeso a un gancio».

Allibito, l'uomo non reagì e Cornelio si avviò nel tablino di Elpidio, che ben conosceva. Si sedette e scrisse velocemente un messaggio. Solo quando poggiò lo stilo sul tavolo si accorse che quattro uomini lo stavano fissando. Uno gli si parò davanti.

Erano inservienti, anche loro mai visti in altre occasioni; evidentemente quelli che era solito incontrare dovevano aver seguito Flavia a Pompei.

L'avvocato si alzò in fretta e se ne andò, non prima di aver dato uno spintone a chi gli sbarrava il passo: «Mostratelo subito al senatore o ve ne pentirete amaramente!»

10

Scrutò a lungo il cielo

POMPEI, 79 D.C.
NONO GIORNO PRIMA DELLE CALENDE DI SETTEMBRE

Ora prima. C'era stato un terremoto notturno.

Giulio Polibio imprecò: «Maledizione, non bastava la paura di stanotte! Ho messo a terra per primo il piede sinistro, mi capiterà sicuramente una disgrazia».

«Oggi te ne sei accorto. Chissà quante altre volte è successo, senza che sia accaduto niente di terribile, e non l'hai nemmeno notato» cercò di rassicurarlo la moglie.

«Stai scherzando?» Giulio Polibio si voltò di scatto, invipe-rito. «Puoi star certa che, da quando ho memoria, non ho mai messo giù il piede sbagliato... tranne una volta. Non avrei voluto dirtelo, ma tu mi costringi a farlo: è stato il giorno dell'assalto dei banditi, quando ti hanno malmenata e sei stata derubata dei gioielli».

Nell'apprendere la sgradevole coincidenza, Serena badò bene a mettersi in piedi secondo le indicazioni del marito.

Era attento a ogni piccolo segnale, Giulio Polibio, da quando rivestiva un ruolo di primo piano nella vita politica. Non aveva perso un grammo della tenacia profusa nella campagna elettorale dell'anno prima, dove si era candidato per la più alta carica municipale: il duumvirato. Lotta senza esclusione di colpi, che costava fortune, conclusasi felicemente per lui con una differenza di un pugno di voti. Ora che ricopriva la carica di decurione, ossequiato da tutti, si preoccupava solo di Pompei, lasciando ai figli maschi la conduzione della sua lucrosa attività.

La salute reggeva bene. Sparito un noioso mal di denti, si lamentava soltanto di un torcicollo che curava con massaggi. Il malanno del padrone di casa non creava tensioni fra coloro che si trovavano sotto lo stesso tetto nel mese di agosto. Oltre a Giulio, Serena e la servitù, c'erano un parente e due figli: il maggiore con la famiglia e Trebonia con il suo bambino. Cornelio era atteso da un momento all'altro.

Speriamo che sia già partito, pregava Trebonia, sentendo le dolorose avvisaglie di un parto anticipato. Terenzio, mandato a chiamare, non era in casa e non si trovava nemmeno l'anziana levatrice Glyka, che aveva aiutato a venire al mondo i figli di Giulio e Serena.

Il medico più famoso di Pompei aveva lasciato la sua abitazione in piena notte. Uno schiavo di Acribia, arrivato all'improvviso, gli aveva detto fra le lacrime: «Corri! Fai presto! La mia padrona sta morendo. Non riconosce nessuno, nemmeno le sorelle».

Terenzio perse il lume della ragione. Si precipitò nella carrozza che l'aspettava e nella fretta, afferrando i primi medicinali a portata di mano e i ferri che stavano sul tavolo, rovesciò la scatola con il resto degli strumenti chirurgici.

Anche Valeria aprì gli occhi al primo chiarore del giorno. Si era svegliata sentendo tremare il pavimento, ma una volta assodato che il letto non ondulava più, ripiombò nel sonno. A svegliarla nuovamente, all'improvviso, furono le ante dell'armadio che sbattevano.

«Che cosa stai facendo con quelle chiavi?» domandò al marito Cesio quando ne riconobbe la sagoma nella penombra.

«Cosa vuoi che faccia? Sto preparando il necessario per andare via prima che ci cadano addosso i muri della casa».

Valeria contava le ore che la separavano dall'arrivo di Flavia e non stava nella pelle. Per non sfigurare accanto all'amica, aveva già acquistato abiti e balsami pregiati, e per sentirsi più libera dai doveri familiari, aveva mandato i figli dai suoi genitori, dalle parti di Stabia, in una campagna di ulivi di fronte al mare.

«Sei impazzito?» apostrofò il marito, sedendosi sulla sponda del letto. «Per quanto mi riguarda, non intendo lasciare Pompei nemmeno se mi invitassero a Baia nella villa imperiale».

Lo scienziato e ammiraglio Plinio si era alzato come d'abitudine all'alba e passeggiava, immerso nei suoi pensieri, lungo la riva del mare. I frequenti terremoti dei giorni precedenti lo avevano impensierito, ma nemmeno per un attimo li aveva collegati a fenomeni vulcanici. Scrutò a lungo il cielo e non notò niente di strano.

Conosceva i segreti delle piante e degli animali, le leggi del cosmo, le opere d'arte sparse nelle piazze e nei palazzi di ogni regno, i materiali con cui erano state realizzate, i rimedi per qualsiasi male; ma Plinio non ricordava, o non sapeva, quanto altri autori avevano scritto sul Vesuvio. E nemmeno ricordava i poeti più antichi che avevano narrato miti ambientati in quei luoghi – i 'Campi ardenti' –, miti in cui si parlava del fuoco e dell'ebollizione della terra.

In passato, finanche i navigatori micenei che si erano spinti all'interno di quel mare conoscevano la forza eruttiva della montagna campana, e i citaredi, che si fermavano nei severi palazzi dell'aristocrazia, ne raccontavano gli echi al suono dei loro strumenti a corda. Ma ottocentotrentadue anni dopo la fondazione di Roma nessuno degli abitanti all'ombra del Vesuvio sapeva niente. Se qualche volume conservato nelle case signorili conteneva riferimenti al vulcano, non era mai stato aperto.

Per i pompeiani il Vesuvio era un genio benefico, un amico generoso prodigo di uva, legname e selvaggina.

11

Mezz'ora alla pioggia di fuoco

Pompei, 79 d.C.
nono giorno prima delle Calende di settembre

Ora quinta.

Un grande boato fu avvertito a Pompei e a molte miglia di distanza. Gli abitanti rimasero inchiodati dove si trovavano, chiedendosi cosa fosse quel terrificante tuono sotterraneo. Pochi attimi di sbigottimento, poi tutto ricominciò a sussultare in modo vertiginoso.

La domanda, a cui nessuno sapeva rispondere, rimbalzava da un angolo all'altro: che cosa stava succedendo? Fuori e dentro le case si prendeva atto che niente era paragonabile a fenomeni già vissuti e ciascuno reagiva secondo quanto suggeriva l'istinto o il buon senso.

Valeria, dopo aver visto il suo letto di ferro sbattere contro la parete di fronte, convenne con il marito che bisognava cercare di raggiungere subito i figli. Presto, dovevano procurarsi un veicolo fuori le mura. Freneticamente, riunì in un cofanetto i gioielli a portata di mano, abbandonando sul tavolino gli unguentari di agata. Urlò alle schiave di prendere due coperte e i mantelli col cappuccio, quindi si avviò con il marito verso la Porta di Stabia, dove si affittavano carrozze e animali.

Lì fuori regnava una confusione indicibile: gente che contrattava un posto su un carro già stipato di persone, altri che litigavano per la precedenza; asinai strattonati per accontentare le singole richieste; sesterzi che fluivano nelle mani dei conducenti: si cercava un passaggio per la salvezza.

Per loro fortuna, Cesio si imbatté in un trasportatore di verdura che conosceva e che gli fece cenno di salire su un carretto cigolante. Era diretto a Sorrento e avrebbe potuto lasciarli lungo la strada. Per le schiave domestiche non c'era posto e Valeria fu costretta a separarsene malvolentieri. Sistemati alla meglio, riuscirono ad allontanarsi da Pompei: lui, un facoltoso proprietario terriero, come un qualunque ortolano del mercato seduto accanto a uno scaricatore di merci; lei, una delle donne più eleganti della città, appoggiata sul bordo del carretto tra ceste di cipolle.

Anche il gemmario Pinario Ceriale aveva deciso di lasciare la sua casa. In un baleno, fece scivolare le pietre più preziose dal cassetto in un contenitore di pelle, acquistò a peso d'oro un asino e si diresse verso Napoli in compagnia del suo aiutante.

Giulia Felice era già partita. Da qualche tempo il marito non stava bene e la sera prima era arrivato un messo con la notizia di un peggioramento: a Fulvio doveva almeno il conforto della sua presenza e così era salita su una carrozza alla volta di Napoli, accompagnata solo dalla figlia e dalla fidata liberta Primigenia. Qualcuno l'aveva notata mentre usciva dalla città con la bambina stretta al seno, il viso coperto da un velo dello stesso colore dei capelli.

Gaia, la sorella di Melissa, non prese in considerazione l'idea di lasciare Pompei. Divorziata e libera di gestire la propria vita come meglio credeva, aveva rifiutato di seguire i parenti in campagna. Celado era impegnato con gli allenamenti e lei non voleva lasciarlo, non adesso che il loro rapporto era così esaltante e appassionato. Quando sentì rimbombare la terra, si cosparse il viso di cosmetici, mise la sua collana più preziosa e corse alla Caserma dei gladiatori.

Ora sesta.

Il Vesuvio si era riappropriato della sua vera natura. Dopo altri cupi boati, il tappo di lava che per secoli aveva trattenuto la forza del fuoco esplose. Dal cratere ormai libero, come da una bocca spalancata cominciò a fuoruscire il magma, con piccole esplosioni che riversavano sulle pendici materiali incandescenti e massi di ogni dimensione che precipitavano a valle.

A Pompei il terreno oscillava e sussultava senza sosta, cadevano cornicioni, tegole, colonne, sollevando nubi di polvere che impedivano di orizzontarsi: chi era per strada fuggiva riparandosi la testa come poteva.

La disgrazia, a differenza del successo, unisce: la condivisione di quegli eventi spaventosi affratellava uomini e donne che mai, in condizioni di normalità, avrebbero trascorso un'ora insieme. L'unione dava loro l'illusione di fronteggiare meglio qualsiasi minaccia, anche naturale, e appena si stabiliva una tregua, persone che non si sarebbero sedute vicine nemmeno a uno spettacolo si consultava sul da farsi e si sosteneva a vicenda. Erano consapevoli che quella tragedia non avrebbe fatto distinzioni sociali.

Ora settima.

Cominciava a delinearsi, fisicamente, l'orrore. Dalla cima del monte sacro a Giove, rivelatosi un vulcano, si levò un'altissima nube che puntava veloce contro il cielo.

Sotto gli occhi dei pompeiani sbigottiti si stava verificando un evento mostruoso, e ancora mancava mezz'ora alla pioggia di fuoco. C'erano un margine di tempo e una via da seguire – opposta alla direzione del vento – per scampare al disastro; ma non c'erano precedenti del genere e solo una piccola parte della popolazione riusciva a ragionare con lucidità.

Tra quanti erano riusciti a fuggire alle prime avvisaglie della catastrofe c'erano ottantun pompeiani che si erano diretti verso il mare: ma si trovarono di fronte a onde alte che si schiantavano con violenza sulla riva impedendo qualsiasi manovra. Si erano così rifugiati nei magazzini e nelle botteghe del porto, dove ora si trovavano vecchi ingioiellati come matrone, marinai, soldati, donne con i loro bambini.

La maggior parte degli abitanti era rimasta in città e la prima reazione fu di rifugiarsi al chiuso. Il Foro fu invaso da carretti, lettighe, asini senza padrone, animali domestici che erano riusciti a slegarsi provocando incidenti fra chi correva in ogni direzione. I proprietari delle ricche *domus* serrarono i battenti dei portoni, mentre le donne – abituate da sempre ad affrontare emergenze domestiche – calmavano i bambini e mettevano insieme oggetti preziosi e denaro nell'eventualità di dover abbandonare la casa. I bottegai si rintanarono nelle stanzette sul retro o nei mezzanini, gli inservienti nelle loro misere camere.

La schiava Iperdocle chiuse in un sacchettino di stoffa i suoi risparmi e si precipitò fuori senza sapere dove dirigersi. Aveva approfittato dell'assenza di Cecilio per fuggire dai terribili ricordi racchiusi in quella casa.

Subito cercò di raggiungere il locale dove lavorava Maria, ma c'era troppa baraonda, veniva spinta di qua e di là e per poco non finì sotto un balcone crollato. Per un attimo pensò di tornare indietro, troppi pericoli all'aperto: le persone che urlavano, i lastroni della strada che si spaccavano, la fuliggine che faceva tossire. Balbettò la preghiera che ripeteva tutte le sere e chiuse gli occhi.

Una famiglia in fuga – padre, madre, una donna anziana, tre bambini – che la investì nella sua corsa, lì dove la strada si biforcava in due vie secondarie, la riportò drammaticamente alla realtà. D'impulso, notando la difficoltà dei genitori nel tenere in braccio tutti i figli, si offrì di reggere quello ancora in fasce.

«Alla Porta di Nocera!» disse il padre, scegliendo la via da seguire e raccomandando: «Restiamo tutti vicini, teniamoci per mano».

Stringendo il piccolo al petto Iperdocle seguì il gruppo familiare, che per caso aveva individuato l'unica direzione utile per salvare la propria vita.

Cecilio, all'inizio, non aveva avuto paura.

Travolto in via dell'Abbondanza dalla popolazione spaventata, aveva cercato rifugio nella bottega di un fabbro. Ma non era riuscito a entrare: il pavimento era ingombro di candelabri, lucerne e vasi ridotti in mille pezzi.

Guardando il Vesuvio fu preso dal panico, come tutti, e decise di tornare il più velocemente possibile verso casa sua. Arrivato all'incrocio con la via del tempio di Iside, un cavallo in corsa sbucato all'improvviso lo investì in pieno, colpendolo con uno zoccolo sulla fronte. Cecilio cadde a terra svenuto, il viso coperto di sangue. Poco dopo il suo corpo, scambiato per un cadavere, fu schiacciato da un carro traboccante di robe e persone.

In uno dei lupanari più frequentati, vicino alle Terme Stabiane, si era cercato di non pensare al peggio finché la mancanza d'aria nelle stanzette aveva costretto tutti a uscire. I clienti e le prostitute, infilata velocemente una veste, si erano precipitati all'aperto, disperdendosi per la città.

Gli ultimi ad abbandonare l'edificio furono la *lupa* meno giovane e il suo sciancato cliente, intenti a consumare una porzione di fagioli e cipolle. Che fine mi tocca, pensava la donna piangendo – le lacrime avevano sciolto la polvere bruna con cui si truccava le palpebre e scorrevano lungo le guance in rivoli scuri –, mi cade addosso il cielo e non ho mai potuto velare il capo come una vera matrona.

12

Fuggiti o morti

POMPEI, 79 D.C.
NONO GIORNO PRIMA DELLE CALENDE DI SETTEMBRE

«Guardate!»

Marco indicò ai genitori la cima del Vesuvio. Da dove sin dal primo mattino erano usciti fumi e spruzzi infuocati, si alzava veloce una striscia scura, attraversata da saette. Spaventati dai fragori sotterranei, in balìa delle scosse del terreno, Lucio, Melissa e Marco si riunirono sotto una grande quercia, non sapendo se restare all'aperto o rinserrarsi di nuovo nella villa.

«È la fine». La voce di Lucio tremava. «Non si è mai visto niente di più spaventoso. Il Vesuvio è come l'Etna, che Giove ci protegga!»

Si abbracciarono. Melissa implorava Iside e stringeva l'amuleto d'oro che portava al collo pur sentendo che le sue preghiere nulla potevano contro quel manto tenebroso; Marco affondò il viso nel petto del padre ripetendo fra i singhiozzi: «Non voglio morire!»; Lucio avrebbe voluto mostrarsi forte, infondere un minimo di speranza ai suoi, ma lo spavento era tale che non riusciva a trattenere le lacrime. Non è possibile, pensava, finire così. Ho ancora tante cose da fare, non sono pronto. No, per gli dèi, non mi sento pronto.

«Coraggio» mormorò con un filo di voce, e strinse a sé convulsamente Melissa e il figlio. Avessi dato ascolto a Fausto, pensava amareggiato, lui aveva capito in tempo cosa ci stava preparando la nostra montagna!

Gli schiavi avevano lasciato il lavoro cercando scampo nei loro ricoveri. I cani da guardia erano rimasti nel cortile e, col pelo irto, ululavano come lupi. Da punti imprecisati arrivavano belati e muggiti di animali che premevano per uscire dai recinti dov'erano rinchiusi: suoni lugubri che risuonavano da un podere a un bosco. Per tutti era un evento tremendo, natura contro natura.

La materia contenuta all'interno di un monte distruggeva ciò che questo aveva creato all'esterno con la feracità del suo terreno: alberi sempreverdi, melograni, mandorli, vigneti che proprio in quelle settimane stavano cambiando colore.

Intanto, da una nuvola bassa scendeva una fitta pioggia di cenere mentre minuscole schegge di roccia infuocata, schizzate fuori dal cratere, entravano nella villa bruciando tende e mobili. Lucio, Melissa e Marco, terrorizzati dal crepitio del fuoco e dalle grida di uomini e bestie, decisero di scendere nel deposito sotterraneo. Accesero una lucerna e si sedettero a terra, contro una parete. Il pavimento di terra battuta era ingombro delle provviste di legumi cadute dalle mensole e dai cocci delle giare di argilla, tutte in frantumi, che spargevano un aspro odore di vino.

Il tempo di sistemarsi meglio – almeno lì sotto c'era fresco – e un'altra violenta scossa fece cadere la lucerna e crollare alcune delle travi che reggevano il soffitto. Lucio e Marco, brancolando nel chiarore che arrivava dalle scale, riuscirono a sollevare quella che aveva intrappolato una gamba di Melissa, facendola urlare di dolore: la posizione innaturale dell'arto lasciava intuire la frattura di qualche osso.

Lucio abbracciò la moglie e cercò di rincuorarla: « Aspetta qui con Marco. Vado a controllare se il sentiero che porta al lavatoio è libero, almeno lì l'acqua non manca. Fatti forza. Questo disastro da un momento all'altro finirà» aggiunse senza crederci. «Si tratta di resistere ancora un poco».

Dalla veste sporca e strappata ricavò una lunga striscia con cui cercò di immobilizzare la gamba di Melissa e di rallentare l'emorragia. Poi risalì velocemente le scale, tossendo per la polvere, e si ritrovò all'aperto.

Fuori era anche peggio di quanto avesse temuto: l'oscurità stava avvolgendo ogni cosa, come se la notte stesse precipitando su Pompei, mentre l'incendio si propagava a tutta velocità. I ricoveri degli schiavi erano distrutti e il tetto della sua casa stava per crollare. Lucio volse lo sguardo verso il pozzo vicino: era insufficiente a spegnere fiamme così alte ed estese, e comunque non c'era nessuno a dargli una mano. Dagli alberi, simili a torce gigantesche, cadevano tizzoni che accendevano altri focolai. Nell'aria aleggiava un macabro odore di carne bruciata, l'unico rumore era il crepitio delle fiamme. Degli altri abitanti non vi era traccia. Fuggiti o morti. Lucio tornò indietro, augurandosi almeno una tregua.

«Vedrai, ce la faremo» sussurrava intanto Melissa al figlio, che singhiozzava sul suo seno. «Hai ancora tutta la vita davanti, non ti abbattere». Nonostante il dolore alla gamba fosse insopportabile e lei sentisse che la fine era vicina, tentava comunque di rassicurarlo. «Lo sai che forse ti darò un fratellino? Credo di essere incinta e aspettavo di esserne sicura per annunciarlo. Appena torna tuo padre glielo dico. Ricordo ancora la gioia nei suoi occhi quando ha saputo del tuo arrivo. Era più o meno questo periodo. O no, fammi fare i conti, forse era il tempo della vendemmia...»

Lucio era appena ridisceso nel deposito quando il pavimento gli si aprì sotto i piedi e il soffitto, che già scricchiolava, precipitò con fragore. Fece un balzo all'indietro, giusto in tempo per incrociare lo sguardo della moglie e del figlio.

L'ultima immagine che si portò via – prima di finire in un sotterraneo del quale ignorava l'esistenza – fu quella di Melissa che faceva un conto sulle dita di una mano.

13

«Pompei brucia!»

VIA APPIA-POMPEI, 79 D.C.
NONO GIORNO PRIMA DELLE CALENDE DI SETTEMBRE

Le carrozze con i viaggiatori avevano imboccato da qualche ora la strada per Pozzuoli. Mancava poco alla nuova sosta decisa per accontentare Claudio, che voleva vedere la nave di Quinto. Flavia stava per chiedere al conducente di rallentare – il veicolo sobbalzava in modo inconsueto – quando uno scossone li fece sussultare.

I cavalli si imbizzarrirono e fu soltanto per la perizia di chi reggeva le briglie se la prima carrozza si rovesciò semplicemente su un fianco. Flavia, pallidissima, si girò subito verso il figlio e tirò un sospiro di sollievo: erano entrambi illesi.

Uscì dalla carrozza carponi e si guardò intorno per constatare i danni. Dietro, era accaduto di peggio. Gli animali che chiudevano il convoglio erano finiti su quelli che trainavano il veicolo di mezzo, mancando di poco Klea e il liberto Giulio.

«Niente, niente, ho solo sbattuto contro un'asse di ferro». Il liberto, con la fronte insanguinata, cercava di tranquillizzare Klea che singhiozzava.

Tutt'intorno era il caos: uno schiavo ferito si lamentava, altri due erano finiti oltre il ciglio della strada, e gli indumenti contenuti nelle casse erano sparpagliati in mezzo alla strada. Il facchino e il cuoco, per quanto malconci, si rialzarono e Flavia si preoccupò di soccorrere il più anziano, che aveva un braccio ricoperto di sangue. Nulla di grave, per fortuna, solo escoriazioni.

I due uomini della scorta, intanto, cercavano di ristabilire l'ordine. Si piazzarono vicino ai veicoli per fermare eventuali viaggiatori e corrieri su cavalli veloci, e ordinarono ai servi di raccogliere ciò che era possibile recuperare.

Flavia era molto provata: le scosse, lo scontro, i feriti, non sapeva che fare. Si sedette sul ciglio della carreggiata e notò pure che molta gente sembrava allontanarsi in fretta dalla città. Vicino a loro passò una famiglia numerosa che si tirava dietro un carro riempito alla rinfusa. La donna più anziana, senza fermarsi, disse ansimante: « È la volontà di Nettuno. Tornate da dove siete venuti! »

Le guardie a cavallo non si scomposero: dopo aver fatto sospingere fuori dalla strada legni e ferri rotti, raggrupparono in uno spiazzo erboso persone, fagotti e animali. Flavia non interveniva: si guardava intorno smarrita, pensando come la comitiva allegra della partenza fosse diventata un mesto gruppo silenzioso.

Claudio, seduto accanto a lei e aggrappato al suo braccio, insisteva per andare al porto. Anche se l'incidente aveva scombinato il piano del viaggio e Flavia riteneva che sarebbe stato meglio proseguire direttamente per Pompei, il ragazzo l'ebbe vinta. Ci teneva tanto, ne avevano parlato a lungo e, in ogni caso, ci sarebbe voluto del tempo per rimettere a posto vetture e bagagli, era inutile restare lì a piangere sull'accaduto.

Si avviarono così verso Pozzuoli, accompagnati da Klea e da una guardia. Appena imboccata la strada che scendeva al mare, si trovarono in mezzo a una ressa di persone che urlava e gesticolava, ostacolando il cammino. Mentre avanzavano a fatica, una frase giunse chiara e terribile come uno schiaffo: « Pompei brucia! »

Guardandosi intorno, individuarono un capannello di gente. La guardia riuscì ad aprirsi un varco e Flavia, seguita dagli altri, vide al centro un giovane marinaio, assediato dalle domande: cosa aveva saputo esattamente, da chi, quando, come...?

Il marinaio giurava che «era scoppiato il Vesuvio»; aveva visto dal mare la nuvola che ora anche da lì tutti potevano scorgere: una nube di vapore scuro che si ingrandiva sempre più. E a conferma delle sue parole aggiunse: «L'ammiraglio Plinio sta partendo con le quadriremi per soccorrere la gente di Ercolano e Pompei, dice che sono in grave pericolo».

Un vecchio sputò imprecando contro gli dèi, altri si mettevano le mani nei capelli. Pozzuoli era legata a Pompei da affari e molti avevano lì parenti, amici: era la tragedia non di una città, ma di una terra, di un mare comune che da secoli li univa. Oggi brucia il Vesuvio, domani toccherà a noi essere sommersi dal mare, si convinceva l'editore dei giochi gladiatori in programma per i giorni seguenti.

Madre e figlio si guardarono spaventati.

«Dobbiamo tornare subito a Roma» disse Flavia con decisione.

Claudio a malincuore assentì, anche se la sua incoscienza giovanile lo avrebbe spinto a vedere e a sapere di più. Raggiunti gli altri, si affrettarono a risalire la strada per la quale erano discesi, ma era difficile restare uniti: centinaia di uomini, donne e bambini – molti con un involto in mano – si dirigevano al porto nella speranza di trovare un passaggio su qualche imbarcazione mentre altri, come quelli che avevano già incontrato, erano diretti fuori città.

Storditi e spaventati, Flavia e i suoi accompagnatori proseguirono la salita, convinti che ogni passo verso le carrozze rendeva più vicina la fine di quell'incubo. Chissà se torneremo a Roma sani e salvi?, si chiedeva Flavia con un macigno sul petto: se davvero il Vesuvio si era trasformato in una montagna di morte, non avrebbe più rivisto le amiche e i conoscenti. Uno dopo l'altro, i loro volti le sfilavano davanti agli occhi: la sorridente Valeria, Lucio – il sempre caro Lucio! –, Melissa dal cuore d'oro e dalla gelosia sfrenata, il burbero Giulio Polibio, la rassegnata Serena, il bravo Terenzio, i compagni del figlio. Erano davvero tante le persone che aveva conosciuto e adesso era come se la stessero salutando per l'ultima volta. Pensò a Quinto e lo ricordò con grande pena: anche lui perito tragicamente.

Dopo un tempo che sembrò interminabile, finalmente riuscirono a tornare al punto di partenza e a organizzarsi per il rientro. Uno dei loro mezzi era inservibile e dovettero abbandonarlo insieme agli animali che lo avevano trainato; si strinsero nei due che rimanevano, stipando quanto più bagaglio possibile. Ma non c'erano rimpianti: quanto avevano appreso su Pompei e il Vesuvio aveva trasformato l'incidente in un segnale tangibile della protezione divina.

Mentre i cavalli filavano veloci sotto le frustate, Flavia guardava con gli occhi velati dalle lacrime il paesaggio verde che fiancheggiava la strada.

Ricordava la sua casa com'era, non aveva fatto in tempo a vedere gli ultimi lavori: il più grande triclinio di Pompei, le stanze da bagno così confortevoli, il giardino con il ritratto di Menandro... bruciato anche lui, con le sue commedie.

Difficile credere, per chi non vi era mai stato, alla vivacità, alla ricerca di piaceri di una città che produceva salsa di pesce puzzolente. La Pompei così detestata all'inizio del suo matrimonio, ora si faceva rimpiangere.

Guardò Claudio e notò il suo sguardo pieno di tristezza. Flavia rifletté che doveva essere terribile, per un ragazzo, perdere tutto insieme il proprio passato. La città dov'era nata, i suoi genitori, i suoi primi amici erano lì dove li aveva lasciati, avrebbe potuto ritrovarli e abbracciarli in qualsiasi momento; Claudio invece aveva perso il padre per mano di delinquenti stranieri e non avrebbe rivisto mai più la casa e le strade dov'era cresciuto. Mentre il suo sguardo commosso indugiava su di lui, il figlio la sorprese esclamando: «Chissà se la scimmia del mio amico Olconio è riuscita a scappare!»

«Sono sicura di sì» rispose Flavia un po' sollevata. Meglio che Claudio si preoccupasse per la scimmia piuttosto che per il povero Marco.

Infine, il rumore degli zoccoli dei cavalli sulla strada, l'aria tiepida della sera, lo sfinimento fisico, li vinsero. Mentre il senatore Elpidio, avvertito dal messaggio di Cornelio Prisco, andava loro incontro, Flavia e Claudio si abbandonarono a un sonno consolatore.

Cornelio continuava il suo viaggio verso Pompei a bordo della carrozza di un cliente. Non era riuscito a chiudere occhio ed era talmente ansioso che non sentiva nemmeno il bisogno di bere o di mangiare. Era stato il conducente, un uomo sulla trentina, brusco e sicuro del fatto suo, a convincerlo a mandare giù qualcosa.

Si era fermato a una stazione e gli aveva detto: «Non so cosa ti tormenta, avvocato; ma se continui a digiunare e a non dormire non sarai in grado di risolvere il più semplice dei problemi».

A una decina di miglia dalla città, il conducente fermò i cavalli. Aveva notato tanta gente, a piedi o su mezzi di trasporto di ogni tipo, avanzare in direzione opposta a loro. «Voglio chiedere che cosa sta succedendo» disse scendendo a terra.

«Non intendo fermarmi!» gridò Cornelio, che temeva di conoscere il motivo di quella fuga in massa.

Il conducente non gli diede ascolto. «Mi dispiace, avvocato, ma non faccio un miglio in più. Man mano che avanziamo, sembra che il terreno scivoli sotto gli zoccoli dei cavalli. Cerchiamo almeno di sapere dov'è il pericolo, da dove scappano queste persone».

Ma andavano tutti di fretta, e nessuno voleva parlare. Qualcuno però si era avvicinato alla carrozza, un po' per curiosità un po' per fare una sosta.

«Siete fuori di senno» era il commento appena Cornelio diceva loro dov'erano diretti. «Abbiamo lasciato tutto ciò che avevamo, ma pur di allontanarci chiederemmo l'elemosina».

Al conducente che si rifiutava di proseguire oltre, Cornelio offrì qualsiasi somma purché lo portasse dalla moglie. Sentiva che Trebonia era salva, che lo stava aspettando, voleva arrivare a Pompei a tutti i costi. Il proprietario della carrozza si scusò con l'avvocato, che un anno prima era riuscito a fargli riavere la casa occupata abusivamente dal cognato; era disposto a riportarlo indietro senza ulteriori compensi, ma di andare avanti non se ne parlava nemmeno.

Cornelio non insistette oltre: si rendeva conto che procedere sarebbe stato irragionevole, ma non voleva tornare a Roma senza aver fatto un ultimo tentativo. Prese con sé la borsa più leggera e si avviò a piedi. Avrebbe superato il terrore provocato dai sussulti del terreno e dal cielo che si oscurava in lontananza con lampi di fuoco, se non si fosse imbattuto, poco dopo, in alcuni amici che abitavano alle falde del Vesuvio.

«Dove stai andando, Cornelio?» si meravigliarono. «È dall'alba che precipitano a valle pietre e braci. Siamo scampati per un pelo a una morte sicura».

Nello stesso momento, a Napoli, Fulvio Frontone spirava tra le braccia della moglie.

Non si sentiva bene da diversi giorni. Il medico di famiglia, constatando la gravità della malattia, si era limitato a somministrargli un calmante, raccomandando riposo assoluto. Fulvio invece, insofferente al caldo, si era intestardito a fare un bagno in mare. La sua villa si trovava su un pianoro a mezza costa che dominava una delle estremità del Golfo di Napoli. Costruita su una serie di scarpate artificiali, scendeva giù sino alla spiaggia per mezzo di ripide scalinate: un percorso davvero sconsigliabile, per la calura e le sue condizioni.

Ma Fulvio non aveva voluto sentire ragioni. Aiutato da due schiavi ben piazzati, iniziò la discesa con le gambe tremanti, senza mai recedere dal suo proposito nonostante il sole arroventasse la roccia e il sudore aumentasse la sua debolezza.

«Non credo che mi resti molto da vivere» aveva detto con un filo di voce al suo liberto, «e il mio più grande desiderio, l'ultimo, è un bagno in mare».

Giulia lo aveva saputo appena scesa dalla carrozza. Affidò la figlia alla liberta Primigenia e si precipitò giù. Arrivò in spiaggia proprio mentre Fulvio usciva dall'acqua: uno degli schiavi, pronto ad asciugarlo, osservò che l'acqua fredda aveva giovato al padrone – gli era perfino tornato il colore sulle guance.

Giulia andò incontro al marito e lo abbracciò; ma su quel corpo bagnato, che pure aveva dato sollievo al suo, avvertì subito la presenza della morte. Fulvio le sorrise e le disse con la solita dolcezza: «Meno male che sei arrivata, temevo di non vederti più. Non sai quanto mi fa bene il solo guardarti».

Fece qualche passo e si afflosciò di colpo, gli occhi spalancati. In quello stesso momento, un'altra scossa, molto più forte, scaraventò tutti a terra. E fu da quella posizione che notarono l'altissima colonna di fumo, interrotta da bagliori, che saliva dal Vesuvio.

Si era alzato un vento improvviso, il mare cominciò a ritirarsi e l'aria prese un colore grigiastro: Giulia e gli schiavi, sulla riva, pensarono che la morte stesse per arrivare anche per loro. La donna si inginocchiò accanto al marito, gli sollevò la testa per sentirne l'alito e capì subito che il soffio vitale l'aveva abbandonato. Troppe disgrazie, tutte insieme: il Vesuvio che sputava fumo e bagliori di fuoco, Fulvio deceduto, la spiaggia che sembrava aprirsi sotto i piedi. Giulia divenne più bianca del telo di lino rimasto intorno ai fianchi del marito.

Rimase a lungo in quella posizione, piangendo in silenzio. Stringeva fra le braccia l'uomo che l'aveva amata e attesa con pazienza, senza mai avanzare dubbi. Era davvero addolorata, ma i suoi sentimenti non erano mai stati profondi e non aveva avuto il tempo – o il desiderio – di rafforzarli. Fulvio non le aveva mai chiesto più di quanto lei riusciva a dargli – affetto, fedeltà, un carattere allegro – e in fondo era riuscita a renderlo felice.

Si consolava pensando così; quello che davvero l'angustiava, più del sole che si stava paurosamente coprendo, era dover seppellire un marito per la seconda volta.

14

Popolo di sordi che brancolava nel buio

Pompei, 79 d.C.
nono giorno prima delle Calende di settembre

Il fuoco gigantesco scagliato in alto dal Vesuvio, cominciava a espandersi, e man mano che si allargava formava una specie di ombrello che oscurava il sole.

La paura attanagliò tutti. I terremoti, che si susseguivano senza sosta, ora avvenivano al buio. Era notte a Pompei, nel pieno di una soleggiata giornata estiva.

Si spaccavano muri, si sbriciolavano mosaici, mentre travi, pilastri, statue, armadi crollavano con gran frastuono. La città sembrava ghermita da artigli invisibili che cercavano di strappare le case dalle fondamenta. La spaventosa oscurità che la avvolgeva era resa ancora più terribile dalla grandine fitta e bruciante di pomici bianche, brandelli di lava e cenere.

Le vittime dei crolli erano già tante; altri morivano per lo spavento o perché colpiti dalle pietre che piovevano insieme ai lapilli. In poche ore quei materiali mai visti prima, espulsi dal ventre del vulcano, avevano formato cumuli capaci di inclinare i tetti e di far precipitare le coperture meno resistenti, travolgendo chi li aveva scelti come protezione.

Le aperture dei soffitti, fino ad allora privilegi di case aristocratiche per far entrare luce e acqua piovana, facilitavano l'accumulo dei materiali vulcanici nel centro delle abitazioni. Chi non poteva più stare al piano terra o raggiungere i locali sotterranei saliva ai piani superiori, per poi restarvi intrappolato.

Troppo tardi molti pompeiani decisero di fuggire, di allontanarsi comunque da quel luogo di morte; ma pietre e pomici si depositavano rapidamente in qualunque spazio aperto – vie, cortili, giardini, piazze – rendendo sempre più difficili anche gli spostamenti più brevi e procurando ustioni e ferite a quanti cercavano di muoversi.

Nella corsa frenata dai materiali vulcanici, il luogo più sicuro sembrava sempre quello che ancora non era stato raggiunto e spesso, cercando di cambiare direzione, si finiva per tornare sui propri passi senza rendersene conto. Molti, usciti dalle porte che si aprivano nelle Mura, avevano cercato scampo nelle necropoli. Almeno i morti, pensavano, sarebbero stati risparmiati dalla rabbia divina; e comunque, meglio lasciare la vita in compagnia di chi li aveva preceduti nell'Averno.

Dovunque si trovassero, adulti, anziani, ragazzi, sotto i colpi delle braci erano in preda al terrore: le ceneri offuscavano la vista e ostacolavano il respiro. I pompeiani si sentivano braccati, alla mercé di un nemico che non potevano e non sapevano combattere, mentre la città era stretta dalle fiamme. Il verde dei giardini domestici e degli orti moltiplicava il fuoco: le viti, i platani, le siepi di bosso e di alloro, gli alberi da frutto, ardevano in un attimo e le fiamme si propagavano tutt'intorno.

In tanti, muniti di lanterne, cercavano comunque di muoversi, provocando a loro volta incidenti: affondavano negli strati di ruvida pomice e quando i sussulti del terreno facevano perdere loro il già precario equilibrio investivano altri disperati, provocando ferite e bruciature. Alcuni si strappavano di dosso le vesti infuocate, altri si coprivano con spesse coperte peggiorando la visibilità e la respirazione.

Se qualcuno avesse potuto vedere la città dall'alto, avrebbe scorto un paesaggio impressionante. Ogni via, ingombra di travi e intonaci, era ridotta a un tappeto instabile e vischioso: persone e animali cadevano, si rialzavano, entravano e uscivano da case e cortili. E ovunque incendi che divampavano, e lanterne che sembravano lucciole impazzite.

Tutti urlavano, piangevano: disperati, feriti, sporchi di fuliggine, vagavano senza meta. Gli scoppi del vulcano e i crolli erano così assordanti da coprire le voci, le richieste di aiuto. Se a qualcuno capitava di imbattersi in un vicino di casa – e riusciva a riconoscerlo – chiedeva notizie di un parente; ma nessuno dava retta a chi lo scuoteva per un braccio e gli strillava qualche nome nell'orecchio, come un popolo di sordi che brancolava nel buio.

Ogni tanto, per caso, si ritrovavano mariti, madri, figli, ma più spesso le famiglie erano disperse. In tanti pregavano. Avevano la forza di credere ancora in un prodigio divino e si rivolgevano a Venere, che avrebbe dovuto aver cara Pompei. Oppure a Iside, a Giove, ad Apollo.

Il fiume Sarno non era più in grado di offrire una via di fuga, il suo letto si era riempito di materiali vulcanici. In una stazione fluviale, in direzione della via di Stabia, i frequentatori occasionali si erano riuniti per incontrare, senza saperlo, una morte spaventosa.

C'erano persone di ogni età: vite, esperienze, storie, che si erano incrociate per la prima e ultima volta. Una donna aveva con sé un vero tesoro in gioielli, tra cui un bracciale a forma di serpente che all'interno portava inciso: IL PADRONE ALLA SUA SCHIAVA. Ma accanto a lei non c'era il generoso amante, solo sconosciuti. Afferrò la prima mano che trovò per cercare conforto mentre spalancava la bocca per il terrore: il cedimento del piano superiore stava per seppellirli insieme.

15

Un luogo orribile e ignoto

Pompei, 79 d.C.
ottavo giorno prima delle Calende di settembre

Pompei, stremata, era alla fine della sua giornata più terribile.

Le pietre porose uscite dalla bocca del vulcano erano diventate più scure e pesanti e continuavano a depositarsi, strato su strato, aumentando l'entità del disastro. Ormai ogni luogo era invaso da materiali fumanti che, nelle vie più strette, raggiungevano il secondo piano delle case, traboccando all'interno.

Era piena notte, quella vera, ma dal mattino Pompei era avvolta da un manto nero e incandescente che non accennava a diradarsi. Nelle ville disseminate nei dintorni di Pompei o aggrappate ai fianchi della montagna la vita si era spenta da diverse ore: colpite per prime dai macigni che rovinavano a valle, erano state investite da una prima ondata di gas letali che avevano risparmiato la città.

Sul fare dell'alba, qualcosa cambiò. La violenza dell'eruzione accennava a diminuire: la pioggia dei lapilli si era finalmente diradata e in quella calma apparente, ci si guardava intorno con timore e qualche fievole speranza. Il numero delle vittime e il disastro erano incalcolabili, ma c'erano ancora segnali di vita. Chi era scampato alla prima fase dell'eruzione sbucava dall'alto degli edifici e, strisciando fuori, cercava punti di riferimento. Uno sforzo inutile: erano scomparsi gli alberi, i negozi, i templi che segnalavano una piazza o una via, e se non erano diventati macerie erano sepolti dalle braci.

Era come trovarsi in un luogo orribile e ignoto. Alla luce delle lanterne gli occhi dei pompeiani superstiti scoprivano scene che non avevano nulla di normale, di umano. I sopravvissuti al cataclisma si contavano e stentavano a riconoscersi: il viso nero di fumo e le ferite sanguinanti li rendevano spaventosi estranei. Non si facevano commenti, si ascoltavano solo i gemiti, i pianti, lo strazio davanti un cadavere che appariva all'improvviso. Dallo spesso strato dei materiali vulcanici spuntavano gambe martoriate dalle piaghe, volti dagli occhi sbarrati, arti spezzati. A chi apparteneva quel braccio o quel piede? Erano le vittime più recenti, le altre giacevano più sotto.

I più piccoli avevano pagato il prezzo più alto. Nello sconcerto iniziale, tra la ricerca di un riparo e la fuga verso un luogo ritenuto più sicuro, molti neonati erano stati dimenticati nelle culle, e altri bambini più grandi erano stati travolti dalla ressa o erano sfuggiti dalle mani dei genitori, perdendosi per sempre. Mamme impazzite, con ulcere al posto dei capelli, si aggiravano come spettri invocando il nome dei figli; anziani abbandonati o rimasti indietro imprecavano contro Mercurio che non li aveva accompagnati prima nel regno dei morti; uomini con le vesti a brandelli singhiozzavano disperati.

Nessuna guerra fra nemici avrebbe potuto causare un simile disastro. In qualche punto delle Mura erano ancora visibili i segni lasciati dalle catapulte di Silla un secolo prima, ma le case erano rimaste al loro posto. Ora si camminava nell'oltretomba dei dannati. E come in ogni sventura, qualcuno cercava di approfittarne: con stivali a protezione dei piedi, si infilava in una ricca casa abbandonata per rubare oggetti di valore; anche le nicchie dei santuari, gli altari erano stati spogliati da mani rapaci.

I pompeiani che si erano ritrovati nel Quadriportico dei Teatri e nella Palestra Grande, vicino all'Anfiteatro, nutrivano qualche fiducia nel futuro. Benché sottoposti a una prova così dura si illudevano che il peggio fosse passato, e confortandosi a vicenda speravano ancora in un dio benevolo.

Approfittando della tregua, diverse persone si diressero verso il settore meridionale; altre invece, scappate dalla città nelle prime ore dell'eruzione, vi fecero ritorno credendo che la pioggia di fuoco fosse finita. Entrarono dalle Porte e avanzavano dove i cumuli dei detriti erano più bassi. Sempre al buio, durante una notte interminabile.

Provarono a dirigersi verso le loro abitazioni, ma quando vi entravano si sentivano sperduti. Forse conveniva cercare il Foro: i tetti della Basilica e del tempio di Apollo dovevano pure spuntare da qualche parte. Ma l'oscurità persistente e la fatica a respirare rendevano ancora più incerti i passi dei superstiti; meglio fermarsi allora, trovare un pilastro ancora in piedi o un muro al quale appoggiarsi, e aspettare un po' di luce.

L'illusione di una bonaccia durò il tempo di immaginarla. Un altro sisma, di inaudita violenza, aveva ripreso a scuotere le case rimaste in piedi, travolgendo chi si aggirava fra le rovine.

Arrivò il mattino ma non il sole. Notte, ancora notte per Pompei. L'attività vulcanica riprese con la fase più terribile, quando masse di cenere vulcanica mista a gas letali, collassando lungo i fianchi del Vesuvio, divennero nubi ardenti che si propagavano a gran velocità. La prima che raggiunse la città sfinita dal lungo supplizio, era stata fermata dalle Mura settentrionali. Inaspettata e feroce, era però riuscita a penetrare nelle ville appena fuori della cintura di pietra.

Nella dimora conosciuta per i suoi affreschi dei Misteri di Dioniso, gli operai che stavano terminando il lavoro si erano rifugiati in un sotterraneo con cibi e bevande. Per quanto impauriti, si facevano coraggio a vicenda; finché la pioggia di pomici e lapilli, sempre più fitta, chiuse le strette aperture di luce. Impossibile rimanere lì sotto.

A un segnale del caposquadra si lanciarono tutti insieme verso il vano delle scale: meglio affrontare il disastro all'aperto che finire intrappolati come topi. Ma l'uscita era sbarrata. Con l'unica torcia accesa, i picconi e un martello a disposizione cominciarono a colpire la parete più vicina all'esterno, ferendosi a vicenda per la fretta.

Riuscirono ad aprire una breccia, ma l'aria era insufficiente e la torcia si spense. Si portarono le mani intorno alla gola tossendo, lamentandosi, invocando aiuto col poco fiato rimasto.

Mentre gli operai morivano asfissiati, il procuratore della villa rimase fulminato in una piccola camera accanto all'ingresso, sdraiato su un fianco, la testa appoggiata sulle braccia e la bocca spalancata per catturare l'ultimo respiro.

In via dell'Abbondanza, la famiglia di Giulio Polibio non si era mossa da casa. La costruzione era solida, fiancheggiata da altre abitazioni, con le finestre protette da vetri di prima qualità: un rifugio migliore di altri. E poi Trebonia non era in grado di camminare; le contrazioni, che segnalavano l'inizio del parto, erano cominciate il giorno prima e continuavano a manifestarsi con la stessa intensità e lo stesso intervallo di tempo.

«È tutto così violento» mormorò Trebonia rivolta alla madre. «Un figlio che non vedrà mai la luce, e la fine di un luogo che ha gustato sempre la vita, come diceva Cornelio».

Serena cercava di calmarla, accarezzandole la fronte gelata e i capelli zuppi di sudore, ma non riusciva a parlare.

«Fuori!» urlò all'improvviso Giulio Polibio, spingendo servi e familiari verso una delle porte d'ingresso.

Dalle cerniere delle finestre penetravano fumi che odoravano di zolfo e i vetri si stavano accartocciando per il calore come rotoli di papiro. Le mura domestiche non proteggevano più; bisognava cercare la salvezza all'aperto, dovunque fosse possibile andare. Due schiavi sollevarono Trebonia e la trasportarono nell'ingresso. Cercarono di aprire il portone, ma nella massa di lapilli si trovarono davanti un cavallo morto, tutto bardato, che sbarrava loro il passo.

«Indietro, nelle stanze più interne!» ordinò allora il padrone di casa.

Si diressero verso gli ambienti in fondo al peristilio, ancora intatti. Attraversarono di nuovo la parte coperta sulla destra del giardino e si riunirono nella sala per i banchetti e in quella accanto, dove già erano state ammassate le suppellettili di bronzo: chi sdraiato sui lettini per gli invitati, chi per terra, addossato al muro.

Altri flussi di cenere finissima e vapori venefici superarono le Mura e raggiunsero le loro vittime ovunque: nelle case, nei ricoveri degli animali, in corridoi senza luce, tra le anfore di vino. Li assalirono fissandone gli ultimi movimenti nella morte rassegnata o nella vana ribellione, senza fare distinzioni. Il bel giovane altissimo, che calzava sandali raffinati, il vecchio mendicante rattrappito con la schiena curva, che si era coperto il viso con un lembo del mantello, uno schiavo con le sue povere cose in un fagotto, i gladiatori rimasti accanto alle loro sontuose armi.

Nella casa di Giulio Polibio le nuvole ardenti entrarono come Erinni scatenate, investendo tutto ciò che si trovavano davanti e soffocando gli abitanti sbigottiti, con i loro ultimi pensieri.

Giulio Polibio li rivolse prima al piede sinistro con cui aveva iniziato in modo infausto la giornata precedente, poi alla moglie che aveva sempre maltrattato e amato.

Serena, per la prima volta in una grave difficoltà, non si chiese dove fosse Terenzio e si strinse in un abbraccio al marito. Trebonia attirò a sé il figlio con una mano, lanciò un urlo straziante e non si mosse più.

La tartaruga, sotto l'albero dei fichi, si ritirò nel suo guscio. Era vissuta quasi novant'anni: in quell'agosto, l'essere vivente più longevo di Pompei.

All'inizio dell'eruzione, nel santuario di Iside i sacerdoti stavano consumando un pasto nella sala dietro il tempio. Rimasero al chiuso con gli sguatteri per l'intera giornata, bisbigliando preghiere tra un terremoto e l'altro, forse più per abitudine che per fede sincera. Le mura del santuario sembravano reggere gli scossoni e si aspettava solo la fine della pioggia incandescente.

Quando la furia eruttiva sembrò acquietarsi, dopo un breve conciliabolo decisero di abbandonare il luogo sacro. Lasciarono lì dove si trovavano un braciere di bronzo e le grandi statue di marmo, mentre si affrettarono a chiudere candelabri di bronzo, statuine e amuleti in due casse di legno, convinti di poterli ritrovare. Quindi si avviarono verso l'uscita del recinto.

Il più anziano non li seguì, rimproverandoli di non avere abbastanza fiducia nella dea che li aveva resi ricchi e potenti. Si aggrappò alle loro vesti, predisse sciagure maggiori, ma non riuscì a convincerli. Si incamminarono lungo la strada, le teste protette da mantelli, sicuri che aver maneggiato a lungo oggetti rituali e aver agitato sistri d'argento per la divinità dai mille nomi sarebbero stati il lasciapassare per la salvezza. A passi veloci entrarono nel Foro Triangolare, chiudeva la fila il sacerdote più giovane al quale avevano affidato un sacco con monete e oggetti d'oro: le fughe costano.

Lo scatenarsi di un sisma particolarmente violento interruppe la corsa. Il gruppo cadde a terra, e mentre stava per rialzarsi fu travolto da pesanti cornicioni. I due uomini rimasti nel tempio, il sacerdote anziano e un suo fedelissimo, perirono invece per asfissia: uno in cucina e l'altro nella sala delle riunioni.

Gli ambienti dati in affitto da Giulia Felice erano rimasti vuoti. L'amministratore e gli schiavi lasciati a guardia degli appartamenti riuscirono solo per poco a godersi triclini e bagni termali. Cambiarono rifugio più volte nelle lunghe ore che distrussero Pompei, finché decisero di uscire dalla porta principale. Si trovavano ancora nel giardino quando furono raggiunti dai vapori mortali.

16

Volse la testa verso il mare

Pompei, 79 d.C.
ottavo giorno prima delle Calende di settembre

Nella casa di Flavia, il procuratore Eros non si era mosso dal suo appartamento.

Se gli dèi ti vogliono morto ti raggiungono ovunque, pensava. Nei suoi confronti avevano avuto un occhio benevolo, considerati i molti rischi che aveva corso, e chissà se anche questa volta... Ascoltava il trambusto della casa, i rumori sul tetto, le urla disperate dei servi, senza alcuna partecipazione emotiva. Aveva lasciato alla catena anche il cane, a cui pure era affezionato, e non badava al suo latrare senza tregua.

Era esausto. Nelle prime ore si era agitato come gli altri, aveva ordinato, discusso, consigliato; ma col trascorrere del tempo le pomici ovunque, l'oscurità, i terremoti sempre più intensi, lo avevano convinto dell'inutilità di opporsi al destino.

Mai, comunque, gli era passato per la testa di abbandonare quello che considerava il suo regno. Si stese sul letto di ferro decorato, senza perdere d'occhio la borsa di cuoio piena di monete. Conteneva una fortuna, oltre cinquecento sesterzi. La paura di non poterne fare uso lo attanagliò, più del disastro che si stava consumando intorno a lui.

Aveva raccolto nella stanza diverse suppellettili in bronzo dei padroni, mentre gli operai intonacavano i muri: un custode degno di fiducia, fino all'ultimo.

Rannicchiata per terra c'era una ragazzina, che molti dicevano sua figlia. Nell'estremo pericolo, si era rifugiata da Eros, in cerca di un abbraccio di conforto che non aveva fatto in tempo a ricevere.

La numerosa servitù dapprima era rimasta rintanata nei diversi quartieri della grande abitazione, come aveva consigliato il procuratore; ma nel momento in cui gli schiavi si erano resi conto di essere in trappola – il giardino interno e il primo piano erano diventati impraticabili – avevano cercato di guadagnare la fuga.

Da una sala adiacente al giardino un gruppetto cercò inutilmente di aprirsi un varco fra i detriti; altri, guidati da Rufina e decisi a raggiungere il tetto, imboccarono la stretta scala. La paura e l'impazienza rendevano i passi convulsi e gli schiavi finirono con l'ostacolarsi a vicenda; chi reggeva la lanterna precedendo gli altri, spinto da dietro cadde, trascinando tutti in una rovina mortale. I gas scesi dal Vesuvio sterminarono i superstiti.

Solo due donne erano rimaste all'interno delle Terme fuori le mura. All'alba erano sicure di essere scampate a una fine terribile. Non avevano seguito, giù verso il porto, i pompeiani che si erano precipitati per la via Marina: la vasca del *frigidarium*, anche al buio, dava l'illusione di un sollievo.

La pausa apparente dell'eruzione le aveva spinte fuori, fiduciose. Erano vicine al muro del porticato esterno e la prima volse la testa verso il mare, per respirarne la salsedine. Rimase così, con la bocca aperta, investita da un flusso di vapore mortale.

A Pompei era cessata ogni forma di vita. Non era però finita la sua distruzione: stava per arrivare una valanga bollente, ancora più densa di materiali solidi, con una velocità e un impeto distruttivo impressionanti. Travolgendo nella sua corsa inarrestabile tutto ciò che incontrava, tagliò come una lama qualunque ostacolo, tranciò muri, alberi, sommità di edifici, aggiungendo altro strazio ai corpi delle vittime, fracassando crani e strappando arti.

Tutto, ormai, era sepolto da uno spesso strato di sostanze vulcaniche e di macerie: nessuna traccia nemmeno di animali, giardini, marmi, botteghe con la merce esposta sul banco, pentole sui fornelli, armadi pieni di oggetti preziosi. I terremoti che continuarono a scuotere la terra aumentavano solo il livello della catastrofe.

17

Come pantere prima di un agguato

Pompei, 79 d.C.
sesto giorno prima delle Calende di settembre

Il sole comparve finalmente sul Golfo di Napoli. La luce, di un colore innaturale, rendeva di nuovo visibile la grande insenatura e mostrava lo strato di cenere che vi si era depositato da un capo all'altro.

La zona colpita era immensa, anche se ancora non se ne conosceva l'esatta estensione. Il mare solitamente azzurro e luccicante, raccolto in un abbraccio da città e giardini, cantato dai poeti, attraversato da ogni tipo di imbarcazione, aveva il colore della distruzione e ne portava tutti i segni: carcasse di animali, cadaveri, fasciami di imbarcazioni, rottami di ferro, oggetti di ogni tipo galleggiavano sull'acqua grigia e marrone, in una schiuma melmosa.

Il paesaggio non aveva più nulla del suo aspetto consueto e nessuno sarebbe stato in grado di riconoscere il dolce profilo della pianura vesuviana, trasformata in un'altura irregolare e incolore.

Il fuoco del Vesuvio aveva trasformato anche il Sarno. Il fiume, che scorreva pigro e sinuoso all'ombra di alti alberi, aveva deviato il proprio corso, stravolto dalle macerie e dagli incendi. La foce non si allargava più come dita aperte verso il mare, tra spiagge, cordoni lagunari e saline fiancheggiate da canneti: era stato tutto inghiottito da un terreno sterile e spoglio.

Altre città, noti centri residenziali, erano state distrutte dalla furia del Vesuvio. Ercolano, tra Napoli e Pompei, stava diventando una collina dura come la pietra. Nella sua villa più bella, affacciata sul mare, gli atleti scolpiti nel bronzo in procinto di scattare per una corsa, con gli occhi di vetro sbarrati, erano scivolati nel buio come pantere prima di un agguato.

Più a sud, anche i raffinati stucchi delle ville di Stabia erano stati sepolti dai lapilli. Sugli smalti, sugli affreschi, era calata una lunghissima notte che lentamente ne avrebbe mutato i colori.

Di Pompei era rimasto solo il nome, destinato a perdersi nel tempo. La città di Venere, rovinata da decine di terremoti eppure sempre pronta a ricominciare, giaceva sotto una coltre di pietre grigie, sigillata – per i secoli futuri – con le sue ultime voci disperate.

Immediatamente arrivarono i soccorsi ai superstiti delle zone colpite, inviati dal trepidante imperatore Tito nel suo secondo mese di regno. L'eruzione lo aveva privato del caro amico Plinio, lo scienziato che comandava la flotta tirrenica. Gli fu raccontato che l'anziano ammiraglio era deceduto sulla spiaggia di Stabia, disteso serenamente su un lenzuolo.

Lo stesso imperatore si recò sui luoghi del disastro e vi si trattenne a lungo. File di dolenti provati dagli effetti di un cataclisma senza precedenti, che erano riusciti a salvarsi perché fuggiti alle prime avvisaglie o perché si trovavano lontano dalla città, si aggiravano nei dintorni di Pompei e piangevano i loro morti.

Dov'era possibile si recuperavano cadaveri e si seppellivano, mentre qualcuno, che aveva visto i tesori delle case più ricche o era a conoscenza della loro esistenza, orientava con precisione le proprie ricerche e si avventurava tra le macerie. Per aiutare i sopravvissuti l'imperatore distribuì denaro proveniente dai propri forzieri e mise a disposizione i beni delle vittime senza eredi. Intendeva provvedere alle esigenze più urgenti con le risorse di cui disponeva e non accettò i donativi che gli venivano offerti da privati, città o sovrani. Per controllare la ricostruzione incaricò due curatori estratti a sorte: non sarebbe stata la prima volta che gli aiuti finivano nelle mani di chi avrebbe dovuto distribuirli.

L'impresa rivelò subito i suoi limiti. Era infatti impossibile liberare completamente Pompei e i dintorni dalla massa dei detriti. E poi come regolarsi per ristabilire i confini delle proprietà? L'eruzione aveva cancellato tutto.

Si riuscì a intervenire con discreti risultati soltanto nei centri colpiti ma non annientati dal disastro, mentre si ripristinavano le strade principali della regione. A Pompei si cercò soprattutto di recuperare marmi, bronzi e oggetti di valore in piazze e edifici pubblici, per riutilizzarli altrove.

ROMA, 80 D.C.
NONE DI APRILE

Flavia era agitatissima. Aveva acconsentito a incontrare Lucio da sola e se n'era pentita. Sicuramente dovevano essere delicate le questioni che Lucio si proponeva di affrontare, se Elpidio non doveva essere presente. Ma non poteva rifiutarsi. Lo esigevano l'affetto, la lunga frequentazione e quel segreto che era riuscita a tenere stretto per tanti anni senza farne parola con nessuno. Speriamo che non voglia chiedermi questo, si augurava nell'attesa.

Forse a causa di quei pensieri, appena lo vide avvicinarsi le tornò in mente la sera del loro unico amplesso: le rughe, le occhiaie, i capelli bianchi del suo ex dirimpettaio si trasformarono per un momento nell'immagine di un uomo a lungo desiderato, con indosso una toga di ricercata eleganza.

Lucio le prese le mani e gliele baciò guardandola negli occhi, mentre prendeva posto accanto a lei. Klea, indecisa se lasciare sola la padrona o stare nei paraggi – non aveva ricevuto disposizioni in materia –, spostava un cuscino, sistemava meglio le coppe su un tavolino, entrava e usciva.

Lucio si accorse dell'imbarazzante situazione e, esauriti i convenevoli, disse sottovoce: «Usciamo, voglio parlarti senza che qualcuno possa ascoltarci».

Una volta sul terrazzo, Flavia finse un atteggiamento disinvolto: «Hai deciso di farmi la corte?»

Lucio sembrava stare al gioco: «In un certo senso...»

«Ricordati che sono una donna sposata».

«L'ho sempre saputo. Come te, del resto».

«Ma ora le cose sono cambiate».

«Potrei ribattere *repetita iuvant*, ma non si tratta di questo» disse Lucio diventando improvvisamente serio. «Sono venuto a parlarti di un argomento molto delicato. Non è facile per me, e forse non lo sarà per te. Ma non posso farne a meno, ho riflettuto a lungo prima di chiederti questo incontro».

Tacque, appoggiandosi alla balaustra di marmo e guardando lontano. Flavia non ebbe più dubbi: ciò che aveva temuto, e creduto sepolto, stava per affiorare in tutto il suo dramma. Meglio mentire o dire la verità? Le conseguenze, in un caso o nell'altro, potevano stravolgere le loro vite.

«Le mie ultime vicende le conosci» riprese Lucio con voce calma. «Ma devi sapere anche che ti ho amata come nessun'altra. Se al ritorno da Oplontis mi avessi cercato, mi avessi parlato – o anche solo scritto qualcosa... ma non voglio più pensarci. È passato troppo tempo, e quanto è accaduto alla mia famiglia e alla mia città supera qualsiasi rimpianto. Ho voluto molto bene a Melissa, credimi, e ho adorato Marco. Amavo la mia casa e tutte le piccole cose quotidiane che danno un senso alla vita. Ora non ho più niente. Come se l'avessi solo sognato».

La guardò fissa negli occhi: «Ma c'è un tarlo che mi arrovella, e che potrebbe dare un significato diverso agli anni che ho davanti. Non so come dirtelo, Flavia... Claudio potrebbe essere... *è* mio figlio?»

Mille volte, in passato, si era preparato quel discorso e poi aveva accantonato l'idea di farlo; meglio non sapere, come consigliava Cornelio: una conferma avrebbe comunque incrinato il suo rapporto con Melissa e con lo stesso Marco. Adesso però lo scenario era diverso e il desiderio di sapere la verità, che non riusciva più a tenere a bada, gli aveva fatto precipitare le parole di bocca.

Non voleva sconvolgere la vita familiare di Flavia, ma sapere che esisteva un figlio, che un domani qualcosa sarebbe potuto cambiare, era più di una speranza.

Flavia impallidì e fece per allontanarsi, ma Lucio l'attirò a sé afferrandola per un braccio: «Allora?»

Lei continuava a fissarlo senza dire niente e a Lucio sembrò che stesse per svenire. Chiamò Klea, le fece portare un po' d'acqua, e subito la mandò via. Quindi si sedette con Flavia su una panca di pietra.

Tutto intorno a loro era tiepido, profumato, pieno di colori; ma a Lucio appariva bianco, terreo, come i morti che aveva visto dopo l'eruzione.

«Non lo so» rispose Flavia con un filo di voce.

«Come non lo sai?» scattò Lucio alzandosi in piedi. «Non ti credo. Una donna queste cose le sa. Le percepisce. Quanto tempo è passato tra il nostro rapporto e quello con tuo marito? Non hai mai fatto i conti? E perché hai evitato qualsiasi contatto con me? Temevi di dovermi confessare qualcosa? Ti sentivi in colpa?»

Le lacrime delle donne: uno strumento fastidioso per gli uomini prepotenti, un'arma invincibile per i cuori teneri.

Di fronte al pianto di Flavia, Lucio non capì più niente.

«Scusami, scusami» ripeteva abbracciandola, «non avrei dovuto. Ma la mia condizione...»

«Non devi scusarti» lo rassicurò Flavia, riprendendo il controllo, «hai il diritto di sapere la verità, e io voglio accontentarti. Di una cosa però ti prego, e devi giurarlo sulla memoria di Marco, di Melissa e sugli dèi: qualunque cosa ti dirò dovrà restare un segreto fra di noi. Per sempre».

Lucio giurò su tutta la sua famiglia e su ogni divinità dell'Olimpo e degli Inferi che gli venne in mente; avrebbe pure sacrificato cento tori se gli fosse stato richiesto.

«Credo che...» disse piano Flavia, «che Claudio sia figlio tuo».

«Dillo ancora! Ripetilo più forte!»

«Non posso urlare, Lucio. Claudio è... è tuo figlio, sì».

Finalmente l'aveva detto, e lei stessa si stupì di sentirsi libera da un peso opprimente. Rideva, abbracciando Lucio, piangeva, alzava le braccia al cielo come se avesse appena detto al marito di essere incinta.

Durò poco. I dubbi cominciarono a roderle l'anima: il segreto sarebbe rimasto tale?

ROMA, 80 D.C.
IDI DI APRILE

I romani non ne potevano più. In poco meno di un anno la capitale dell'Impero era stata devastata dalla peste e da un incendio che aveva attaccato il centro monumentale dell'Urbe, tra Campo Marzio e Campidoglio. Se a queste catastrofi si aggiungeva l'eruzione del Vesuvio, il regno di Tito era cominciato sotto i peggiori auspici.

Ora però tutti attendevano l'apertura dell'Anfiteatro Nuovo. Tre mesi almeno di spettacoli, un avvenimento che la cittadinanza attendeva come i marinai in balìa delle onde fremono per arrivare nel porto più vicino. Nella casa sul Celio, illuminata a giorno, si facevano programmi con ritrovata allegria. Flavia si rammaricava soltanto di non aver avuto l'occasione di comunicare una bella notizia al marito e al figlio, ma c'era tempo per farlo.

Lucio partecipava poco, gli altri decisero di non farci caso. Si stava chiacchierando di inviti, ricevimenti e altre amenità quando Lucio, senza staccare gli occhi dal pavimento e con una voce vicina al pianto, disse: «Come sarebbe piaciuto a Marco assistere all'inaugurazione dell'Anfiteatro... per colpa mia, né lui né Melissa oggi sono qui con noi».

La tristezza di quelle parole colse tutti alla sprovvista. Il malinconico ricordo li riportava indietro, a quel lembo di memoria che avrebbero voluto cancellare.

Cornelio Prisco, il più ansioso nel fare programmi, rimase di stucco. Ascoltava da mesi i lamenti dell'amico e, anche se gli voleva molto bene, la sua pazienza era giunta al limite. Secondo le circostanze, aveva cercato di essere comprensivo, di incoraggiarlo o di rimproverarlo affettuosamente, e finalmente gli era sembrato esserci riuscito: Lucio aveva ripreso a guardarsi intorno, a frequentare le case degli amici di Cornelio curando l'abbigliamento, a trascorrere molte ore alle terme – sembrava insomma deciso a riprendere a vivere. Invece, eccolo che ricominciava.

L'avvocato ascoltò con evidente fastidio i lamenti di Lucio, tamburellando le dita sulla panca di marmo dov'era seduto. Finché esplose: «Senti, è davvero ora di finirla» cominciò con tono risoluto. «Pensavo che ormai di queste disgrazie non si parlasse più. Non puoi più avvilire Flavia ed Elpidio con i tuoi ricordi angoscianti, e nemmeno me. Ti abbiamo accolto, consolato, offerto il nostro aiuto; possibile che per l'ennesima volta dobbiamo discutere dei tuoi rimorsi, e di questo senso di colpa – inutile – che continua a perseguitarti?»

Gli ricordò che anche lui aveva perso la moglie e il figlio, e che come lui non aveva delle tombe alle quali recarsi e portare le offerte. Era insopportabile, certo, pensare ai loro cari insepolti, come guerrieri andati a combattere in terre sconosciute e mai più ritornati. Non immaginava, Lucio, quante volte si era fatto gli stessi rimproveri: se avesse saputo prima, se fosse arrivato in tempo, se... se... se... Adesso, per l'ultima volta, lo invitava a riflettere. Si rendeva conto che non avrebbe potuto fare niente? Ammesso che, guidando una spedizione sul Vesuvio, avesse constatato gli strani odori e i rumori di cui gli aveva parlato il suo guardiano, credeva davvero che tutti loro avrebbero pensato a un vulcano? E se pure avesse letto quanto era stato scritto da alcuni autori, come era capitato a lui, era sicuro che l'intera popolazione si sarebbe lasciata convincere ad abbandonare le proprie case? Cornelio Prisco si rammaricava di non aver potuto avvisare la sua famiglia e i suoi amici più intimi, certo, ma non aveva mai pensato di allertare l'intera città. Cosa avrebbe voluto fare, invece, Lucio Ceio? Un discorso ai pompeiani nella Basilica o in mezzo al Foro per convincerli che il Vesuvio era come l'Etna? Senza alcun dubbio lo avrebbero preso per pazzo.

E ammesso che fosse stato così bravo da convincerli – tutti, dai tintori ai magistrati –, dove li avrebbe condotti? A Ercolano o a Stabia, dove sarebbero morti lo stesso?

« Purtroppo » concluse Cornelio Prisco, « questa tragedia ci ha colpiti tutti duramente e le ferite fanno fatica a rimarginarsi. Ciò non toglie che gli dèi con noi sono stati benevoli e che abbiamo il dovere, soprattutto verso noi stessi, di vivere il tempo che ci sarà concesso senza straziarci l'animo oltre il dovuto ».

Cornelio si riavvolse la toga e si lasciò cadere sulla panca come alla fine di un'arringa in tribunale. Gli dispiaceva aver attaccato l'amico con tanta veemenza, ma non ne era pentito.

Elpidio, che condivideva in pieno il pensiero dell'avvocato, in qualità di padrone di casa sentì il dovere di aggiungere qualcosa. « Sono d'accordo con Cornelio » disse calmo. « Ho letto e viaggiato molto, eppure non avrei mai supposto che il Vesuvio fosse un vulcano, come del resto il grande Plinio. Dopo l'eruzione sono andato a leggere le sue descrizioni sull'argomento e non c'è una, dico una sola parola, che ne riveli la vera natura. Se il dubbio sull'origine della montagna non ha nemmeno sfiorato il nostro più grande scienziato, come avremmo potuto saperlo noi? »

« Certamente non ne siete a conoscenza » intervenne Flavia guardando il marito, « ma forse Elpidio avrebbe potuto intuire qualcosa ».

Nessuno era al corrente della spedizione del senatore sul Vesuvio, e i diretti interessati l'avevano rimossa perché all'epoca aveva creato del malumore fra loro.

« Sì, durante il suo primo soggiorno a Pompei salì sulla cima del Vesuvio » continuò Flavia disinvolta, « e se non fosse stato bloccato da un incidente è possibile che si sarebbe reso conto della sua vera natura, scoprendone i terribili segreti ».

Gli amici la ascoltavano meravigliati, guardando Elpidio per una conferma, ma il senatore era concentrato sulle parole della moglie, pronto a intervenire per eventuali precisazioni. Flavia però mostrava di ricordare bene l'episodio di tanti anni prima.

Raccontò che Elpidio, arrivato molto in alto, aveva avvertito un odore aspro e irritante che fuorusciva da alcune spaccature nel terreno. Si era fermato per osservarle da vicino, subito investito da un'ondata di calore, quando aveva scoperto un cadavere su un rialzo del terreno. Doveva essere morto da poco e vicino a lui c'era solo il cane che gli leccava le ferite. Sembrava un pastore, aveva accanto anche un bastone. Intorno non si scorgeva nessuno.

Elpidio aveva avuto paura, forse l'assassino era nascosto poco lontano. Fece un cenno agli schiavi e cambiarono direzione. Guardinghi, avevano seguito un viottolo che portava sul fianco della montagna, per allontanarsi il più possibile.

Si erano ritrovati per caso in un luogo che al suo ritorno Elpidio avrebbe definito 'incantato'. Su una sporgenza di roccia, che offriva un comodo appoggio, si era visto davanti una scena che mai nessun pittore aveva dipinto: il Golfo di Napoli con le sue isole. L'azzurro del cielo si fondeva con quello del mare e nell'aria limpida si scorgevano anche le località più lontane. Era rimasto lì per ore, dimentico di tutto il resto, con gli occhi sgranati.

«Incredibile!» esclamò Lucio, senza far capire se alludesse al ritrovamento del cadavere o al panorama.

«Tornato a casa» continuò Flavia, «tirò fuori dalla borsa alcune pietre che aveva preso sul Vesuvio, dalle forme e dai colori più diversi: marroni dalle striature verdi o nere, con punti che luccicavano come specchi al sole. La stranezza di quelle pietre avrebbe dovuto farci riflettere, avremmo dovuto farle esaminare da qualcuno più esperto, o almeno porci qualche domanda; invece, dopo averle rigirate tra le mani, le regalammo a Claudio. L'odore di zolfo, come pure quel misterioso calore, fu dimenticato. Del resto, lo ricordo bene, erano giornate caotiche, con continui cambiamenti di programma: non immaginavamo cosa stava per succedere».

«Ci sarebbe solo una cosa da aggiungere, che mi è venuta in mente in seguito» intervenne Elpidio. E raccontò che prima di deviare il suo percorso era stato attirato da un frammento di papiro rimasto attaccato a un sasso. Lo aveva preso, incuriosito, ma non si leggeva più niente tranne... *canus* e, più in basso, CVP. Lo aveva lasciato dov'era, chiedendosi chi mai fosse arrivato fin lassù e perché avesse lasciato un'annotazione. Dopo quanto era successo, aveva ripensato molte volte a quel frammento e aveva motivo di credere che qualcuno, intuendo la verità, avesse voluto scrivere *vulcanus*. «Non saprò mai chi era né perché il suo papiro fosse stato affidato al vento» concluse.

Lucio Ceio ascoltava assorto, passandosi ogni tanto la mano fra i capelli ingrigiti. Aveva recepito bene lo sfogo di Cornelio – come non dargli ragione? – e aveva seguito con curiosità il racconto di Flavia ed Elpidio, ma i suoi pensieri erano altrove.

Ormai lo sapeva, Claudio era suo figlio. E se poco prima si era lasciato trasportare dal ricordo dei suoi familiari, in realtà il suo chiodo fisso non era più la vera natura del Vesuvio, bensì quel ragazzo che forse sarebbe stato la sua unica consolazione.

Senza farsene accorgere, ogni volta che lo incontrava lo guardava con attenzione e lo trovava sempre più simile a sé – nei lineamenti, nello sguardo. Così cercava scuse per scambiare qualche parola con lui e conoscerlo meglio senza essere invadente o suscitare imbarazzo.

Flavia aveva ripreso a raccontare: «Finalmente, dopo l'eruzione, mi si è chiarito il senso dell'oracolo...»

Lucio, silenzioso, continuava a pensare al figlio. Non voglio turbarlo con una rivelazione, si diceva, non siamo a teatro. Mi basta sapere di avere una discendenza e poterlo seguire da vicino, come un parente. La madre non può impedirmelo. Poi, col tempo, Claudio potrebbe anche affezionarsi a me; in fondo, Quinto è morto ed Elpidio è solo un padre adottivo.

«... Così mi sono convinta che sono stati gli dèi a voler cancellare ogni traccia di Pompei».

Era sempre la voce di Flavia che riempiva la stanza e si propagava sul terrazzo dalle finestre aperte. «Vi hanno risparmiato per i loro fini imperscrutabili» disse rivolta a Lucio e Cornelio. «Di fronte alla potenza di Nettuno, come mi ha detto una povera disgraziata in fuga da Pozzuoli, non c'è niente da fare. Se il dio del mare e dei terremoti fosse stato favorevole, voi avreste ancora mogli, figli e...»

Klea, bianca come un lenzuolo, entrò all'improvviso nella stanza. Quale disgrazia stava per annunciare?

«C'è qualcuno che desidera parlarvi» disse, e guardò i padroni di casa terrorizzata.

Flavia, allarmata, non fece in tempo a chiedere chi fosse: senza attendere di essere invitato, fece il suo ingresso un vecchio senza un braccio.

Non lo riconobbe nessuno, eppure tutti i presenti conoscevano bene Quinto Poppeo. Avanzò senza guardarsi attorno. Fissava solo la donna che, vedendolo entrare, era rimasta senza fiato. Immobile. Una mano sul ventre, l'altra stretta in quella del marito.

18

Domani

Roma, 80 d.C.
Idi di aprile

«Sono tornato».

Le due parole, che Quinto Poppeo pronunciò come una sentenza inappellabile, risuonarono nel silenzio generale. I presenti, sbigottiti, si resero conto che da quel momento niente sarebbe stato più come prima.

Flavia lasciò la mano di Elpidio, si alzò e andò incontro al primo marito come una sonnambula. Lo abbracciò sconcertata e dopo averlo invitato a sedersi riuscì a dire soltanto, con la voce tremante: «Sembra impossibile, Quinto, vederti qui tra noi».

Non credeva ai suoi occhi: quel vecchio malridotto che sembrava arrivare da un altro mondo e che le appariva come un estraneo, era stato il suo compagno di tanti anni.

Si sforzava di mostrarsi contenta, ma avvertiva con chiarezza tutto il peso delle conseguenze di quell'arrivo inaspettato: «Sapessi quanto ho... anzi abbiamo sofferto per la tua scomparsa. Lelio, senza un occhio e claudicante, era venuto a Pompei dopo tre anni dalla tua partenza per dirmi che non c'era alcuna speranza per la tua vita. Mi ha riferito una storia terribile: l'assalto dei banditi, il suo ferimento, le tracce di sangue lasciate dal tuo corpo trasportato chissà dove...»

«Padre!»

La voce squillante di Claudio interruppe le parole di Flavia. Era appena rientrato e, avvertito da Klea, si era precipitato nella stanza. Non aveva creduto alle parole della schiava, l'aveva chiamata pazza e bugiarda, ma appena vide l'uomo seduto vicino alla madre non ebbe dubbi e si lanciò piangendo nelle sue braccia.

L'incontro fra padre e figlio commosse tutti. L'amore che trapelava dai loro gesti, dagli stessi singhiozzi, fece passare in secondo piano lo stupore dei primi momenti per lasciare il posto a quello che sembrava il lieto fine di una vicenda dolorosa.

Anche Flavia aveva gli occhi pieni di lacrime: nessuno meglio di lei sapeva quanto Claudio avesse sofferto per la mancanza di Quinto, nonostante avesse trovato in Elpidio una figura maschile affettuosa e protettiva. Chi per un motivo, chi per un altro, erano tutti turbati: Cornelio Prisco, pensando ai familiari scomparsi, cercava di nascondere la commozione sistemandosi di continuo le pieghe della toga; Lucio, benché intenerito, provava una cocente delusione: si allontanava definitivamente la possibilità, appena vagheggiata, di un rapporto più intenso con Claudio. Elpidio era angosciato: si rallegrava dell'apparizione di una persona ritenuta defunta e, nello stesso tempo, non poteva non considerare lo scompiglio che avrebbe portato nella vita sua e di Flavia. Mentre si stringeva con gli altri intorno all'amico ritrovato, incrociò lo sguardo della moglie e si sentì perso.

Quinto Poppeo lasciò la casa sul Celio a notte fonda. Dopo una lunga cena, piena di racconti – sembrano favole, pensava Lucio incredulo –, si ritirò da solo nella sua abitazione romana.

«Ci vediamo domani» disse congedandosi. La promessa era rivolta al figlio, ma era evidente che comprendeva anche gli altri.

Flavia ed Elpidio tirarono – sia pure momentaneamente – un sospiro di sollievo. Entrambi erano consapevoli che il loro assetto familiare stava per cambiare. Smorzate le emozioni, superato l'imbarazzo, restava una situazione difficile da risolvere.

Era evidente che, se la posizione di Claudio non dava adito a dubbi o problemi di sorta, quella di Flavia – moglie di due mariti – non era altrettanto limpida. Si sarebbero consultati subito con Cornelio, e per maggior certezza anche con altri avvocati. Quinto, rifletteva Elpidio, non era uno sprovveduto. Nel suo racconto aveva omesso tanti particolari, ma tutto lasciava pensare che si trovava a Roma almeno da un anno. Informato delle nuove nozze della moglie, prima di presentarsi aveva certamente fatto i suoi piani con il conforto di qualche illustre esperto legale.

Elpidio aveva notato che si era mosso, in un'abitazione non sua, come se fosse il padrone; con lui era stato freddo – anche se non apertamente ostile –, mentre non aveva perso di vista Flavia nemmeno per un attimo e con l'unica mano aveva sempre tenuto il figlio stretto a sé.

Un altro contraccolpo voluto dal Fato, pensava intanto, con amarezza, Flavia.

Naturalmente non le dispiaceva che Quinto si fosse salvato né era in discussione l'affetto che aveva provato per lui; ma aspettava un bambino e proprio quella sera pensava di comunicarlo a Elpidio. Alla luce degli ultimi avvenimenti, decise che era meglio soprassedere.

Prima ancora di ricevere un messaggio, la mattina dopo Cornelio Prisco bussò al portone dei Vatinii. Nemmeno lui aveva dormito, aprendo e chiudendo rotoli di papiro per trovare qualche causa giudiziaria che presentasse una situazione analoga. L'aveva finalmente trovata, e non vedeva l'ora di riferirlo agli amici.

Lo sguardo severo dell'avvocato non faceva sperare nella risoluzione auspicata dai padroni di casa, mentre apriva la documentazione sul tavolo di marmo del tablino. Forse è solo la stanchezza, cercava di convincersi Elpidio.

Fu sciorinata tutta la conoscenza giuridica al riguardo, e alla fine Cornelio trasse le conclusioni: «Dunque, come vi ho spiegato, i casi più frequenti riguardano uomini fatti prigionieri, che restano lontani dalla famiglia per un lungo periodo senza che di loro si sappia più nulla. Essendo così venuti meno l'affetto e la convivenza che sono alla base del vincolo matrimoniale, se la moglie rimasta a casa nel frattempo si è risposata può restare col secondo marito. Ma occorrono cinque anni di assenza del 'prigioniero' per poter contrarre nuove nozze».

«E allora?» chiese Flavia esitante, dopo aver fatto i conti. «Per pochi mesi sono ancora la moglie di Quinto?»

«Speriamo di no» riprese l'avvocato. «Ho trovato un caso simile al tuo che potrebbe aiutarci».

Erano rimasti tutti e tre in piedi, fissando gli scritti che Cornelio leggeva e sottolineava con una certa concitazione.

«Durante l'impero di Tiberio, un mercante di nome Sulpicio fu dato per morto durante un naufragio. Chi gli stava vicino aveva riferito di averlo visto cadere in mare senza più riemergere. La moglie, trascorsi due anni, aveva contratto un altro matrimonio. Poco tempo dopo Sulpicio ricomparve all'improvviso, ma la donna si rifiutò di accoglierlo e il magistrato interpellato convalidò le seconde nozze».

«Bene!» esclamò Elpidio stringendo a sé Flavia. «È esattamente la nostra situazione, non abbiamo nulla da temere».

«In teoria, è così» precisò subito l'avvocato, «ma non sarei tanto tranquillo».

Spiegò che quello di Sulpicio era l'unico caso di sua conoscenza, mentre la consuetudine legislativa era tutta a favore dei cinque anni. Quinto ne era certamente al corrente e avrebbe fatto di tutto per far valere le sue ragioni. Certo, c'era la testimonianza di Lelio, confortata dalle vane ricerche dei soldati, a sostegno di una morte presunta; ma bisognava prepararsi a una dura battaglia.

«Eravamo così felici...» disse Flavia con un sorriso triste. «Ho evitato per un soffio l'eruzione del Vesuvio, ma la sua ombra nera mi ha raggiunto fin qui».

Si volse verso Elpidio, che non fece alcun commento. Le prese una mano e la strinse tra le sue. Erano calde e forti. Rassicuranti.

Roma-Rieti, 80-81 d.C.

L'unico evento felice del breve e sfortunato regno di Tito fu l'inaugurazione dell'Anfiteatro Nuovo, il più grande della romanità. Sulle monete di bronzo coniate per l'occasione era possibile vedere nei particolari l'intera struttura, anche quella ancora da terminare.

Fu una festa indimenticabile. Per cento giorni agli spettatori, accolti con doni e vivande, furono offerti gli spettacoli più attesi: la caccia alle bestie feroci e gli scontri fra gladiatori.

Come Vespasiano, Tito, «delizia del genere umano» morì in Sabina mentre si stava curando con le gelide *Aquae Cutiliae.*

La tragica fine del padre, evidentemente, non gli era stata di insegnamento.

Si racconta che prima di spirare avesse esclamato: « Ho sbagliato in una cosa soltanto » senza dare alcuna spiegazione.
Erano le Idi di settembre, due anni dopo la fine di Pompei.

Nota dell'autrice

Come ogni romanzo, anche *Vesuvius* è una combinazione di realtà e finzione.

I protagonisti sono immaginari, ma in molti casi i loro nomi corrispondono a quelli di uomini e donne realmente vissuti a Pompei nelle case descritte. Così come gli oggetti preziosi e di uso comune citati nel libro si riferiscono a reperti custoditi presso il Museo Archeologico Nazionale di Napoli.

Gli eventi storici ricordati rispecchiano personaggi e vicende sulla base delle fonti letterarie, anche se le parentele e i dialoghi sono frutto dell'immaginazione.

L'eruzione, nelle sue fasi e conseguenze, è invece raccontata seguendo i ritrovamenti e le più recenti ricostruzioni degli studiosi.

I nomi delle località italiane sono quelli moderni, che spesso coincidono con l'antica denominazione – così Roma e la stessa Pompei; per gli altri, si sono scelti i toponimi latini.

Non sappiamo come gli antichi pompeiani definissero le strade, le piazze e le porte che si aprivano nelle mura, pertanto i loro nomi sono quelli stabiliti dagli archeologi che le hanno portate alla luce.

Per quanto riguarda infine la datazione, si è preferito indicare gli anni nell'uso corrente, per facilitare la lettura; mentre i diversi giorni seguono la dizione dell'epoca, che individuava tre giorni principali ogni mese, variabili a seconda della sua lunghezza: le *Kalendae* (Calende) all'inizio; le *Idi* alla metà (il 13 o il 15), le *Nonae* (None) il 5 o il 7.

Gli altri giorni venivano indicati con il tempo mancante al riferimento seguente; e quindi, il 24 agosto – data ufficiale dell'eruzione del Vesuvio – era: «il nono giorno prima delle Calende di settembre».

Indice dei personaggi principali

I Poppei
Quinto Poppeo
Flavia
Claudio
Eros, il procuratore
Poppeo Habitus, cugino di Quinto
Klea, schiava di Flavia
Livio, liberto di Quinto

I Ceii
Lucio Ceio
Melissa
Marco
Fausto, il guardiano

I Polibii
Giulio Polibio
Serena
Trebonia

I Vatinii
Fircello Vatinio

Helvia
Elpidio
Petilio

Altri
Cornelio Prisco, l'avvocato amico di Lucio Ceio e marito di Trebonia
Terenzio, il medico
Acribia, amante di Terenzio
Valeria, amica di Flavia
Giulia Felice, moglie di Fulvio Frontone
Novio, senatore romano
Novatilla, figlia di Novio e prima moglie di Elpidio Vatinio
Gaia, sorella di Melissa
Tullia, sorella di Melissa
Cecilio, marito di Tullia
Iperdocle, la schiava amante di Cecilio

Ringraziamenti

Grazie a tutti coloro che, durante la stesura di questo libro, mi hanno seguito con consigli e suggerimenti: familiari, amici, archeologi.

In particolare, grazie a Teresa Cinquantaquattro, Pietro Giovanni Guzzo, Enrico Silverio e Paolo Cesaretti, che per primo ha creduto in *Vesuvius*.

Conversazione con Marisa Ranieri Panetta

Com'è nata l'idea di questo libro?

Per motivi professionali (reportage, saggi) ho percorso tante volte le strade di Pompei, entrando nelle case, negli edifici pubblici, dove si ritrovano ancora nomi, pensieri, imprecazioni, notizie di vita quotidiana. E ho finito col 'sentire' le persone che si sdraiavano nei triclini, andavano a pregare Iside o discutevano nelle basiliche.

Tanta gente, già provata da terremoti e tuttavia pronta a ricominciare, a ricostruire, che in una mattina di piena estate precipitò nel buio, colpita da una pioggia di ceneri e lapilli: una tragedia immane che ora è possibile ricostruire con precisione. Mi ha molto colpito l'ultima fase dell'eruzione: numerosi abitanti erano sopravvissuti alla furia del vulcano, pensavano di avercela fatta, quando sopraggiunsero delle correnti di ceneri e gas velenosi che provocarono la morte dei superstiti per asfissia. Più tardi ne arrivarono altre, a velocità pazzesche, fino a 80 Km/h, che spazzarono via muri e trascinarono lontano cadaveri, alberi e quant'altro. Ho pensato tante volte di descrivere alcune storie possibili di pompeiani, prima e durante la catastrofe, e... alla fine l'ho fatto.

Pompei, ma non solo.

Gli antichi pompeiani viaggiavano, commerciavano nel Mediterraneo, ospitavano personalità illustri. Così come Ercolano, che ne ha condiviso la fine terribile. Ho voluto sottolineare questo aspetto per raccontare di altre città, porti, paesaggi. Nello stesso tempo, ho fatto scorrere le vicende su due binari paralleli: lo stesso periodo vissuto in piccoli centri e nei luoghi del potere. Imperatori, politici di provincia, aristocratici, schiavi, che affrontano problemi diversi ma sono ugualmente alle prese con difficoltà private. E talvolta le loro strade si incrociano.

Quali sono i luoghi interessati alla trama fuori dalla Campania?

Rieti e l'attuale Spagna: attraverso le peripezie di un personaggio è descritto un viaggio a piedi che ci restituisce una penisola romanizzata dalle grandi risorse naturali. C'è anche un angolo di Grecia e, naturalmente, Roma, come appariva a un pompeiano che la visitava per la prima volta.

C'è un'identificazione con la protagonista femminile?

Più che identificazione c'è stato un affetto particolare per questa donna che, per le vicende che deve affrontare, ne rappresenta molte altre, antiche e moderne: un matrimonio non voluto, difficoltà di adattamento in un nuovo ambiente, ricerca del grande amore. Flavia ricorre a dei sotterfugi solo per necessità; è una persona positiva, che affronta ogni situazione con coraggio e dignità. Qualcosa di personale, comunque, si riflette anche in taluni aspetti del carattere o del comportamento delle altre figure femminili: l'imprenditrice Giulia, la gelosa Melissa, la poetessa Trebonia, la mite Publilia, la schiava Klea. È la vita dell'epoca declinata al femminile, per tanti versi simile alla nostra.

E, tra i personaggi maschili, chi ha sentito più vicino?

Il medico Veio, senza dubbio: in certe sue caratteristiche ho descritto mio padre.

Il Vesuvio, che dà il titolo al romanzo, proietta la sua ombra inquietante sin dall'inizio. Anche se si sa com'è andata, c'è sempre un clima di attesa in vista della catastrofe. Un monito anche per oggi?

Sicuramente. Perché allora i pompeiani che costruivano ville alle sue pendici ignoravano che fosse un vulcano; ora sappiamo di cosa è capace, eppure si sfida il suo potenziale distruttivo con un'edilizia senza regole. Ricordare quanto è realmente accaduto dovrebbe far riflettere...

Indice

Fotocomposizione Editype s.r.l.
Agrate Brianza (Milano)

Finito di stampare
nel mese di maggio 2013
per conto della Adriano Salani Editore S.p.A.
dal Nuovo Istituto Italiano d'Arti Grafiche - Bergamo
Printed in Italy